Les Premières Pierres

Couverture : Alfie Obare (Behance)

© 2022 Charlotte Deleval
8 rue Charles-Martel 1000 Bruxelles (Belgique)

ISBN : 978-2-8052-0754-9
Dépôt légal : Mai 2022

Imprimé à la demande par Amazon.

LES BANNIS

Tome 1
Les Premières Pierres

Charlotte Deleval

Roman

À tous ceux qui ont cru en moi.

CHAPITRE UN
Elly – L'hôtel

Les grilles étaient immenses. En fer forgé, un peu rouillées, partiellement recouvertes de plantes grimpantes, elles donnaient une vague impression de majesté perdue. Une plaque terrienne y était accrochée, la même que sur tant d'autres bâtiments à l'abandon : « Espace de catégorie B, fermé par décret 9853 ». Elly s'approcha à pas feutrés, le corps aux aguets.

Ne jamais se fier aux apparences…

Elle tendit l'oreille : pas un bruit, hormis ceux de la forêt. La jeune fille rajusta la lanière de son sac sur son épaule et colla sa tête contre la grille, pour observer ce qui semblait être un parc privé. Les arbres, dénudés à ce stade de l'hiver, affichaient leurs troncs bleutés et leurs branches dépourvues de leur habituel feuillage nacré. La vue était donc particulièrement dégagée ; pourtant, la jeune fille n'y vit aucun bâtiment. Or d'après le panneau, il devait y en avoir un, et un grand. La catégorie B était réservée aux bâtisses publiques telles que les hôtels, les restaurants, les théâtres ou les salles des fêtes. Elle secoua un peu la grille, sans grand espoir. Celle-ci était évidemment fermée à clef. Son ventre émit un gargouillement atroce et elle baissa la tête. Le grand-froid approchait, il lui fallait trouver au plus vite un abri sûr, ainsi que de la nourriture. La nature se montrait bien moins généreuse durant l'hiver, surtout dans cette région de Govrienn.

Ce n'était pas la première fois qu'Elly se trouvait dans cette situation. La jeune fille vagabondait en effet depuis déjà quelques années. Elle parcourait le continent, marchant le jour, campant la nuit, parfois l'inverse… Mais toujours, elle restait en mouvement. Elle n'aimait pas s'attarder trop longtemps au même endroit, cela finissait chaque fois par lui provoquer des angoisses. L'impression grandissante que les murs se rapprochaient, que la milice allait la débusquer, que de toutes parts l'étau se resserrait autour d'elle… Alors, elle remballait ses affaires et repartait.

La plupart du temps, elle s'arrêtait dans d'anciennes propriétés privées indépendantes des Terres d'Horizon, les plus éloignées de la zone terrienne et de sa métropole. Condamnées depuis la loi 9853, elles offraient discrétion et sécurité, davantage même que le plus petit village de cercle extérieur triobien. La majorité des triobes étaient en effet occupées par les Terriens, ces temps-ci…

Chaque triobe était organisée sur un même principe : entourant la capitale – centre névralgique du commerce et systématiquement, ou presque, dotée d'un comptoir terrien –, venaient le premier cercle et ses quatre cités, puis le deuxième cercle, qui abritait souvent entre dix et vingt villes de taille moyenne. Enfin s'ouvrait le troisième cercle avec ses villages, principalement tournés vers l'agriculture et l'élevage. Depuis que les Terriens avaient décidé de surveiller les Illyriens dans leurs déplacements, des postes-frontières avaient été installés dans les gares de chaque ville : le contrôle était donc omniprésent, ce qui compliquait bien trop les choses pour la jeune vagabonde. Les propriétés indépendantes, bien que répertoriées par les Terriens, n'étaient quant à elles pas surveillées, ou du moins plus depuis l'éviction de leurs occupants.

Elly avait cependant développé un mode opératoire très strict pour les aborder : d'abord, s'assurer que le lieu était réellement désert. *Les gens sont méchants. Ne fais confiance à personne. Ne parle à personne. Jamais.* Elle restait en observation extérieure souvent pendant une journée entière, avant d'essayer de pénétrer dans un bâtiment. Une fois rassurée, elle se glissait à l'intérieur, par une fenêtre le plus souvent – plus faciles à forcer que les portes. Ensuite, elle fouillait les lieux avec minutie et inventoriait ce que les anciens propriétaires avaient laissé. En premier lieu, le nécessaire de survie : nourriture non périssable, allumettes, matériel de soins médicaux, ce genre de choses. Ensuite, les produits nécessaires, mais non indispensables, comme du savon, des vêtements, peut-être une couverture ou un sac à dos plus solide que le sien. Enfin, les petits luxes : sucreries, bijoux, parfois même un livre… Il était rare de trouver beaucoup, la majorité des gens ayant totalement vidé leur habitation avant de la quitter. Mais les oublis des distraits faisaient les trésors d'Elly.

Ce n'était qu'une fois les lieux totalement explorés qu'elle les occupait. Chaque bâtiment étant autonome, elle trouvait toujours de l'eau courante, grâce aux bassins d'eau de pluie, de même que du chauffage et de l'électricité, grâce aux systèmes de récupération d'énergie naturelle. Mais Elly restait prudente : jamais de lumière une fois la nuit tombée, et jamais de fumée dans la cheminée en plein jour. *Les gens sont méchants. Sois discrète, sois prudente. Reste toujours sur tes gardes. Personne ne doit te voir.*

Quant à la nourriture, si les plantes comestibles abondaient dans la nature, il lui était parfois difficile de diversifier ses menus. Elle posait occasionnellement quelques pièges dans les bois pour attraper de petits animaux ou, lorsqu'elle se trouvait proche d'un point d'eau, s'essayait à la pêche. Il lui arrivait aussi, de temps à autre, de parvenir à chiper quelques œufs d'oiseaux en grimpant aux arbres, mais la plupart du temps, son assiette n'était remplie que de fruits, de légumes ou de racines.

En hiver en revanche, quand le froid et le gel recouvraient tout, trouver des restes dans ces propriétés devenait vital. Aujourd'hui par exemple, elle n'avait plus rien mangé que des petits tubercules depuis plusieurs jours, et elle espérait vraiment trouver, dans les caves du bâtiment caché derrière ces grilles, un garde-manger encore un peu garni.

Elly réfléchit un instant, observant le mur d'enceinte haut de plus ou moins trois mètres. Sa paroi lisse le rendait impossible à escalader, mais en le longeant dans l'espoir de trouver une seconde porte d'entrée, elle avisa un arbre dont les branches s'étendaient jusqu'au-delà du mur. *Parfait.* Immédiatement, elle se mit à grimper au tronc bleu pâle, assurant chaque prise avec attention. Une chute, quand on est seule, peut s'avérer terriblement dangereuse… Lorsqu'elle atteignit enfin le haut du mur, elle découvrit au loin la silhouette d'un édifice assez grand, au beau milieu du parc. Doté de plusieurs étages, il était couronné, sur la gauche, d'un magnifique dôme. Elly esquissa une moue appréciative. *Pas mal…*

Dans le parc, tout était calme et silencieux. La nuit tombait doucement et les trois lunes, hautes dans le ciel, éclairaient les lieux d'une faible lueur bleutée. Au loin, elle aperçut même dans un éclat de lunes un chant d'aurelias qui traversait le ciel. *Un chant…* Non pas une nuée ou un essaim, non : les aurelias se mouvaient en *chants.* C'était joli, poétique, à l'instar de ces créatures majestueuses et éthérées semblables à de grandes méduses aux longs filaments tentaculaires. Les aurelias étaient si délicats, flottant dans les airs, leurs contours à peine visibles… Elly sourit. Il s'agissait de son animal préféré.

Rassurée par ce doux présage ainsi que par la tranquillité du parc, elle laissa tomber son sac au bas du mur et sauta, atterrissant les jambes bien pliées, sans un bruit, dans un jardin où les plantes laissées en friche lui arrivaient aux hanches. Se frayant un passage à travers les buissons, elle aboutit soudain sur un sentier de gravillons, dévoré par les mauvaises herbes mais encore relativement dégagé, et qui traversait apparemment le parc jusqu'au bâtiment central. Elly le suivit, les épaules légèrement voûtées, toujours aux aguets, et atteignit bientôt un petit cabanon de bois. Elle en poussa la porte.

À l'intérieur, le sol et les meubles étaient couverts de poussière et de feuilles mortes. Des plantes grimpantes luminescentes couvraient les murs, procurant un éclairage suffisant pour étudier la pièce. Hélas, outre une petite étagère remplie de pots en céramique et de sachets grisâtres, il n'y avait dans l'unique petite pièce à l'odeur de moisi qu'un bureau et deux chaises, dont l'une gisait sur le flanc. *Rien d'intéressant ici.*

Elle continua donc son chemin en suivant le sentier et après plusieurs longues minutes de marche, déboucha enfin sur la bâtisse principale. Bouche bée, Elly s'immobilisa.

Là aussi, des plantes grimpantes bleutées avaient pris possession de la façade, s'étalant sur la quasi-totalité des murs, brisant même certaines fenêtres dans les étages intermédiaires. Dans la cour, quelques statues traînaient sur le sol, brisées en plusieurs morceaux, tandis que d'autres avaient peu à peu été recouvertes d'une mousse turquoise. Tout cela donnait à l'ensemble un aspect légèrement lugubre… La jeune fille s'avança néanmoins. La porte d'entrée principale était bardée de larges planches de bois clouées, de même que les fenêtres du premier étage. Les anciens propriétaires avaient dû tout protéger pour éviter les vols et les intrusions, dans le vague espoir sans doute de pouvoir un jour revenir. Peut-être s'y trouvait-il donc encore des objets de valeur. Elly contourna le bâtiment à la recherche d'une porte arrière qui ne soit pas barricadée. Elle découvrit alors une large terrasse parsemée de débris de toutes sortes, sur laquelle donnait une véranda dont les vitres sales n'avaient plus rien de transparent. Elle en frotta un carreau pour regarder à l'intérieur, sans succès. Elle tenta alors d'ouvrir la porte vitrée, mais la pluie et le manque d'entretien avaient fait gonfler le bois des châssis, et elle était totalement bloquée. Un peu dépitée, la jeune fille continua son inspection extérieure et finit par dénicher sur le flanc du bâtiment une petite porte en bois qui pendait sur ses gonds et arborait, gravé à hauteur des yeux, un cercle surmonté sur sa droite d'un point.

Elle la poussa et entra. Il faisait terriblement sombre, mais ses yeux s'habituèrent vite à l'obscurité. La porte donnait sur une remise, sans doute un ancien garde-manger. Hélas, toutes les étagères étaient vides. Avisant une seconde porte en face, Elly traversa la remise et déboucha dans un immense hall. Lui aussi se révéla plein de poussière, de feuilles mortes, de déjections d'animaux et de restes de nids d'oiseaux. La nature avait profité de chaque interstice pour reprendre ses droits dans l'enceinte de ce qui avait autrefois été, à l'évidence, un magnifique hall d'entrée d'hôtel.

Un grand escalier à deux bras, assez majestueux, occupait la moitié de l'espace de réception. À droite, un panneau annonçait toujours que le petit déjeuner était servi dans la véranda. Elly s'y avança. Le long d'un des murs de verre, une série de buffets un peu moisis contenaient encore quelques couverts et assiettes. En ouvrant l'un d'eux, elle fut surprise par un petit animal qui s'en échappa à toutes pattes, suivi de sa portée. Le bruit de leur fuite lui parut résonner dans le silence d'outre-tombe des lieux, et son cœur mit plusieurs minutes à retrouver son rythme normal. Revenant vers le hall, elle entama l'ascension de l'escalier de gauche avec précaution, craignant que les marches de bois ne soient pourries et ne se brisent sous ses pas. Ce genre d'incident ne lui était pas inconnu…

Heureusement, si le bois geignit et craqua de tous côtés, il supporta néanmoins le poids de la jeune fille qui parvint au premier étage sans encombre. L'escalier donnait sur un large espace ouvert, dans lequel trônaient de nombreux canapés protégés de draps gris. Le tapis recouvrant le sol apparaissait taché d'humidité, mais encore assez épais pour assourdir le bruit de ses pas. Quelques fenêtres étaient cassées ici et là, et des plantes grimpantes étaient entrées, s'enroulant autour des lustres et glissant le long des murs. Elle aperçut à sa gauche une porte entrouverte. La jeune fille la poussa, découvrant un petit salon meublé de quelques tables basses et fauteuils épais. Rien de bien intéressant, hélas. Elle sortit du petit salon à reculons, admirant encore un portrait de femme au mur, et referma soigneusement la porte.

En se retournant, elle se trouva nez à nez avec un homme gigantesque. Le choc fut si grand qu'elle ne put émettre qu'un couinement de terreur avant qu'il ne la saisisse par le cou et ne l'entraîne au bas des escaliers. Elly se débattit de son mieux, mais l'homme était trop fort pour elle. Il la tint au collet jusque dans le jardin où il la jeta à terre. Un nuage épais masquait les lunes, donnant à l'homme l'aspect d'une immense silhouette noire aux yeux brillants.

— Qui es-tu ? Qu'est-ce que tu fais là ? gronda-t-il en illyrien commun avec une fureur contenue.

Elly, assise par terre, resta muette de terreur. Il la releva sans aucune difficulté, serrant fermement son poignet.

— Tu…

Dans le ciel, le nuage s'éloigna enfin et un rayon de lunes éclaira la scène. L'homme observa un instant le minuscule bras qu'il tenait dans la main, soudain décontenancé.

— Comment…

Ses yeux se plantèrent dans ceux d'Elly et son expression changea subitement. Il la lâcha d'un coup, comme si elle l'avait brûlé, et la regarda avec un mélange de colère et de frayeur.

— Par tous les Créateurs…

Il jeta un regard derrière lui, vers le bâtiment, puis, réprimant une grimace, l'agrippa à nouveau par la peau du cou. Il la mena en silence jusqu'à la cabane de jardin qu'elle avait aperçue en arrivant. Là, il l'enferma à double tour et repartit sans dire un mot. Elly l'entendit courir sur le gravier durant quelques secondes, puis ce fut le silence. Son cœur battait à tout rompre dans sa poitrine. *Respire…*

Elle s'assit sur le bureau, tentant de reprendre une respiration normale et de faire redescendre son rythme cardiaque. D'une main, elle se massa doucement le cou, encore douloureux, tout en surveillant la porte du regard. *Qu'est-ce qui s'est passé ?*

C'était la première fois que cela se produisait, la première fois qu'elle tombait sur quelqu'un dans une propriété. Elle avait pourtant observé l'endroit pendant toute une journée avant de sauter la grille, comme toujours. Elle avait été prudente ! Il n'était pas censé y avoir quelqu'un, tout paraissait si vide, si vieux… Qui était cet homme ? Que faisait-il là ? Pourquoi l'avait-il enfermée ici ? Où était-il parti ?

Bon, heureusement, il ne s'agissait pas d'un Terrien. Mais les Illyriens aussi peuvent être dangereux. Les gens sont méchants, après tout…

Mais qui était-il ? Ses yeux d'un orange profond, à la pupille ovale, ne laissaient planer aucun doute : il était bel et bien illyrien. Peut-être était-il un vagabond, lui aussi ? Mais allait-il l'abandonner ici, dans cette cabane, à mourir de faim et de soif ?

Elle tendit l'oreille. Pas le moindre bruit dehors. Elle secoua la porte de toutes ses forces, mais celle-ci tint bon, malgré son apparente vétusté. Il n'y avait pas de fenêtres, pas d'autre issue, et pas beaucoup de lumière non plus… Un frisson la parcourut lorsqu'un souffle de vent glacé, annonciateur du grand-froid imminent, secoua la petite cabane. La panique montait doucement à mesure qu'elle tournait dans l'espace réduit comme un animal en cage, cherchant désespérément quelque chose qui pourrait lui servir d'arme si l'homme revenait. Mais elle ne trouva rien, seulement des pots en terre cuite et de la poussière. *Merde. Merde !*

Il lui parut s'écouler des heures, des heures de silence glacé et venteux, des heures d'angoisse, avant que l'homme ne réapparaisse. Et il n'était plus seul.

— Voilà. Elle est là, lâcha-t-il, cette fois en LGU – la langue globale universelle parlée par les Terriens et imposée aux Illyriens –, avant de s'écarter pour laisser passer celui qui l'accompagnait.

La jeune fille sentit soudain ses membres se raidir et son sang se figer dans ses veines. L'autre homme, les mains croisées dans le dos, dégageait une impression de calme serein, tel que seuls peuvent en afficher les hommes en total contrôle. Cet homme-là était un Terrien.

Elly réprima un gémissement de terreur et recula contre le mur de la cabane. Le Terrien la dévisagea avec attention, une lampe de poche braquée sur son visage. La lumière vive et subite lui fit cligner des yeux, l'aveuglant presque.

— Nom de… prononça-t-il dans un souffle.

Ses mâchoires se crispèrent.

— Qui es-tu ? D'où est-ce que tu viens ? Et qu'est-ce que tu fais ici ? demanda-t-il dans un illyrien impeccable.

Elle le regarda sans rien dire, les yeux écarquillés de terreur.

— Qui es-tu ? Que fais-tu là ? répéta-t-il avec une fureur contenue.

— R… rien, réussit-elle enfin à murmurer, personne. Je… je cherchais un abri, à manger, c'est tout.

Il la dévisagea un instant en silence. Petite et maigrichonne, avec une épaisse tignasse roux clair complètement emmêlée, une cicatrice sur la pommette droite et des vêtements trop grands pour elle, la gamine donnait une impression de poupée de chiffon abandonnée. Son regard s'attarda sur celui de la petite, et il réprima une moue qui n'échappa pas à la jeune fille. Elly baissa la tête. Ses yeux. C'était à cause de ses yeux qu'elle le dégoûtait, à cause de ses yeux qu'elle vivait ainsi une vie de proscrite. Un œil vert clair et un œil brun. L'un à l'iris ovale, l'autre à l'iris rond. Une hétérochromie qui trahissait sans ambiguïté sa tare ignoble : son sang mêlé, son statut d'hybride… son métissage. Elly, produit ô combien interdit d'une union entre Terrien et Illyrien. Métisse. Sale. Vile… Ni d'un peuple, ni de l'autre.

— Je… je cherchais un endroit où passer l'hiver, monsieur, insista-t-elle, un peu abattue. C'est tout. Je vous jure… C'est le seul bâtiment à des jours de marche à la ronde.

— Assieds-toi, ordonna-t-il en pointant sa lampe vers la chaise renversée.

Elle obtempéra, et il s'assit face à elle, de l'autre côté du petit bureau. L'Illyrien resta debout derrière lui, les mains croisées sur sa poitrine, le regard fixé sur l'intruse.

— Tu parles la LGU ? demanda le Terrien.

Elle hocha la tête en guise de réponse.

— Bon. Quel âge as-tu ? continua-t-il dans sa propre langue.

— Je ne sais pas… Pas exactement.

Il fronça les sourcils, jaugeant son apparence. Puis il continua :

— Tu n'as pas l'air d'avoir plus de quatorze ans, on dirait. Et tu es seule ?

Elle hocha de nouveau la tête.

— Tes parents ?

Elly baissa les yeux.

— Morts ?

— Oui, souffla-t-elle.

— Quand ?

— Il y a trois ans… Je crois. Je ne…

— Et depuis ? Où vis-tu ? Comment ?

Elle ne répondit pas.

— Réponds s'il te plaît, je n'ai pas que ça à faire.

Elle savait ce qui l'attendait. *Ne fais confiance à personne. Ne parle à personne. Surtout pas aux Terriens. Surtout pas aux Terriens.*

— Vous allez me tuer ? demanda-t-elle d'une petite voix, relevant ses yeux vairons vers l'homme qui l'interrogeait.

— Quoi ? Oh ! non, non. Je ne suis pas de la milice, assura le Terrien.

Elly releva la tête, un peu perplexe.

— Réponds-moi. Comment as-tu survécu jusqu'à aujourd'hui ? demanda-t-il à nouveau.

— Je…

Elle déglutit péniblement, ravalant son angoisse. *Il n'est pas de la milice. Calme-toi. Il n'est pas de la milice.*

— Je voyage, je vis dans les bois, le plus souvent, souffla-t-elle, ou dans les bâtiments abandonnés quand j'en trouve. Il y en a plein et…

— Comment fais-tu pour subvenir à tes besoins ?

— Je… Euh…

— Réponds !

— Eh bien, je trouve à manger dans la nature ou dans les maisons abandonnées, mais parfois, je vais en ville et je prends des choses dans les magasins, mais c'est seulement quand c'est vraiment, vraiment nécessaire !

— En ville ? Dans les triobes ?

— Dans les villages, plutôt, corrigea la jeune fille. Dans les cercles extérieurs…

Les villages de troisième cercle étaient en effet généralement moins surveillés. Elly s'y aventurait donc parfois, mais toujours en désespoir de cause et jamais pour bien longtemps.

L'homme hocha la tête.

— As-tu déjà eu des problèmes avec la police ou la milice ?

— Euh… non.

— Avec des gens des commerces que tu volais ?

— Non.

— Avec des particuliers ?

— Non.

— As-tu eu des contacts avec des Illyriens ou des Terriens durant ces trois dernières années ?

Elle hésita un instant.

— Non.

— Tu as hésité.

— Non !

— Mmh. Tu n'as donc ni famille ni attaches. Personne ne sait où tu es ?

— Personne ne sait que j'existe…

Plus personne.

— C'est donc vrai ? Tu n'es pas tatouée ? demanda-t-il avec un sincère intérêt.

— Non.

— Montre-moi.

Elle tendit son bras droit et releva sa manche pour dévoiler un poignet blanc. L'homme s'en saisit, le tourna, le retourna, le frotta comme pour vérifier qu'elle n'avait pas simplement camouflé le tatouage sous du maquillage.

— L'autre.

Perplexe, Elly tendit son bras gauche. Les codes étaient toujours apposés sur le bras droit, jamais le gauche, sauf en cas de force majeure. Pourtant, le Terrien observa son poignet gauche avec la même attention que le droit. Alors qu'il tenait ses fins avant-bras dans ses mains, un éclat passa dans ses yeux. Il la lâcha brusquement, comme si elle l'avait brûlé.

— Tu n'as donc jamais participé à un recensement ? demanda-t-il encore.

— Non.

Il la lâcha enfin et la jeune fille tira sur ses manches pour couvrir ses poignets, autre anomalie qui la mettait à part des autres.

— J'imagine que vu ta... condition, c'est assez normal, murmura-t-il, les sourcils froncés. Tu es un électron libre, inexistante légalement. Aucun fichier, aucun dossier... Une faille dans le système.

Il y eut un silence, durant lequel Elly se tordit les mains de nervosité. Le Terrien semblait réfléchir intensément, les yeux fixés dans les siens sans pour autant paraître la voir.

— Monsieur, je...

— Kyros ? l'interrompit-il.

L'Illyrien se pencha vers lui et le Terrien lui chuchota quelque chose à l'oreille. Elly les observa discuter silencieusement pendant un instant, le cœur en panique.

— Bon, déclara finalement le Terrien. Tu peux rester.

— Merci, monsieur, acquiesça-t-elle dans un souffle.

Il se redressa lentement, sans la quitter des yeux.

— Kyros, emmène-la aux quartiers. Trouve-lui une chambre, explique-lui les règles et puis descends dans mon bureau, d'accord ?

Pour toute réponse, Kyros grogna et saisit la petite par le bras. Ses mains étaient énormes et ses poignets, cerclés de gros bracelets de cuir, devaient faire la taille de ses bras à elle. Elly ne résista pas.

L'homme la fit sortir du cabanon sans un mot et s'engagea sur le sentier envahi par les mauvaises herbes. Il marchait à grandes enjambées et la jeune fille peinait à le suivre. Ils traversèrent le jardin à l'abandon jusqu'à la cour de l'hôtel, où il se retourna vers elle et la regarda droit dans les yeux.

— Il y a quelques règles à suivre ici. Premièrement, personne ne sort de l'enceinte sans autorisation. C'est extrêmement important. Me suis-je bien fait comprendre ?

— Oui, monsieur.

— Deuzio, on ne sort pas du bâtiment après le couvre-feu, surtout avec de la lumière.

— D'accord.

Il jeta un coup d'œil sur le sac qu'elle tenait serré contre elle.

— Ce sont toutes tes affaires ?

— Oui.

— Bon. Suis-moi, maintenant.

Il se remit à marcher pour contourner le bâtiment comme elle l'avait fait quelques heures plus tôt, et elle dut trottiner pour rester à sa hauteur. L'homme guida Elly vers la même porte de bois défoncée par laquelle elle était entrée. Il la poussa et ils pénétrèrent à l'intérieur du bâtiment. Elly le suivait de près, de peur de le perdre. Il avança jusqu'à une petite volée de marches cachée derrière une porte et jeta un coup d'œil par-dessus son épaule pour s'assurer que la jeune fille était toujours là.

— Prends toujours l'escalier de service, jamais le principal, c'est compris ?

Elly acquiesça, un peu perplexe. Ils gravirent ainsi plusieurs étages, jusqu'au quatrième.

— Je t'interdis formellement de t'aventurer dans les étages inférieurs, ajouta l'homme d'un ton sévère en poussant la porte du palier. Ici, c'est l'étage commun, dit-il rapidement, sans sortir du sas d'escalier.

Elly jeta un œil dans le couloir obscur. Elle put tout juste discerner l'épais rideau couvrant la fenêtre la plus proche, avant que Kyros ne reprenne son ascension. Il la mena ainsi jusqu'au sixième et dernier étage, où il s'engagea dans un petit couloir, aussi sombre que le précédent. Il attrapa un bocal sur une étagère, le secoua vigoureusement et attendit quelques secondes. À l'intérieur s'allumèrent peu à peu une myriade de minuscules algues bioluminescentes, réveillées par l'agitation de l'eau. Bientôt, le bocal répandit une douce lueur verdâtre, tout à fait suffisante pour éclairer les lieux. Elly sentit immédiatement la différence avec les étages inférieurs ; il faisait chaud ici, et tout semblait propre. À mesure qu'ils marchaient à travers le couloir, quelques portes s'ouvrirent à gauche et à droite, et des têtes endormies mais curieuses apparurent dans les embrasures. Elly en fut horrifiée. Des gens. Partout, des gens ! Par réflexe, elle cacha aussitôt son visage derrière un rideau de cheveux.

Les gens sont méchants. Les gens sont méchants. Les gens sont méchants. Jamais ces mots n'avaient résonné plus fort dans sa tête. Elle avait l'impression qu'elle allait exploser.

— Tout le monde retourne dans ses quartiers, grogna Kyros. Immédiatement !

Les portes se refermèrent aussitôt. Il prit à gauche au fond du couloir et ouvrit une porte marquée du numéro 19. La chambre était plongée dans le noir, mais quelques rayons de lunes perçaient à travers les volets, révélant un lit, une commode, une petite armoire et une chaise.

— Tous les soirs, tu fermeras les rideaux et les volets si tu allumes la lumière, c'est compris ?

— Oui.

— La salle de bains est attenante, derrière cette porte. Et si tu as froid, tu as une autre couverture ici, ajouta-t-il en sortant un paquet de sous le lit.

Elly hocha la tête.

— Bon. Surtout, ne bouge pas d'ici. On verra demain ce qu'on fera de toi.

Sur ce, il sortit, laissant la jeune fille seule. Elle s'assit doucement sur le lit, encore sous le choc. *Et maintenant quoi ?*

CHAPITRE DEUX
George et Liam – La métropole

La porte du bureau claqua et George se massa l'arête du nez avec exaspération. Il était fatigué. Deux palets rouge vif trônaient, clignotants, sur son bureau. On venait de lui apporter les out-pucks contenant les rapports préliminaires d'Amnesty Intermondial concernant la situation des travailleurs illyriens sur les chantiers métropolitains. L'organisation avait passé près de deux mois dans la métropole à analyser les conditions de vie des ouvriers, à les interroger, à examiner leurs logements et leur niveau de bien-être, et ses rapports se trouvaient maintenant sur son bureau. George ne se faisait pas trop de souci, il savait qu'ils seraient bons, mais ces gens étaient-ils toujours obligés de pondre des rapports aussi longs ?

— Monsieur ?

Le visage inquiet de la petite stagiaire apparut à la porte.

— Je ne vous dérange pas ?

— Non, entrez.

Les joues légèrement rosées, elle trottina jusqu'à lui et déposa un petit out-puck bleu brillant sur le bureau. Elle le tapota et une liste de notifications apparut.

— Voici les rapports du Dr Basmadjian, dit-elle en pointant du doigt l'icône bleue, celui du major Vanderbord (icône orange) et vos messages (icône verte). Ah, et je devais vous rappeler votre rendez-vous de demain.

— Merci, Salma.

La jeune femme sortit du bureau avec un sourire figé et George prit une grande inspiration pour se redonner du courage. L'après-midi était déjà bien entamé et les tâches n'en finissaient pas de s'amonceler. D'un geste, il fit disparaître la liste affichée par le palet et soupira. Son regard se perdit vers la fenêtre.

D'ici, il avait vue sur la cour intérieure de l'Alliance. L'Alliance… C'est ainsi que l'on appelait le bâtiment qui abritait les bureaux de la Délégation, pour son rôle de lien entre la Terre et la petite planète XGD-241091, ou Illyr, comme la nommaient les autochtones. Toutes les relations entre les deux peuples étaient régulées par la Délégation, qui faisait tout pour que l'installation continue de s'effectuer sans aucun problème. George se tourna presque malgré lui vers le portrait de sir Alistair Lloyd qui ornait le mur, un vieil homme au visage sérieux ; le colombier d'Illyr, celui qui avait découvert la petite planète et avait organisé l'installation à l'époque. *Un grand homme. Un visionnaire !*

Sur ses ordres, l'Alliance avait été construite en forme d'anneau autour d'un jardin très aéré dans lequel les employés passaient la plupart de leurs pauses lorsque le temps le permettait. Vu de l'extérieur, le bâtiment était magnifique, avec sa façade presque uniquement en verre, se démarquant des bâtisses majoritairement blanches et sobres des alentours. Construite sur les hauteurs de la ville, on pouvait, depuis ses étages supérieurs, découvrir presque tout le cœur de la métropole, le fleuve qui la traversait, les parcs, et même le quarré métropolitain. Quand près de cent ans plus tôt, les premiers explorateurs terriens étaient venus s'installer sur Illyr et avaient commencé la construction de la métropole, les Illyriens qui vivaient dans les triobes les plus proches leur avaient prêté main-forte. Au fil des années, leurs villages s'étaient mués en petites enclaves illyriennes au milieu des villes terriennes ; ainsi étaient nés les quarrés.

Ces quartiers dénotaient par leur architecture particulière. Les Illyriens en effet construisaient tout sur pilotis, pour prendre à la terre, qu'ils considéraient comme sacrée, le moins d'espace possible. C'était aussi pourquoi leurs bâtiments s'élevaient très haut, afin de rentabiliser l'espace au sol. Les quarrés étaient considérés comme des lieux de préservation de la culture illyrienne et constituaient, encore aujourd'hui, une véritable attraction touristique. Des visites guidées y étaient organisées presque tous les jours et rapportaient chaque année une petite fortune au colombier et à la Délégation. Pour des questions de sécurité, les quarrés illyriens restaient toutefois tous entourés de murs. Certes, il était important de respecter et préserver la culture illyrienne, mais l'on ne pouvait risquer que des touristes imprudents s'y aventurent sans guide. *Les Illyriens sont tellement étranges…*

Bien que connu pour son pacifisme, ce peuple n'en restait pas moins extraterrestre. *Quoique…*

Depuis l'arrivée des Terriens, le peuple illyrien avait montré un grand intérêt pour la culture des humains. Fascinés par leur savoir, leurs modes, leur technologie, et leurs mœurs aussi, les Illyriens avaient imité les Terriens dans bien des aspects. Aujourd'hui, il n'était pas rare de voir un natif d'Illyr porter une tenue terrienne, ou les cheveux coupés court plutôt que parés des traditionnelles longues tresses et coiffures alambiquées. *Un peuple relativement influençable, c'est bon pour notre économie…*

George s'étira en bâillant et son regard se porta sur le cadre électronique qui reposait sur son bureau, où défilaient des photos de sa jeune épouse. C'était grâce à elle, ce poste. C'était elle qui l'avait encouragé, poussé même pour qu'il postule. Elle avait toujours cru en lui. Pourtant, il n'était encore personne quand il l'avait rencontrée, et il n'aurait su dire ce qu'elle avait alors vu en lui. Mais il était certain d'une chose : depuis qu'elle était entrée dans sa vie, il avait changé. Avec elle et pour elle, il se sentait à présent capable des plus grandes choses ! Bien sûr, le département du Travail n'était pas le plus prestigieux de la Délégation, mais c'était déjà bien. George rêvait de monter encore, jusqu'aux départements de la Sûreté ou de la Diplomatie, situés dans les étages les plus hauts de l'Alliance. Et il y arriverait. Pour elle.

Une notification lui apparut soudain au coin de l'œil. Son système intégré l'informait d'un appel et un sourire éclaira son visage.

— Allô, Liam ? Dis-moi. (…) C'est vrai ? Enfin ! (…) Vers quelle heure ? Dix-sept heures ? (…) Parfait ! À tout à l'heure, alors.

Il raccrocha avec un soupir de satisfaction. Liam était enfin rentré de voyage.

∴

Lorsque George arriva à leur rendez-vous, Liam était déjà assis. Sourcils froncés sur son beau visage bronzé, il semblait expliquer quelque chose de passionnant à une ravissante jeune fille. Plutôt bien bâti, avec une carrure de rugbyman, des yeux clairs et des cheveux toujours en bataille, son meilleur ami plaisait aux filles, et ce, depuis toujours. Si les deux hommes s'étaient mutuellement détestés quand ils s'étaient rencontrés la première fois, durant leur service militaire, le temps et le côtoiement forcé avaient décidément bien changé les choses…

— Liam ! s'annonça George en approchant, interrompant la discussion de son ami.

— Jimmy !

George sourit. Liam avait toujours été le seul à l'appeler ainsi, mais il appréciait ce surnom affectueux de sa part.

— Viens, que je te présente ! Voici Laurianne. Laurianne est française, ajouta-t-il en lui balançant un clin d'œil, se plaisant visiblement à énoncer ce prénom étranger. Cool, non ? Et en vacances ici, que dis-tu de cela ? Laurianne, George. George, Laurianne. Mais Laurianne allait partir, n'est-ce pas, chérie ?

La jeune fille lui jeta un regard courroucé, puis se leva très dignement et sourit à George :

— Ravie de vous avoir rencontré, minauda-t-elle avec un charmant accent. Au revoir !

Les deux hommes l'observèrent tandis qu'elle quittait le bar d'une démarche chaloupée.

— Qui est-ce ? demanda George en s'asseyant.

— Oh, personne, répondit Liam en riant. J'aimais juste son nom.

— Évidemment… Alors, raconte-moi. D'où viens-tu, cette fois ?

Issu d'une famille extrêmement aisée, Liam passait son temps à voyager. C'était un homme cultivé, à l'aise en société, mais qui recherchait sans cesse l'aventure, l'excitation, l'adrénaline. Il partait parfois durant plusieurs mois d'affilée pour aller explorer les régions les plus reculées de la planète, et en revenait toujours avec d'invraisemblables histoires. Pourtant, chaque fois qu'il partait, George ne pouvait s'empêcher de s'inquiéter. Après tout, si l'installation s'était particulièrement bien passée sur Illyr, la population autochtone hors Zone semblait tout de même fort agitée ces derniers temps. Depuis quelques mois, les comptoirs les plus éloignés subissaient des récalcitrances et même des attaques de dissidents illyriens. Rien d'ingérable, mais tout de même problématique. George n'aimait pas savoir son meilleur ami dans ces contrées sauvages. Lui-même n'était jamais sorti de la zone sécurisée, et pourquoi l'aurait-il fait ? Celle-ci s'étendait sur plusieurs centaines de kilomètres autour de Lloydsville et ne cessait de s'accroître. De nouvelles villes touristiques émergeaient presque chaque année autour de sites réputés pour leur beauté, leur originalité ou les opportunités d'activités qu'ils présentaient, et elles attiraient un flux constant de voyageurs et d'investisseurs. Il n'y avait donc aucune raison d'aller s'aventurer dans les Terres d'Horizon, ces territoires sauvages peuplés uniquement d'Illyriens et dénués de toute technologie moderne ! Les comptoirs n'étaient qu'à peine civilisés, et les Terriens qui y vivaient se trouvaient en contact quotidien avec des Illyriens.

Quel courage ! Il en faut, des gens comme ça, pour gérer les exploitations… Mais pas moi !

Et pourtant, ce que Liam aimait le plus, c'était justement s'immerger dans la culture locale, visiter les villes illyriennes les plus impressionnantes, celles perchées à flanc de canyon, à cheval entre deux îles ou perdues dans les forêts les plus sombres… Il disait qu'il fallait en profiter tant qu'elles existaient encore.

— Aaah, souffla le beau blond en haussant les sourcils. J'étais en Termarie, où j'ai eu l'honneur d'assister aux célébrations de la Hassa-Simoï, la fameuse fête de la Création illyrienne. Oh, c'était incroyable ! Tous étaient vêtus de blanc, avec des colliers de fleurs rouges. Le vin coulait à flots ! Il y avait des danses, des chants, et sur la rivière, un…

Il s'interrompit brusquement, les yeux rivés sur la porte d'accès du bar. Deux Illyriens venaient d'entrer et plusieurs têtes s'étaient tournées vers eux. Par-dessous leurs tenues d'agents de propreté, ils étaient affublés de leur fameux col rouge, et leurs chevelures (argentée pour l'un, vert sombre pour l'autre) tranchaient avec celles, classiquement sobres, du reste de la clientèle terrienne. L'établissement où ils se trouvaient était en effet exclusivement réservé aux Terriens.

Le gérant, appelé par la serveuse toute décontenancée, s'avança vers les nouveaux arrivants :

— Messieurs, je suis désolé, mais ceci est un bar de catégorie T, il ne vous est pas ouvert.

— Nous souhaiterions seulement une bouteille d'eau, déclara le plus vieux des deux Illyriens avec un accent particulièrement prononcé. Nous travaillons sur un chantier juste à côté et dans ce quartier, il n'y a aucun établissement neutre, vous comprenez…

— Bien sûr, mais légalement, je ne peux pas… (Il désigna son comptoir d'un geste.) En plus, je ne pourrais même pas vous encaisser. Nous n'avons pas de terminal pour scanner vos tatouages. Ici, mes clients payent tous par leur système intégré ou par empreinte digitale.

Il était vrai que l'argent liquide tel que l'employaient encore les Illyriens entre eux avait depuis longtemps disparu sur Terre, remplacé dans ses Installations par les transactions électroniques. Les systèmes intégrés restant cependant inabordables pour certains, on pouvait toujours payer par empreinte. L'appareil reconnaissait immédiatement le client et se liait à son compte en banque. Pour faciliter les transactions avec les Illyriens dans la zone sécurisée et les rémunérer pour leurs services, une banque spéciale avait été créée et leur tatouage leur servait d'empreinte. Tous les Illyriens étaient en effet tatoués sur le poignet droit d'un petit code-barres qui contenait toutes les informations les concernant : identité, date de naissance, lieu de résidence, lieu de travail…

Tout y figurait. Ces codes, apposés à la naissance par le bureau de recensement puis scannés et mis à jour régulièrement, constituaient leurs papiers d'identité. Cependant, seuls les établissements neutres (N) ou réservés aux Illyriens (I) possédaient les appareils nécessaires pour les scanner.

— Ah. Je comprends, soupira l'Illyrien, baissant ses yeux beiges aux iris ovales si caractéristiques de son peuple.

Le gérant semblait désolé, quoiqu'un peu tendu.

— C'est… Oh, attendez ! J'ai une idée. Nat ! Va chercher une bouteille vide à l'arrière, tu veux ?

La petite serveuse revint aussitôt avec ce qui lui avait été demandé, et le gérant remplit la bouteille à l'évier.

— Voilà. En revanche, je ne peux pas vous la donner ici. Dehors. Je vous la donne dehors.

Et il leur fit signe de sortir. Les Illyriens lui jetèrent un regard dubitatif, mais obtempérèrent. Quand la porte se referma sur eux, l'homme s'essuya les mains sur son tablier et sortit à son tour, bouteille à la main. En passant entre les tables, il surprit quelques regards levés vers lui.

— Allons, rien à voir ici ! Retournez à vos verres et conversations, mes amis !

Et l'habituelle cacophonie du bar reprit doucement.

— Tu disais donc… murmura George en revenant vers Liam.

Mais son ami ne l'écoutait pas. À la table à côté d'eux, deux hommes, déjà bien avinés, parlaient fort.

— P'tain, si j'étais lui, moi je les aurais juste foutus dehors, ces gars-là. Je sais pas pourquoi, hein, mais ils me foutent les tripes au court-bouillon, ces gens. C'est cette ressemblance physique, moi, j'm'y habitue pas… Genre, tu vois bien qu'ils sont pas normaux, hein, avec leurs yeux bizarres, là, leurs cheveux, mais quand même.

George vit les mâchoires de son ami se serrer et une veine commencer à palpiter sur sa tempe. Il allait s'énerver, ça n'allait pas rater.

— Clair, renchérit l'autre en postillonnant. Ça fout les boules. Des extraterrestres presque tout pareils à nous… Brrr, ça fait froid dans l'dos. T'imagines, des années de recherche et toujours aucune idée de comment c'est possible, c'te connerie ! Ou alors… on nous cache des choses ! L'AMRIS nous manipule !

L'autre éclata de rire.

— Conspiration ! hurla-t-il.

Et à nouveau, tous deux partirent d'un grand fou rire. Liam détourna la tête, un sourire incrédule aux lèvres.

— Pardon, j'étais distrait. On parlait de quoi ? Ah ! et tiens, elle vient, ce soir, ta charmante femme ?

— Ah ! non, malheureusement, elle travaille.

Liam grimaça en hochant la tête.

— Encore en déplacement, hein ? Dommage, dommage…

— Oui. Mais à propos de Nora, justement… j'ai quelque chose à t'annoncer. Voilà…

Il secoua la tête d'un air triste, malgré un sourire qui tordait le bord de ses lèvres.

— Elle…

— Quoi ? QUOI ? le pressa Liam, un peu inquiet.

— Eh bien… elle grossit.

Liam s'esclaffa.

— Et alors ? Dis-lui de commencer un régime !

— Oh non, je ne pourrai pas lui dire ça. Pas avant, ouh là… six mois encore !

Il y eut un petit moment de silence pendant lequel les deux hommes se dévisagèrent.

— Elle… Tu… Non ? Si ?

— Si !

— Tu vas être papa ? murmura Liam avec incrédulité.

George se mit à rire en hochant la tête. Il lui semblait que la fierté qu'il ressentait en cet instant irradiait de tous ses pores.

— Tu vas être papa !

Liam se leva et le serra dans ses bras.

— Félicitations ! Eh, vous tous ! J'offre la tournée à tout le monde ! hurla-t-il. Mon pote va être papa, je veux que tout le monde trinque en son honneur !

Les deux pochards à côté d'eux levèrent leur verre en sifflant, rapidement rejoints par d'autres clients hilares.

— Procréation naturelle, alors ? demanda Liam après avoir bu quelques gorgées d'un whisky japonais particulièrement parfumé.

— Oui. On en a beaucoup parlé, mais elle comme moi, on trouvait ça plus… ben naturel, justement.

Depuis le mouvement d'égalité des genres, les exogrossesses étaient devenues monnaie courante. Les couples refusant d'imposer la grossesse uniquement à la femme concevaient leurs enfants en laboratoire, pouvant ainsi voir grandir leur petit dans une matrice artificielle. Les centres de procréation assistée avaient donc pignon sur rue, offrant différents services ajoutés comme des visites au fœtus, la diffusion de musique ou de l'enregistrement de la voix des parents, des « accouchements » sur catalogue… Il ne s'agissait jamais que d'une extraction du bébé de sa matrice, mais certains en profitaient pour en faire toute une cérémonie. Le ou les parents repartaient dans l'heure avec leur nourrisson, heureux et en pleine forme.

— Courageuse. Paraît que certaines femmes sont hyper malades dans les premiers mois ?

George grimaça.

— C'est vrai… Nora a été fort malade pendant un mois ou deux, mais maintenant, ça va mieux.

— Et ça ne te manque pas de ne pas le voir ?

Le futur papa haussa les épaules.

— Si, parfois. Mais d'un autre côté, je vois le ventre de Nora grossir, et le bébé est toujours avec nous, près de nous. Pas besoin de prendre rendez-vous ! Nora lui parle tout le temps, elle touche son ventre, le caresse… C'est beau aussi, je trouve. En fait, je ne m'étais jamais vraiment posé la question, mais en le vivant ainsi, je ne sais pas… Je trouve ça tellement plus logique, tu vois ? Finalement, quand on y pense, c'est de cette manière que c'est censé se passer. Et que ça s'est passé pendant des millénaires !

Liam haussa les épaules à son tour.

— C'est sûr. Du moment que tout se déroule bien, c'est tout ce que je vous souhaite !

La conversion s'orienta vers d'autres sujets, et vers vingt-deux heures, George se leva.

— Je crois que je vais rentrer.

— Déjà ?

— J'ai encore pas mal de boulot à régler, malheureusement… Et puis, Nora rentre de reportage demain matin tôt, j'ai promis d'aller la chercher à la gare.

— Ah… Bon, ben… Bonne soirée, alors !

Liam serra son ami dans ses bras.

— Je suis heureux pour vous, vraiment. Félicite Nora de ma part demain, d'accord ?

George acquiesça avec emphase, rayonnant, et s'en fut.

Alors que Liam le regardait s'éloigner, le sourire qu'il avait affiché toute la soirée s'estompa doucement. *Il va être père. George va être père…*

∴

Les mains dans les poches de son manteau, Liam contemplait la vue. En sortant du bar, il n'avait pas eu le cœur de rentrer chez lui, et était allé se balader un peu sur les hauteurs de la ville. D'ici, il pouvait voir Lloydsville qui s'étendait sur des kilomètres à la ronde. Partout des gratte-ciel s'élevaient de terre, la plupart encore seulement à moitié construits. L'expansion s'était terriblement accrue depuis quelques années. Les bâtiments étaient beaux, mais la ville lui paraissait fade et blafarde, avec ses constructions blanches bien symétriques, à l'ergonomie parfaitement optimisée, comme l'avait souhaité le colombier à l'époque. Maintenant, tout se ressemblait. La modernité avait aseptisé l'environnement, rendant les agglomérats terriens tragiquement mornes.

Se détournant de la vue, il s'engagea dans une rue latérale, enfin prêt à rentrer chez lui. Il n'aimait pas revenir à la métropole, retrouver la vie quotidienne, le train-train monotone d'une vie bien rangée. Dans la rue, les gens marchaient vite, souvent les yeux dans le vide. Cette allure de somnambule était courante depuis l'apparition du système intégré. Connecté au puck, il délivrait toutes les informations directement et littéralement sous les yeux, grâce à un petit implant.

Au détour d'une rue, une jeune femme vêtue d'une robe courte en lamé or lui lança un sourire. Le SI de Liam l'identifia aussitôt : Lindsay Morgan, vingt-sept ans, célibataire. Son profil SeeMe avait matché avec le sien et elle lui avait envoyé ses coordonnées. D'un clignement de paupières blasé, Liam les refusa. Il n'était pas d'humeur. Autour de lui, les panneaux publicitaires s'adaptaient à son profil et lui suggéraient des vacances de luxe, des montres hors de prix, des restaurants étoilés… *Voilà qui je suis. Voilà ma superficialité, balancée en pleine figure.*

Il activa aussitôt son bloqueur – très coûteux – de publicités, et les annonces aux couleurs criardes se réduisirent à peau de chagrin. Il repensa à George, à sa femme, à leur bébé en route… Il se sentait heureux pour eux bien sûr, mais aussi un peu… frustré. Un peu jaloux, même, peut-être. George allait avoir un enfant. Il fondait une famille.

Déjà, le mariage de son ami avait été un coup rude, malgré toute la bonne humeur qu'il s'était efforcé de montrer ce jour-là. Nora était une fille extra, jolie et intelligente, le *total package*, quoi. Liam s'était réjoui pour lui, mais déjà à ce moment-là, il avait eu l'impression de perdre son complice. Cela n'avait pas été le cas, heureusement, ils avaient continué de se voir, mais avec un enfant, serait-ce encore possible ? George aurait d'autres priorités, et personne ne pourrait le lui reprocher. Il avançait…

L'âme en peine, Liam marchait les yeux fixés sur ses chaussures. *Il faudrait que j'appelle ma sœur un de ces jours. Ça fait trop longtemps…* Une fine bruine se mit à tomber. Redressant son col par-dessus sa tête, il courut vers le bar le plus proche pour s'abriter.

Quelques heures plus tard, Liam titubait dans la rue, beuglant une chanson paillarde à tue-tête. De nombreuses voix s'élevèrent des buildings avoisinants, exigeant le calme. Mais il n'en avait cure, c'est à peine s'il les entendait. La grande lune était couchée depuis longtemps et les deux petites brillaient bien haut, éclairant la ville d'une lueur pâle.

J'dois pisser. Avisant un arbre non loin, Liam s'en approcha. Il lui fut assez difficile de viser droit, le tronc bleu pâle ne cessant de bouger.

— Chuuut… arrête ! cria-t-il au végétal réfractaire.

À ce moment, une sirène retentit derrière lui.

— Monsieur, c'est la police. Vous êtes en état d'arrestation pour ébriété et urination publiques. Veuillez montrer vos mains et monter dans le véhicule, somma une voix.

— Mmmnnnaaan, maugréa Liam, la tête posée contre le tronc.

— Je répète, c'est la police. Vous êtes en état d'arrestation pour ébriété et urination publiques. Veuillez montrer vos mains et monter dans le véhicule.

La porte de la voiture s'ouvrit et un policier en sortit, visiblement agacé. Mains en l'air face à la menace, Liam se décida enfin à obtempérer et grimpa dans la voiture. Il s'y endormit presque aussitôt.

— Monsieur Atterwood ?

Liam entrouvrit les yeux. Sa tête lui faisait mal, les mots résonnaient comme un écho.

— Monsieur Liam Atterwood ?

Un policier noir, à la carrure svelte et au visage sympathique, le regardait avec un sourire en coin, sourcils levés.

— Moui ? souffla Liam en se redressant à moitié.

Il s'était endormi sur la couchette de la cellule de garde à vue.

— Vous pouvez y aller.

— Mmh… Non, j'vais dormir encore un peu, répondit l'intéressé en se recouchant.

— Euh… non… Monsieur ? Vous *devez* partir maintenant. Vous êtes resté ici six heures, on ne peut pas vous garder plus longtemps. D'autant plus que vous avez déjà payé votre amende.

— Ah oui ?

Il n'en avait aucun souvenir. Le policier l'aida à se redresser. Liam s'assit sur le rebord de la couchette, les yeux dans le vide. En plus de la gueule de bois, un intense sentiment de tristesse lui pesait sur le cœur.

— Ça va, vieux ?

— Non…

Liam leva les yeux vers lui.

— J'suis malheureux, murmura-t-il.

Le flic le regarda avec une moue compatissante.

— Petit déjeuner ? proposa-t-il en lui tapant amicalement sur l'épaule.

C'est ainsi, autour d'une omelette brûlante et d'un café bien fort, que Liam fit la connaissance de Thomas Mbawe.

CHAPITRE TROIS
Thémaire – La prison

La porte de la cellule 017 se referma avec fracas, arrachant un grognement à Thémaire. Le vieil homme se retourna sur sa paillasse, à présent pleinement réveillé. Le faisceau des lampes des gardiens éclaira encore brièvement le couloir, puis la porte centrale claqua et l'obscurité redevint totale. Seuls quelques murmures et quintes de toux brisaient de temps à autre le silence. Thémaire se redressa. Contre la porte, une silhouette était adossée. Un nouveau…

Ces derniers temps, les nouveaux venus s'étaient faits plus rares, probablement à cause de l'évidente surpopulation de la prison ; le problème en était arrivé à un point tel que, même avec la meilleure – ou la pire – volonté du monde, on ne pouvait plus caser qui que ce soit de plus. Les cellules conçues à l'origine pour deux personnes en accueillaient désormais toutes au moins quatre. Dès lors, il fallait attendre une libération ou un décès pour trouver de la place. Les libérations se faisaient en moyenne une à deux fois par mois, par un appel dans la grande cour. Jamais moins de cinq, jamais plus de vingt : c'était la règle. Étant donné qu'aucun détenu ne connaissait la longueur de sa peine, personne ne savait quand il serait libéré, et cet appel créait donc toujours des espoirs… De terribles espoirs.

Les décès quant à eux tombaient de manière aléatoire, quoique plus fréquemment durant les pics de température. L'été, c'était la déshydratation et les coups de chaleur ; l'hiver, les engelures gangréneuses et les pneumonies. Ceux qui n'en mouraient pas dans leur cellule étaient envoyés à l'hôpital, sorte de tour construite au centre du camp et protégée de barbelés. Mais ceux qui y entraient n'en sortaient que très rarement…

Tout cela n'était pas bien gai, mais avec le temps, on s'habituait, on s'insensibilisait. Les conditions de vie et de travail dans la prison ne permettaient pas autre chose. Hier encore, ils avaient dû évacuer un cadavre ici même, cellule 017.

Bon débarras, tout de même. Quel emmerdeur, ce type…

Thémaire, couché sur le dos, eut un petit sourire en regardant le lit vide au-dessus de lui. Borm n'était plus qu'un sac d'os depuis bien trop longtemps, cela devait finir par arriver.

Le vieil homme reporta son attention sur celui que les gardiens venaient d'amener à sa place. Dans la pénombre, il ne pouvait distinguer qu'une silhouette, qu'il suivit du regard alors qu'elle se laissait doucement glisser le long du mur, le visage entre les mains.

Un faible. Il se détourna avec un rictus dédaigneux. *Encore un qui ne fera pas long feu…*

Thémaire était là depuis des années déjà, ce qui faisait de lui un vétéran. Autour de lui s'étaient succédé des « locataires » de tous âges et de tous genres : des jeunes et des moins jeunes, des effrontés, des volontaires, des désespérés. D'aucuns mouraient rapidement, d'autres restaient longtemps. La prison n'était pas faite pour tout le monde… Les gens meurent, c'est comme ça. On ne peut compter sur personne.

Au fil des années, il n'avait connu qu'une douzaine de libérations de ses codétenus de 017, tous les autres étaient morts.

Le roulement était relativement rapide, alors il ne s'intéressait pas à eux, et eux finissaient toujours par cesser de s'intéresser à lui. Il vivait ainsi avec trois autres détenus dans un espace de six mètres carrés en parfaite indifférence. En ce moment, deux jeunes garçons partageaient sa cellule : Gilem et Ulliel. Ulliel se trouvait là depuis près d'un an. C'était un garçon de ferme au visage doux, dont les mèches blondes lui tombaient devant les yeux. S'il avait fallu le décrire en un mot, on aurait choisi « placide ». D'un tempérament égal, assez neutre, il n'élevait jamais la voix. Il ne semblait jamais en colère, mais jamais très heureux non plus. *Enfin, qui le serait, ici…*

L'autre, arrivé un peu plus de six mois plus tôt, s'avérait en revanche une véritable plaie. Gilem… Un petit rouquin au nez en trompette parsemé de taches de son qui paraissait incapable de se taire plus de dix minutes d'affilée. Il avait encore l'énergie d'un chiot, le gamin, c'était épuisant. Et puis, quand il parlait en langue commune, son accent du Nord teintait ses phrases de « r » roulés et de petits claquements de langue, ce qui rendait ses soliloques d'autant plus agaçants. Thémaire ne l'aimait pas. Mais pour être honnête, Thémaire n'aimait personne.

À l'époque, quand il avait été arrêté, il n'était qu'un vieil homme comme les autres, qui se laissait aller à la douceur de l'âge en lisant et en écrivant au calme de sa bibliothèque. Mais son arrivée à la prison avait été comme un électrochoc. Le travail de la mine avait réactivé les muscles oubliés de sa jeunesse, et l'inconfort de sa situation l'avait sorti de sa léthargie passive. Le vieil homme avait alors surpris tout le monde par sa ténacité. Les locataires de sa cellule se succédaient, mais Thémaire résistait. Certains disaient que c'était sa méchanceté qui le rendait immortel, et ils n'étaient pas loin de la vérité. Aujourd'hui, il était devenu un vieillard rachitique et aigri, ses cheveux blanchis se raréfiaient sur son crâne, rejoignant un collier de barbe mal entretenu, de grosses poches soulignaient ses yeux fatigués… Mais il avait encore de la force dans ses membres décharnés et surtout, une volonté rageuse de vivre.

Je ne crèverai pas ici. Je ne crèverai pas ici. Je ne crèverai pas ici. C'était son mantra. Tous les soirs, il se répétait ces mots en boucle. Jour après jour, chaque matin, une victoire. *Je ne crèverai pas ici.*

∴

Le lendemain à l'aube, la sirène de début de journée retentit et Thémaire ouvrit les yeux en grimaçant. Il avait mal dormi. La fatigue pesait sur ses muscles raides et la perspective d'une nouvelle journée de travail dans les tréfonds de la mine n'éveillait en lui qu'une profonde lassitude. En soupirant, le vieil homme se releva et s'étira. Le nouveau venu de la veille était toujours dans la même position, accroupi contre les barreaux de la porte.

Peut-être est-il déjà mort ?

Il était tôt, le soleil n'était pas encore levé et depuis quelques jours, le petit plafonnier de la cellule avait rendu l'âme. Il faisait donc encore très sombre, mais à la lueur de ceux du couloir, automatiquement allumés avec la sirène, Thémaire découvrit un homme massif, aux cheveux longs et à la barbe épaisse. Les yeux fermés, il était parfaitement immobile. Pourtant, quand la porte s'ouvrit avec son habituel grincement strident, l'homme se redressa tout de suite, les poings serrés, et suivit sans un mot les autres détenus qui rejoignaient lentement le couloir.

Tiens, non. Pas mort, après tout…

Les deux garçons qui partageaient la cellule de Thémaire avisèrent le nouveau avec intérêt et y allèrent bien sûr de leurs commentaires chuchotés. Le vieil homme poussa un soupir d'agacement qui arracha un petit rire à Gilem, et aussitôt, un gardien se mit à glapir pour réclamer le calme. Les prisonniers marchèrent donc en silence vers la sortie de leur baraquement, à la porte duquel leur tatouage fut scanné en échange d'une petite pilule noire, censée contenir le lot de vitamines et de calories nécessaires à leur survie, ainsi qu'une gourde remplie d'une eau « vitalisée » en guise de petit déjeuner. Cette gourde était précieuse, ils n'auraient pas de quoi la remplir à nouveau avant la pause de midi. Ensuite, ils furent conduits, toujours dans le silence imposé, jusqu'à la mine.

La mine, c'était la Prison pour dissidents illyriens numéro 4, la punition pour leurs crimes. De nombreux estampillés « terroristes » se trouvaient ici, de même que quelques opposants politiques et agitateurs de foules. La prison était en réalité un camp de travail, construit aux abords d'une mine d'illyrium, un minerai vermeil extrêmement rare et précieux que les Terriens convoitaient. Non seulement ils en faisaient des bijoux raffinés, mais surtout, ils l'utilisaient pour fabriquer des puces et des cartes mémoire miniatures. Sa rareté et sa fragilité imposaient une extraction manuelle plutôt que mécanique, et comme on n'en trouvait que fort profondément sous terre, l'opération s'avérait très délicate, et souvent dangereuse. C'était sans doute la raison pour laquelle il avait été décidé que les prisonniers s'en chargeraient : si l'un ou l'autre mourait dans la mine, la perte ne serait pas bien grande. Et puis surtout, ils constituaient une main-d'œuvre gratuite.

Thémaire et les autres travailleraient dans l'obscurité froide de la terre durant sept heures avant de recevoir, par l'ascenseur, un maigre déjeuner. Et ils en auraient encore pour six heures de travail avant de finir leur journée. C'était le rythme quotidien. Les heures passaient lentement dans la semi-clarté des boyaux creusés dans la roche. Avec le temps, un véritable labyrinthe s'était créé là en bas, emmenant les hommes de plus en plus loin sous la terre. Manquant d'expérience et de connaissances, il n'était pas rare qu'ils provoquent des éboulements ou des explosions en touchant des poches de gaz. Et hélas, évacuer les cadavres n'était pas toujours aisé… Alors, si leurs camarades se trouvaient ensevelis sous des roches trop lourdes à déplacer, ils devaient rapporter aux gardiens au moins leur avant-bras, pour le tatouage. Et le lendemain, quasi sans faute, des nouveaux arrivaient. C'était ça aussi, le rythme du camp.

Pour éviter au maximum ce genre d'incidents, chaque bleu était d'ordinaire « parrainé » par un ancien qui le guidait durant les premiers jours, lui expliquant le fonctionnement de la mine et de la prison en général. Mais ce matin n'était pas comme d'habitude. Un curieux sentiment de malaise flottait dans l'air et personne n'osait approcher le nouveau. Il restait le visage baissé, ses cheveux tombant devant ses yeux, silencieux, isolé. Quelque chose en lui provoquait une sorte d'appréhension chez les prisonniers, quelque chose d'indéfinissable. Peut-être était-ce son allure étrange, ou bien la manière dont les gardiens l'observaient en murmurant entre eux, on ne savait trop. Mais le fait était là. Contrairement à tous les autres nouveaux que Thémaire avait pu voir arriver au cours des années passées ici, celui-là ne semblait ni effrayé, ni désespéré, ni perdu. Au contraire : il montrait une étrange et presque inquiétante absence d'émotion.

Par petits groupes, les prisonniers furent descendus dans la mine. Une fois au fond, Gilem et Ulliel, comme d'habitude, se dirigèrent vers leurs camarades. Les jeunes de la prison s'étaient presque instinctivement regroupés et formaient aujourd'hui un groupe assez soudé. Profitant de leur « liberté » sous terre, ils avaient décidé de travailler ensemble, jeunes de tous baraquements confondus, dans la même galerie. Ces jeunes n'étaient pas nombreux, peut-être une petite vingtaine, entre quinze et vingt ans. Leur dernière recrue, arrivée depuis un peu plus de quatre semaines, s'appelait Krovani. Depuis qu'il était là, le malheureux devait déjà avoir perdu la moitié de son poids.

Mais bon, il avait de quoi perdre, le petit gros.

Thémaire, quant à lui, traîna un peu pour observer le nouveau s'enfoncer seul dans les tréfonds de la mine et disparaître, englouti par l'obscurité. *Étrange… Aucune hésitation.* Haussant les épaules, le vieil homme s'en alla de son côté. Deuxième couloir à gauche, premier à droite, troisième à gauche, premier à droite. Cinquième à gauche. Deuxième à gauche. Son espace. La plupart des hommes ici aimaient travailler en groupe pour discuter un peu, mais lui préférait amplement rester seul. Il s'était forgé une réputation, dans la prison, de « vieux grincheux ». *Et alors ?* Oui, il était vieux et oui, il était grincheux, en quoi cela les concernait-il ? Il ne leur demandait rien, et entendait bien que la même courtoisie lui soit retournée.

Le vieil homme prit une profonde inspiration et donna son premier coup de pioche de la journée. *Tac.* Il sentit la vibration remonter le long de son bras, jusque dans son dos. *Tac.* La pioche rebondit sur la roche rouge et dure, l'écaillant à peine. *Tac. Tac.* Des petits morceaux tombèrent à ses pieds. *Tac. Tac.* Rapidement, il s'engonça dans le rythme régulier et étrangement réconfortant des coups de pioche, qui lui permettait de ne plus penser. *Tac. Tac. Tac.* Le bruit était constant, un peu comme un mantra. *Tac. Tac. Tac.*

Les heures passaient et se ressemblaient.

Soudain, la sirène de midi sonna à tout rompre, suivie de l'annonce : « A1, à la nacelle ! » C'était au premier baraquement d'aller chercher son déjeuner. Chacun à son tour, pour éviter la cohue et gagner du temps. Thémaire continua donc à travailler.

Tac. Tac.

Appel pour les A2. Les A3.

Tac. Tac. Tac.

« A8, à la nacelle ! » Son tour, enfin. Thémaire posa sa pioche et souffla longuement sur ses paumes pour soulager la douleur. Il regarda ses mains noires aux rides profondes, ses paumes couvertes de durillons, ses doigts élargis, ses ongles cassés. Le lot de tout mineur. Autrefois pourtant, ses mains étaient douces et fines, des mains de littéraire, d'érudit… Aujourd'hui, il ne parviendrait sans doute même plus à tenir un stylo entre ses doigts.

Enfin… peu importe, maintenant.

Dans le couloir central, les hommes déjà épuisés, engourdis et affamés du A8 formaient une file relativement ordonnée. Ils attendaient leur tour, dans un calme las. Certains somnolaient debout, guidés par un camarade, d'autres discutaient, quelques-uns marchaient en silence, perdus dans leurs pensées. Rapidement, Thémaire aperçut le nouveau. Devant lui, à gauche. Il le reconnut à sa carrure large et à ses muscles saillants. Les nouveaux se démarquaient toujours par leur santé dans les premières semaines, parfois les premiers mois, pour les plus chanceux. Mais après quelque temps, ils finissaient tous par se fondre dans la masse fantomatique. Le nouveau marchait la tête baissée, calme, comme s'il était là depuis toujours. Quand son tour arriva, il tendit le poignet au gardien qui scanna rapidement son code-barres et lui tendit son repas, soit une nouvelle pilule noire. Cela ne dura qu'une seconde, mais Thémaire crut déceler dans le regard du maton un éclair de… de quoi exactement ? Il n'aurait su le dire, mais ce n'était pas normal. Puis ce fut son tour de tendre le poignet pour l'encodage et il perdit de vue le nouveau dans la foule.

Quand à la fin de la journée les détenus furent remontés de la mine, le soleil était déjà bas. L'automne touchait à sa fin et les jours se faisaient de plus en plus courts, privant les hommes d'autant de lumière. Le long du trajet jusqu'aux baraquements, les grands spots avaient déjà été allumés. Ils n'étaient hélas plus tout neufs et les éclairages parvenaient à peine à toucher le sol.

La file des détenus s'ébranla donc sous le regard attentif des gardiens, parfaitement inutiles au vu de l'abattement général. Ces hommes n'essayeraient pas de fuir, ils n'en auraient pas la force. Ils n'en auraient pas même l'idée. Ils étaient usés jusqu'à la corde, les yeux rougis par la fatigue, les côtes saillantes sous leurs vêtements trop fins pour la saison, les joues creusées, les muscles douloureux… Rendus dociles à force de coups, de privations et de désespoir, les prisonniers se laissaient faire sans plus résister, sans plus réfléchir.

En silence, ils longèrent les deux rangées de barbelés qui entouraient une route macadamisée parcourant le terrain dans toute sa longueur, séparant le camp en deux. Le minerai qu'ils dégageaient des profondeurs de la terre, ils l'envoyaient de l'autre côté, par un large tapis roulant qui traversait les barbelés, surplombant la route. De l'avis de tous, cet autre côté du camp était celui des femmes. Tous y croyaient dur comme fer, même si personne ne les avait jamais vues. Ce tapis représentait donc la seule petite interaction qu'ils pouvaient avoir avec elles. Chaque jour, les hommes y déposaient les roches et les suivaient du regard, espérant apercevoir au travers d'une des fenêtres un visage, un regard… Le poste de « tapissier », comme ils l'appelaient, était assez convoité. C'était pourtant un rude travail : quel que soit le temps, qu'il neige, vente, pleuve, ou que le soleil tape sans aucune pitié, il fallait pousser les lourds chariots tout le long des rails depuis la mine jusqu'au tapis roulant, pelleter les pierres et les déposer sur le tapis. Mais au moins, ils étaient à l'air libre, ils voyaient la lumière du jour, et ils pouvaient espérer apercevoir les femmes. Ils étaient d'ailleurs nombreux à graver des petits mots sur les roches à leur intention. Quelques-uns se laissaient aller à des représentations légèrement plus graphiques, mais qui pouvait les blâmer…

Chaque soir, les tapissiers étaient questionnés par les autres. Avaient-ils vu quelqu'un ? Avaient-ils réussi à prendre contact ? Et chaque jour, c'étaient les mêmes réponses : ils avaient vu une ombre, une silhouette à l'une des fenêtres. Certains ajoutaient des détails croustillants, une paire de seins ou de fesses dénudée apparue derrière les vitres, ce qui réjouissait toujours. Bien sûr, tous avaient des doutes sur la véracité de ces histoires, mais ils se plaisaient tout de même à y croire. Le mythe devait perdurer…

Sur la route vers les baraquements, les ragots journaliers allaient donc bon train, se colportant de chuchotis en chuchotis. Mais Thémaire n'y prêtait guère attention ; il restait fixé sur le nouveau. L'homme marchait tête basse, seul. Et une fois de retour dans la cellule 017, il engloutit son repas du soir — une soupe claire accompagnée d'un quignon de pain tartiné d'une pâte épaisse et sans goût à la teinte grisâtre —, et se coucha, toujours sans un mot. Thémaire vit les deux garçons qui partageaient sa cellule s'échanger un regard.

— Il n'est pas très loquace, murmura Gilem en montrant le nouveau d'un signe de tête tout en allongeant son corps maigre sur sa paillasse.

— Non, en effet.

Les faibles plafonniers du couloir s'éteignirent dans un claquement et Thémaire ferma les yeux. Mais c'était sans compter le regain d'énergie que l'arrivée du nouveau semblait avoir procuré aux garçons.

— Tu imagines que de toute la journée, personne ne l'a vu ? souffla le petit rouquin avec une excitation contenue.

Dans la pénombre du baraquement, on ne discernait que les contours de la silhouette du nouveau, mais Gilem l'observait tout de même avec intérêt. Leurs deux paillasses se trouvaient à la même hauteur, séparées d'un petit mètre à peine, l'espace nécessaire pour se tenir debout entre les deux. L'homme, couché sur le dos, avait tourné son visage vers le mur.

— Il était seul ? Personne ne l'a parrainé ?

— Non… Et du coup, on ne sait toujours pas, pour le numéro.

— Personne ne lui a demandé ?

— Ben non… Je ne pense pas… chuchota Gilem. T'es pas curieux, toi ?

— Si.

— Tout le monde veut savoir. Et c'est notre responsabilité, puisqu'il est chez nous.

L'homme grogna dans son sommeil. Gilem se figea.

— Tu crois qu'il est réveillé ? chuchota-t-il un ton plus bas.

— Je ne sais pas.

— Est-ce qu'on attend demain, ou bien on lui demande de nous le montrer maintenant ?

— Tu oserais ?

— Je ne sais pas. Il est bizarre, non ? Il a quelque chose de… différent. Je ne sais pas trop quoi, mais il me fait un peu peur.

Thémaire émit un petit bruit moqueur, autant pour énerver le gamin que pour signaler qu'il était dérangé par le bruit. Il ne vit pas Gilem lui tirer la langue en retour.

— Tu crois que tu peux le voir d'ici ? demanda encore Ulliel, le plus bas possible.

Gilem se tordit le cou dans tous les sens.

— Non, il fait trop noir.

— Alors, on lui demandera demain.

— Taisez-vous ! grogna Thémaire.

— Chuuut ! Tu vas le réveiller !

Et comme pour appuyer ses propos, l'homme poussa un profond soupir et tourna la tête, arrachant un petit couinement de terreur à Gilem. Il y eut un moment de silence et Thémaire crut qu'il allait enfin pouvoir s'assoupir quand Gilem reprit la parole :

— En même temps, ça ne fait qu'un jour. Ce n'est pas tellement surprenant, quand on y pense.

— De quoi ?

— Je veux dire, il y en a beaucoup qui ne parlent pas. Regarde Thémaire, à part nous engueuler… Borm, par contre, je n'en pouvais plus de l'entendre. Je suis content qu'il soit mort.

— Gil !

— Enfin, j'veux pas dire ça comme ça, mais… Quand même, avoue. Tu es content aussi qu'il ne soit plus là !

— Mmh…

Ce qui était arrivé au vieux Borm, précédent occupant de la quatrième couchette de la cellule 017, était particulièrement atroce. Quand il était entré dans la prison, le pauvre homme avait complètement perdu la tête et répétait inlassablement sa tragique histoire, tous les jours, encore et encore. La nuit, il hurlait dans son sommeil. Bien sûr, les autres détenus s'étaient d'abord montrés compréhensifs, mais rapidement, ils n'avaient plus pu supporter d'entendre les détails. C'était trop dur. Tout le monde à la PDI-4 avait des souvenirs difficiles, et personne n'aimait y repenser. Mais avec Borm, avec ses délires, chacun revivait ses propres drames et les fantômes se répandaient dans les yeux des vivants. Aussi, quand il ne s'était pas réveillé un matin, un sentiment de soulagement légèrement coupable avait envahi le baraquement.

Thémaire se retourna sur sa couche, pensif.

« *Il me fait un peu peur.* » C'était ce que le garçon avait dit du nouveau. De la peur, c'était peut-être bien ça qu'il avait vu dans les yeux du gardien plus tôt dans la journée. Mais pourquoi un gardien aurait-il peur de son prisonnier ? Certes, l'homme était assez impressionnant physiquement, très grand et musclé, mais il se trouvait aussi clairement en position de faiblesse. Et pourtant, le vieil homme ne pouvait se défaire du sentiment de malaise qu'il ressentait chaque fois qu'il regardait le nouveau.

C'est vrai qu'il est bizarre. On dirait presque qu'il… Non, ce serait absurde. Impossible. Et pourtant…

Chapitre quatre
Elly – L'hôtel

Au petit matin, après une nuit mouvementée et pleine de cauchemars, Elly se réveilla avec une boule au ventre, peinant à se rappeler où elle était. Puis tout lui revint en mémoire d'un seul coup : le grand bâtiment, Kyros et ses yeux orange, le Terrien et son visage si dur, le grand-froid imminent… La réalité la percuta enfin : elle était prisonnière, ici. Se glissant hors du lit, elle jeta un rapide coup d'œil par la fenêtre. Le ciel était blanc. Totalement blanc. Il allait sans doute commencer à neiger dès la nuit prochaine. Le piège s'était refermé sur elle durant la nuit.

Merde.

Tout doucement, elle ouvrit la porte de sa chambre. Dans le bâtiment la veille encore si silencieux, des dizaines de petits bruits trahissaient ce matin son occupation ; des pas, des éclats de voix, des entrechoquements de vaisselle… Dans le couloir, les lourdes tentures noires qui recouvraient les fenêtres avaient été relevées, laissant entrer la lumière froide de l'aube. Elly se glissa jusqu'à l'escalier et descendit sur la pointe des pieds. Quand elle arriva sur le palier du quatrième étage, une odeur d'œufs brouillés et de légumes grillés vint lui chatouiller le nez. Elle poussa la porte, se souvenant que Kyros hier l'avait désigné comme l'étage commun, et avança dans le couloir. Les bruits étaient beaucoup plus forts ici : de toute évidence, les occupants des lieux s'étaient rassemblés pour le petit déjeuner.

Non. Autant éviter la foule. Retournant sur ses pas, elle remonta en vitesse vers sa chambre.

Les gens sont méchants. Évite-les. C'était un conseil si simple, tellement sensé… C'étaient ses parents d'adoption, de braves Illyriens qui l'avaient recueillie alors qu'elle n'était encore qu'une toute petite fille, qui lui avaient inculqué ces précautions. Pendant des années, elle était parvenue à les suivre, voyageant seule, évitant les villes et les villages au maximum, ne parlant à personne. Et aujourd'hui, voilà où elle en était. Enfermée pour toute la durée du grand-froid avec ces gens. Ces gens qui allaient certainement la juger, la mépriser… La dénoncer, même, peut-être. Son cœur lui dégringola d'un coup dans le creux de l'estomac.

Mais s'ils me dénoncent, ça ne sera qu'après le grand-froid. Elly regarda sa fenêtre. Déjà, le givre commençait à s'y étendre, formant sur la vitre d'étranges motifs géométriques. Elle n'avait pas le choix, elle devait rester ici. Durant la nuit, durant les prochains dix jours, la température chuterait bien en dessous des cinquante degrés sous zéro, avec des bourrasques glaciales et des chutes de neige infernales. Personne ne pouvait survivre exposé au grand-froid, surtout dans ces montagnes, si loin au sud. Sortir de ce bâtiment serait une folie qu'elle payerait de sa vie. Elle devait prendre son mal en patience.

Avec un soupir de résignation rageuse, la fillette entreprit de déballer son sac. Ses quelques vêtements dans la petite armoire, ses affaires de toilette dans la salle de bains, son rouleau de corde, son petit couteau, sa pierre à feu et son nécessaire à couture dans la commode près de son lit. Et Vavo, sa vieille peluche tout abîmée, sur son oreiller. Ses trois précieux livres trouvèrent quant à eux une place de choix sur l'étagère en face de la fenêtre. Ils représentaient ce qu'elle avait de plus cher.

Au fil des années, ces livres étaient devenus ses meilleurs amis, au même titre que sa peluche d'enfant. Bien sûr, aujourd'hui, elle les connaissait tous par cœur, mais cela ne l'empêchait pas de continuer à les lire et les relire, encore et encore. La lecture est un excellent remède contre l'ennui de la solitude, elle en savait quelque chose. Elly avait appris à lire toute jeune avec ses parents, aussi bien en LGU qu'en illyrien, mais les livres étaient rares. Depuis l'Autodafé, la littérature illyrienne avait presque entièrement disparu. Les livres qui avaient survécu étaient fort rares et par conséquent, immensément précieux.

Elle caressa tendrement la tranche abîmée de l'un d'eux. Celui-là, elle l'avait trouvé six mois plus tôt, caché dans le tiroir secret d'un bureau dans une maison secondaire condamnée où elle avait passé quelques jours. Il s'agissait d'un recueil de poèmes anciens, tous plus beaux les uns que les autres.

Soudain, plusieurs coups furent violemment frappés à sa porte.

— Ho, la métisse, tu es là ?

Elly s'immobilisa, tétanisée.

Les coups redoublèrent, la poignée fut secouée, mais Elly avait fermé à clef.

— Hé, ho ! Ouvre !

Elly se leva pour aller ouvrir, le ventre noué d'appréhension. Une dame à l'air peu amène lui faisait face. Grande et ronde, ses joues étaient très rouges. Ses yeux, petits et enfoncés, arboraient cependant une magnifique teinte d'un mauve profond et ses cheveux noués en chignons serrés de part et d'autre de son visage présentaient une curieuse couleur, entre le rose et le gris.

— Le Chiffre m'a demandé de m'occuper de toi, lâcha la femme, visiblement mécontente.

Elly fronça les sourcils.

— Le Chiffre, répéta la femme sèchement. Le Terrien ? Celui que tu as vu hier ? Ça percute ?

— Oh…

— Ouais, bon. Moi, c'est Agmée. Apparemment, c'est à moi qu'on refile la corniaude, et comme tu vois, j'en suis ravie.

Corniaud… Un terme extrêmement vulgaire et offensant pour désigner les métis, mais également utilisé dans le langage courant pour décrire les imbéciles méchants et les rebuts de la société. Elly tiqua sous l'insulte, mais ne releva pas.

— Eh bien ? En avant, suis-moi ! Y a du boulot.

Cachant rapidement son livre sous son oreiller, Elly s'empressa de suivre la grosse femme.

— Puisque tu es là, tu vas mettre la main à la pâte, et bosser en cuisine, déclara-t-elle en marchant à grands pas vers les escaliers. Et en cuisine, c'est moi qui commande, c'est clair ? Tu feras ce que je dirai, quand je le dirai.

Elle la guida à nouveau jusqu'au quatrième étage, vers ce qui semblait être une grande salle de restaurant. La pièce était meublée de huit longues tables autour desquelles des dizaines de personnes étaient installées. Elly s'arrêta aussitôt, se collant au mur juste à côté de la porte, le cœur battant. Il devait bien y avoir une quarantaine de personnes assises là, discutant et riant allègrement entre elles. La petite risqua un nouveau coup d'œil. Agmée traversait le réfectoire à grands pas, sans se rendre compte qu'Elly ne suivait plus.

— Ben alors, tu entres ou quoi ? dit soudain une voix derrière elle, alors qu'une main se posait sur son épaule.

Elly sursauta brusquement et se retourna.

— Par tous les… !

Face à elle se tenait une femme, la main sur le cœur, une grimace de dégoût sur le visage. Avant qu'Elly ait pu dire quoi que ce soit, la femme entra à reculons dans la salle à manger sans quitter la petite des yeux, s'installa à table à côté d'un petit groupe et la pointa du doigt. Immédiatement, ils levèrent la tête vers elle avec le même air choqué.

Les gens ne t'aiment pas. Ils ne t'aimeront jamais. Les métis sont craints. Ils sont mauvais. Retiens ça, toujours.

Tout en elle hurlait la fuite. Son cœur battait la chamade, sa respiration était rapide, très rapide, et pourtant elle resta là, figée, incapable de bouger.

— Eh, la corniaude ! Qu'est-ce que tu attends ? Ici ! cria Agmée depuis l'autre bout de la salle, s'étant enfin rendu compte qu'elle avait égaré Elly.

Aussitôt, tout le monde la regarda, la dévisageant en silence, l'air vaguement écœuré. Les larmes aux yeux et les dents serrées, Elly dut rassembler tout ce qu'elle avait de force pour traverser la salle et rejoindre Agmée.

— Enfin ! Allez, entre, maugréa la grosse femme en poussant une porte au fond, révélant les cuisines.

Grandes et lumineuses, elles aussi dénotaient un certain luxe. Une femme occupée à récurer une casserole se retourna vers elles. Plutôt petite, avec de longs cheveux verdâtres noués en plusieurs queues-de-cheval et tresses épaisses typiques de la région de Bovête, elle avait le visage fin et pâle.

— Elle, c'est Yko, marmonna Agmée. Elle cuisine avec moi.

La dénommée Yko reposa la casserole dans l'évier, ses manches retroussées dévoilant une grosse cicatrice boursouflée à l'endroit où avait dû se trouver son tatouage identitaire. Elle regarda la petite métisse avec circonspection.

— Le Chiffre veut que je trouve de quoi l'occuper, lâcha Agmée en soupirant à l'intention de sa collègue. J'te jure…

De quoi m'occuper ? Mais pour qui il se prend, celui-là ? De toute façon, je ne resterai pas longtemps ici. Dès que le grand-froid sera passé, je me barre. Je chope un maximum de provisions ici et…

— Bon. Tu vas nous servir d'aide-ménagère, du coup. Ho, tu m'écoutes ?

Elly reporta aussitôt son attention sur Agmée.

— Tu dresseras les tables avant chaque repas et tu les débarrasseras après, et tu feras la plonge, ajouta-t-elle en désignant une série de larges éviers. Voilà qui devrait t'occuper suffisamment. Pas vrai, Yko ?

La petite femme haussa les épaules.

— Des questions ?

Elly releva les yeux vers Agmée, ne sachant que dire.

— Ah non, hein ! Ne me regarde pas dans les yeux, c'est dégoûtant ! réagit-elle vivement. Je ne veux pas voir ça.

— Pardon, murmura la petite en baissant aussitôt le front.

— Eh bien ? Qu'attends-tu ? En avant ! Au boulot ! Va donc débarrasser le petit déjeuner !

Avec un petit hochement de tête, Elly ressortit de la cuisine et commença à rassembler en piles les assiettes abandonnées sur les tables, dos voûté, regard au sol. *T'es peut-être une grande gueule dans ta tête, Elly, mais en vrai, t'es qu'une pathétique loque.*

Deux heures plus tard, elle avait lavé, essuyé et rangé la vaisselle, passé le balai dans la salle et plié les nappes et les serviettes propres. Il ne lui restait plus qu'une chose à faire : descendre le panier de déchets alimentaires au sous-sol.

— On a un potager intérieur dans les caves, et des animaux, lui avait expliqué Agmée. Descends par les escaliers de service jusque tout en bas et demande Tassie. Elle te dira quoi faire.

Sortant de la cuisine sur la pointe des pieds, Elly découvrit la salle de restaurant entièrement vide. Soudain, elle n'avait plus rien d'effrayant et se révélait au contraire d'une rare splendeur. Aux murs, de sublimes fresques s'étalaient d'un bout à l'autre de la pièce, retraçant semblait-il l'histoire des Créateurs. En face, de larges baies vitrées donnaient sur les jardins, et du plafond pendaient d'immenses chandeliers d'un autre âge, vestiges sans doute du passé glorieux du bâtiment. La poussière s'y était accumulée avec le temps, mais ils restaient assez spectaculaires. S'arrachant à sa contemplation, la petite continua sa route pour rejoindre l'étage inférieur.

Son lourd panier entre les mains, elle descendit lentement et précautionneusement les marches, observant chaque palier avec attention. Les portes des étages interdits étaient toutes fermées d'un lourd cadenas et un souffle de vent froid passait dessous comme un courant d'air. Sans trop se poser de questions, Elly continua sa descente jusqu'aux caves et poussa la porte du palier. Au sous-sol, il faisait presque aussi clair que dans les étages, grâce à d'immenses vasques remplies d'algues bioluminescentes placées un peu en hauteur le long des murs. Les caves paraissaient très spacieuses à la manière dont résonnaient les bruits, et cela sentait fort l'animal. Une femme et un homme, la voyant arriver, s'approchèrent. En découvrant ses yeux, la femme ne put retenir un petit cri.

— La petite métisse de ce matin, murmura l'homme d'une voix rauque. Qu'est-ce que tu fais là ?

— Euh… C'est Agmée qui m'envoie chercher… euh…

Elle ne se rappelait plus le nom de la personne qu'elle devait demander.

— Ce sont les restes de ce matin, expliqua-t-elle alors en soulevant le panier un peu plus. Pour le compost ou les animaux…

— Donne-moi ça, grogna l'homme en lui arrachant le panier des mains. Va-t'en, maintenant !

La femme et lui la suivirent des yeux alors qu'elle retournait vers les escaliers.

— Une métisse… À quoi donc pense le Chiffre ? entendit Elly.

— Elle a débarqué ici hier, pendant la nuit il paraît, répondit l'homme. Il la garde sans doute pour la durée du grand-froid.

— Pourquoi ? C'est dangereux !

— Mescka, ce n'est qu'une gosse. Elle mourrait, dehors…

— Et alors ? Elle peut crever, en ce qui me concerne. Cette morveuse ne nous apportera que des ennuis, je te le dis ! Les métisses, ça porte malheur.

L'homme haussa les épaules sans répondre et Elly referma la porte derrière elle, le cœur au bord des lèvres.

∴

La neige s'était mise à tomber le matin du deuxième jour, à gros flocons cotonneux, et n'avait plus cessé depuis. Le grand-froid était tombé, enveloppant les lieux dans une épaisse couverture blanche et froide.

Elly, faisant contre mauvaise fortune bon cœur, travaillait toute la journée en cuisine sous les ordres d'Agmée, tout en veillant à minimiser ses contacts avec qui que ce soit. Le matin, elle descendait à la grande salle à manger très tôt pour y installer le couvert, puis filait en cuisine. Elle n'en revenait qu'à la fin du repas, une fois tout le monde parti. Elle débarrassait rapidement les tables en grignotant quelques restes, et lavait la vaisselle. Répétant ce schéma à chaque repas, elle évitait ainsi de croiser quelqu'un, et cela lui convenait parfaitement. Ses seules interactions se produisaient avec Agmée et Yko à la cuisine, et parfois Tassie, à la cave. Elle y descendait deux fois par jour, le matin et le soir, apportant des ordures ou du linge sale, et remontant du linge propre, des œufs, du lait ou des légumes. Ses journées étaient toutes les mêmes, solitaires et sans surprise. Ni pénibles ni agréables. Cela lui passait simplement le temps… D'une certaine manière, elle avait de la chance. Trouver l'hôtel lui avait certainement sauvé la vie. Jamais elle n'avait été sans logement ni réserve de nourriture si près du grand-froid. Cette année aurait bien pu être la dernière, si elle n'était pas tombée sur ces gens…

Comme quoi, parfois, les gens ont du bon. Cette pensée la fit sourire par son absurdité.

— Hé ! Gamine ! Quand tu auras fini la vaisselle, faudra que tu descendes à la cave, lui cria Agmée depuis l'autre bout de la cuisine. On n'a plus de torchons !

— D'accord.

— Tu en profiteras pour remonter du lait.

— OK.

La fillette commençait à sentir ses doigts s'engourdir dans l'eau glacée de l'évier. C'était embêtant : à cause de cela, elle avait laissé tomber une assiette, la veille. Elle avait explosé au sol dans un fracas monstrueux, Yko était furieuse. Pour quelqu'un qui ne parlait pas beaucoup, elle savait crier… Elly sortit ses mains de l'eau et les frotta vigoureusement sur son tablier pour les réchauffer. Son regard fut alors attiré par le plateau qu'elle venait de nettoyer et dans lequel son visage se reflétait. Un œil brun, un œil vert. Une pupille fine, une pupille ronde. Un regard de vrai monstre de foire. Levant la main devant son visage, elle masqua un œil à la fois, tentant d'imaginer à quoi elle aurait ressemblé si elle avait eu la chance de naître normale – que ce soit d'un côté ou de l'autre. Son œil illyrien lui plaisait, avec son vert mêlé d'or, mais son œil terrien lui faisait horreur, comme toujours. Si foncé, si grossier, avec cet étrange iris rond. Et le reste de son physique n'était pas tellement engageant non plus :

plutôt petite et maigrelette, ses cheveux toujours ébouriffés et d'un roux peu flatteur, ses traits flous, tellement plus terriens qu'illyriens… Tout en elle semblait crier à la difformité. Elle se détourna dans un soupir. Évidemment que tout le monde la détestait. Elle était un monstre. « Une erreur de la nature », comme disait Agmée chaque fois qu'elle la disputait, « une abomination ». C'était comme ça. Depuis toujours, les métis étaient jugés, craints, repoussés. Ils représentaient le parangon du mal aux yeux de tous, Terriens comme Illyriens. Violents, agressifs, meurtriers… Leur réputation les précédait depuis des années. Tout le monde pensait qu'ils attiraient le chagrin, provoquaient des maladies, annonçaient des malheurs. Et Elly n'aurait pas parié que ce n'était pas réellement le cas…

Ne fais confiance à personne. Les gens sont méchants. Tu n'as pas d'amis. Tu ne peux compter que sur toi-même.

La voix de sa mère dans sa tête lui provoqua un pincement au cœur. D'un geste agacé, la fillette secoua la tête pour faire retomber ses cheveux devant son visage et replongea ses mains dans l'eau froide.

Quand la vaisselle fut terminée, que tout fut nettoyé, séché et rangé, Elly empoigna son panier d'épluchures et de restes et s'engagea dans les escaliers avec un soupir.

Mais en remontant des caves avec un ballot de linge propre et son panier rempli de bouteilles de lait frais, elle s'interrompit brusquement dans son élan. Elle n'en croyait pas ses yeux. Le cadenas de la porte du deuxième étage était absent. Cela n'était encore jamais arrivé. Plus surprenant encore, la porte semblait entrouverte… La jeune fille hésita une seconde, continua son ascension sur quelques marches encore, puis s'arrêta. Sa curiosité était trop forte. Elle redescendit sur le palier et posa son panier au sol, guettant le moindre bruit de l'autre côté du couloir.

Rien… Du bout du doigt, elle poussa la porte, tout doucement. Elle s'ouvrit dans un grincement léger et aussitôt, un courant d'air glacé l'enveloppa. Frissonnant, la petite franchit tout de même le seuil et referma derrière elle.

Dans le couloir, il faisait extrêmement froid. Ici et là, quelques vitres avaient été brisées par des plantes grimpantes et la neige tombait à l'intérieur, poussée par le vent. Elly resserra son pull autour d'elle et s'avança encore. Sous ses pieds, la fine couche de neige crissait légèrement. Au plafond, les lustres avaient été emprisonnés par les plantes qui s'enroulaient autour d'eux et tombaient en rideau dans le couloir, conférant à l'endroit un aspect mi-sinistre, mi-féerique. Curieuse, elle poussa la première porte à sa droite, pour découvrir une toute petite pièce, un bureau sans doute. Il n'y avait là qu'une large table à tiroirs, un fauteuil capitonné recouvert d'un drap blanc et une étagère totalement vide. Les deux salles suivantes étaient identiques, et tout aussi décevantes. Au fond du couloir pourtant, une porte ne ressemblait pas aux autres. Il s'agissait d'une imposante double porte lambrissée, avec des poignées dorées. Intriguée, Elly les actionna avec une excitation retenue et lorsque la porte s'ouvrit, ses yeux s'écarquillèrent.

La pièce se révélait beaucoup plus grande que les autres, plus grande même que la salle à manger. Au fond, dans un puits de lumière offert par le plafond en dôme de verre coloré, quelques flocons de neige dansaient en tombant au sol. Mais ce n'était pas cela le plus impressionnant. Ce qui coupa le souffle d'Elly fut les immenses étagères en bois rose remplies de livres qui s'étalaient le long des murs, jusqu'à l'étage inférieur, sous ses pieds. *Des livres ! Tellement de livres !*

Il devait y en avoir des centaines, peut-être plus d'un millier, de toutes les tailles et de toutes les couleurs.

— Waouh, murmura Elly malgré elle, le cœur battant, un sourire ébahi aux lèvres.

L'endroit était d'une beauté si époustouflante que la jeune fille en eut les larmes aux yeux. Se penchant par-dessus la balustrade, elle contempla la vue.

Ici, la plupart des fenêtres avaient tenu bon et d'autres avaient visiblement été réparées. Seul un petit trou dans le dôme, très haut, laissait entrer le vent et la neige. Un arbre, immense, poussait juste au-dessous. Son tronc bleuté, strié de veines blanches, émettait une douce lumière et ses branches nues en cette saison effleuraient délicatement les rayonnages des étages supérieurs. Des marches avaient été édifiées tout autour du tronc ainsi que le long des branches les plus larges menant aux différents étages, tandis qu'à d'autres, plus basses, étaient suspendus des fauteuils de tout type et de toute taille, tels des œufs, des hamacs ou des balancelles. Au rez-de-chaussée, juste en dessous d'elle, étaient disposées deux longues tables d'étude en bois lustré entourées de chaises.

L'émotion l'envahit tout d'un coup alors qu'un souvenir d'enfance remontait à la surface. Un jour, son père était revenu à la maison avec un cadeau. Elly se le rappelait comme si c'était hier : elle était toute jeune, occupée à arroser les plantes de la cuisine quand il était entré, gardant ses bras dans son dos. Elle sourit en y repensant. Son père n'était déjà plus très jeune à cette époque, il se tenait un peu voûté, ses rides creusaient son visage. Il l'avait fait venir près de lui et s'était agenouillé devant elle :

— Devine ce que je tiens derrière mon dos ?

— Je ne sais pas… Un cadeau ?

Il avait ri.

— Oui, un cadeau. Un très, très beau cadeau même.

— Pour moi ?

— Oui, pour toi. Tu peux deviner ?

— Euh… Non, dis-moi !

Il avait alors lentement dévoilé le livre. Un très beau livre à la couverture bleu pâle, couverte de dessins fleuris. *Les Aventures de l'enfant aux fleurs.* C'était un recueil de contes pour enfants, tous basés sur les secrets de la nature. Son tout premier livre… Elle ne savait toujours pas comment ni où il se l'était procuré, mais jusqu'à ce jour, il restait le plus beau cadeau qu'elle ait jamais reçu. Ce soir-là, lovée entre ses deux parents dans le lit, elle avait lu pour la première fois un conte illyrien. Depuis, sa passion pour les livres n'avait jamais cessé.

Et maintenant, elle était ici, entourée de plus de livres qu'elle n'en avait jamais vu, et l'émotion était simplement trop forte. Un petit sanglot riant lui échappa et elle s'avança doucement entre les étagères, faisant courir ses doigts sur les reliures cuivrées. Puis elle s'aventura sur les marches de l'arbre, et descendit jusqu'au rez-de-chaussée. Dans les dédales intimes que procurait l'agencement des rayonnages, elle découvrit plusieurs recoins de lecture, composés de gros fauteuils épais et de tables basses, souvent installés sous les grandes fenêtres pour profiter à la fois de la lumière naturelle et de la vue sur les jardins. Dehors, il neigeait à nouveau et les flocons dansaient de l'autre côté des fenêtres, ajoutant au charme de la pièce. Sur les étagères reposait parfois entre les livres une petite statuette, tantôt d'un animal, tantôt d'une femme ou d'un homme assis, lisant un livre ou jouant d'un instrument. Certains ouvrages, de taille impressionnante, étaient disposés sur des chevalets, ouverts sur de magnifiques dessins de plantes ou de constellations, aux couleurs un peu fanées par le temps. Sur un mur, une carte du monde de plusieurs mètres de haut surplombait une commode en bois sur laquelle trônait un buste sculpté. C'était très certainement la plus belle pièce qu'Elly ait jamais vue. Il y avait tellement de livres, tellement… Cela la frappa d'un coup : ce devait être une *bibliothèque*. Ces lieux à présent vides et condamnés, ces lieux dont les jours glorieux n'existaient plus que dans les mémoires. Son père lui avait expliqué : les Terriens avaient décidé d'interdire aux Illyriens d'étudier leur histoire. Cela constituait, selon eux, un risque pour la « coexistence régulée ». Des scellés avaient été apposés aux portes des bibliothèques et les ouvrages avaient été saisis. D'abord les livres d'histoire, mais rapidement, la loi s'était étendue. Philosophie, science, géographie, poésie, des rayons entiers avaient été vidés. Puis était venu le tour des romans. Ils contenaient, selon la loi, des traces d'informations prohibées. Et la ville entière avait été mise à sac. Les miliciens avaient perquisitionné toutes les maisons, ressortant les bras chargés de livres qu'ils entassaient dans leurs camions. Quand Elly avait eu l'âge de commencer à lire, toutes les bibliothèques avaient déjà disparu. Ou du moins, l'avait-elle cru.

La fillette attrapa un livre au hasard et en caressa la couverture. D'un grand geste impatient, elle ôta le drap grisâtre qui recouvrait le fauteuil le plus proche – projetant du même coup des années de poussière dans les airs – et le poussa un peu plus près d'une fenêtre pour profiter des derniers éclats de la lumière du jour. Se pelotonnant dans les coussins avec extase, elle ouvrit le livre… et le miracle opéra. En quelques secondes à peine, les lettres et les mots disparurent des pages pour créer des images et du son directement dans son esprit. Il s'agissait d'un traité de géographie, détaillant les voyages d'un explorateur des mers. Tempêtes violentes, îles sauvages, rencontres inédites, le récit était palpitant. Tant de choses qu'elle ignorait, tant d'endroits évoqués dont elle n'avait même jamais entendu parler ! C'était…

— Qu'est-ce que tu fais ici ?

La voix la fit sursauter si violemment qu'elle en lâcha le livre, qui tomba à terre dans un bruit de pages froissées. Un vieil homme se précipita pour le ramasser.

— Petite idiote ! Regarde ce que tu as fait !

Elly le regarda se saisir de l'ouvrage qui s'était ouvert dans sa chute, en défroisser amoureusement les pages abîmées et caresser la couverture pour en ôter la poussière. Elle ne put s'empêcher d'observer les mains du vieil homme. Sa peau était terriblement abîmée, ridée, crevassée même. À son poignet droit dépassait de la manche de sa tunique une affreuse cicatrice de brûlure.

— Que fais-tu ici ? répéta-t-il sèchement, le livre serré contre lui.

— Euh… je… Pardon, je…

— C'est interdit de venir dans ces étages ! Interdit ! Te considères-tu au-dessus des lois ?

— Je…

Le vieil Illyrien semblait fou de rage, ses yeux dorés la foudroyaient sous ses épais sourcils.

— Je… La porte était ouverte, murmura la petite, terrée dans son fauteuil, et…

— Va-t'en d'ici ! hurla l'homme. File ! La bibliothèque t'est interdite, je ne veux plus t'y voir, jamais !

Terrifiée, Elly sauta sur ses pieds, grimpa quatre à quatre l'escalier en colimaçon de l'arbre et s'enfuit en direction de la porte du deuxième étage, les larmes aux yeux.

Merde. Merde, merde, merde !

CHAPITRE CINQ
George et Liam – La métropole

Liam fit couler l'eau, de plus en plus chaude. Il avait fait installer cette douche à l'ancienne quelques années plus tôt, pour le simple plaisir désuet de se laver à l'eau plutôt qu'aux ultrasons. Ça l'amusait. Il attendit que la vapeur emplisse la pièce avant de se glisser sous le jet d'eau, gémissant de douleur. Pourquoi s'infligeait-il cela tous les matins, en revanche, il n'en avait aucune idée, mais c'était devenu une habitude à laquelle il ne pouvait plus déroger. Il sortit quelques minutes plus tard de la cabine, rouge comme une écrevisse mais parfaitement réveillé. Dans une heure, il devait rejoindre George, Nora et Thomas pour un brunch dans leur petit bar habituel. Le sympathique policier afro-américain et Liam s'étaient si bien entendus lors de leur petit déjeuner à cœur ouvert qu'ils avaient décidé de rester en contact. Thomas avait ainsi fini par être présenté à George et à son épouse, et tous les quatre se voyaient depuis, régulièrement.

Pendant que Liam s'habillait, son puck lui débitait les nouvelles en vitesse accélérée. Tourisme en hausse sur Illyr, ouverture d'un nouveau zoo de créatures locales dans la ville de Zekoï, popularité croissante du Premier délégué Jean Du Poley, tragique incident sur la côte sud : un déraillement de train causant la mort de quatre personnes, nouveau film à l'affiche, *Tous les dangers*, annoncé comme le blockbuster de l'été… Liam écoutait distraitement, l'esprit ailleurs.

Il était encore relativement tôt, le soleil était bas dans le ciel et la température, fraîche, paraissait propice à une petite balade. En ce début d'automne, les feuilles des arbres perdaient peu à peu leur couleur mauve, pâlissant jusqu'à un blanc nacré presque translucide. C'était d'une beauté presque féerique… Il se décida donc à rejoindre ses amis à pied.

— Quatre morts seulement, vous imaginez ? Quelle chance ! Cela aurait pu être autrement plus dramatique.

George, Nora et Liam étaient attablés dans leur bar favori. Le déraillement de train semblait avoir fortement marqué Nora.

— Terrible, terrible accident, murmura George.

Installé avec eux, Thomas opina du chef.

— C'est toi qui as couvert l'événement ? demanda-t-il à la jeune femme.

— Non, figure-toi que la direction a refusé de m'envoyer en « terrain dangereux », à cause de ma petite tumeur.

— Nora, soupira George avec un sourire, je t'ai déjà demandé de ne pas appeler le bébé comme ça !

La future maman rit en caressant son ventre déjà bien arrondi. Liam l'observait, un peu déconnecté. Il n'avait pas encore prononcé un mot depuis qu'ils étaient arrivés au bar.

— Bah quoi ? dit-elle. C'est une petite chose qui grandit à l'intérieur de moi, c'est quasiment pareil.

— Tu es horrible. Horrible ! Ma femme est un monstre, ajouta-t-il en souriant à ses amis. Mais toi, Tom, tu en sais plus ?

— Certains collègues se trouvaient sur place, répondit le policier, et… disons qu'ils sont assez choqués. Ce genre d'accident, ça n'arrive presque plus de nos jours. Je me demande bien ce qui a pu se passer… On verra bien, l'enquête est en cours.

De fil en aiguille, leur discussion dévia de l'incident vers les attaques commises par les réfractaires illyriens dans les Terres d'Horizon.

— Mais merde ! Quand est-ce que Du Poley va faire quelque chose ? Qu'attend-il ?

George s'énervait, et Nora posa sa main sur sa cuisse pour le calmer.

— La police a déjà effectué quelques arrestations, non ? demanda-t-elle doucement à Thomas.

— Quelques-unes, oui… Et la sécurité a encore été augmentée à l'intérieur de la Zone. Ils n'oseraient pas s'aventurer jusqu'ici… Mais parlons d'autre chose, d'accord ? suggéra-t-il en souriant. Quelque chose de plus joyeux. Comme la petite tumeur de Nora, par exemple !

— Oh, non ! Tu ne vas pas t'y mettre, toi aussi, geignit George en riant.

Nora sourit.

— Tout va très bien. Très, très bien !

— Vous ne connaissez toujours pas le sexe ?

— Non, on garde la surprise, c'est plus gai.

— On voudrait une grossesse la plus naturelle possible, renchérit Nora. On sait que ce n'est pas très… conventionnel, mais les exogrossesses me rendent triste. Nous autres femmes sommes faites pour créer la vie, et choisir de faire grandir son bébé dans une éprouvette, je ne trouve pas ça « moderne et égalitaire », mais seulement… triste, oui.

George lui attrapa la main en lui lançant un regard amoureux. Liam détourna les yeux.

— Mais dis donc, Thomas, à propos de changer de sujet, demanda George, c'était qui, la jolie fille avec toi, hier ?

— Oooh, une fille ? rugit soudain Liam, sortant de sa torpeur avec un enthousiasme un peu exagéré. Raconte-nous donc !

— Voilà la bête qui se réveille, murmura Nora, mi-agacée, mi-amusée.

Thomas hurla de son grand rire si caractéristique.

— Toi alors, tu n'en perds pas une ! Bah… Elle est cool quoi, mais…

— Comment elle est ? Je l'ai pas vue, moi ! Montre une photo, vas-y !

Thomas envoya obligeamment une photo-flash sur le système intégré de ses amis ; une jeune femme noire aux yeux rieurs, cheveux tressés jusqu'aux hanches. Liam eut une moue appréciative.

— Ah oui, elle a de très jolis… (Liam croisa le regard de Nora en relevant la tête.) Yeux ! Elle a de très jolis yeux.

— C'est ça, oui… marmonna Nora avec un petit rire moqueur, aussitôt rejointe par Thomas et George.

La photo s'effaça de leur vision et le sourire de Liam retomba. Il n'y avait aucune méchanceté dans les remarques de la jeune femme, mais il sentait bien qu'elle ne l'aimait pas beaucoup. Il savait qu'elle jugeait son mode de vie trop léger, qu'elle lui en voulait encore d'avoir dragué sa petite sœur le jour de leur mariage. Il n'avait jamais réussi à s'excuser pour cela, il n'avait jamais pu lui expliquer… Mais peu importait.

Quand ils se séparèrent ce soir-là, il observa George repartant bras dessus bras dessous avec sa femme et en ressentit un petit pincement au cœur. Depuis qu'ils se connaissaient, George avait toujours semblé chercher quelque chose, sans trop savoir quoi. Son père était mort quand il était très jeune et sa mère, malheureusement, ne s'en était jamais vraiment remise. À l'annonce de la mort de son mari, Abigail Sanders était montée se réfugier dans sa chambre pour pleurer, et n'en était depuis plus jamais ressortie. Le choc et la douleur l'avaient rendue atone, et totalement indifférente à son fils. George avait grandi dans l'espoir de retrouver un jour la mère qu'il avait connue, travaillant sans cesse pour l'impressionner, la rendre fière, avec l'espoir qu'elle revienne enfin à elle, à lui… Sans succès.

Peu à peu, cette absence de résonance avait transformé le petit garçon joyeux et entreprenant en homme discret et incertain. George avait toujours été un peu effacé, un peu en retrait, timide et renfermé. Mais sa rencontre avec Nora l'avait transformé ; la jeune femme lui donnait l'attention et l'amour dont il avait toujours été privé et il se révélait enfin. Il avait trouvé ce qu'il cherchait. Nora le complétait, l'apaisait, le soutenait… Elle le rendait heureux. Et il le méritait…

Avec un petit soupir résigné, Liam enfonça ses mains dans ses poches et se mit en route vers son propre appartement, où personne ne l'attendait.

∴

— Je suis désolée, mais ça m'inquiète !

Nora faisait les cent pas dans le salon.

— Mais non…

— Il vient d'y avoir une nouvelle attaque dans un aéroport, ça peut arriver encore.

— Nora… cet aéroport était à Obzin ! On ne peut faire plus éloigné de la Zone ni moins sécurisé. Il n'arrivera rien…

George voulut la prendre dans ses bras, mais elle se dégagea. Elle était en colère contre lui et son inquiétude ne faisait qu'aggraver les choses. Il la comprenait, bien sûr. Les incidents provoqués par les Illyriens réfractaires dans les Terres d'Horizon devenaient de plus en plus fréquents et de plus en plus importants. Mais la zone terrienne était protégée, elle n'avait rien à craindre. Personne n'avait rien à craindre ici.

— Ma puce…

George posa ses mains sur les épaules de sa femme et chercha son regard.

— Arrête de t'angoisser. Verê-Sitor est l'une des plus grandes et des plus modernes villes du coin. J'y serai en parfaite sécurité.

— Mouais… Avec tous ces « accidents » qu'on a eus dans la Zone ces derniers temps, est-ce que…

Il lui prit le visage entre les mains.

— Arrête… N'écoute pas ce que disent ces gens, ce sont des fous, des conspirateurs ! Enfin, pourquoi la Délégation nous mentirait-elle ? Oui, il y a eu des accidents, mais il n'y a aucune indication qu'ils aient été causés par ces illuminés rebelles, pas ici, pas dans la Zone. Et je ne serai parti que trois jours, ajouta-t-il tout bas. Tout se passera bien, je te le promets. D'accord ?

— Mmh…

George voulut ajouter quelque chose, mais un message lui apparut dans le coin de l'œil. Son SI lui annonçait l'arrivée de son taxi. D'un battement de cils, il valida la notification et attrapa son sac.

— Je suis désolé, je dois vraiment y aller. À bientôt, ma puce !

Il lui déposa un baiser sur les lèvres, un autre sur son ventre arrondi, et s'en fut.

Dehors, l'air était vif, on sentait le grand-froid approcher du sud. Il serait sans doute là dans les prochains jours. Dix jours de congés seraient alors accordés à tous, car par ce temps infernal, il serait presque impossible de mettre le nez dehors.

Il y a intérêt à ce que je sois rentré à temps…

Durant le pic du grand-froid, la métropole se muerait en ville fantôme durant un peu plus d'une semaine, avant que l'intense ballet des déblayeuses de neige ne permette à la vie de reprendre son cours. George prit une grande inspiration et observa les alentours. Autour de lui, les arbres plantés au bord des rues éclairaient les trottoirs de leurs quelques feuilles luminescentes restantes, répandant autour d'eux une agréable lueur mauve pâle qui contrastait avec celles, bien plus vives, des panneaux publicitaires. Quelques personnes se baladaient encore malgré le froid, bien emmitouflées dans leurs manteaux, promenant pour certaines leurs targouins, ces sortes de hamsters illyriens géants aux élégantes pattes hautes – très en vogue dans la bonne société de la Zone. Et haut dans le ciel, les navettes égayaient le blanc firmament de dizaines de petites taches de couleur. Un sourire lui monta aux lèvres. Il aimait décidément beaucoup cette ville. Il aimait son calme, sa sécurité, son look moderne et épuré.

Dans la rue, un taxi autonome était stationné, sa vitre arrière affichant le numéro de réservation. George releva la tête vers son appartement et usa du zoom de son système intégré. Nora l'observait par la fenêtre, les bras croisés sur son ventre rond. Elle était si belle… Mais elle n'avait pas l'air contente. Pas du tout.

Soudain tourmenté, George hésita à grimper dans le véhicule. Il s'en voulait de la laisser si près du terme. Mais le médecin avait prévu la naissance pour dans une semaine, il serait rentré alors. Il avait le temps… Et ce rendez-vous était vraiment important pour sa carrière. Il envoya d'un geste un dernier baiser à sa femme et déverrouilla la portière de la voiture avec son empreinte digitale.

— *Bonsoir, monsieur Sanders*, l'accueillit une voix automatisée de femme. *Votre destination est-elle toujours l'aéroport métropolitain ?*

— Oui, répondit-il distraitement.

— *Veuillez scanner votre billet d'avion afin de...*

La voix s'interrompit quand George passa le billet sur l'appareil destiné à cet effet, qui émit un petit son de validation.

— *Nous vous souhaitons un agréable voyage*, annonça encore la voix, et la voiture se mit en route vers l'aéroport.

De son côté, bien au chaud dans le salon, Nora se laissa tomber dans le canapé. Pendant un instant, elle avait cru qu'il changerait d'avis, qu'il remonterait, reviendrait auprès d'elle... mais non. Il était parti. Et elle avait un mauvais pressentiment.

Pour évacuer son stress, elle se décida à faire un peu de nettoyage, cela lui changerait les idées. En plus, depuis quelques jours, nettoyer et ranger l'appartement était devenu une obsession. Sa mère disait que c'était normal, qu'elle « nidifiait », mais George se moquait gentiment de sa nouvelle lubie. Alors qu'elle récurait le sol de sa salle de bains, à genoux sur le carrelage, quelqu'un sonna à la porte. Elle se redressa péniblement en s'appuyant sur le lavabo, et se dandina pour aller ouvrir, son cœur soudain palpitant.

C'est lui. Il est revenu, il a décidé de ne pas partir...

Mais son sourire retomba quand elle ouvrit la porte.

— Oh, Liam... Bonjour.

— Euh... salut, Nora, ça va ? Est-ce que George est là ? demanda-t-il un peu nerveux, tout en essayant de regarder derrière elle.

— Non. Il est sans doute dans l'avion en ce moment, précisa-t-elle avec une petite grimace. Pourquoi ?

— Ah, déjà... Non, ce n'est rien. Désolé de t'avoir dérangée, je... Quoi ? Qu'est-ce qu'il y a ?

Elle le regardait avec de grands yeux écarquillés d'horreur.

— Les… Les eaux…

— Quoi ?

— Je crois… je… Je crois que je viens de perdre les eaux.

— Oh, merde !

∴

Nora était installée dans une chambre d'hôpital, Liam à ses côtés, blanc comme un linge. Depuis qu'ils avaient quitté l'appartement, elle essayait d'appeler George toutes les dix minutes, sans succès. Toute cette technologie et pas moyen de le joindre ! Rien de plus frustrant. La pauvre jeune femme était terrifiée.

— Tu ne pars pas, hein ? Tu restes avec moi ? ne cessait-elle de répéter en broyant la main de Liam.

— Bien sûr, bien sûr, répondait-il, chaque fois moins assuré.

Le cœur battant, il fixait la porte de la chambre. Et quand un médecin entra pour voir où en était le travail, Liam en profita pour s'éclipser. Toute seule sur son lit médical, son ventre rond se contractant douloureusement à intervalles réguliers, Nora sentait la panique et les larmes monter.

— Je ne peux pas faire ça toute seule, souffla-t-elle.

— Mais si, madame, vous êtes forte, vous y arriverez, répondit distraitement le médecin. Bon, je reviens d'ici une petite demi-heure. Vous avez encore le temps.

— Non, docteur, s'il vous plaît, ne me laissez pas, ne me laissez pas toute seule.

— Madame, si cela vous effraie tant, il ne fallait pas exiger une grossesse et une naissance naturelles, rétorqua le médecin d'une voix dure. Vous ne voulez vraiment pas la péridurale ?

Nora secoua la tête en grimaçant.

— Bon. Je vais appeler une infirmière, si vous voulez, dit-il assez bas, avec une exaspération à peine voilée face à cette femme qu'il prenait manifestement pour une folle.

Il lui adressa un sourire réconfortant parfaitement professionnel :

— Ne vous inquiétez pas. Ça va aller.

Et il sortit de la pièce.

— Non, murmura Nora, non… Je ne peux pas. J'ai peur… George, tu devrais être avec moi, tu devrais être là. Et Liam, espèce d'enfoiré, je te… AAAH !

Un cri de douleur lui échappa sur une contraction plus forte que les autres.

— Je te retiens ! Tu m'as abandonnée ici, tu m'as laissée toute seule, marmonnait-elle avec une rage de plus en plus difficilement contenue, regardant les minutes passer sur l'horloge murale. Et puis soudain, la porte de la pièce s'ouvrit et Liam entra, blafard.

— Est-ce que… euh… Ça va ?

— OÙ ÉTAIS-TU ? hurla-t-elle pour toute réponse. Ne me laisse plus toute seule comme çaaAAAH !

Il se précipita à ses côtés pour lui prendre la main.

— Docteur ! Docteur ! brailla-t-il, affolé.

Le travail commençait et Nora se mit à pleurer.

Une heure plus tard, alors que la pauvre jeune femme gémissait d'épuisement entre les contractions et les poussées, la porte de la salle d'accouchement s'ouvrit en grand et un George complètement affolé débboula dans la pièce.

— George !

La jeune femme se mit à rire nerveusement en tendant les bras vers son mari.

— Nora ! Oh, ma chérie, mon amour, je suis désolé ! Mais je suis là, maintenant, je suis là !

Sa main enfin libérée, Liam céda sa place à son ami en lui adressant un signe de tête ainsi qu'une petite tape d'encouragement dans le dos. Il sortit de la salle avec un soupir de soulagement, les jambes tremblantes.

Quelques heures plus tard, le petit Théo, tout rose et tout fripé, dormait dans les bras de sa mère. Nora avait rapidement contacté sa famille pour leur annoncer la nouvelle, mais ils devraient malheureusement attendre la fin du grand-froid et la réouverture des spatiodromes pour venir leur rendre visite. George avait lui aussi essayé d'appeler sa mère, sans succès. Il lui avait laissé un message vidéo, dont il n'espérait pas grand-chose. Après tout, elle n'avait jamais répondu à son invitation à son mariage, ni à l'annonce de la grossesse de Nora. Mais en regardant son fils endormi dans les bras de son épouse, il comprit que cette fois, peu lui importait qu'elle réponde ou pas. À partir de maintenant, sa vie, son futur, sa famille, c'étaient lui, ce petit bébé si fragile, et elle, cette femme si forte qui lui avait donné naissance.

Une fois l'agitation un peu retombée, George appela Liam pour lui annoncer la nouvelle. Le jeune homme arriva dans la chambre à peine dix minutes plus tard, une immense peluche dans les bras. Il n'avait jamais quitté l'hôpital. Il fut ainsi le premier étranger à prendre le petit Théo dans ses bras et cela lui procura le plus curieux des sentiments. Ce petit morceau de chair rose, là contre lui, était aussi un petit bout de son meilleur ami. Il n'arrivait pas à y croire. George avait un enfant… Quand Nora avait déposé le minuscule bébé entre ses mains quelques minutes plus tôt, il s'était senti soudain rempli d'une immense fierté. La jeune maman avait posé sa main sur son bras et lui avait souri.

— Il m'a dit ce que tu as fait pour le faire revenir si vite. Je suis désolée de… Merci. Merci, Liam. Vraiment.

Il avait répondu d'un hochement de tête, l'émotion lui nouant la gorge. Faire atterrir en urgence un avion et faire affréter un jet, ce n'était rien si on avait les moyens. Mais un bébé… ça, c'était quelque chose. Un bébé, c'était fragile. Terrifié à l'idée de le faire tomber, il était allé s'asseoir dans un fauteuil sans plus pouvoir détacher ses yeux du petit qui dormait paisiblement dans ses bras. Quand il releva la tête, George et Nora s'étaient eux aussi endormis. Liam resta donc assis, n'osant bouger, les yeux fixés sur la poitrine du bébé pour vérifier qu'il respirait bien. Ce n'est que deux heures plus tard, quand le petit se mit à pleurer, que Nora se réveilla enfin. Liam lui tendit l'enfant et se leva en grimaçant, étirant ses membres endoloris par l'inconfortable position qu'il leur avait imposée et se détourna pour laisser la jeune femme nourrir son bébé en toute pudeur.

Une infirmière passa ensuite dans la chambre pour vérifier les signes vitaux de la jeune mère et leur annoncer qu'il serait temps, ce soir, déjà, de rentrer. Avec le grand-froid qui ne saurait tarder, c'était ça ou passer les deux à trois prochaines semaines à l'hôpital… Bien sûr, George avait déjà tout aménagé chez eux, du berceau jusqu'aux biberons, et rester à l'hôpital était inenvisageable. Il ne tenait déjà plus en place et bombardait l'infirmière de questions. Laissant les jeunes parents à leur bonheur, Liam sortit de la chambre discrètement.

Quand il quitta le périmètre de l'hôpital, son sourire retomba. Voilà. Son meilleur ami avait désormais sa propre famille. Il se sentit soudain extrêmement seul. Un sentiment qui ne risquait pas de s'améliorer durant le grand-froid… Ou peut-être Stéphanie, la petite voisine du douzième, pourrait venir le distraire ? Ou Lucy, du vingtième… Il se força à sourire. Sa vie aussi était bien. Sa vie aussi était bien.

CHAPITRE SIX
Thémaire – La prison

Le nouveau était au centre de toutes les conversations. Il était là depuis maintenant trois jours et personne ne l'avait encore jamais entendu parler. Il marchait toujours la tête baissée, ne croisait jamais un regard, n'avait pas encore prononcé un seul mot, travaillait seul et s'asseyait seul à chaque pause. Personne n'osait l'approcher, personne ne lui avait proposé de le parrainer. Bien qu'il ne soit « techniquement » ni menaçant ni agressif, tous semblaient le craindre. Il se dégageait de lui un inquiétant calme froid, une sorte de puissance animale qu'aucun prisonnier n'aurait voulu voir se retourner contre lui. Pourtant, si tout le monde s'accordait pour considérer l'homme comme étrange, personne ne pouvait vraiment définir en quoi il l'était.

Le personnage semblait en tout cas fasciner Gilem au plus haut point. Il était devenu son sujet de conversation préféré. Un soir, alors qu'ils faisaient la queue pour remonter à la surface, le garçon affichait encore assez d'énergie pour papoter, et les questions fusaient dans tous les sens.

— Mais tu crois que c'est qui ? Je veux dire, d'où il vient ?

— Je n'en sais rien, comment veux-tu que je le sache ?

— Et pourquoi vous ne lui avez pas encore demandé ?

— Ben vas-y, demande-lui toi-même !

— Quelqu'un l'a déjà entendu parler ?

— Non, et toi ?

— Tu crois qu'il est muet ?

— Et pourquoi tu crois qu'il est là ? Il a fait quoi ?

— Je ne sais pas.

— Et avec qui il bosse, en bas ? J'ai un peu demandé, personne ne sait.

— Paraît qu'il reste seul. Personne ne veut s'approcher de lui !

— Mais vous, les gars, vous êtes dans sa cellule, non ? Il n'a vraiment jamais parlé ? Et vous n'avez jamais vu son tatouage ? Pas une fois ? Comment ça se fait ?

— Parce que ! Il garde toujours ses manches baissées. Ça m'énerve. J'ai trop envie de savoir !

Ils grimpèrent dans l'ascenseur déjà fort plein et se compressèrent contre leurs camarades entassés dans la minuscule nacelle. Thémaire poussa un grognement mécontent.

— Tu sais, continua Gilem, j'ai parfois l'impression que…

Le garçon s'interrompit. Le nouveau venait de grimper dans la nacelle, juste devant lui. Il se tourna vers ses copains en écarquillant les yeux, grimaçant en silence. De toute évidence, s'il existait quelqu'un capable de faire taire le jeune garçon, c'était bien le nouveau.

Enfin un point positif.

L'ascenseur s'ébranla lentement et les hommes poussèrent un soupir de soulagement collectif. Le soir, tout le monde se sentait toujours un peu nerveux. Passer la journée dans la pénombre chaude de la terre sapait le maigre moral qu'ils entretenaient et le bruit incessant des coups de pioche et du grincement des chariots provoquait chez beaucoup des maux de tête assez pénibles. Aussi, remonter à la surface constituait un apaisement à bien des égards. En sortant, Thémaire leva la tête vers le ciel et prit une profonde inspiration, savourant les couleurs rose-orangé du coucher de soleil d'automne. Le temps qu'ils arrivent aux baraquements, la nuit serait tombée. Certains hommes ne seraient pas sortis à temps pour profiter de la lumière, hélas… Plus les jours raccourcissaient, plus nombreux ils étaient à manquer le spectacle, et cela ne faisait qu'augmenter la frustration et la déprime des détenus.

— J'en peux plus, presque dix personnes m'ont demandé son foutu numéro, aujourd'hui, geignit encore Gilem en sortant de la nacelle, essuyant ses mains rougies de poussière sur sa chemise. Parce qu'il est dans notre cellule, c'est notre responsabilité, qu'ils disent. Mais c'est juste qu'ils n'osent pas lui poser la question, ces poltrons, c'est clair.

— Mmh. En même temps, toi non plus tu n'oses pas, lui rétorqua Ulliel d'une voix douce.

— Ouais, ben je ne t'ai pas vu lui faire la conversation non plus, gros malin.

Thémaire les écoutait distraitement. Il se sentait un peu honteux de l'admettre, mais lui aussi était curieux de connaître enfin le numéro.

L'annonce du numéro des nouveaux était devenue une tradition au fil du temps. Tous les détenus, en arrivant à la prison, se voyaient apposer sur l'avant-bras droit ce fameux numéro à cinq chiffres, en plus d'une altération de leur code-barres identifiant du poignet. Cette altération, opérée par les gardiens à l'entrée des détenus dans la prison, marquait leur condition de prisonnier. Ainsi, s'ils réussissaient par quelque miracle à s'enfuir et étaient rattrapés, on saurait qui ils étaient et où les renvoyer. À l'intérieur même de la prison, cela leur servait aussi d'identifiant : ils devaient le scanner à chaque entrée et sortie du baraquement et de la mine, ainsi qu'à midi pour obtenir leur repas.

Le numéro, en revanche... Il s'agissait d'un tatouage instantané de cinq chiffres apposé sur le bras droit entre le creux du coude et le poignet. Personne ne savait trop à quoi il servait, hormis qu'il était utilisé par les gardiens pour les nommer. Une façon de plus de leur retirer leur identité... Mais avec le temps et en étudiant la question, les hommes s'étaient aperçus qu'il arrivait parfois – et même souvent – que les numéros ne se suivent pas avec exactitude d'un nouveau à l'autre, comme si l'on « sautait » une ou plusieurs personnes. Rapidement, les prisonniers avaient pensé que les femmes étaient tatouées aussi, et que les numéros manquants se trouvaient sans doute inscrits sur un joli bras fin de l'autre côté des barbelés. Dès lors, ils essayaient de déduire le nombre des nouvelles « recrues » de la cour est en analysant le numéro de chaque nouvel arrivant. Il y avait dans cette tradition une forme d'échappatoire à la réalité : on ne s'attristait plus de la chute d'un homme, mais on se réjouissait de l'information qu'il amenait avec lui. Les paris allaient bon train et ça, c'était leur petite victoire sur les Terriens et les gardiens de la PDI-4 – qui ne semblaient pas se rendre compte du jeu auquel ils jouaient.

Ayant un peu traîné en route, Thémaire arriva le dernier dans sa cellule. Les deux jeunes levèrent la tête pour le regarder entrer et Gilem le gratifia d'un sourire de grenouille.

— T'arrives enfin, Temtem, on s'inquiétait ! Des fois que tu serais mort de vieillesse en route...

Le vieil homme ne supportait pas ce surnom ridicule, mais il semblait que plus il s'énervait contre le petit rouquin, plus ce dernier s'amusait à en user. Il l'ignora donc et s'étira longuement en faisant bien craquer ses os, ce qu'il savait dégoûter le gamin.

— Ah ! j'en peux plus, soupira Ulliel en se couchant à son tour sur sa couchette. J'espère qu'ils viendront vite avec la soupe, je meurs de faim.

Un silence épuisé tomba sur la cellule et sur le baraquement entier. Seul Gilem s'agitait encore, se tournant et se retournant sur sa couchette. Puis soudain, il en descendit, se mit sur la pointe des pieds et tapota le bras du nouveau.

— Eh, dis, le nouveau, je peux voir ton numéro ?

Sans doute surpris lui-même par son audace, il ajouta d'une voix moins assurée :

— S'il te plaît ?

Ulliel s'était redressé et regardait son ami avec des yeux ronds. Même Thémaire était étonné de son brusque culot. Sans répondre, l'homme releva sa manche et tendit le bras vers le garçon.

— Eh ben… Mmh… Merci. Alors, euh… 24601.

Un peu étonné de la facilité de l'opération, mais clairement fier de lui, il retourna vite fait s'asseoir à côté d'Ulliel.

— 24601. C'était quoi, le numéro de Zahk, déjà ? C'était lui le dernier, non ?

— Euh non, je crois que… Zut ! je me rappelle plus son nom mais le grand, là, avec tous les tatouages dans le cou, je crois bien qu'il est arrivé après. Attends.

Ulliel colla son visage contre la grille.

— Qui sait quel était le dernier numéro ? cria-t-il à la ronde.

Un murmure d'excitation lui répondit.

— Ça y est ? Vous l'avez ?

— Le numéro ! Le numéro ! scandèrent plusieurs voix.

— 24595 ! hurla soudain quelqu'un quelques cellules plus loin.

Le visage de Gilem s'éclaira d'un grand sourire :

— Eh ! Ça veut dire cinq filles ! Cinq ! Waouh ! Cinq ! hurla-t-il à la ronde.

Les hourras et les vivats répondirent à cette proclamation. Le chiffre fut répété et colporté avec force cris jusqu'aux autres cellules, et l'espace d'un instant, il y eut presque une fête. Thémaire ne s'étonnait plus du phénomène, mais il y avait beaucoup réfléchi à son arrivée. Bien sûr, l'idée que des femmes soient emprisonnées n'avait rien de joyeux en soi, mais c'était pour ces hommes coupés de tout une distraction nécessaire, presque vitale. L'homme a besoin d'un but dans sa vie, sans quoi il perd pied. Il s'égare dans l'insignifiance du temps qui passe, il n'attend rien et ne vit plus. Pour un prisonnier, trouver un but constitue un combat acharné contre le désespoir, et ici, pour eux, ce jeu de numéros, c'était tout ce qu'ils avaient. D'ailleurs, tous discutaient déjà de leurs paris.

— Cinq filles… répéta Gilem d'un air ébahi en se rasseyant. Waouh… Plus que ce que je pensais.

— Vous avez conscience de vous réjouir de l'emprisonnement de malheureuses femmes, n'est-ce pas ? murmura Thémaire, pour le seul plaisir de doucher l'excitation des deux garçons.

— Arrête, Tem ! Évidemment que personne ne souhaite à des pauvres filles d'arriver ici, mais… Je ne sais pas, ça nous fait de la compagnie, non ?

Thémaire renifla avec dédain.

— Pour ce qu'on les voit.

— Et alors ? On les imagine…

Il s'interrompit en entendant la porte du baraquement s'ouvrir.

— Ah ! Manger !

Son ventre se mit à gargouiller bruyamment tandis que les gardiens avançaient entre les cellules. Thémaire se passa distraitement la main sur le ventre. Il était si maigre, l'illustration même de l'expression « plus que la peau sur les os ». Pendant ses premiers mois ici, la nourriture l'avait obsédé. Il y pensait tout le temps, salivant d'avance en imaginant la ridicule portion de porridge, pain, ou soupe qu'il allait recevoir. Aujourd'hui, manger n'était plus qu'une forme de réflexe dépourvu de la moindre émotion.

Gilem n'était pas encore parvenu à ce stade. Dans quelques mois sans doute. S'il survivait…

Les gardiens déposèrent dans chaque cellule un plateau contenant quatre tasses remplies d'eau « vitalisée » ainsi que quatre tranches de pain noir couvertes de la même étrange pâte grise et sans goût. Le menu de la prison n'était guère diversifié. On leur refourguait des vitamines à petit prix en gélules ou en pâte, juste de quoi les maintenir en vie, mais pas grand-chose de plus. Les garçons se jetèrent avidement sur leur portion, trop rapidement engloutie.

— Ulliel ? chuchota Gilem en remontant sur sa couchette, le ventre gargouillant toujours.

— Quoi ?

— Tu penses qu'il y en a une de mon âge ?

— Quoi, de fille ?

— Oui.

— Je ne sais pas. Tu es plutôt jeune, pour te retrouver en prison, alors… Et puis vraiment, une gamine de quatorze ans en prison, tu ne souhaites pas ça, tout de même ?

— Quinze ! Et non. Enfin, si… Oh, je ne sais pas…

— Bah. De toute façon, on ne saura jamais. Alors tais-toi, et dors. Tu déranges les autres.

— Mais tu crois qu'un jour, j'aurai une copine ?

— Oui, oui, évidemment…

— Si un jour tu sors d'ici, grinça Thémaire.

Gilem l'ignora.

— Belle ?

— Évidemment ! Et sourde, pour pouvoir supporter tes questions incessantes. Et aveugle, pour pas voir ta tête de cul, ajouta-t-il avec un petit sourire en coin. Tais-toi, maintenant.

Thémaire poussa un soupir exaspéré pour faire taire les garçons. Les plafonniers s'éteignirent d'un coup et le baraquement fut plongé dans le noir.

Encore un jour de passé.

∴

— Il est… différent, non ?

— Qui ça ?

— À ton avis ?

Ça y est. Ils sont repartis.

Ils rentraient de la mine vers les baraquements après une journée particulièrement longue et éprouvante, et Thémaire se sentait fatigué. Un éboulement s'était produit dans une des galeries les plus profondes, plusieurs détenus s'étaient retrouvés bloqués derrière les gravats. Il avait fallu déblayer pendant des heures pour les libérer, et malgré la chance qu'il n'y ait eu aucun blessé grave, tous se voyaient un peu remués. Alors, pour se changer les idées, les jeunes avaient repris entre eux leur divertissement favori : parler de 24601, l'étrange nouvel arrivant de la cellule 017. Depuis qu'il avait accepté de lui montrer son numéro à sa demande, Gilem avait tout tenté pour continuer à interagir avec lui. Sans succès. Résolument muet, l'homme n'avait plus répondu à aucune question. La curiosité de tous était donc toujours piquée, et la quasi-totalité du camp n'avait plus que le fameux « 24601 » comme sujet de conversation. Thémaire avait même surpris les gardiens le suivre du regard, sourcils froncés, chuchotant entre eux. Si le nouveau tentait d'être discret, c'était raté. Dans le confinement d'un camp de travail, la moindre anomalie devient la plus belle des distractions…

— Il est peut-être juste asocial, suggéra Krovani d'une voix incertaine, rentrant sa tête dans ses épaules pour se réchauffer sous la pluie glacée qui s'était mise à tomber.

— Ce ne serait pas le premier. Regarde Temtem, renchérit Gilem en pouffant de rire.

Les garçons se retournèrent vers le vieil homme en riant sous cape et Thémaire soutint leur regard avec dédain.

— Vous n'êtes pas non plus les personnes les plus intéressantes qu'il m'ait été donné de rencontrer.

— Oooh ! s'exclama le rouquin en se retournant sur un ton faussement blessé, ses cheveux trempés lui collant au visage. Et dire que je nous pensais si bons amis !

— Tais-toi et avance dans le bon sens.

— Tu me déçois, Temtem… Vraiment, continua le garçon en marchant toujours à reculons. Tu sais, avant, avec les vieux de mon village, on s'entendait super bien. Je pensais que tous les croulants étaient gentils, du coup.

Thémaire leva les yeux au ciel sans répondre et le garçon se retourna enfin, sur un soupir dramatique.

— Comme quoi, c'est fou ce qu'on peut se tromper.

— Silence ! hurla soudain un gardien en brandissant sa matraque.

Les garçons baissèrent immédiatement la tête, mais continuèrent à chuchoter.

— Non, mais pour le nouveau, je me disais… Krov, tu crois vraiment qu'il est muet ? Parce que…

— Je ne sais pas ! Chut !

Le gardien asséna un coup de matraque sur le dos de Krovani, et Thémaire eut un sourire pincé. *J'aurais préféré que ce soit l'autre…*

— J'ai dit silence !

Les garçons se renfrognèrent et finirent leur trajet jusqu'aux baraquements sans plus un mot. Une fois en cellule, Gilem et

Ulliel s'ébrouèrent pour se sécher et s'installèrent sur leurs couchettes. Le nouveau arriva le dernier, et les lourdes grilles de la cellule se fermèrent derrière lui. L'attente du repas commença alors, sous les gémissements des hommes étendant leurs muscles fatigués. Le nouveau était monté directement sur sa paillasse et reposait déjà sur le dos, les mains croisées sur son ventre, les yeux rivés sur le plafond. Dehors, la pluie tombait à verse, battant violemment sur le toit et les murs. Petit à petit, l'eau s'infiltrait à l'intérieur, formant au sol des flaques boueuses et rougeâtres dans lesquelles se noyaient quelques insectes rampants.

Quand le repas arriva enfin, Gilem sauta à bas de sa couchette et engloutit sa portion en quelques secondes.

— J'ai encore faim. J'AI ENCORE FAIM ! hurla-t-il alors en secouant les barreaux.

— Et moi donc, répondit une voix, quelques cellules plus loin.

— Et moi !

— Et moi !

Des cris retentirent de toutes parts, jusqu'à ce qu'un des détenus, n'y tenant plus, les interrompe :

— Vos gueules ! On a tous faim. Et moi, je veux dormir, maintenant. Alors taisez-vous !

Le silence retomba peu à peu sur le baraquement A8, bientôt ponctué de ronflements sonores. Thémaire sirotait encore un restant de sa soupe vitaminée. Il avait appris à faire durer le moindre aliment le plus longtemps possible, pour se donner l'impression d'un réel repas. Il eut un regard vers la tasse du nouveau, encore sur le plateau au sol, et empêcha d'un geste de la main un petit muscarillon d'y plonger le museau. Manger la portion du nouveau était tentant, mais il ne le ferait pas. Personne ne le ferait. La nourriture, ici, c'était sacré. Bien lui en prit d'ailleurs, car quelques minutes plus tard, l'homme descendit de sa couchette pour récupérer sa tasse. Thémaire s'endormait déjà, mais il le suivit des yeux. Il ne savait trop comment l'expliquer, mais il percevait vraiment quelque chose d'anormal chez lui. Gilem avait raison. Il était différent…

∴

— Maître ! La milice ! Elle arrive !

Son élève déboule dans la pièce, le visage rouge et couvert de transpiration.

— Ils arrivent, répète-t-il.

Thémaire lâche le livre qu'il tenait dans ses mains.

— Combien de temps ?

— Je ne sais pas, dix minutes au plus…

— Ce ne sera pas assez.

Thémaire se lève lentement, embrassant sa bibliothèque du regard. Il a passé des années à amasser ses livres d'histoire, de géographie et de philosophie. Cette bibliothèque, c'est toute sa vie. Et on venait la lui brûler.

— Vos livres, maître, on peut encore les sauver !

— Non… c'est trop tard.

Mais le jeune apprenti se précipite vers une étagère et commence à empiler les livres dans ses bras.

— Les vôtres ! Il faut au moins sauver les vôtres !

Thémaire esquisse un geste pour l'arrêter, mais laisse retomber son bras. Le jeune homme a raison. Ses livres… Il ne peut se résoudre à les abandonner aux flammes sans se battre. Ils contiennent les récits de ses voyages, de ses études, d'années de recherches, d'années passées à travailler, à écrire jusque tard dans la nuit pour coucher sur le papier la grande histoire de son peuple. Si seulement il avait agi plus tôt, s'il n'avait pas été aussi buté, peut-être qu'il…

Thémaire se réveilla en sursaut, dégoulinant de sueur. La sirène de début de journée sonnait à tout rompre. Le vieil homme se redressa, essuyant de sa manche l'humidité sur son front. Des grognements se firent bientôt entendre, signe que les autres détenus se réveillaient peu à peu. Thémaire se leva, le corps endolori. À côté, Gilem geignait comme un bébé tandis qu'Ulliel essayait de le tirer de sa paillasse. Ces derniers jours avaient été particulièrement pénibles. L'hiver approchait, la température à l'intérieur des baraquements avait fortement chuté et le bruit presque incessant de la pluie frappant la tôle n'était pas pour améliorer les choses.

Les grilles s'ouvrirent avec fracas et les hommes sortirent en file de leurs baraquements, sous les bourrasques de pluie glacée. Le soleil n'était pas encore levé, ou s'il l'était, les nuages noirs le cachaient entièrement. Soudain, alors qu'ils étaient à mi-chemin de la mine, une camionnette s'arrêta à côté d'eux en crissant des pneus. Deux Terriens en sortirent et les gardiens firent signe aux détenus de s'arrêter. L'appel des libérés… Grelottant, les détenus se regroupèrent en troupeau serré. Un des Terriens qui venaient d'arriver colla un petit objet noir sur son cou et sa voix emplit tout l'espace, couvrant sans difficulté le bruit de la pluie.

— 23997, 24013, 24076, 24148, 24371, 24576, 24593, lut-il sur son puck.

Sans un mot de plus, il remonta à bord du véhicule. Les heureux appelés n'en croyaient pas leurs oreilles. L'un d'eux tomba à genoux dans la boue, pleurant de soulagement. Krovani. Dire qu'il n'était là que depuis quelques mois… Les libérés serrèrent rapidement mais avec ferveur leurs amis dans leurs bras et s'empressèrent de quitter les rangs pour aller s'asseoir à l'arrière de la camionnette. Krovani adressa encore un petit geste à ses amis alors que le véhicule démarrait. Les jeunes continuèrent à agiter la main jusqu'à ce que le camion disparaisse. Et aussi soudainement que c'était arrivé, ce fut terminé. Les « laissés en rade » se regardèrent un instant les uns les autres, un peu déçus, puis ils se remirent en route vers la mine, plus silencieux que d'ordinaire. Chacun pensait la même chose : peut-être la prochaine fois...

Thémaire avait beau se répéter chaque fois qu'il n'avait aucune chance d'être libéré, il ne pouvait s'empêcher d'écouter fébrilement les numéros annoncés, le cœur rempli d'espoir. Et cela étant, il s'en voulait. Il s'en voulait d'encore espérer, d'être encore assez naïf pour croire qu'un jour, son numéro sortirait. Mais comment faire autrement ?

Gauche. Droite. Gauche. Droite. Gauche. Gauche.

Il connaissait son trajet par cœur, il pouvait le faire les yeux fermés. Il était là depuis si longtemps... Il en avait vu, des appels. C'était toujours la même chose. Une joie, un soulagement immense pour les appelés, des sourires, des rires, des larmes. Et pour les autres, ce pincement au cœur, cette jalousie noire, ce sentiment d'injustice qu'on tente de cacher pour être « sympa », pour montrer qu'on est heureux pour ceux qui, enfin, étaient libérés du cauchemar. Parfois, les bonnes nouvelles des autres nous font du mal, c'est comme ça. On ne peut pas toujours être sincèrement heureux pour les autres...

Tac. Tac. Tac.

Le bruit des pioches, encore. Les jours passent, toujours pareils. L'impression d'être coincé dans une boucle infinie, de répéter toujours et encore les mêmes actions, sauf que la fatigue s'accumule. Pas d'issue.

Tac. Tac. Tac.

Les éclats de roche rouge tombent à ses pieds en cascade.

Tac. Tac. Tac.

Ses mains brûlent.

Tac. Tac. Tac.

Bientôt, il fut temps de dégager un peu son bout de galerie. Alors, lentement, il remplit son panier de gravats et alla rejoindre le wagonnet de transport, deux galeries plus loin. La mine s'était étendue avec le temps et la plupart des galeries étaient désormais fort éloignées des rails. Les trajets pour déposer leurs paniers dans les wagons étaient longs, mais ils leur faisaient un peu comme une pause, malgré le poids à porter. D'ailleurs, le rythme quotidien avait pris ces « pauses » en compte : on travaillait plus et plus longtemps pour compenser le temps perdu et remplir les quotas malgré tout.

On s'adapte, on s'habitue et on survit.

Il passa devant la galerie des jeunes et les entendit parler un peu amèrement de la libération si prématurée de Krovani. Il leur était difficile de se réjouir pour lui, alors qu'il n'avait même pas eu le temps de souffrir réellement. Certains le critiquaient même assez violemment, lui reprochant ses pleurs et ses plaintes, oubliant qu'eux-mêmes, à leur arrivée, avaient agi de même.

Alors qu'il rejoignait le wagonnet, son panier à la main, Thémaire perçut la discussion de deux compagnons d'infortune qui avançaient en chuchotant. Il crut entendre le numéro 24601, alors il tendit l'oreille.

— Quoi, le nouveau ? Ouais, je crois bien… Je n'en suis pas sûr, hein, parce que je ne l'ai jamais vu de près, et puis ce serait quand même étrange, mais oui, oui, je crois.

— Moi aussi. Mais pourquoi ici ?

— Tu penses qu'il est dangereux ? J'veux dire, on devrait faire attention ?

Les deux hommes s'éloignèrent et leurs voix furent étouffées par le bruit des gravats que Thémaire balançait dans le wagon rouillé. Mais il en avait entendu assez. Ainsi, il n'était pas le seul à l'avoir pensé. Il paraissait donc plus que probable qu'il ait raison… Cela le troubla. Pour une fois, il aurait bien préféré avoir tort. Thémaire s'empressa de regagner sa galerie. Comment savoir si le nouveau représentait réellement un danger ? Pourquoi était-il là ? Tout ça n'était pas normal, pas normal du tout. Le regard fixé sur ses pieds, il ne regardait pas où il allait. Les automatismes qu'il avait développés au fil des années lui permettaient de se diriger dans le labyrinthe sans avoir à lever les yeux, mais cette fois, à un tournant, il entra de plein fouet dans le dos d'un autre travailleur. Quand il leva la tête pour s'excuser de sa maladresse, Thémaire sursauta. C'était lui. Le nouveau. Pour la première fois depuis son arrivée, il croisait son regard, largement illuminé par sa lampe frontale. Les pupilles de Thémaire s'agrandirent de terreur et il baissa la tête, marmonnant une vague excuse dans sa barbe. Il retourna à son poste à triple vitesse, une sueur froide dégoulinant le long de son dos.

Ce n'est qu'après un certain nombre de tournants, quand il fut certain que l'homme ne le verrait plus, qu'il se détendit. En baissant les yeux, il s'aperçut que ses mains tremblaient.

CHAPITRE SEPT
Elly – L'hôtel

Le lendemain, après une longue journée de travail, Elly terminait la vaisselle du souper, l'esprit encore empli des merveilles inaccessibles de la bibliothèque, quand Agmée vint l'interrompre d'une petite tape sur la tête.

— Eh ! Fstöl veut te voir. Bureau huit, au cinquième.

— Quoi ? Qui ?

— Fstöl, bureau huit. Dépêche-toi !

Qui ? Pourquoi ? Est-ce par rapport à hier ? Oui, sans doute… Merde… Est-ce qu'ils vont me renvoyer ? Ils ne peuvent pas faire ça, pas maintenant… Si ?

Un peu inquiète, Elly s'essuya les mains et s'empressa de quitter la cuisine. Rasant les murs dans les couloirs, tête baissée, elle croisa plusieurs occupants qui ne lui accordèrent aucune attention. Ils s'étaient habitués à sa présence effacée.

Elle trouva le bureau huit sans trop de difficulté, et, prenant son courage à deux mains, frappa deux coups timides à la porte.

— Quoi ? répondit une voix grave, légèrement agressive.

Une voix qui ne lui était pas inconnue… Avec un soupir tremblant, Elly poussa la porte. Immédiatement, l'odeur de papier et de poussière l'enveloppa. La pièce était remplie de livres, du sol au plafond : des dizaines d'ouvrages de toutes tailles et de tous genres s'empilaient un peu partout au milieu de cartes et de tableaux. Partout des feuilles de papier noircies de notes jonchaient le sol, et il lui fallut un temps avant d'apercevoir un bureau sous la pile de livres et de cahiers qui reposait dessus. Attablé derrière le bureau, le nez plongé dans un épais cahier de notes, le vieil homme de la veille.

— Bonjour, murmura Elly. Je…

Le vieux releva la tête.

— Enfin ! Tu es en retard. Assieds-toi, alors, marmonna-t-il en désignant un canapé envahi de livres d'une main lasse.

Elly obtempéra, écartant quelques ouvrages pour se faire une petite place.

— Dis-moi gamine… Que faisais-tu dans la bibliothèque, hier soir ?

— Je… Pardon. J'avais vu la porte ouverte et je… Je voulais savoir ce qu'il y avait au fond du couloir et puis je n'ai pas vu le temps passer, et je…

— Depuis combien de temps es-tu ici ? l'interrompit-il.

— Ici… à l'hôtel ?

— Oui.

— Quatre jours.

— Ah. Et qu'as-tu fait depuis ton arrivée ?

— Je… Je travaille aux cuisines.

— Et ?

— Et… euh…

— C'est tout ?

— Euh… oui, répondit-elle tout bas, mal assurée.

Où veut-il en venir ?

— Mmh. Et tu as découvert la bibliothèque… Tu lisais ceci, n'est-ce pas ? demanda-t-il en levant le traité de géographie.

— Euh… oui.

— Tu lis donc en illyrien ? La langue commune ?

— Oui.

— C'est illégal.

— Je le suis aussi, murmura-t-elle très bas.

— Quoi ?

— Rien.

C'était sa mère qui lui avait appris à lire l'illyrien commun. Elle se plaignait que depuis la réforme, les enfants n'apprenaient plus la langue de leurs ancêtres, mettant leur culture en péril. C'est pourquoi elle avait tant tenu à ce qu'Elly sache la lire et l'écrire. « Après tout, disait-elle toujours à son père, elle est déjà hors la loi, alors autant en faire une hors-la-loi éduquée. »

— Je lis la LGU aussi, ajouta la petite, mais je…

— Quel âge as-tu ?

— Euh… quatorze ans. Je crois…

— Mmh. Es-tu allée à l'école ?

Elly sentit au ton de sa voix qu'il connaissait déjà la réponse à cette question, aussi baissa-t-elle à nouveau simplement la tête, sans répondre.

— Évidemment. As-tu reçu la moindre instruction ?

— Mes parents adoptifs m'ont appris à écrire et à compter, ainsi que la base des connaissances sur les plantes, les animaux et les étoiles. Mon père aimait la philosophie, l'histoire et l'astronomie. C'est surtout cela qu'il m'a enseigné, avant… (Sa voix s'étrangla et elle baissa la tête.) Mais depuis, j'essaye de m'instruire seule, avec des livres. Dès que j'en trouve…

— Mmh, je vois, marmonna le vieil homme en se frottant la barbe. Mais tu sais qu'il y a une limite à ce que l'on peut apprendre seul, n'est-ce pas ? Tout ne se trouve pas dans les livres. Ce qu'il te faudrait, c'est un peu de discipline. Tu es encore jeune, ton esprit critique doit être formé, tu dois être éduquée à la connaissance. Savoir des choses sans les comprendre vraiment, sans appréhender la complexité dans laquelle elles s'inscrivent ne te mènera jamais à rien, si ce n'est vers une pente glissante. Penser seul, c'est facile. Personne ne vous met en doute, personne ne vous détrompe…

Il la regarda avec gravité :

— La voie de la pensée solitaire est très dangereuse, tu sais. Ceux qui se suffisent à eux-mêmes dans leur compréhension du monde sont des gens dangereux, petite, très dangereux. C'est ainsi que naissent les extrémismes. De toute information, il faut confirmer la véracité, étudier le contexte, et concevoir l'opposition. Tout le monde peut dire ou écrire un peu tout et n'importe quoi, mais ce n'est qu'avec un esprit critique bien affûté et une culture générale étendue que ta prise de position aura la moindre valeur. Tu comprends ?

— Euh… oui.

— Brr-hum ! Bon. Comment tu t'appelles, déjà ?

— Elly, monsieur.

— OK. Tu peux m'appeler professeur Fstöl, ou simplement professeur.

Professeur ?

— Je vais m'occuper de ton instruction, sur la durée du grand-froid. Après tout, autant user de notre temps libre à bon escient, n'est-ce pas ? Qu'en dis-tu ?

— Euh…

Et c'est ainsi que Fstöl était devenu son professeur. Depuis, la vie d'Elly dans l'enceinte de l'hôtel s'était vue transformée et considérablement améliorée. Ses journées étaient dorénavant très organisées : à dix heures, après avoir expédié sa vaisselle et le rangement de la cuisine, elle frappait à la porte du bureau de son enseignant, s'asseyait en tailleur sur l'épais canapé molletonné, son carnet sur les genoux, son crayon à la main, et elle écoutait. Le vieil homme lui parlait de tout : histoire, géographie, sciences, astronomie, mécanique, théâtre, littérature, politique, et la jeune fille buvait ses paroles. Parfois, elle s'aventurait à poser une ou deux questions, mais la plupart du temps, elle ne faisait que sagement écouter, fascinée par son professeur. Il lui parlait en marchant en rond dans la pièce, appuyant ses dires de grands gestes et ponctuant parfois ses phrases par des « Tu notes ? Note ça, c'est important ! » auxquels Elly acquiesçait toujours avec empressement.

D'autres fois, la jeune fille et son professeur jouaient à divers jeux qui faisaient appel à l'intellect, aux échecs notamment. Elle avait eu un peu de mal au début, mais peu à peu, elle commençait à s'améliorer. Les règles étaient simples, mais la manière de réfléchir très complexe, et Fstöl usait de tout pour lui donner des leçons de vie. L'après-midi, elle lisait ou étudiait ses notes, car le professeur était occupé à autre chose de « plus important », disait-il. Mais elle était contente du temps qu'il lui accordait. Elle voyait bien dans son regard qu'il s'amusait avec elle. Il semblait intrigué par sa manière de réfléchir, par ses remarques, ses idées. « Tu es une fillette bien étrange, tu sais. Bien étrange… », disait-il souvent. Il lui posait des questions parfois, sur elle, sa vie, son passé. Elle ne répondait qu'à demi-mot la plupart du temps : « Oui, mes parents adoptifs sont morts quand j'étais très jeune » ; « Je ne sais pas, ils m'ont trouvée dans un bois » ; « Non, je n'ai pas de souvenirs d'avant… » Il avait le tact, heureusement, de ne jamais trop insister.

Les jours passant, il lui fit lire des textes de plus en plus compliqués, parfois en divers patois au lieu de la langue commune.

Puis il lui confia des ouvrages terriens d'histoire, mais également, et surtout, des romans d'aventures, d'épopées fantastiques aux héros sans peur et sans reproche. Comme la littérature terrienne était fascinante, comparée à l'illyrienne ! Les romans d'aventures étaient un genre presque inexistant sur Illyr... Mais les Terriens ! Oh, les Terriens savaient raconter des histoires ! Leurs personnages, vibrants, torturés et passionnés, réveillaient en elle des bouffées d'énergie pure. À leurs côtés, elle parcourait le monde, tombait amoureuse, menait des combats acharnés pour faire vaincre le bon, le beau. Quelle ferveur, quelle flamme brûlait en eux ! Oui, ces héros terriens, ils avaient vraiment la force de leurs convictions. Et cette magie, dont tant de romans parlaient, était-elle réelle ? Chez eux, sur une autre planète qu'ils avaient découverte ? Comme ce serait fascinant ! Elle n'osait en parler à Fstöl, de peur qu'il ne se moque d'elle, mais la nuit, couchée le dos, elle rêvait elle aussi de lancer des sorts, de se faire obéir par l'eau, le feu, et de voler. Voler dans les airs, tel un aurelia. Quel rêve...

Et juste comme ça, sans qu'elle s'en rende compte, le grand-froid passa. Peu à peu, les températures remontèrent et la neige se mit à fondre, libérant doucement les terres de leur étau glacé. Un beau jour, Kyros, le grand Illyrien aux yeux orange, annonça que les portes seraient rouvertes dans l'après-midi. Cela fit à Elly l'effet d'une douche froide. *Déjà !*

Au froid de l'hiver allait enfin succéder un printemps ensoleillé qui rendrait à la nature sa pleine palette de couleurs. Partout, les arbres et les plantes se redresseraient, arborant avec fierté leurs fleurs chatoyantes. Elle avait vraiment hâte de sortir, de sentir l'herbe sous ses pieds, le parfum de la nature dans ses narines, et surtout, surtout, de retrouver le sentiment de liberté en dehors de tous ces murs.

Et pourtant, son cœur se serra. *Ça y est…*

La petite se mordilla les lèvres. Ce qu'elle attendait depuis si longtemps lui était pourtant totalement sorti de la tête, ces derniers jours. Elle n'osait guère se l'avouer, mais elle s'était habituée à cette vie à l'hôtel, à son lit douillet, à ses repas chauds, à ses discussions quotidiennes avec Fstöl. Elle était bien, ici… Elle se rendit compte qu'elle n'avait plus autant envie de partir qu'elle l'avait imaginé à son arrivée. Elle avait été domestiquée.

Malgré cela, son corps entier tremblait d'excitation à l'idée de mettre le nez dehors.

Cet après-midi-là, Fstöl l'autorisa à sortir dans les jardins plutôt que suivre son cours, et la jeune fille déboula donc au rez-de-chaussée avec l'enthousiasme d'un poulain mené au pré pour la première fois de sa jeune vie. Dans le grand hall, la neige fondue avait créé un petit lac au bas des marches, glacial mais superbe. Dehors, il faisait frais, mais elle savoura les derniers rayons de soleil de la journée avec délectation.

Parfait… C'est parti pour une belle longue visite des alentours.

Inspirant à pleins poumons l'air vif, la jeune fille s'engagea dans la cour. Vu depuis les jardins, l'hôtel était magnifique. Il s'agissait, selon ce que Fstöl lui avait expliqué, d'un ancien centre de soins de luxe, destiné à l'origine à une clientèle aisée et recherchant la discrétion. Lorsque la loi 9853 avait été votée, tous les établissements publics ou privés destinés à accueillir plus d'une vingtaine de personnes avaient été fermés. Mais comme l'hôtel n'était indiqué nulle part, les Terriens n'avaient pas connaissance de son existence, et personne n'était donc descendu pour condamner les lieux. Par mesure de sécurité néanmoins, les patients tout comme le personnel avaient été évacués. Les derniers à partir avaient pris soin de barricader par d'épaisses planches de bois les baies vitrées du rez-de-chaussée, de vider les piscines et les fontaines, et d'emmener les animaux. Ils avaient même poussé le vice jusqu'à placarder une affiche de saisie sur la porte d'entrée, au cas où. Ainsi, l'hôtel avait été laissé à l'abandon pendant plusieurs années avant que ne viennent s'y installer le Chiffre et ses acolytes. Il avait alors été décidé que les plantes grimpantes qui avaient pris possession des murs, les fenêtres brisées, les statues au sol, les portes et fenêtres condamnées du bas, tout devait être conservé en l'état, pour donner à l'ensemble un aspect de total délabrement. Il s'agissait de n'éveiller aucun soupçon en cas de descente milicienne. Et c'était efficace : Elly elle-même s'y était laissé prendre.

Pour renforcer plus encore cette impression d'abandon, tout avait été laissé sauvage dans les jardins, sur toute la zone visible depuis les fenêtres des trois premiers étages. Il fallait dépasser une épaisse rangée d'arbres pour découvrir, bien à l'abri des regards, un potager d'hiver sous serre. À la grande surprise de la jeune fille, deux femmes y travaillaient déjà en discutant, répandant sur le sol un fumier chaud, sans doute pour prévenir un éventuel retour de gel. Elles durent l'entendre arriver, car elles s'interrompirent pour la regarder passer, sourcils froncés. Elly baissa la tête et accéléra le pas. Un peu plus loin, elle déboucha sur deux énormes piscines vides dans lesquelles Mescka, Tassie et Vokter avaient descendu les animaux, eux aussi libérés avec joie des caves de l'hôtel. Le sol couvert de foin et les parois revêtues de mousse étouffaient le bruit des bêtes tout en leur procurant un habitat agréable. Une partie des piscines avait même été couverte pour leur assurer un abri.

— Va-t'en, la métisse ! lui siffla Mescka de loin en l'apercevant. Dégage !

À nouveau, Elly baissa la tête en soupirant et poursuivit sa route. Un peu plus loin, depuis une petite colline, elle aperçut un vaste champ de blé d'hiver, volontairement planté de manière inégale pour lui donner un aspect naturel. Cette espèce de blé, très résistante, survivait à la neige et pouvait être récoltée dès deux semaines après le grand-froid. D'ailleurs, un petit moulin à vent tournait déjà joyeusement tout près de là. Plus bas, une rivière, d'où provenait certainement l'eau nécessaire aux plantations, traversait les jardins.

La petite poursuivit sa balade à travers les potagers, jusqu'à atteindre le mur d'enceinte. Dès qu'elle le vit apparaître au loin, un creux s'ouvrit dans son estomac. À nouveau cette sensation d'enfermement… Mais alors qu'elle allait s'éloigner, son attention fut attirée par une série de cris. Elle était presque certaine d'avoir reconnu la voix de Kyros. En suivant le bruit, elle finit par déboucher sur un vaste terrain plat où une vingtaine des résidents de l'hôtel s'adonnaient à d'étranges mouvements chorégraphiés. Elly s'arrêta un instant pour regarder le mystérieux ballet. Hommes et femmes effectuaient de curieux gestes dans l'air, tantôt lents, tantôt brusques.

Mais qu'est-ce qu'ils font ?

Soudain, Kyros leur hurla de composer des paires, et Elly comprit enfin. Il s'agissait d'un entraînement au combat au corps à corps, tels qu'elle en avait lu dans ses romans. Les paires se battaient sans chercher à véritablement se blesser, mais leurs coups semblaient extrêmement précis et plutôt violents. Ils s'empoignaient et se jetaient à terre, sautaient les uns sur les autres comme des chats sauvages, balançaient leurs bras et jambes dans tous les sens. C'était assez impressionnant, et un peu effrayant… Fascinée, Elly grimpa dans un arbre proche pour avoir une meilleure vue sur la scène. C'est ainsi qu'elle découvrit un autre terrain en contrebas, où s'entraînaient d'autres personnes. Toutes tenaient en main des armes à feu terriennes, visiblement munies de silencieux. Elles tiraient sur des cibles gravées dans de larges rouleaux d'écorce, et elles n'étaient pas mauvaises… Elly en ressentit un étrange frisson d'excitation. Les Illyriens n'utilisaient guère d'armes hormis pour la chasse ou la pêche, et elles étaient fort rudimentaires comparées à celles qu'elle voyait ici. Soudain, deux d'entre eux se mirent à rire et se tapèrent dans le dos avec bonhomie. Elly eut un sourire triste. Ces gens semblaient former une communauté si unie, si soudée… *Quelle chance ils ont…*

Allongée de tout son long sur une épaisse branche dans les hauteurs de l'arbre, la petite observa l'agitation au sol avec une pointe d'envie. L'arbre surplombait le terrain et lui offrait le parfait poste d'observation : à travers son feuillage, elle pouvait tout voir et tout entendre, et ce, en restant totalement indécelable d'en bas. Elle demeura ainsi pendant près d'une heure à épier les deux groupes, jusqu'à ce que Kyros annonce la fin de l'entraînement. Alors seulement prit-elle conscience de l'heure et elle fonça vers les cuisines.

— Eh bien, alors ! C'est à cette heure-ci que tu arrives ? l'accueillit Agmée, poings sur les hanches, lorsque Elly entra dans la pièce. Dépêche-toi de te mettre au boulot ! Allez ! La vaisselle ne va pas se faire toute seule.

Hochant la tête sans rien répliquer, Elly retroussa ses manches et plongea ses mains dans l'eau glacée de l'évier.

— Pourquoi tu étais en retard, hein ? Un rendez-vous galant, peut-être ? ajouta la cuisinière en jetant une œillade moqueuse à Yko.

Les deux femmes éclatèrent de rire, et la petite inspira profondément pour garder son calme.

— Quoi, on t'énerve ? C'est ça ? N'as-tu donc aucun humour, petite corniaude ?

La lèvre inférieure de la fillette se mit à trembler de colère et elle baissa la tête, frottant l'assiette qu'elle tenait à la main avec une hargne démesurée.

— Bah, laisse tomber, maugréa Yko d'une voix morne en se détournant. Sinon, elle va encore pleurer...

Elly sentit en effet son nez se mettre à picoter et se dépêcha d'empoigner une nouvelle assiette, reniflant pour refouler ses larmes.

Je la déteste ! Oh ! combien je la déteste...

CHAPITRE HUIT
George et Liam – La métropole

« … la réélection de Jean Du Poley au titre de Premier délégué. Son nouveau quinquennat au pouvoir lui permettra-t-il de redresser l'économie ? Ce sera le sujet de notre dossier spécial, ce soir, à vingt heures. Autre titre, l'explosion au domicile d'Oliver Rusteau, le superviseur de la mine de Tel-Emade, a fait quatre victimes. Rusteau, son épouse et deux de leurs enfants ont en effet péri dans l'incendie. La plus jeune, quinze ans, est encore à l'hôpital dans un état critique. Les pompiers parlent pour l'instant d'un simple incident, mais l'enquête est encore en cours pour déterminer si oui ou non la Rébellion pourrait être impliquée dans ce… »

George éteignit l'écran d'un geste distrait et referma la fenêtre de sa boîte e-mail ouverte sur son système intégré. Du Poley était un homme flasque et mou, un bien-pensant que George n'aimait pas beaucoup et pour qui il n'avait pas voté, mais il était aussi, il fallait l'admettre, un excellent économiste et un redoutable baratineur. Il était presque certain qu'il parviendrait à rendre à Illyr sa place dans le « top 3 » des mondes à visiter. La petite planète était certes féconde, elle vivait néanmoins beaucoup du tourisme et dans cette catégorie, la compétition était rude. S'assurer une place dans le top 3 s'avérait donc extrêmement important, et Illyr venait de tomber en quatrième place, cédant sa position à une toute nouvelle planète sur laquelle l'étrange gravité permettait de voler à quelques mètres au-dessus du sol. Ce phénomène faisait bien sûr grand bruit, tout le monde voulait y aller.

Les découvertes de planètes « habitables » se faisaient plus rares déjà depuis quelques siècles, aussi, chaque nouveauté plongeait le tourisme interstellaire dans le chaos. Au département des Finances, on s'inquiétait un peu. Ces attaques de la part des réfractaires illyriens connus sous le nom de « la Rébellion » devenaient de plus en plus nombreuses et agressives. Pour l'instant, elles se cantonnaient aux Terres d'Horizon, à quelques comptoirs peu protégés, mais tout de même. Que se passerait-il si le mouvement prenait de l'assurance ? S'il visait la Zone, la métropole ? Les investisseurs pourraient se retirer, le tourisme s'interrompre ou pire, se voir carrément interdire par l'AMRIS, l'Agence mondiale des relations interstellaires ! Ce serait une catastrophe pour l'économie…

Ainsi depuis quelques mois, une tension palpable plombait les bureaux de l'Alliance, surtout dans les étages supérieurs. Les gens chuchotaient entre eux que le Premier délégué et ses collègues s'enfermaient pendant des heures dans des salles de réunion avec des gens que personne n'avait encore jamais vus…

Mais George, bien que sa curiosité fût piquée, n'y prêtait pas plus d'attention que cela. Après tout, il avait un enfant maintenant, et sa famille était tout ce qui lui importait. Depuis la naissance de Théo, le temps filait à toute allure. Les parents de Nora étaient venus peu après le grand-froid et avaient passé deux mois entiers sur Illyr pour les aider, avec le bébé. George n'accrochait pas trop avec ses beaux-parents, non qu'ils soient désagréables, simplement un peu trop présents, un peu trop « impliqués ». Il n'aimait pas ça et c'est pourquoi il s'était senti soulagé de leur départ. Jalousie, par rapport au silence si caractéristique de sa propre mère à l'annonce de la naissance de son premier petit-fils ? Si c'était le cas, il ne se l'avouait guère. Il s'agissait plutôt pour lui d'une question de fierté, d'indépendance. Ils pouvaient s'en sortir seuls, comme tous les autres parents du monde. Ils n'avaient besoin de personne. Pour soulager Nora des tâches quotidiennes, ils s'étaient simplement résolus à engager une femme de ménage, une Illyrienne d'une vingtaine d'années discrète et efficace. Elle avait néanmoins interdiction de toucher à l'enfant, question de sécurité.

— Il est si beau… murmura-t-il pour lui-même avec autant de ravissement qu'au premier jour, contemplant son fils couché dans son berceau, les yeux grands ouverts fixés sur son mobile. Et si sage…

Le petit, âgé maintenant d'un peu plus de cinq mois, était adorable, avec ses grosses joues roses et son petit duvet de cheveux noirs sur le crâne. Physiquement, il tenait de sa mère, c'était indéniable. Nora vint prendre son époux dans ses bras par-derrière, posant sa tête contre son dos.

— Oui, il est parfait.

— Théo ! Théééooo ! babilla George tout sourire, cherchant à attirer l'attention de l'enfant.

Le bébé n'eut aucune réaction.

— Il aime vraiment son mobile, rit Nora. Il peut le regarder pendant des heures, c'est fou.

George hocha la tête, une petite ride d'inquiétude sur le front. Sage… ne l'était-il pas un peu trop ? L'enfant semblait presque absent la plupart du temps, restant comme fasciné par son mobile ou tout autre objet en mouvement lent, ne répondant absolument pas à la voix de ses parents. Et il souriait peu. Presque jamais, même. George s'en inquiétait, mais Nora disait que ce n'était rien, qu'il était simplement un enfant un peu contemplatif. Ils avaient fait les tests à la naissance, il n'était ni sourd ni muet, tout allait bien.

Pourtant, les mois passant, l'étrange apathie de l'enfant devint de plus en plus évidente. Il ne répondait pas à l'appel de son nom, ne demandait jamais à être pris dans les bras, ne cherchait même jamais le regard de ses parents… Il ne pointait pas les objets du doigt comme les autres enfants de son âge et n'essayait pas de se déplacer, même en rampant. Et quand George ou Nora tentaient de jouer avec lui, il ne réagissait que par des crises de colère assez impressionnantes, comme pour leur reprocher de l'avoir dérangé. Mais ce qui les troublait le plus restait les étranges mouvements de ses mains.

— Regarde. Il le fait encore, observa George.

L'enfant ouvrait et fermait les mains en l'air, comme s'il jouait lentement des castagnettes invisibles. Nora l'observait avec inquiétude.

— Tu crois que c'est anormal ? demanda-t-il.

— Je ne sais pas… Théo ? Théo, mon chaton ?

Elle tendit les mains vers lui en souriant.

— Tu veux venir dans les bras de maman ?

Le petit la regarda sans afficher la moindre émotion et détourna la tête. Les larmes montèrent aux yeux de la jeune femme.

— Tu avais raison… Quelque chose ne va pas, murmura-t-elle, la gorge nouée. Je ne sais pas quoi, mais je le sens. Quelque chose ne va pas, George.

Son mari la serra dans ses bras et lui déposa un baiser sur le haut de la tête.

—OK, OK… On va prendre rendez-vous avec le Dr Van Stapel. Mais je suis sûr que tout va bien. Tout va bien, répéta-t-il, sans y croire réellement.

Mais tout n'allait pas bien. Le Dr Van Stapel, après un examen dans son cabinet de pédiatrie, envoya les jeunes parents à l'hôpital. Tout s'enchaîna très vite, trop vite. Théo dut subir une intense batterie de tests – scanner, prises de sang, analyses d'ADN… Puis le diagnostic tomba comme un couperet, froid, implacable, sans appel : autiste. Théo était autiste. En entendant le médecin leur annoncer la nouvelle, Nora avait laissé échapper un petit cri aspiré. George, lui, était resté choqué, immobile, incapable de réagir. Autiste. Il ne comprenait pas. Pourquoi ? Qu'est-ce que cela voulait dire ? Pourquoi lui, pourquoi eux ? Quelles implications ce diagnostic aurait-il sur sa vie, leur vie ? Quels traitements existait-il ? Que faire ? *Que faire ?* Les médecins accusèrent leur volonté de grossesse et d'accouchement naturels, prétendant qu'autrement, ils auraient pu déceler l'anomalie à temps. *L'anomalie…* Nora avait tiqué sur le mot. Elle savait que s'il s'était agi d'une exogrossesse, celle-ci aurait été interrompue. Ces derniers temps, ce geste était devenu si courant… Pourtant, même si elle avait su, jamais elle ne l'aurait fait, jamais. C'était son enfant. Son bébé. Et elle l'aimait de tout son cœur, envers et contre tout.

Ce soir-là, en rentrant de l'hôpital, Nora avait couché Théo et s'était roulée en boule dans un fauteuil, les yeux dans le vide. George voyait bien qu'elle était dévorée d'anxiété, mais aussi déjà en train de prévoir, planifier, organiser l'avenir de cet enfant différent des autres. Elle ne s'effondrerait pas. Elle était une battante. Et jamais il ne l'avait autant admirée. Elle se montrait si forte, tellement plus forte que lui.

Les jours, les semaines, les mois passèrent et Nora enchaînait les rendez-vous chez le pédiatre et les divers médecins qu'il lui recommandait, elle visitait les crèches spécialisées pour enfants à problèmes – assez rares, hélas –, les écoles, les centres d'accueil…

Ses parents insistaient pour qu'ils rentrent sur Terre, pour qu'ils soient aidés et soutenus de manière plus constante. Bien sûr, ce n'était pas la seule raison : ils se sentaient également inquiets de la situation politique sur Illyr. Pourtant, les quelques misérables attaques perpétrées par des Illyriens un peu extrémistes ne valaient à Lloydsville que de petits entrefilets dans la presse officielle. Mais les parents de Nora avaient le talent de ne lire que la presse alarmiste, quasi complotiste, qui assurait que nombre d'accidents étaient en réalité des attentats couverts par le pouvoir politique.

Insensé…

Cela faisait des mois que des renforts armés avaient été envoyés vers les avant-postes les plus visés, et plusieurs dizaines d'arrestations avaient déjà été opérées. Tout finirait certainement par se tasser bientôt, George en était convaincu. Et puis d'ailleurs, à l'intérieur de la zone sécurisée, tout était toujours calme… Le tourisme était au beau fixe, la construction de nouveaux hôtels en bord de mer se multipliait, bref, économiquement parlant, XGD-241091 se portait bien. Du Poley semblait avoir les choses bien en main, finalement. Les parents de Nora étaient simplement anxieux, il ne fallait pas prendre leurs craintes au sérieux… Et puis, la situation sur Terre n'était guère enviable, avec les remous provoqués par la hausse des prix des produits alimentaires importés des Installations.

La démographie avait connu une chute spectaculaire après la Troisième Guerre mondiale et le flot de pandémies successives qui l'avait suivie, mais depuis le succès des Installations, elle remontait tout aussi spectaculairement, et les vieux problèmes réapparaissaient : manque d'espace, d'eau, de nourriture… Les Installations étaient de plus en plus sollicitées, et les quotas ne faisaient qu'augmenter pour nourrir les résidents de la Terre mère. En collaboration avec l'AMRIS, le Plénat – le gouvernement mondial mis en place après l'Événement — faisait tout pour inciter les Terriens à partir vers les Installations, sans jamais assez de succès. George ne le comprenait pas : lui avait été ravi de quitter la Terre, il n'avait toujours rêvé que de ça. Et aujourd'hui, il refusait catégoriquement d'abandonner Illyr.

Nora quant à elle s'était montrée tentée, mais elle avait fini par se ranger de son côté. Après tout, elle-même était une stellée : elle n'était pas née sur Terre. Elle avait vu le jour sur Illyr et pour elle, cette planète était sa maison bien plus que la Terre. Elle aimait cet endroit, et ils avaient construit leur vie ici. Et puis, le Dr Dengar, le spécialiste chargé du dossier de Théo, se disait confiant pour le garçonnet, et il notait déjà des progrès dans son comportement ! Tout irait bien. Oui, tout irait bien.

∴

Le temps s'écoula, lentement. Les jours, les semaines, les mois. Puis les années.

Un beau jour, en sortant de l'Alliance, George leva la tête et ferma les yeux, profitant de la chaleur du soleil en ce bel après-midi d'été, quand une voix familière l'apostropha :

— Salut, vieux ! Ça va ? Ça fait un bail !

Surpris, il tourna la tête en direction de la voix et son visage se fendit d'un immense sourire.

— Liam ! Oh, waouh, ça fait longtemps, oui ! Quoi, trois mois ?

— Sans doute…

— Waouh, déjà…

— Eh ouais !

Rapidement, George coupa son SI qui lui lisait les nouvelles et serra son ami dans ses bras.

— Qu'est-ce que tu fais là ?

— Je viens de rentrer de voyage et No m'a dit que tu finissais vers dix-huit heures, alors je suis venu te raccompagner jusque chez toi ! Je sais qu'avec le petit, c'est pas toujours facile de trouver le temps de sortir, alors…

— Non, c'est super, tu as bien fait !

Cela faisait sans doute bien plus de trois mois qu'ils ne s'étaient pas vus, mais George savait que son ami préférait ne pas trop le faire culpabiliser. Ces dernières années, avec Théo et le travail qui n'en finissait pas de s'amonceler, il n'avait plus eu beaucoup de temps pour lui.

— Alors, d'où reviens-tu ? demanda-t-il avec entrain.

— Du Sulkân.

— C'est où, ça ?

— C'est l'ensemble d'îles tout à fait à l'est de Govrienn, tu vois ?

Il ne voyait pas, mais peu lui importait.

— Super ! C'était comment ?

— Merveilleux. Tu sais, ça devient de plus en plus rare, les endroits encore *vraiment* illyriens. Finalement, notre culture s'impose presque partout, c'est assez impressionnant… (Il soupira.) Mais j'imagine que c'est bon pour l'Installation…

— Sans doute, acquiesça George.

Ils se turent un instant, marchant côte à côte sur le trottoir, profitant de la douceur de la soirée.

— Tu as remarqué combien les établissements neutres sont devenus rares ? Regarde ! Lubby est maintenant de catégorie T, indiqua-t-il d'un signe de tête en passant devant l'épicerie.

— C'est vrai, observa George. J'avais remarqué aussi… Ça fait déjà une semaine. Mais c'est sans doute normal, il y a de moins en moins d'Illyriens qui travaillent dans ce coin. En fait, il y a de moins en moins d'Illyriens dans le centre en général.

Et ce n'est pas plus mal, au fond. Tout est beaucoup plus calme depuis qu'on les voit moins…

— Comme c'est étrange, murmura Liam en observant la rue. Tout est si… tranquille, ici.

— Exactement, approuva George. Je me disais la même chose. Du Poley a bien repris le contrôle des choses. Alors oui, il semble que beaucoup d'Illyriens ont quitté la Zone, mais il y a de toute façon de moins en moins de travail pour eux ici. Je pense qu'à cause des attaques d'il y a quelques années, la confiance a été rompue.

— C'est triste.

George fronça les sourcils, sans répondre. Lui-même avait renvoyé sa femme de ménage illyrienne quelques années plus tôt, sa présence au sein de son foyer le mettant mal à l'aise. Beaucoup de ses connaissances avaient fait de même, renvoyant leur personnel illyrien au profit d'aides terriennes. Il pressentait que cela avait participé à augmenter le taux de Terriens en situation illégale dans la Zone, qui arrivaient parfois par navettes entières pour reprendre les petits emplois sous-payés qu'on préférait ne plus accorder aux Illyriens, mais il n'en avait cure. Ces gens-là au moins étaient comme lui.

— Tu sais, reprit Liam, les choses sont très différentes hors Zone. Ça se ressent assez fort, le contraste. Quand je voyage un peu dans les Terres d'Horizon, il y a beaucoup plus de tension, de méfiance entre les deux peuples, et dans les deux sens. Une Illyrienne a même changé de trottoir l'autre jour, en me voyant arriver en face !

— Ah oui ?

Un comble, tout de même !

— Je me demande s'ils ne commencent pas à lentement intégrer les idées des rebelles, s'inquiéta Liam. Les imbéciles. C'est triste, mais c'est toujours ceux qui crient le plus fort qu'on entend et qu'on finit par écouter, même s'ils ont tort…

— Les rebelles ? Mais…

— Bon, c'est sûr, toutes ces nouvelles taxes, c'est dur pour eux. Mais… ils pourraient produire tellement plus ! Alors, quand ils se plaignent qu'il ne leur reste pas assez après le prélèvement, j'ai envie de rire. Ces gens sont si… lents à s'adapter, c'est terrifiant ! Tu sais, ce mode de vie qu'ils ont, et que j'ai toujours adoré, aujourd'hui seulement je comprends à quel point il est paresseux, passif… Bon sang, parfois, j'aimerais les secouer et leur dire : « Bougez-vous ! Agissez, prenez-vous en main pour une fois ! » Mais évidemment, c'est tellement plus facile de croire ceux qui assurent que la faute vient des autres plutôt que d'imaginer se remettre en question soi-même…

— Mmh, approuva George, soucieux.

Ils marchèrent un temps en silence, tous deux perdus dans leurs pensées.

— Comment va Théo ? demanda soudain Liam. Quel âge il a, maintenant ?

— Eh bien, il va sur ses cinq ans, tu imagines ?

— Déjà ? Waouh… dingue !

— Oui. Et c'est fou ce qu'il ressemble à sa mère. Les mêmes yeux, les mêmes mimiques.

— Et euh… Comment ça va, avec…

— Mieux. Beaucoup mieux ! Bon, entre lui et moi, ce n'est toujours pas ça, mais bon…

George sourit et baissa la tête. Il ne voulait pas que Liam sache à quel point il souffrait de l'état de son fils. Le petit garçon, autrefois indifférent à tout et à tous, était aujourd'hui constamment fourré dans les jupes de sa mère. Ils faisaient tout ensemble, et toujours dans le même ordre, selon le même horaire, aux mêmes endroits. C'était la seule manière de maintenir le calme, de le rassurer. Il avait besoin de structure et de répétition dans sa vie. Hélas, les crises de colère restaient nombreuses et violentes, déclenchées par le moindre détail : une griffure sur son jouet préféré, un objet déplacé, la sonnette de la porte d'entrée… Nora était épuisée, physiquement et mentalement, et George ne pouvait pas l'aider. Son fils en effet refusait catégoriquement de le regarder, de le toucher, ou même de se laisser toucher par lui. Il le repoussait systématiquement. Le pauvre s'en trouvait désemparé… Son rôle, trop souvent, ne consistait qu'à maîtriser Théo pendant ses crises pour éviter qu'il se blesse.

Quant à Nora, même fatiguée, même inquiète, elle restait forte, tellement plus forte que lui. George admirait son courage. Elle était son roc, son phare dans la tempête, et il voulait l'être pour elle aussi. Il refusait de laisser leur couple pâtir de la situation, de voir la romance s'envoler et leur relation se transformer en simple travail d'équipe autour d'un enfant différent. Leur famille subissait seulement une étape un peu difficile, mais ils allaient trouver leurs marques. Cela deviendrait de plus en plus facile, le Dr Dengar l'avait promis. Alors, dans un mélange de fatalisme et d'espoir, il s'était résigné à accepter son rôle de parent repoussé, en attendant le jour où il deviendrait réellement le père de son fils. Il rêvait aussi d'un deuxième enfant, mais il savait que Nora n'était pas prête, ni physiquement ni mentalement.

— Mais avec No, ça va mieux, déclara-t-il avec un enthousiasme légèrement feint. Elle a même repris le travail à XGD-News ! Elle le dépose à la crèche au bureau, avec une nounou spécialisée, une Mme Mür. Et puis, il suit des cours spécifiques, une toute nouvelle méthode. Ça n'a pas été évident de l'habituer, mais maintenant, ils font partie de sa routine, alors… ça va. Il faut prendre le même chemin tous les jours, le même exactement, y compris lorsqu'il y a des travaux ou des embouteillages, sinon, ça le perturbe. Il a encore souvent des crises, hein, mais…

— C'est bien, c'est bien…

— Et toi ? Quelles nouvelles ?

— Euh… Le Sulkân, c'était magnifique. J'ai loué un yacht pour faire le tour des îles pendant quelques semaines. Tu sais qu'ils sont encore totalement libertins, là-bas ? Le programme de réforme des mœurs ne les a pas touchés. Il faut dire que c'est assez isolé dans le coin… Bref, là-bas, hommes et femmes se fréquentent sans attaches, sans obligations. Les enfants sont élevés en communauté, et tout semble se passer sans aucun problème… La belle vie, non ?

— Sans doute, murmura George, tout de même un peu choqué.

Le programme de réforme des mœurs, survenu très rapidement après l'installation (soit près d'un siècle en arrière) s'était inscrit dans un vaste cadre de sensibilisation sur les valeurs humaines et familiales, après plusieurs générations de sexualité débridée. La débauche qui s'était installée avec la libéralisation sexuelle totale avait en effet fini par pervertir les esprits et mené à de nombreux excès. L'Église catholique avait alors connu un spectaculaire renouveau et s'était employée à redresser les choses, y compris dans les Installations.

George croyait fondamentalement à l'unité familiale, quelle qu'elle soit. Élever soi-même l'enfant qu'on avait mis au monde, avec son partenaire unique, quoi de plus beau ?

— Et j'ai rapporté un petit souvenir ! s'exclama Liam, interrompant son ami dans le fil de ses pensées.

— Ah oui ?

— Oui. Figure-toi qu'ils profitaient des paysages côtiers pour un shooting photo de bikinis et… devine qui est reparti avec une top de la République nouvelle d'Italie ?

— Ha, ha, ha ! Tu ne changeras jamais !

George eut un pincement au cœur en disant ces mots. Il savait que si Liam partait autant en vadrouille et agissait comme un adolescent en rut, c'était parce qu'il se sentait seul.

— Si tu la voyais, mec, waouh ! Un canon.

— Et comment elle s'appelle ?

— Flavia ! Ah, j'ai hâte que tu la voies ! Thomas l'a déjà rencontrée, tu sais, la semaine passée, quand tu n'as pas pu venir.

— Ah oui, désolé, je…

— Non, non, c'est rien, dis, je comprends. Je crois qu'il l'aime bien, Thomas, mais surtout parce qu'elle a invité ses amies mannequins et a promis de continuer à le faire dès qu'on sortirait ensemble. Si tu avais vu sa tête !

Ils marchèrent ainsi en discutant jusqu'à la maison de George, prenant leur temps. Il faisait beau et chaud, la route était agréable et ils étaient contents de se retrouver. En arrivant devant la porte, les deux amis ne se sentaient pas prêts à se dire déjà au revoir.

— Tu veux rester un peu à la maison, prendre un verre ? Ça ferait plaisir à Nora, proposa George.

— Tu crois ? Je ne veux pas déranger.

— J'insiste ! Nora ? appela-t-il en ouvrant la porte. Liam est là !

— Super ! répondit-elle depuis l'étage. Installez-vous au salon, j'arrive !

Elle descendit dix minutes plus tard, un sourire las aux lèvres.

— Liam ! Bonjour ! Je suis désolée, je viens d'installer Théo avec ses jouets, je préfère qu'il ne descende pas…

— Je comprends.

— Ah, ça me fait plaisir de te voir, en tout cas !

— J'ai un cadeau pour toi, Nora, un cadeau d'anniversaire en retard, annonça Liam en souriant.

Il lui tendit une petite boîte dont elle souleva le couvercle avec délicatesse. À l'intérieur se trouvait un médaillon blanc nacré, avec une envolée d'oiseaux rouges. Lorsqu'elle l'ouvrit, des photos se mirent à défiler sur un minuscule écran, d'elle, de George et bien sûr, de Théo.

— Oh, Liam, merci. C'est trop, c'est…

Elle était tout émue.

— Laisse, ce n'est rien, ça me fait plaisir. C'est de la nacre de Lomeley, pratiquement incassable. Et les oiseaux sont en illyrium pur ! Et puis, c'est joli, non ?

Elle le serra dans ses bras avant d'accrocher le médaillon à son cou.

— J'adore, vraiment. Mais où as-tu eu toutes ces photos ?

— C'est George, il m'en envoie de temps en temps pour donner des nouvelles, je les ai toutes gardées…

Nora eut pour lui un sourire tendre, presque maternel. Elle s'assit sur le divan et tapota le coussin à côté d'elle pour l'inviter à s'asseoir.

— Alors, raconte un peu. Que deviens-tu ? Comment vont les amours ?

— Eh bien, justement, j'ai rencontré quelqu'un…

— Ah oui ? Super ! Raconte ?

— Flavia, une mannequin. Magnifique, vraiment magnifique !

Le sourire de Nora vacilla.

— Ah… c'est bien.

Liam sentit sa déception et déglutit, un peu gêné. La jeune femme s'en voulut et reprit aussitôt :

— Et comment va ta sœur ? Elle a fini ses études maintenant, non ?

Le jeune homme sourit. Sa petite sœur, Elizabeth, de onze ans sa cadette, était sa personne préférée au monde. Aujourd'hui, elle avait vingt ans et étudiait à New London. Une petite peste à l'humour noir très prononcé, mais Liam l'adorait. Ils étaient extrêmement proches, compensant par leur entente fraternelle le manque qu'ils ressentaient du côté parental. Leurs géniteurs voyageaient en effet tant qu'ils étaient un peu devenus à leurs yeux « des inconnus qu'ils connaissaient bien ». Leur propre mère n'avait pas assisté à leur extraction de matrice, c'était pour dire…

— Elle est en pleine forme, merci ! Très occupée en ce moment avec ses stages, mais elle est heureuse. Et toi d'ailleurs, No, comment ça se passe, le boulot ? Je te vois parfois à la télé, bravo, tu gères !

Les joues de la jeune femme se teintèrent aussitôt de rose.

— Oh, merci ! Je suis contente de parfois passer de l'autre côté de la caméra, mais tu sais, je préfère tout de même le travail de rédactrice. (Elle fronça le nez.) C'est plus calme, et puis je reste proche de Théo, au cas où…

— Oui, bien sûr. Il grandit bien, le gaillard ! Beau comme tout.

Pendant près de deux heures, ils discutèrent ainsi de choses et d'autres, de Théo, du travail de George, des reportages de Nora, des voyages de Liam, de la carrière de Thomas et de leurs autres amis communs. Mais rapidement, la conversation vira sur la situation politique. Selon Liam, les rebelles étaient toujours actifs dans les Terres d'Horizon, contrairement à ce que Du Poley assurait. Nora semblait plus encline à le croire que George.

— Tu exagères ! s'exclama ce dernier en secouant la tête. Je ne peux pas croire qu'il y ait encore des attaques de nos jours.

— Il y a tout de même des preuves que l'armée a été envoyée en renfort dans les comptoirs, commenta Nora, soucieuse. Et je remarque qu'il existe pas mal de non-dits entre la direction et nous. Ils n'envoient presque plus personne en déplacement pour couvrir les événements locaux, on nous bombarde de nouvelles intermondiales à la place. On nous parle de la surpopulation sur Terre, de telle et telle société qui a débuté sa mission de reconnaissance stellaire pour trouver une nouvelle exploitation, et même de conneries sans intérêt comme quel film sera bientôt à l'affiche, quel parc d'attractions ouvrira bientôt ses portes sur quelle Installation, ou encore quelle actrice en vue est allée chercher son bébé au centre de croissance untel, avec vingt-cinq photos à l'appui ! Ce genre d'articles collectent plus de clics à eux tout seuls que douze sujets économiques ou politiques combinés…

George haussa les épaules.

— Du pain et des jeux…

— Et c'est vrai que les règles sont devenues assez strictes pour les Illyriens ici. J'ai parfois l'impression qu'ils n'ont plus le droit de rien faire, les pauvres.

— Les pauvres, les pauvres, je ne sais pas. Après tout, ils n'ont que ce qu'ils méritent.

— George ! (Nora était outrée.) Ces gens ne sont pas coupables de la folie de quelques-uns des leurs !

— Coupables non, mais responsables oui. Ils ont une *responsabilité* vis-à-vis de ce qui s'est passé. À l'époque des attaques, il n'y en a pas eu un pour rattraper les autres, pas un pour prendre la parole et dénoncer les actions que ces imbéciles commettaient pourtant en leur nom à tous ! Alors, ils ne peuvent pas s'étonner si on décide de prendre des mesures protectives, c'est tout ce que je dis, ajouta-t-il en levant les mains.

Sa femme soupira en secouant la tête. Ce n'était visiblement pas la première fois qu'ils avaient cette discussion.

— Ils ne sont pas tous…

— … des terroristes, je sais. J'exagère peut-être, mais dans le fond, c'est vrai ! Je persiste à dire que s'ils s'étaient opposés à ce qui s'est passé, s'ils s'étaient insurgés contre ces attaques, s'ils avaient dénoncé les leurs, s'ils s'étaient désolidarisés d'une façon ou d'une autre de ces rebelles, ce serait différent. Mais ils n'ont rien fait, rien dit. La passivité est une forme de soutien, et je…

Nora posa une main sur sa jambe.

— Chéri… ne parlons pas de ça ce soir, d'accord ? Profitons de la présence de Liam. Cela fait si longtemps que vous ne vous êtes pas vus…

George hocha la tête en souriant.

— Bien sûr. Tu as raison. Ah ! que ferais-je sans toi ?

Liam éclata de rire.

— Elle n'a pas tort. Tu es un bien meilleur homme depuis que tu l'as épousée, celle-là, tu sais. Un bien meilleur homme.

Une petite demi-heure plus tard, les deux amis se séparaient sur le perron, sur une poignée de main étrangement solennelle.

— Tu m'appelles, n'est-ce pas, si vous avez besoin de quoi que ce soit ?

— Bien sûr.

— Je suis sérieux, Jim. Je sais que les soins de Théo coûtent cher et… je…

— Merci, je sais que tu veux aider, mais… On voudrait s'en sortir par nous-mêmes, tu comprends ?

— Bien sûr, bien sûr.

— Ne t'inquiète pas. Je suis directeur de département maintenant. On ne s'en sort pas trop mal.

— Très bien. Alors, n'en parlons plus !

Liam serra Nora dans ses bras.

— Merci de m'avoir appelé, lui chuchota-t-il à l'oreille.

Elle sourit et lui posa une main sur la joue.

— Avec plaisir. Et reviens quand tu veux ! Tu es toujours le bienvenu ici.

— Merci.

Il allait partir, mais elle le retint, sa main serrée autour de la sienne :

— Liam…

— Oui ?

— Prends soin de toi. Tu vas trouver ta voie, j'en suis sûre. Tu es quelqu'un de bien. Vraiment.

Un peu surpris, étrangement touché, il lui adressa un sourire maladroit.

— OK… Merci.

Après un dernier sourire vers ses amis, Liam rentra chez lui, les mains dans les poches, avec un curieux sentiment d'inutilité et de solitude. Chez lui, Flavia l'attendait, lascivement étendue sur le divan, entièrement nue. Cela ne lui arracha même pas un rictus.

CHAPITRE NEUF
Thémaire – La prison

Deux jours s'étaient écoulés depuis le dernier appel des libérés, et six nouveaux prisonniers étaient déjà arrivés, remplissant les places laissées vacantes, comme toujours. Les nouveaux et leurs chiffres avaient été attendus avec impatience, mais hélas, ils se suivaient tous. Déception générale… Il flottait depuis dans les rangs comme une sorte de morosité dépitée, le sentiment d'avoir été privé d'un si rare plaisir pourtant amplement mérité. D'autant que les nouvelles de l'extérieur, qu'apportaient avec eux les derniers arrivés, n'étaient pas des plus joyeuses : la milice terrienne continuait à terroriser les Illyriens dans les Terres d'Horizon. Éloignés de leur base, les miliciens se conduisaient là-bas comme de vrais sauvages. Les comptoirs prenaient de plus en plus d'ampleur, la déforestation continuait de gagner du terrain en Termarie, les taxes avaient encore augmenté… Bref, tout paraissait aller à vau-l'eau, dehors. Une bonne nouvelle n'aurait vraiment pas été de trop.

Gilem semblait particulièrement déprimé par la situation. Ulliel, compatissant, faisait tout pour le distraire, notamment en parlant de celui qu'ils continuaient tous à appeler soit « le nouveau », bien qu'il ne le soit plus vraiment, soit 24601, son numéro de tatouage.

Leurs conversations sur le sujet avaient le don d'agacer Thémaire pour deux raisons : d'abord, parce qu'il ne supportait pas de les entendre bavasser, et ensuite, parce qu'il les trouvait de plus en plus sots, à ne toujours pas comprendre, à ne pas voir ce qui se tenait pourtant juste devant leurs yeux. Il se sentait de plus en plus anxieux depuis ce fameux échange de regards entre 24601 et lui, quelques jours auparavant, et ne parvenait pas à se décider sur ce qu'il devait faire. Fallait-il aborder sa suspicion ? D'un côté, ce secret qu'il venait de percer pouvait avoir de la valeur et peut-être lui servir un jour de moyen de pression. Et puis, comme disait un vieux proverbe illyrien, les secrets sont un peu comme les déclarations d'amour : extrêmement puissants si révélés au bon moment et à la bonne personne – tragiques et dévastateurs autrement. Mais d'un autre côté, ce secret ne durerait pas. Au final, tout le monde finirait par savoir, beaucoup s'en doutaient déjà. Tout ça ne serait bientôt plus qu'une question de temps et en le démasquant maintenant, Thémaire prendrait la main.

Les gardiens apportèrent leur repas aux prisonniers en cette fin de journée et, profitant du fait que l'homme soit descendu de sa paillasse, Thémaire se lança :

— Dis, le nouveau !

Il avait parlé assez fort pour qu'on l'entende depuis les cellules avoisinantes, assez pour capter l'attention de tous les camarades aux alentours. Un silence étonné se fit autour de lui. Personne n'avait encore jamais osé parler ainsi au nouveau. Le ton de Thémaire, déterminé, sonnait sans appel. Il exigeait une réponse.

— Pourquoi es-tu là ?

Dans les cellules d'en face, tous fixèrent 24601, guettant sa réponse. Dans les trous de rouille des parois, les yeux de leurs voisins immédiats apparurent, curieux.

— Allons, réponds donc, reprit Thémaire.

Il marqua une pause pour ménager son effet :

— Après tout, ce n'est pas tous les jours qu'on accueille un Terrien de ce côté-ci des barreaux…

Un murmure de stupéfaction accueillit cette déclaration, se propageant à toute vitesse dans le baraquement. Bientôt, des chuchotis percèrent de toutes parts :

— Un Terrien ?

— Quoi ? Qu'est-ce qui se passe ?

— Je te l'avais bien dit, qu'il était bizarre !

— Pourquoi est-il là ?

— Je le savais ! J'en étais sûr !

— C'est un Terrien !

L'homme se redressa lentement et tout le monde se tut. On aurait pu entendre une mouche voler. Seul le bruit du vent malmenant leur baraquement brisait le silence. 24601 releva la tête et ses yeux, ses yeux sombres à l'iris rond, ses yeux de Terrien, croisèrent à nouveau ceux du vieil homme.

— Oui, je suis terrien, déclara-t-il sobrement dans un illyrien parfait.

Sa voix avait un timbre grave et lourd. C'était, Thémaire s'en rendait compte à l'instant, la première fois qu'elle se faisait entendre. L'estomac du vieil homme lui tomba dans les talons. S'entendre confirmer ses doutes n'en constituait pas moins un choc. À en croire l'expression de Gilem et d'Ulliel, il n'était pas seul dans ce cas. Gilem avait la bouche ouverte et les yeux écarquillés d'un enfant devant un camion de pompiers, tandis qu'Ulliel, livide, avait les lèvres pincées et les sourcils froncés.

— Qu'est-ce qu'il a dit ?

— Il a dit que oui, qu'il était véritablement un Terrien !

— Waouh…

Dans le baraquement, tout le monde avait son mot à dire et le vacarme des discussions finit par attirer l'attention des gardes qui vinrent réclamer le silence avec force cris et coups de matraque. Quand ils furent enfin repartis, les conversations chuchotées recommencèrent et 24601 en profita pour reprendre la parole d'une voix calme :

— Qui je suis et pourquoi je suis là ne regarde que moi. Je ne me mêlerai pas de vos affaires, vous ne vous mêlerez pas des miennes. Nous ne serons ni amis ni ennemis. C'est tout ce que j'ai à dire.

Sur quoi, il grimpa sur sa paillasse et se coucha, bras croisés sur sa poitrine. Il ne fallut que quelques secondes à Gilem pour retrouver ses esprits.

— Cool...

Il affichait désormais un sourire béat qui fendait son visage d'une oreille à l'autre.

∴

— Cool ? Tu trouves ça cool ?

Les deux garçons s'étaient levés et Ulliel dévisageait son ami avec une incrédulité blessée.

— Ben...

— Tu te rends compte de ce que tu dis ?

— Oui, mais...

— Cet homme est un Terrien ! Un de ces barbares sanguinaires qui... qui tuent nos familles, qui prennent nos terres, nos récoltes, nos... Comment a-t-on pu ne pas le remarquer ?

— Ben, il a de la barbe et de longs cheveux qui lui cachent le visage, et en plus, je ne crois pas qu'on l'ait jamais vu en pleine lumière, puisqu'il sort toujours en dernier de la mine, alors je pense qu'on…

— Ce n'est pas de cela que je parle.

— Quoi ?

— Ces gens sont des monstres, et lui… il est là, juste à côté de nous, respirant le même air, dormant dans la même cellule. Ça me dégoûte !

Thémaire écoutait distraitement les deux jeunes se disputer. Son esprit était ailleurs. Un Terrien. Dans cette prison. Pourquoi ? Était-il un espion, comme le pensaient déjà certains ? Mais pourquoi ? Pour espionner qui ? Il ne parlait jamais à personne, ce n'était donc certainement pas pour apprendre quoi que ce soit sur les détenus… Sur les gardes peut-être ? Mais à nouveau, pourquoi ? Et pourquoi se révéler ainsi ? Il aurait pu nier. Peut-être que…

— Arrête ! Arrête !

Le cri de Gilem sortit Thémaire de ses pensées.

— Tu n'as pas le droit de me faire culpabiliser ! C'est un Terrien, oui ! Mais un Terrien *en prison* ! Comme nous ! On n'a jamais vu ça. Tu penses qu'il est là pour quoi, hein ? D'office, c'est qu'il a fait quelque chose, quelque chose de grave, contre les Terriens ! Et s'il est contre eux, alors il est avec nous.

Thémaire fronça les sourcils.

— Avec nous ? *Avec nous ?* glapit Ulliel, fou de rage. Comment peux-tu seulement penser une chose pareille ? Ne vois-tu donc pas ce qu'il est ? C'est un meurtrier !

Le garçon se rassit sur le bord du lit, le visage entre ses mains. Et pour la première fois depuis son arrivée à la prison, Thémaire le vit pleurer. Aussitôt, il détourna le regard. Les larmes des hommes sont rares et intimes, elles doivent être respectées. Gilem posa une main sur l'épaule de son ami et attendit avec patience qu'il se calme.

— Ce n'était pas lui. L'homme qui a tué ta sœur, ce n'était pas lui. Celui-là est mort… C'est toi-même qui… qui me l'as dit.

Les mâchoires d'Ulliel se crispèrent.

— Cet homme, continua Gilem, ce Terrien… On ne sait rien de lui, c'est vrai. Mais peut-être, oui, peut-être qu'il n'est pas comme les autres.

— Non… Non.

— Mais il est ici, avec nous. En prison ! Pourquoi les Terriens l'auraient envoyé ici si…

Ulliel, les yeux rougis, prit une grande inspiration.

— Non. Je ne peux pas. Ce n'était peut-être pas lui, mais c'était un des siens.

— Mais…

— Je ne peux pas croire que tu le défendes.

Il le dévisagea avec dégoût.

— Je ne sais même plus qui tu es.

— Ulliel…

Mais le garçon ne voulait plus rien entendre. Il se dégagea de Gilem et se coucha en tournant ostensiblement le dos à son ami, les yeux rivés vers le mur. Le rouquin remonta sur sa propre couchette en soupirant et un silence pesant tomba sur la cellule 017. Quand dans le baraquement les ronflements commencèrent peu à peu à remplacer les chuchotements, Thémaire s'endormit enfin. Sur la couchette au-dessus de lui, le Terrien en revanche fixait toujours le plafond, les yeux grands ouverts.

∴

Depuis la révélation de Thémaire, la majorité des détenus s'écartaient devant 24601 tels les flots devant Moïse, en lui lançant des regards mi-terrifiés, mi-haineux. Cela ne déclenchait aucune réaction chez le nouveau, qui les ignorait superbement. Certains tentèrent bien de lui chercher des noises, mais il savait se défendre et au bout de quelques jours – et de quelques nez en sang du côté des caïds de la prison –, les choses furent claires : le Terrien était à ne pas déranger.

Malheureusement, dans un étrange mouvement d'assimilation, ses trois codétenus furent eux aussi traités en pestiférés. Plus personne ne s'approchait d'eux, pas même les jeunes camarades des gamins. L'étau de méfiance leur était tombé dessus en même temps que sur 24601. Si cela importait peu à Thémaire, Gilem en était en revanche très affecté. Lui qui, quelques jours auparavant, était encore le pitre préféré de tous, se voyait aujourd'hui repoussé et traité en paria par ceux qui jusqu'alors avaient été ses compagnons d'infortune, ses amis… Ces derniers temps, il n'osait même plus lever la tête lors des déplacements. Les hommes avaient tous fini par apprendre l'enthousiasme qu'il avait démontré envers le Terrien et pour cela, il était puni. Les regards de haine posés sur 24601 n'étaient rien en comparaison avec ceux qui tombaient sur lui comme autant de pierres. Un même mot était murmuré sur son chemin : *yhoutã*, « traître au peuple ». Un terme chargé de mépris et de haine. Le vieil homme le savait, hélas, la haine du traître était toujours plus forte que celle de l'ennemi…

Même Ulliel ne semblait pas encore avoir pardonné Gilem. Le jeune garçon subissait un ostracisme total et dépérissait à vue d'œil. Thémaire savait que l'humour avait toujours été la seule échappatoire du garçon, que tourner le drame en dérision auprès de ses camarades avait été la seule manière pour lui de survivre. Dorénavant privé de cela, il était méconnaissable. Il marchait la tête basse, les yeux rivés sur le sol, il ne souriait plus, ne parlait plus et ses yeux restaient perdus dans le vague, cerclés de rouge. Thémaire connaissait bien ces symptômes : l'adolescent avait perdu l'envie de vivre. Quand un détenu en arrivait à ce stade, il ne tenait d'ordinaire pas plus de quelques jours, quelques semaines au mieux.

Quand il était arrivé dans la prison, Gilem n'avait que quatorze ans, de loin le plus jeune de tous. Pourtant, dès le début, il avait impressionné tout le monde par son moral, son humour acéré et sa bonne humeur à toute épreuve. Il avait été comme une bouffée d'air frais dans cette prison viciée de déprime. Évidemment, tout le monde l'avait rapidement interrogé avec curiosité sur les raisons de son incarcération, un garçon si jeune ! Mais le malicieux petit rouquin avait toujours raconté des histoires différentes, si bien que personne n'avait jamais su la vérité. Une fois, il avait tué trois miliciens avec leurs propres armes ; une autre fois, il avait défloré la fille d'un haut dignitaire de la Délégation terrienne ; ou bien encore, il avait surpris une conversation top secrète et on l'avait enfermé pour le faire taire… On ne pouvait le nier, il possédait un don pour raconter des histoires, ajoutant détails et passion dans tous ses récits, y compris dans ses mensonges les plus éhontés. Même Thémaire avait, bien malgré lui, apprécié à plusieurs reprises les hilarants récits du garçon.

Quel gâchis…

Aujourd'hui, Gilem n'était plus que l'ombre de lui-même. Sans ses babillages intempestifs, il n'était plus qu'un enfant terrorisé qui rêvait simplement d'être pris dans les bras par sa mère. Thémaire avait presque pitié de lui. Presque. Il avait d'autres soucis.

Depuis quelques jours en effet, la chute de température se faisait bien ressentir et tous commençaient à appréhender le grand-froid et ses deux semaines de neige et de glace. Depuis des jours déjà, il pleuvait à verse presque constamment et le givre matinal s'incrustait jusque dans les draps et les barbes. Se battre contre le froid pompait le peu d'énergie qu'il restait aux hommes, et les premières pneumonies ne se firent pas attendre. Et pourtant, le pire était encore à venir. Dès que la pluie s'interrompait pour laisser place à un ciel blanc, le grand-froid s'abattrait. Il amènerait avec lui des températures terrifiantes, mais aussi une neige épaisse qui formerait autour des baraquements une protection contre le vent, un peu comme un igloo. Les déplacements vers et en retour de la mine en revanche deviendraient si meurtriers que les gardiens, peu désireux de se risquer dehors, les autoriseraient à rester à l'intérieur. Un répit qui n'en était pas vraiment un… Durant deux semaines, on ne leur apporterait pas de nourriture. Ils devraient se contenter de neige et des maigres rations supplémentaires qui leur seraient distribuées au dernier moment. Chaque année, le grand-froid faisait des dizaines de victimes. Affamés, beaucoup ne pouvaient résister et dévoraient leurs rations en une fois, ce qui les laissait sans rien pour les semaines à venir. Affaiblis, frigorifiés, ils n'avaient que peu de chances de s'en sortir face aux éléments. Le seul avantage de ces températures polaires était que si l'un d'eux mourait, son corps ne sentirait pas. Une bonne chose, car ils devraient attendre le dégel et le retour des gardiens pour évacuer les cadavres… En attendant, ils restaient enfermés dans leurs cellules, à vivre avec les morts, dont les rations restantes étaient bien sûr immédiatement volées, parfois troquées. Les cadavres étaient également déshabillés pour récupérer leurs vêtements et leurs chaussures. Il n'était d'ailleurs pas rare que les plus faibles parmi eux se décident à faire des promesses de legs à l'un ou l'autre. Des testaments oraux qui ne se voyaient hélas pas toujours respectés. Bref, l'ambiance précédant le grand-froid s'avérait pour le moins glauque. Tous se préparaient aussi bien psychologiquement que physiquement et matériellement à cette épreuve : méditation, pompes, rationnement alimentaire…

Même le Terrien, d'ordinaire si placide, semblait nerveux. Il ne cessait de regarder par la fenêtre pour observer le ciel, et comptait et recomptait les petites entailles qu'il avait dessinées dans le mur pour recenser les jours. Comme tous, il avait peur.

Deux jours plus tard, le ciel était blanc. Parfaitement, totalement et uniformément blanc. Le grand-froid commencerait le lendemain et la nervosité atteignait des sommets chez tous, sauf chez le Terrien. Au contraire des autres, toute la tension des derniers jours semblait avoir disparu chez lui d'un coup à la vue du ciel. À la pause de midi, dans la mine, alors que tout le monde se précipitait pour obtenir sa ration avec plus de fébrilité qu'à l'accoutumée, empochant le pain mais buvant rapidement la soupe tiède, le Terrien vint chercher son repas avec un calme olympien, et l'avala en entier. Thémaire l'observait depuis le petit banc de fortune sur lequel il s'était assis pour manger dans la galerie principale, un peu à l'écart. Il était presque sûr qu'il avait dit quelque chose au garde, cette fois. En tout cas, il y avait eu un échange de regards…

Quand le Terrien se leva, le vieil homme le suivit discrètement alors qu'il s'enfonçait dans une des galeries. Il y avait quelque chose de vraiment bizarre chez lui aujourd'hui, quelque chose qui le mettait très mal à l'aise. Ce calme soudain, après une telle agitation, ne pouvait être innocent. Non, décidément, Thémaire ne parvenait pas à se défaire du sentiment que quelque chose se tramait et que le Terrien y était impliqué. Mais quoi ? Thémaire continua à le suivre jusqu'à ce que l'homme s'arrête et se mette à travailler. Le vieux prisonnier continua un instant à l'épier, un peu confus et surtout un peu déçu. Il se sentait tellement sûr que 24601 allait faire quelque chose, peu importait quoi, juste *quelque chose* ! Mais après une heure d'observation, il dut se rendre à l'évidence : il ne se passerait rien. Dépité, il rebroussa chemin vers son propre poste, se sentant vaguement coupable du temps perdu.

La journée se termina tard, et quand les détenus furent ramenés aux baraquements, l'air était tellement glacé qu'il en devenait difficile de respirer. Ce soir-là, ils reçurent pour deux semaines de gélules vitaminées et un pain par personne. Quand la lourde de porte du A8 se referma, le silence tomba parmi les détenus. Demain, la neige commencerait. Demain…

Thémaire sort frénétiquement les livres des étagères, les empilant sur son bureau tandis que son élève les emporte à la cave pour les cacher. Ils arrivent, ils arrivent… Depuis des mois, il tente de se convaincre que ça n'arrivera pas. Le jeune apprenti pourtant l'a prévenu. Si souvent il a insisté pour que…

La cloche de l'entrée retentit et le vieil homme se fige. Son apprenti est toujours à la cave. *Faites qu'il y reste bien caché…*

La cloche sonne encore, insistante. Des coups sont frappés sur la porte de bois, qui en tremble. Des hurlements lui ordonnent d'ouvrir. Mais Thémaire ne bouge pas. Il ne peut pas. Il est glacé de terreur, une pile de livres encore dans les mains. Il ferme les yeux en entendant les miliciens forcer sa porte. Pauvre vieux fou qu'il était, à refuser d'admettre la réalité. Et maintenant… Leurs pas résonnent dans le couloir, ils approchent.

— Inspection de la milice ! crie le plus âgé des deux en entrant dans la pièce.

Il est maigre comme un clou, avec une moustache noire qui descend jusqu'à son menton. L'autre semble n'avoir pas plus de vingt ans, un blond au visage poupin. Ils remarquent tout de suite les livres que Thémaire tient à la main.

— Toi ! Lâche ça immédiatement ! crie le moustachu.

Par réflexe, Thémaire serre plus fermement ses mains tremblantes sur ses précieux ouvrages. Le milicien les lui fait abandonner de force. Comme le vieil homme tente de résister, il le menotte et l'assied violemment dans son fauteuil.

— Reste là.

Le jeune milicien part chercher une caisse antigravitationnelle et revient, un petit sourire aux lèvres.

— C'est gentil d'avoir commencé le travail pour nous.

Les deux se mettent à rire et commencent à jeter les ouvrages dans la caisse sans ménagement. Chaque bruit de pages déchirées arrache des gémissements de désespoir à Thémaire. Des larmes coulent sur ses joues ridées. Bientôt, la pièce est vide. Les miliciens sortent de la bibliothèque pour fouiller les autres pièces, le laissant seul face à son cauchemar. La vue des étagères nues lui donne la nausée.

— Maître ?

Thémaire tourne la tête vers la porte. Son jeune élève est sorti de la cave et le regarde avec des yeux emplis de terreur.

— J'ai hésité à remonter, je pensais qu'il valait mieux que… Vos livres !

Le jeune homme entre dans la pièce, les bras ballants.

— Ils ont pris tous vos livres !

Un bruit de verre cassé retentit dans une pièce à côté. Le garçon jette un regard à son vieux maître, et se rue dans le couloir.

Thémaire se réveilla en hurlant, son front couvert de sueur, le corps tremblant. Il posa sa main sur son cœur, tentant de refréner ses battements insensés et de retrouver une respiration normale. Quand il leva les yeux, il se figea. Juste devant lui, debout, la main posée sur la grille ouverte de la cellule, le Terrien le dévisageait avec horreur.

CHAPITRE DIX
Elly – L'hôtel

Elle se balade dans les jardins. La nature y est florissante et colorée. Juste à côté d'elle, une fleur immense offre sa beauté aux regards. Elly s'approche et du bout du doigt, caresse un de ses pétales. La fleur se flétrit instantanément. Elly recule, apeurée, et heurte du coude le tronc d'un arbre immense qui aussitôt prend feu. Et soudain, c'est le jardin entier qui fane et tombe en cendres.

— C'est ta faute, murmure une voix.

Elle se retourne. La femme aux orbites vides est attachée à une chaise.

— C'est ta faute, murmure-t-elle de nouveau, d'une voix désincarnée. Tu es mauvaise. Tu répands le mal.

— Non…

— Tu es le mal !

Elly s'enfuit dans le jardin en feu. Elle court mais la fumée l'empêche de voir où elle va. Des cris résonnent de partout et de nulle part à la fois. Des appels à l'aide, des pleurs. On dirait que ce sont les plantes du jardin elles-mêmes qui hurlent à la mort. Soudain, Elly trébuche et s'effondre au sol dans une mare de sang.

— C'est ta faute. Tout est ta faute !

La petite ferme les yeux et plaque ses mains trempées de sang sur ses oreilles, mais les cris résonnent toujours.

Elly recule jusqu'à ce que son dos se cogne contre le mur. Des bras en sortent alors et l'agrippent. Ils la soulèvent du sol, s'enroulant autour d'elle, autour de son cou, de son ventre, de ses jambes. Et ils serrent. Ils serrent de plus en plus fort. Elle étouffe, gesticule…

Elly se réveilla brusquement, le cœur battant la chamade. Par les volets de la fenêtre de sa chambre, une lumière froide s'infiltrait. Le jour était levé.

Couchée sur le dos, les yeux rivés sur le plafond, elle laissa doucement son cœur reprendre son rythme normal. Ses mâchoires se serrèrent soudain, alors que ses yeux se remplissaient de larmes. *C'était ma faute. C'était à cause de moi… Si j'avais été plus prudente…* Ses mains se mirent à trembler. *Si je les avais écoutés, si je… J'ai été si stupide. Si égoïste…* Une larme salée coula lentement sur sa joue, et la jeune fille l'essuya du bout du doigt. *Non !*

Elle ne devait pas laisser les idées noires revenir. C'était dangereux. Elle savait combien elle pouvait se laisser aspirer par ses souvenirs, combien la peine, le remords, la honte pouvaient lui faire du mal. Et elle s'était promis de ne plus jamais laisser les choses aller aussi loin. Elle se l'était promis ce jour-là, au fond de ce ravin escarpé, en contemplant ses jambes brisées. La douleur qui l'avait accompagnée pendant ses mois de rétablissement avait été sa punition.

Plus jamais.

Plus jamais elle ne chercherait à échapper à sa vie. Ses parents seraient furieux. Et tristes…

Combattre l'appel du vide.

La jeune fille se força à prendre quelques longues et profondes respirations. Lentement, les tremblements spasmodiques de son corps s'apaisèrent. L'attaque de panique s'estompait. Elle ferma les yeux et prit une dernière longue inspiration. *Allez, il est temps de descendre travailler. Je suis déjà en retard…*

Elle se leva rapidement, secouant la tête pour chasser les derniers filaments de ses sombres pensées.

∴

Ce matin-là, Fstöl remarqua tout de suite ses yeux fatigués.

— Mal dormi ?

Elle n'émit qu'un petit grognement pour toute réponse. Elle avait l'habitude de faire des cauchemars, et ils se ressemblaient toujours. Ce n'était pas nouveau, il fallait seulement qu'elle se change les idées, et elle savait exactement comment :

— Professeur, je peux vous poser une question ?

Il se contenta de la regarder les sourcils levés pour toute réponse.

— Hier, j'ai vu les gens d'ici s'entraîner à toutes sortes de choses qui ressemblaient à des bagarres, comme dans les livres. Qu'est-ce que…

— Ah, enfin !

— Quoi ?

— Je me demandais quand tu te poserais enfin des questions. Il t'en a fallu du temps pour t'intéresser un peu aux autres !

— Quoi ? Mais…

Le professeur prit une grande inspiration.

— Bon. Que sais-tu exactement de la situation politique actuelle ?

— Quoi ? Comment ça ?

— Je te parle de ce qui se passe entre les Terriens et nous, depuis déjà des années. Des tensions entre nos deux peuples, des nouvelles lois…

— Ah, oui ! Hum…

Elly se creusa la tête. Depuis le début de ses vagabondages, elle n'avait pas vraiment eu l'œil sur les actualités.

— Je sais qu'il y a longtemps, un attentat perpétré par la Rébellion a tout changé, et que depuis, les Terriens ont pris tout un tas de mesures assez strictes pour éviter que cela se reproduise. Je sais qu'il y a des lois sur l'éviction des Illyriens de leurs maisons hors triobes, notamment la 9853. Je sais que les bibliothèques ont été fermées, les livres brûlés. Que les voyages sont difficiles. Et puis… (Elle baissa les yeux.) Il y a des violences, beaucoup de violences. La milice est meurtrière et sauvage…

Fstöl l'avait écoutée en hochant doucement la tête.

— Mmh. C'est déjà ça. Que sais-tu de ton histoire ?

— Mon… histoire ?

— Ton histoire, mon histoire, l'Histoire avec un grand H. L'histoire d'Illyr !

— Je… Mais… Rien ! C'est interdit, non ? On n'a plus de livres d'histoire écrits par des Illyriens…

— On n'a même quasiment plus de sites historiques, presque tous ont été détruits, surtout ceux dédiés aux Créateurs, ajouta Fstöl avec amertume. C'est bien là le nœud du problème. Tu comprends, si tu veux mater un peuple rebelle, il ne suffit pas de tuer et d'emprisonner à l'envi. Il faut briser son âme. Et l'âme d'un peuple, c'est sa culture, son histoire. Sans elles, il ne possédera plus d'identité, plus de références. Alors, il n'aura plus de raisons de se battre, car il n'y aura tout simplement plus rien à sauver… Ça, les Terriens l'ont bien compris. En brûlant nos livres, ils ont détruit notre histoire, et en arrêtant et en emprisonnant nos intellectuels et nos penseurs, en fermant nos écoles, ils ont détruit notre espoir d'un avenir meilleur. Et un peuple qui n'a plus ni histoire ni espoir, gamine, n'a plus ni passé ni avenir… Il est brisé.

Il se leva et contourna son bureau pour s'approcher de la fenêtre par laquelle il contempla un instant les jardins.

— Mais ce n'est pas encore fini ! L'Histoire, jeune fille, n'a pas disparu. Elle est partout, dans les paysages, dans les villes, dans les mœurs, mais aussi dans nos corps et dans nos esprits ! Les Terriens auront beau essayer de se débarrasser de notre passé, jamais ils n'y parviendront. Jamais !

Il se retourna vers elle, le regard fixe.

— L'Histoire, reprit-il, l'Histoire est tout. Elle est notre passé, notre présent et notre futur.

— Mais… Histoire et futur, n'est-ce pas antinomique ?

— Ah, ah ! On pourrait le croire, mais non. Si tu ne sais pas d'où tu viens, comment peux-tu espérer comprendre où tu vas ?

Il s'arrêta brusquement et la dévisagea.

— Qui es-tu, hein ? D'où viens-tu ? Où es-tu née ?

— Je… J'ai…

— Eh bien ?

— Je ne sais pas exactement…

Fstöl la regarda avec un brin de pitié.

— Bon. Tu ne sais pas. Eh bien, c'est ça ! Exactement ça ! Tu ne sais pas d'où tu viens ? Eh bien, vivre sans histoire, c'est exactement comme vivre sans mémoire ! Comme si… Quel âge as-tu encore ?

— Euh… Quatorze ans.

— Bien, donc, sans l'Histoire, c'est comme si tu vivais non plus privée des quelques années de ta prime enfance que tu as oubliées, mais privée du souvenir de ta vie entière, qui serait blanche ! Quatorze années effacées ! Comme si tes souvenirs les plus lointains ne remontaient que jusqu'il y a quelques jours, voire quelques heures ! Imagines-tu l'angoisse dans laquelle tu serais plongée ? Tu ne comprendrais plus rien, tu ne pourrais pas comprendre ce qui se passe autour de toi. Si tu ne sais pas ce qui s'est passé *avant*, tu ne peux saisir ce qui se passe *maintenant*, parce que *maintenant* est la *conséquence* d'avant ! Nous vivons aujourd'hui sans histoire à cause de la loi terrienne, nous n'avons plus de racines, plus d'ancrage. Nous vivons des conséquences dont nous ne connaissons plus les causes !

Il avait cet air un peu fou qu'ont les grands passionnés qui tentent d'expliquer leur point de vue à une foule de novices butés et Elly essayait péniblement de cacher son désarroi.

— Mais…

— Ne m'interromps pas, s'il te plaît. Pour comprendre les gens et les raisons intimes de leurs comportements, il faut connaître leur passé, n'est-ce pas ?

— Oui…

— Eh bien, l'Histoire, c'est pareil. Pour comprendre le présent, il faut connaître le passé. Il n'existe dans le monde aucun événement isolé ; toute chose est à la fois cause et conséquence d'une autre. Tu suis ?

Elly acquiesça d'un signe de tête.

— Bien. T'es-tu jamais demandé comment les Terriens ont si facilement pris le contrôle de notre planète, de notre mode de vie ? Pourquoi notre peuple se trouve maintenant dans l'infortunée position d'être prisonnier en son propre territoire ?

— Euh…

— L'Histoire ! L'Histoire a les réponses. Nous, toi et moi et les autres, ne sommes que le fruit d'une longue évolution, d'une série de choix et d'événements qui ont fait en sorte que, d'une certaine manière, nos actions soient prédéterminées !

— Comme le destin ?

— Quoi ? Mais non, non ! Ne comprends-tu donc rien ? Non ! Le destin n'a rien à voir, il ne s'agit là que d'une invention absurde servant à déresponsabiliser l'homme incertain. Non, je te parle de génétique, de codes moraux, de transmission innée, de schémas sociaux, d'évolution ! Tiens-toi droite. Notre peuple, vois-tu, a pour caractéristique générale une certaine… indolence. Sais-tu pourquoi ?

— Euh…

— Parce que nous avons toujours vécu dans l'abondance ! Parce que depuis toujours, notre mode de vie est basé sur l'autonomie. L'autonomie à toutes les échelles, de l'individu à la triobe : chaque bâtiment construit doit pouvoir produire de quoi nourrir, éclairer et chauffer ses habitants. Chaque quartier, chaque ville, chaque cercle, chaque triobe doit pouvoir s'occuper de ses habitants. Chacun responsable… J'ai étudié l'histoire de la Terre. Chez eux, tout n'est que dépendance, politique et chaos… Nous sommes tellement différents !

Pendant un instant, il sembla se perdre dans ses pensées.

— Mais la violence, reprit-il plus doucement, la violence naît de la carence. Retiens cela. Notre peuple, vois-tu, n'a jamais été dans le besoin. Nous avions toujours assez pour survivre, même trop ! Notre nature est florissante, partout les fruits et les légumes poussent en libre accès, le jardinage est le métier le plus exercé dans le monde ! « Tu as faim ? Tends la main et cueille le fruit », telle est notre mode de vie. La facilité. La solution immédiate… C'est, selon les légendes, le luxe offert par les Créateurs. Connais-tu ces légendes, gamine ?

— Mes parents m'en ont un peu parlé, mais…

Il fouilla dans ses papiers et en sortit un livre à la couverture gondolée.

— Bon… Voilà ce que disent les Vieux Textes, reprit-il en faisant glisser son doigt sur les pages usées :

« *Au début du monde, les Créateurs déposèrent au pied du mont des Étoiles mille hommes et mille femmes. Ils leur montrèrent la terre et leur dirent : "Ceci vous est prêté. Mangez ses fruits et vous n'aurez jamais faim."*

Puis ils leur montrèrent les rivières et les fleuves, et leur dirent : "Ceci vous est prêté. Buvez leur eau et vous n'aurez jamais soif." Les hommes et les femmes hochèrent la tête.

Enfin, les Créateurs leur montèrent les animaux des terres, des mers et des cieux, et dirent : "Voici les autres possesseurs des lieux. Vivez en harmonie avec vos pairs et votre environnement, et vous ne connaîtrez jamais la dureté de la vie."

Les Créateurs ordonnèrent ensuite à tous les hommes et toutes les femmes de boire une gorgée de l'eau rouge et chaude qu'ils avaient apportée avec eux du ciel. Tous burent l'eau, et se sentirent soudain très faibles. Les Créateurs les rassurèrent, tout cela était pour leur bien.

Quand pour la sixième fois le soleil parut au-dessus du mont des Étoiles, les Créateurs s'en furent. Ils laissèrent derrière eux trois stèles de pierre et la promesse d'un jour revenir en ces lieux.

Depuis, chaque année, les hommes et les femmes célèbrent le jour du Départ des Créateurs comme leur premier jour de liberté. Chaque année, lors de la Hassa-Simoï, la fête de la Création, tous se couvrent de vêtements blancs et boivent de l'eau teintée de rouge. »

Le vieil homme releva la tête.

— Tu vois ? Déjà, dans nos plus anciennes légendes, on parle vie paisible, sans jamais connaître l'adversité. On célèbre même la faiblesse, qui serait un cadeau des Créateurs ! (Il soupira.) Le problème, vois-tu, c'est que lorsque l'on vit dans une telle abondance, on n'essaye plus de se dépasser, d'avancer, de chercher. On se prélasse dans son confort sans penser à l'améliorer, pour la simple raison qu'il convient, que la situation est tout à fait vivable. Or c'est précisément ça, vois-tu, qui cause le déclin d'une civilisation. Le manque d'initiative, d'énergie, d'envie, d'inventivité…

Il prit une grande inspiration et continua :

— Les Terriens, en revanche, ont connu dans leur histoire quantité de guerres, de famines, de maladies… Ils ont toujours dû se battre. La violence coule dans leurs veines. Certes, cela les rend dangereux, imprévisibles, brutaux, mais aussi volontaires, ambitieux et passionnés. Ils créent, ils inventent. Ils *agissent.*

— Mais…

— *Ttt, ttt, ttt !* Pas d'interruption. Je répondrai à tes questions plus tard. Donc, quand ils sont arrivés chez nous, les Terriens, nous les avons accueillis. Quand ils ont demandé, nous avons donné. Nous étions en paix. Mais hélas, il y a de cela une vingtaine d'années, il a dû se produire quelque chose sur Terre, car les taxes qu'ils nous prélevaient ont drastiquement augmenté. À cause de cela, l'équilibre de nos triobes a été rompu, l'autonomie a disparu, cédant sa place à la faim et à la peur… Et alors, que s'est-il passé, à ton avis ?

— Euh…

— Allons, réfléchis. Que viens-je de t'expliquer à propos de la carence ?

— La violence naît de la carence ?

— Exactement. Pour la première fois de son histoire, notre peuple a connu la faim. Les Terriens, en abusant ainsi de nos ressources, de notre travail, de notre population en général, ont réveillé quelque chose. En abusant de notre passivité, ils ont paradoxalement créé des êtres actifs ! Tu comprends ?

— Oui, souffla-t-elle.

— C'est comme ça qu'est née la résistance, gamine.

Un éclat brillant lui passa dans le regard.

— La Rébellion…

Elly sentit son cœur se serrer, sans trop savoir pourquoi.

— Il y a des années de cela, reprit Fstöl, quand la situation politico-sociale s'est détériorée entre Terriens et Illyriens, quelques personnes ont décidé qu'il était temps de réagir. C'est alors qu'ont été perpétrés les tout premiers attentats de notre histoire, par un groupuscule appelé la Rébellion. Tu es au courant de cela, n'est-ce pas ?

Elly sentit soudain comme une vague d'angoisse monter en elle. *La Rébellion…* Elle se souvenait qu'à l'époque, son père lui en avait un peu parlé. Il disait que des Illyriens, des fous, avaient commis des actes atroces envers les Terriens, qu'ils en avaient tué des centaines et que le système s'était durci en réaction à ces exactions. Que c'était depuis lors que les restrictions avaient été imposées, que les livres avaient disparu, que la milice patrouillait partout dans les Terres d'Horizon… Tout ça à cause de la Rébellion.

Mais il ne m'avait jamais dit pourquoi *ces gens avaient agi ainsi…*

— Les premiers rebelles voulaient retrouver leur liberté, leur indépendance, leur autonomie. Mais ils étaient désorganisés, impatients, inconscients aussi de la portée de leurs actes. Ils n'ont pas réfléchi, ils ont juste agi. Par conséquent, il n'y avait pas de message clair dans leurs actions, ni dénonciation ni exigence. D'ailleurs, en réalité, il s'agissait d'initiatives individuelles spontanées plutôt que d'un réel groupement. Et leurs actions, meurtrières, terribles, ont, finalement, sans doute, fait plus de mal que de bien, puisqu'il semblerait qu'elles aient été les déclencheurs du mouvement pour la coexistence régulée. Cette série de lois terriennes, promulguées sur l'espace de quelques semaines à peine, a immensément réduit les libertés illyriennes sous le prétexte de valoriser une « coexistence pacifique, organisée et légale ». Mais l'apparition de ces rebelles ne représentait que les premiers soubresauts de l'éveil d'une civilisation à l'agonie, bafouée par un envahisseur fourbe et malhonnête. Aujourd'hui, nous reprenons leur flambeau.

Il s'interrompit pour observer la réaction d'Elly. La petite le fixait sans ciller. *Leur flambeau… Est-ce qu'il veut dire… ?*

— L'Hôtel, gamine, est un centre d'entraînement de la Rébellion, un des cinq centres ouverts pour l'instant sur le territoire de Govrienn.

Elly en resta bouche bée. Son professeur continua d'une traite :

— Nous y formons les « défenseurs de la liberté », ou *hassaïn*, en illyrien. Tous ces hommes et ces femmes que tu vois ici ont été recrutés dans le but de s'entraîner pour, un jour, mener le combat contre les Terriens. Ce sera à eux, bientôt, de recruter et de mener leurs troupes de rebelles volontaires, leurs *hassïerrae*. À eux, aussi, de mener les missions les plus périlleuses. Pour l'instant bien sûr, le Premier délégué est persuadé qu'il a maté la Rébellion, et nous devons le lui laisser croire jusqu'au moment où nos forces seront suffisantes pour former une armée et monter vers Lloydsville. Ce groupe-ci, en formation, n'est que le deuxième… Le premier est parti après trois mois passés à l'Hôtel. Les recruter s'est avéré lent, long et difficile, mais une fois formés, grâce à leur travail, les nouvelles recrues ont afflué pour le deuxième groupe. Chacun des hassaïn nous a envoyé les meilleurs éléments de son hassïerra. Ils ont donc déjà reçu une base d'entraînement, aussi ils ne resteront ici que deux mois en tout, soit encore cinq semaines. Oui, notre combat, aujourd'hui, reprend le flambeau de la première rébellion, mais différemment. La bataille ne sera pas aveuglément barbare. Ce n'est pas ce que veut le Chiffre… Aujourd'hui, la Rébellion renaît de ses cendres, avec un véritable but, une organisation, un format. Une nouvelle rébellion, modernisée, améliorée, structurée !

— Mais…

— Notre peuple se meurt peu à peu, reprit sombrement le professeur. Notre culture disparaît, notre histoire s'efface ! La situation est désespérée, elle appelle des mesures désespérées. Ton avenir, notre avenir, l'avenir de cette planète et de tous ses habitants est compromis. Il ne dépend plus que de la capacité de chacun d'entre nous d'oser se lever et agir. Nous avons tous le pouvoir de changer les choses, de forger notre avenir, mais il faut *agir*. Tous et chacun de nous ! Un problème ne se résout pas de lui-même. On ne peut attendre que quelqu'un d'autre se décide à faire quelque chose. Il faut se lever ! Nous-mêmes ! Maintenant !

Il se dressa, soudain terriblement sérieux.

— C'est la guerre, gamine.

La guerre ?

Ses yeux hétérochromes s'écarquillèrent.

— Notre guerre. Notre première guerre… Maintenant, il ne te reste plus qu'une chose à faire : choisir quel y sera ton rôle.

CHAPITRE ONZE
Thémaire – La prison

— Qu'est-ce que… Comment… ?

Gilem et Ulliel s'étaient eux aussi réveillés au cri de Thémaire et tous les trois observaient à présent le Terrien tenant toujours la porte ouverte de leur cellule. Il y eut un court moment de flottement durant lequel tout le monde se dévisagea sans bouger, puis le Terrien sembla reprendre ses esprits. Il referma silencieusement la grille, leur intimant le silence d'un geste de la main.

— Comment ? répéta Thémaire, plus bas.

Le Terrien poussa un profond soupir irrité et montra une carte magnétique, la même que celles utilisées par les gardiens.

— Ce soir, je m'évade.

Ses camarades de chambrée le regardèrent avec incrédulité. Gilem lui lança un regard suppliant. À nouveau, l'homme soupira.

— Bon, eh bien… Libre à vous de m'accompagner, mais à trois conditions. Premièrement : silence. Deuxièmement : on m'obéit, sans poser de questions. Et troisièmement : pas d'initiatives. Suis-je clair ?

Surexcité, Gilem hocha la tête avec frénésie tandis qu'Ulliel semblait peser le pour et le contre, les dents serrées. Pour Thémaire, c'était limpide : s'il avait une chance de sortir d'ici, il la prendrait, peu importait que ce soit un Terrien qui le guide. Après tout, une fois dehors, il serait libre de le quitter.

— Je répète : est-ce clair ? Sinon, je pars seul et sans remords.

— D'accord, Terrien. Je viens avec toi, et à tes conditions.

Le Terrien se tourna alors vers Ulliel, toujours silencieux.

— Et toi, garçon ?

Gilem regarda son ami avec le même regard suppliant qu'il avait adressé au Terrien. Finalement, Ulliel baissa la tête en signe de soumission.

— Oui. Je viens aussi.

— Bien. Alors, allons-y.

En quelques minutes à peine, ils se trouvaient hors du baraquement, les portes soigneusement verrouillées derrière eux. Le froid, dehors, leur coupa presque la respiration. La neige commençait déjà à tomber, molle, humide, imprégnant les vêtements et pénétrant dans les cols. Heureusement pour eux, la température n'était pas encore tombée au plus bas. Grelottant néanmoins, les bras enroulés autour de leur corps, les quatre hommes marchèrent droit vers la mine, penchés en avant pour lutter contre le vent. Les trois codétenus suivaient 24601 sans poser de questions, mais pas très rassurés pour autant. Qu'adviendrait-il d'eux s'ils étaient découverts à tenter de s'évader ? Rien de bon, certainement…

En arrivant au niveau de la mine, le Terrien bifurqua et se dirigea droit sur le tapis roulant qui allait vers la cour est. Le tapis, à l'arrêt, était déjà recouvert d'une bonne couche de neige. L'homme grimpa dessus et se mit à ramper à l'intérieur du petit tunnel. Les autres se regardèrent un instant, un peu étonnés, mais finirent par le suivre, Gilem en tête. Thémaire passa après lui, devant Ulliel, encore un peu hésitant. Il ne cessait de jeter des coups d'œil en arrière, vers les baraquements, comme s'il envisageait de retourner sagement s'y coucher.

Ridicule. Un homme ne devrait jamais laisser sa fierté contredire son instinct de survie. Un homme mort est un homme mort. Moi, je veux vivre !

L'intérieur du tunnel était totalement noir, mais vu son exiguïté, on ne pouvait s'y perdre. À quatre pattes, il y avait à peine moyen de remuer, si ce n'était en avant ou en arrière. Thémaire sentit le tunnel monter abruptement, ils devaient sans doute passer les premiers barbelés et se trouver au-dessus de la route. *Veut-il traverser jusque chez les femmes ?*

Et puis soudain, ils ne bougèrent plus. Des coups se firent entendre, résonnant à l'intérieur du tunnel. Thémaire sentit son estomac se contracter. *Les gardiens ?*

Étaient-ils découverts ? Mais devant lui, Gilem semblait très calme. Le bruit cessa et un grand courant d'air envahit d'un coup le tunnel. Quelques secondes plus tard, Gilem disparut. Thémaire avança rapidement et vit alors le trou qu'avait aménagé le Terrien en ôtant une plaque juste au-dessus de l'asphalte. Pas trop haut pour sauter.

En courant, les quatre prisonniers suivirent la route jusqu'à l'hôpital, dont les lampes extérieures éclairaient faiblement la nuit. Le Terrien passa la carte devant le lecteur et la lourde porte s'ouvrit dans un léger claquement. Ils entrèrent tous rapidement et refermèrent derrière eux. Aussitôt, une douce chaleur les enveloppa, une chaleur telle qu'ils n'en avaient plus connu depuis la fin de l'été. Ils sentirent leur corps se détendre peu à peu et Gilem poussa un gémissement de soulagement. Le Terrien les guida vers le fond du bâtiment.

— Par le sous-sol, murmura-t-il en désignant du doigt un petit panneau rouge.

Ils continuèrent à marcher à pas feutrés, longeant une série de pièces aux murs vitrés. Soudain, Gilem poussa un glapissement étouffé. Le garçon était collé contre une vitre, les yeux rivés sur quelque chose dans la pièce.

— Quoi ? Qu'est-ce qu'il y a ? Un gardien ?

Le garçon déglutit avec peine et pointa du doigt l'intérieur.

— Manger… réussit-il à lâcher, les yeux brillants, son ventre gargouillant aussi fort qu'un barrissement d'éléphant.

Ulliel et Thémaire le rejoignirent. De l'autre côté de la vitre s'étirait en effet une série de tables constellées de fruits et de chocolats placés dans des coupelles, disposées entre d'épaisses piles de documents et quelques tasses délaissées. Quelqu'un avait dû oublier de tout ranger, avec le grand-froid. Gilem posa la main sur la poignée et la porte céda sans résister. Alors, sans un regard en arrière, il se précipita, rapidement suivi des autres malgré les grognements de protestation du Terrien. Ils se jetèrent avidement sur la nourriture, pleurant presque de bien-être. Leurs gélules vitaminées et leur pain dur fourrés à la hâte dans leurs poches furent simplement ignorés, au profit de la fraîcheur et de la variété des fruits.

— Pas trop vite, pas trop vite ! ne cessait de répéter le Terrien, croquant lui-même dans un fruit plus grand que sa main avec un bonheur visible.

Soudain, il y eut un petit bruit, comme un cliquetis. Gilem, la bouche barbouillée de chocolat et les mains poisseuses de jus poussa un nouveau gémissement. Mais cette fois, il s'agissait d'un geignement de terreur. Tous regardèrent dans sa direction. Le garçon se tenait planté droit comme un I devant une vitre qui venait de se révéler là où ils pensaient n'y avoir qu'un mur sombre.

— Qu'est-ce que tu as fait ? lança Thémaire d'une voix sèche et sourde.

— Je ne sais pas, je crois… J'ai dû appuyer sur un interrupteur, je ne sais pas.

Devant eux s'était illuminée une large pièce d'un blanc immaculé. Le carrelage sur le sol légèrement en pente était parsemé de petits trous d'évacuation, comme dans des douches. Contre le mur gauche, un tuyau d'arrosage semblait prêt à l'utilisation, et pile face à eux, au centre de la pièce blanche, se trouvait une longue table argentée montée sur petites roulettes et entourée de multiples casiers à tiroirs sur lesquels on apercevait encore scalpels, ciseaux et autres instruments chirurgicaux. Attaché à la table, sous une bulle de plastique transparent et le corps atrocement mutilé, gisait Krovani. Sa jambe gauche avait été amputée juste sous le genou, et la droite était recouverte d'une étrange croûte noire, qui remontait du pied jusqu'au milieu du fémur. Sur son torse, des sortes de hublots avaient été implantés : la chair avait été remplacée par de petits cercles de verre au travers desquels on pouvait voir l'intérieur de son corps.

Tous se figèrent, frappés d'horreur. C'est 24601 qui brisa le silence le premier.

— Nom d'un chien, les enfoirés !

— Krov… murmura Gilem d'une petite voix étranglée, sans parvenir à bouger.

Ulliel quant à lui se précipita dans l'autre pièce auprès du corps de leur camarade, avant de reculer de quelques pas, une main sur la bouche. Les yeux de Krovani avaient été ôtés et placés dans une petite écuelle à droite de son visage. L'un d'eux affichait une curieuse teinte jaunâtre. Du sang séché lui barrait encore le visage, coulé de son nez et de ses oreilles. Ulliel voulut ouvrir la bulle, mais le Terrien l'en empêcha.

— Non. C'est une bulle de rétention. L'odeur va… Il est mort. Je pense qu'ils étudient la décomposition de son corps. C'est pour ça qu'ils l'ont laissé ici.

— Mais… pourquoi ? Comment ?

Ulliel fut interrompu par un nouveau glapissement de Gilem.

— Quelque chose a bougé, murmura-t-il d'une voix blême, pointant du doigt un rideau blanc au fond de la salle. J'ai entendu du bruit…

— Allons-nous-en, ordonna le Terrien. Il ne faut pas traîner ici !

Mais Ulliel ne l'écouta pas. Il avança vers les rideaux, sans un son. Gilem se glissa derrière 24601 en fermant les yeux. Ulliel écarta les rideaux d'un geste brusque et…

— C'est… C'est une fille…

Il se retourna vers les autres.

— C'est une fille !

Derrière lui, trois tubes de verre disparaissaient à moitié dans le sol. Deux d'entre eux semblaient vides, mais dans celui de gauche, immergée jusqu'à mi-hauteur dans un liquide sombre, se trouvait en effet une jeune fille. La malheureuse avait ses poignets menottés au-dessus de sa tête à des chaînes fixées au plafond, une perfusion enfoncée dans le creux de son bras gauche. Sa tête penchait vers l'avant, et ses longs cheveux bleu-noir, qui tombaient en cascade autour d'elle, trempaient dans l'eau qui lui arrivait presque à la poitrine. Du sang coulait sur ses bras depuis les plaies causées par le frottement des menottes. Ulliel s'agenouilla à ses côtés.

— Elle est… morte ? souffla Gilem.

— Non ! Elle respire ! Venez vite ! Il faut l'aider, il faut la sortir de là…

— Non, laisse-la, répondit le Terrien d'un ton sec, inspectant la salle du regard à la recherche d'une potentielle caméra. Elle est surveillée, d'une manière ou d'une autre…

Heureusement, le froid mordant avait tendance à créer des interférences et les systèmes informatiques et électriques en étaient souvent gravement affectés. Même au sein du bâtiment, les lumières faiblardes paraissaient sur le point de rendre l'âme. De fait, la caméra pointée sur la jeune femme semblait éteinte.

— Elle n'est pas notre problème, ajouta-t-il entre ses dents. Nous devons partir, maintenant !

Gilem le regarda avec étonnement, des larmes encore plein les yeux.

— Mais… elle est vivante, elle… On… on ne va pas la laisser ici, quand même ? Si on peut la sauver ? Et si… Et s'ils voulaient lui faire la même chose qu'à… à…

Il ne parvint pas à finir sa phrase, mais désigna d'un geste le corps de Krovani, sans oser se retourner. Le Terrien le regarda droit dans les yeux :

— Es-tu prêt à risquer ta vie et la nôtre pour elle ? Parce que c'est exactement ce qui se passe, là. On perd du temps, on risque de se faire repérer ! Il faut partir !

Le garçon releva le menton en tremblant légèrement.

— Non.

Gilem s'élança vers elle, saisissant au passage un trousseau de clefs sur la table d'opération, et détacha les menottes de la fille. Ulliel la rattrapa de justesse avant qu'elle ne disparaisse dans l'eau noire. Délicatement, il la hissa hors du puits, ôta les perfusions et la déposa sur le sol. Elle était nue. Sa peau sombre était striée de veines noires et saillantes, surtout au niveau des jambes. Tous les deux la contemplèrent un instant, un peu gênés. Bien qu'il ait affirmé le contraire à maintes reprises, c'était la première fois que Gilem voyait une fille nue. Celle-ci était en bien piteux état : son visage fin et délicat était recouvert d'ecchymoses, sa lèvre inférieure coupée, ses yeux cerclés de noir, ses ongles semblaient tous avoir été arrachés et du sang coulait de son oreille droite. De même, son corps entier était parsemé de blessures, coupures et cicatrices en tout genre. Le long de ses bras et de ses jambes, une multitude de minuscules points bleutés indiquaient qu'elle avait été piquée à de multiples reprises avec des seringues. Des chiffres avaient été notés autour de ses blessures, ainsi que des lettres. Mais surtout, et c'était là le plus marquant, l'entièreté de son épaule gauche, jusqu'au sein compris, était couverte d'étranges cicatrices, fines et blanchâtres sur sa peau caramel. Les marques formaient un dessin, comme un tatouage, représentant un entrelacs de fleurs et de feuilles qui enrobaient le chiffre « 7 », parfaitement calligraphié. C'était à la fois magnifique et terrifiant.

— Gil, va lui chercher une des vestes, là ! ordonna Ulliel en pointant du doigt un portemanteau sur lequel étaient accrochées plusieurs blouses blanches. Elle est gelée, il faut faire quelque chose…

Gilem se précipita, mais son regard fut attiré par un classeur sur le bureau près du portemanteau, ouvert à une page qui affichait la photo de la jeune femme.

— Eh, attends ! Je crois que c'est son dossier…

Il se pencha pour déchiffrer ce qui était écrit.

— Gil, on n'a pas le temps ! Dépêche-toi !

— Ema ! Elle s'appelle Ema, annonça-t-il en refermant le dossier.

— Vite, Gil ! Donne-moi la veste, ordonna Ulliel en tendant la main.

Le garçon lui tendit la blouse blanche avec une grimace contrite.

— Alors ?

— Je ne sais pas… Allez, Ema, réchauffe-toi. Et réveille-toi, s'il te plaît. S'il te plaît… Ema ?

158

La respiration de la fille était sifflante, mais on pouvait voir ses yeux bouger derrière ses paupières closes.

— Pourquoi elle se réveille pas ? murmura Gilem avec angoisse, son regard faisant d'incessants allers-retours entre elle et la porte près de laquelle se tenaient Thémaire et le Terrien, visiblement impatients.

Il tapota doucement son visage, sans résultat.

— Il devait y avoir une drogue dans sa perfusion, pour la maintenir dans un état comateux durant la durée du grand-froid. On n'a pas le temps d'attendre qu'elle se réveille, il faut y aller ! pressa le Terrien.

Ulliel se retourna brusquement vers lui.

— Comment oses-tu dire ça ? Il faudrait qu'on l'abandonne ici, selon toi ? Qu'on la laisse toute seule ? Regarde-la. Regarde-la ! Ah, c'est bien vous, les Terriens, tous pareils. Égoïstes, meurtriers…

— Tais-toi ! interrompit Thémaire. C'étaient les règles, faire comme il dit. La condition à ta liberté !

Thémaire gardait ses yeux rivés dans ceux du jeune homme.

— Le Terrien l'a dit. Elle nous retarde. Et je ne vais pas gâcher ma chance de sortir d'ici pour…

— Eh ! cria soudain Gilem. Elle se réveille !

La jeune fille ouvrait en effet des yeux encore embués, des yeux d'un bleu terriblement pâle, contrastant magnifiquement avec sa peau sombre.

— Salut ! Euh… On va te sortir d'ici, OK ? On s'évade, ajouta-t-il non sans une certaine fierté.

La jeune fille releva les yeux.

— Tu, euh… On t'a… hum… donné une blouse, pour euh…

Elle sembla soudain prendre conscience de sa nudité et enfila péniblement la blouse, refermant les pans sur son corps meurtri. Quand elle releva la tête, elle n'avait pas l'air contente.

— Tu, euh… Tu peux marcher, Ema ? lui demanda Ulliel en lui tendant la main, un peu mal à l'aise.

La jeune fille ne répondit pas, mais le fusilla du regard avec une telle haine que le pauvre garçon retira sa main comme si elle l'avait brûlé.

— OK, OK, pas toucher, j'ai bien compris. Désolé.

Toujours silencieuse et ne le quittant pas des yeux, elle se redressa lentement, visiblement en souffrance. Les mâchoires serrées, elle s'accrocha à la table pour trouver son équilibre. Une fois debout, elle les regarda d'un air féroce et releva le menton.

— J'imagine que ça veut dire oui…

CHAPITRE DOUZE
Elly – L'Hôtel

Elly était restée muette face à son professeur, trop abasourdie par tout ce qu'elle venait d'entendre pour réagir.

— Le Premier délégué terrien est fou, ajouta Fstöl en cherchant le regard de l'adolescente. C'est un malade qui doit être arrêté si l'on veut que notre peuple survive ! Le Chiffre lui-même le pense. Et il n'est pas le seul Terrien à considérer que la situation est devenue intenable, il n'est pas le seul à vouloir que cela cesse, que le Premier délégué soit destitué, que la paix revienne. Alors, comme ils disent : à la guerre comme à la guerre ! Il est temps d'en finir une bonne fois pour toutes.

Que la paix revienne… Plus de milice, plus de massacres… La paix…

— Tous ceux qui vivent ici s'y préparent. Ils s'entraînent. Ce sont les héros de leur génération, les héros de notre histoire ! Aujourd'hui, tu n'es plus la petite fille seule dans les bois. Maintenant que tu sais ce qui se passe entre ces murs, tu es concernée. Tu sais, prendre position est un droit, un privilège même, mais à mes yeux, c'est aussi un devoir. Mais tu es jeune, très jeune. Je ne…

— Non, l'interrompit-elle.

Elle leva les yeux vers lui, avec une moue décidée.

— Je veux agir.

— Tu es sûre ?

Elly hocha la tête avec ferveur, son cœur battant la chamade. Elle était soudain tellement exaltée qu'elle ne remarqua pas combien son professeur avait soudain l'air triste.

— Bien, murmura-t-il. Alors, si tu es vraiment sûre, nous allons aller en parler au Chiffre.

∴

— Qu'est-ce qu'elle fait ici, celle-là ?

— Elle n'est pas censée être aux cuisines ?

L'accueil des autres hassaïn dans la cour ne surprit guère la jeune métisse. Elle s'était attendue à de la réticence de leur part.

La veille au soir, Fstöl et elle étaient allés parler au Chiffre, qui avait accepté de la laisser intégrer les troupes. Pour être honnête, il avait semblé accepter plutôt par ennui et facilité que par réelle conviction. Toute la nuit, Elly avait été torturée par son choix. Était-ce la bonne décision ? Ses parents seraient-ils fiers d'elle ? Elle le pensait. Elle allait défendre Illyr, son histoire, sa culture, son passé. Oui, ils seraient fiers d'elle…

— Et alors, la corniaude, qu'est-ce que tu fous là ? lui demanda avec véhémence un homme aux cheveux argentés, aux manches retroussées découvrant une épaisse brûlure au poignet.

Sérieusement, c'est quoi toutes ces brûlures aux poignets ?

Mais Elly n'eut pas le temps de trop se poser de questions. L'homme avait l'air particulièrement furieux et agressif, et il vint se placer juste sous son nez.

— Tu ne crois quand même pas que tu vas intégrer les hassaïn, si ?

Elly leva les yeux vers lui.

— Le Chiffre a dit que je…

— LE CHIFFRE ? hurla-t-il. Le Chiffre a dit que tu pouvais faire partie des hassaïn ?

— Oui, je…

L'Illyrien ne l'écoutait plus. Il s'était détourné d'elle et parlait à la cantonade.

— Le Chiffre qui accepte une corniaude parmi ses hassaïn ! On aura tout vu.

Certains acquiescèrent à ses mots.

— Tu n'es qu'une abomination, lui cracha-t-il à la figure. À moitié terrienne : à moitié ennemie !

Du revers de la main, il la gifla si fort qu'elle tomba au sol. Il éclata de rire.

— Et en plus, elle a la force d'un muscarillon. Tu crois vraiment que tu as ce qu'il faut pour nous rejoindre ?

Elly tenta de se relever, mais il lui balança un coup de pied qui la fit valser un peu plus loin.

— Dégage, sale petite corniaude de merde ! Qu'on ne te revoie plus jamais ici !

La jeune fille, les yeux remplis de larmes, essuya le sang qui coulait de sa lèvre fendue. L'homme eut un nouveau geste vers elle et, prise de peur, elle déguerpit sous les rires sonores des hassaïn. Sanglotant, Elly courut vers l'hôtel, les larmes lui brouillant la vue. Elle remonta quatre à quatre les escaliers et se rua vers le bureau de son professeur. Avec brusquerie, elle ouvrit la porte et resta là, tremblante, en pleurs, face à Fstöl.

— Qu'est-ce que…

Il se leva et contourna son bureau pour la rejoindre.

— Qu'est-ce que tu fais ici ? demanda-t-il sans douceur. Qu'est-ce que…

— Il m'a frappée, gémit-elle. Il m'a frappée, il m'a dit qu'ils ne voulaient pas d'une sale corniaude comme moi parmi les hassaïn. Il était si méchant ! Et ils ont tous ri quand je suis tombée, parce que tout le monde me déteste ! déballa-t-elle à toute vitesse à travers ses larmes. Ils me détestent tous, ils ne m'accepteront jamais parce que je suis l'ennemie, ils l'ont dit, je…

Elle s'interrompit pour reprendre sa respiration, complètement essoufflée.

— Tu as fini ?

— Quoi ?

— Tu as fini de t'apitoyer sur ton sort ?

— Quoi ? répéta-t-elle, décontenancée.

— C'est toi qui voulais intégrer les hassaïn, te battre ! Tu crois que la guerre est un jeu ? Un camp de vacances ? Qu'imaginais-tu, que tout serait facile et joyeux ?

— Non, mais…

— Tu sais pourquoi ils ont agi comme ça ?

— Parce que… pour eux, je ne suis qu'un monstre, qu'une… corniaude !

Le vieux professeur l'observa avec sévérité.

— Exactement.

Le cœur d'Elly lui sembla tomber encore plus bas dans ses tripes. Elle était tellement choquée que ses larmes se tarirent.

— Pour eux, oui, tu n'es qu'une corniaude, continua Fstöl. Et tu sais pourquoi ? Parce que c'est l'image que tu donnes de toi-même. Tu t'exclus toi-même. Tu te mets toute seule à l'écart. Tu n'approches jamais personne, tu ne fais aucun effort ! Tu es tellement persuadée que tout le monde te déteste ! Mais as-tu seulement tenté de changer les choses ?

Elle ne répondit pas, toujours sidérée par la virulence de son professeur.

— Je sais que tu n'as pas eu la vie facile, que tu as longtemps vécu seule, mais ce n'est pas, ce n'est plus une excuse. Tu es ici, maintenant, parmi nous. Et tu dois apprendre à vivre en communauté ! Tu sais ce que voient les gens en te regardant ? Une petite fille maigrichonne, la tête toujours baissée, prostrée, rasant les murs, évitant tout contact avec eux. Une coupable honteuse, voilà qui tu es pour eux. Une coupable honteuse.

Fstöl avait élevé la voix et Elly recevait chaque mot comme une gifle en plein visage.

— Crévion, gamine ! Cela fait des semaines que tu es ici, et tu n'as encore parlé à personne… Je te vois, aux repas, éviter les gens, baisser le regard, fuir vers ta chambre à la moindre occasion. Sors donc un peu de ton égocentrisme ! Fais un minimum d'efforts, enfin ! Tu crois vraiment que quelqu'un va un jour venir te voir avec un grand sourire et t'offrir des fleurs, si tu continues à agir comme ça ? Ton ostracisme, c'est ta faute, ajouta-t-il en la pointant de son doigt décharné. Tu te l'es infligé toute seule.

— Mais…

— Oh ! je sais ce que tu vas dire. Oui, tu es métisse, et non, cela ne joue pas en ta faveur. Et alors ? J'en ai assez de ton attitude de perdante, tu sais. Tu te comportes en éternelle victime de ce que tu provoques toi-même ! Mais je crois qu'en réalité, tu te complais dans cette exclusion parce qu'elle ne te demande aucun effort. Et ça, je ne l'admettrai plus.

La petite respirait de plus en plus vite, rougissant de honte et de rage.

— Soit, tu es métisse. Mais penses-tu vraiment qu'il n'y ait que ça qui importe ? Ai-je perdu mon temps avec toi ces derniers jours ? As-tu donc si peu d'estime pour toi-même ? Allons, sois donc un peu fière de qui tu es. Cela fait des semaines que je te vois tous les jours, que je travaille avec toi… Tu es terriblement intelligente, Elly, tu comprends vite, tu t'intéresses à tout. Tu vaux tellement mieux que ce que tu crois.

La remarque atteignit la jeune fille en plein cœur. Ses yeux s'écarquillèrent et ses lèvres se mirent à trembler. C'était la première fois qu'il l'appelait par son prénom…

— C'est ce qui te constitue, toi, qui est important. Ton caractère, ton esprit, tes actions, continua Fstöl avec une douceur qu'elle ne lui connaissait pas. Pas ton enveloppe corporelle, pas ton sang mêlé, tout ça, ce ne sont que des détails. Tu es ta propre personne. Tu comprends ? Tu as été éduquée à te cacher, à craindre les gens. Et je pense que tes parents, en faisant cela, ont voulu te protéger. Mais ils avaient tort. Tu n'as rien à te reprocher. Tu n'es pas mauvaise. Tu n'as rien fait de mal, ajouta-t-il d'un ton ferme, arrachant un sanglot aspiré à sa petite élève, tu n'as rien fait de mal… Sais-tu seulement pourquoi il y a une telle haine pour les métisses ? demanda-t-il après une petite pause.

Elly secoua la tête, se mordant la lèvre inférieure pour refréner ses larmes.

— Parce que la violence terrienne coule dans leurs veines.

Elle grimaça.

— Ne fais donc pas cette tête de dégoûtée ! Il se trouve que cette notion de violence est très injustement connotée. En réalité, elle est incomprise. Ce n'est pas un synonyme de brutalité bête, mais un mot pour décrire cette force, cette rage, cette volonté d'agir que l'on peut ressentir face à l'injustice, expliqua le professeur. Historiquement, les métis ont été les premiers fauteurs de troubles, les tout premiers rebelles, c'est vrai. Mais c'est parce qu'ils étaient les premiers à avoir menacé le pouvoir terrien en place, à s'être battus pour ce en quoi ils croyaient ! C'est d'ailleurs pour cela qu'ils ont été proscrits. Des rumeurs et

166

des légendes ont été répandues sur eux, pour créer la peur et aider la milice à les traquer. « Les métis sont porteurs de maladies », « les métis sont des psychopathes meurtriers », « les métis portent malheur »…

À ces mots, Elly baissa la tête.

— Mais tout ça n'a été qu'une partie d'une campagne de désinformation pour effrayer la population illyrienne – et terrienne ! –, afin que tous dénoncent ces potentielles menaces à l'hégémonie terrienne. La peur est une arme puissante quand elle est utilisée ainsi… Mais aujourd'hui, Elly, aujourd'hui, cette violence, cette passion qui coule en toi est ta force ! Utilise-la ! Tu es forte, petite. Tu es une battante, une survivante.

L'adolescente ne réagit pas, sonnée par tout ce qu'elle entendait. Elle ne put s'empêcher de regarder ses mains, les veines bleutées qui apparaissaient à leur surface.

La violence terrienne… J'ai toujours senti quelque chose en moi, quelque chose qui crie, qui hurle et se révolte, quelque chose d'énorme, enfermé pour l'instant dans une toute petite cage dont je n'ose ouvrir la porte. Serait-ce cela, la violence ? Ma part terrienne ? Cette part de moi qu'il m'a toujours fallu cacher, réprouver, détruire… Cette part de moi que j'ai tant détestée, que je n'ai jamais su accepter parce que personne ne l'acceptait… Chaque fois que je suis en colère, je la sens bouillir dans mes veines. Mes parents m'ont toujours enseigné de ne pas lui succomber. Je l'ai toujours retenue… Devrais-je enfin la laisser s'exprimer ?

Elle ne savait pas si cette idée lui plaisait, ou la terrifiait.

— Il faut que tu dépasses tes peurs, reprit Fstöl, pour parvenir à t'ouvrir aux autres. Le regard mauvais que tu leur prêtes n'est que le reflet de ton propre regard sur toi-même. Alors… sois plus clémente envers toi-même. Accepte qui tu es. Et laisse une chance aux gens de te connaître, ouvre-toi à eux ! Fais un effort. Accepte les mains que l'on te tend et vis, Elly, vis comme une jeune fille de ton âge devrait vivre ! C'est important, ajouta-t-il avec gravité. Bien plus important que tu ne peux l'imaginer…

Il se leva et lui tendit un mouchoir.

— Retournes-y. Prouve-leur qui tu es ! Ça, c'est *ta* guerre. Et je suis certain que celle-là, tu peux, tu vas la gagner.

Et d'un geste de la main, il l'invita à sortir du bureau.

En redescendant les escaliers, Elly déglutit plusieurs fois, très fort. *Une battante. Tu peux le faire. C'est ta guerre.* Son cœur battait la chamade.

Sur le parvis, il n'y avait plus personne. Ils devaient être sur le champ d'entraînement.

Je peux le faire. Je ne peux plus agir comme une petite fille et aller pleurer et me cacher au moindre problème. Comme le dit Fstöl, « un problème ne se résout pas de lui-même. On ne peut attendre que quelqu'un d'autre se décide à faire quelque chose. Il faut nous lever nous-mêmes. » Je dois commencer à me défendre, à me battre !

Au fur et à mesure qu'elle s'approchait, elle entendait les cris, les bruits des hassaïn. Ils couraient tous en rond autour du champ, à grandes foulées, sous le regard de Kyros.

Ne pleure pas. Tu es forte. Il n'y a pas de place pour une enfant ici. Tu en es capable. Comme les héros des livres.

Elle prit une grande inspiration, et se dirigea droit vers Kyros.

— Je…

— Enfin ! Tu es en retard, l'interrompit-il. Prends ta place. Va courir avec les autres ! Terwÿn ! hurla-t-il alors.

Une fille sortit des rangs, petit sourire aux lèvres. Avec sa peau laiteuse, ses tatouages dans le cou et sur les épaules, ses oreilles percées de partout, ses cheveux mauves coupés court, ses grands yeux rose pâle et son sourire un peu retroussé qui dévoilait des dents pointues comme celles d'un lutin, elle ressemblait à un curieux mélange entre une poupée et un petit animal. Vaguement essoufflée, mais gardant son rythme en courant sur place, elle regarda alternativement Kyros et Elly.

— Oui ?

— Tu t'occupes de la gamine. Pas envie de tout devoir réexpliquer pour qu'elle comprenne.

La jeune fille se tourna vers Elly, sourcils froncés. Prenant son courage à deux mains, la petite lui adressa un sourire tordu :

— Bon-jour-je-m'ap-pelle-Elly, lâcha-t-elle d'une traite, sans grand naturel.

— Je sais… Bon, ramène-toi, invita Terwÿn avec un signe de tête. On court !

Elly embraya, suivant la jeune femme pour rattraper le groupe de l'autre côté de la plaine.

— Moi, c'est Terwÿn, ahana-t-elle en lui tendant la main.

Elly lui sourit en hochant la tête, mal à l'aise, et serra la main tendue de sa camarade.

— Bon, reste près de moi. Je t'expliquerai ce qu'il faut faire.

Tu peux le faire. Tu peux y arriver…

Elle voulait réussir. Prouver à Fstöl qu'elle était ce qu'il voyait en elle. Plus qu'une gamine apeurée, plus qu'une corniaude. Pour l'instant, Terwÿn semblait cool, la preuve que quelque chose était possible. La fillette redressa les épaules et le menton.

Ne reste pas la tête baissée. Concentre-toi. Ouvre-toi !

Le cœur agité, elle observa les hassaïn à mesure qu'elle les rejoignait. Certains la regardaient avec aversion, d'autres, très concentrés sur leurs mouvements, ne lui prêtèrent aucune attention.

Mais où est le type aux cheveux argentés ? Je ne le vois pas…

— Alors, je t'explique, souffla Terwÿn entre ses foulées : Kyros nous fait courir tous les matins pendant, genre, une heure. Pour nous mettre en condition, nous échauffer ! Ça ira ?

Elly acquiesça. Ce genre d'exercice ne lui était pas étranger. Après quelques minutes à peine, ses jambes s'étaient dérouillées et elle s'était à présent installée dans un rythme soutenu mais régulier, à amples foulées. Durant ses années de vagabondage, la course lui avait maintes fois sauvé la vie. Après tout, forêts et montagnes regorgeaient d'animaux sauvages... Et puis, il y avait les villes à éviter, les champs à traverser, les patrouilles à fuir. Oui, elle avait l'habitude de courir.

Pour l'instant, tout va bien.

Le groupe arriva en vue du mur d'enceinte.

— Tu vois les tours de guet ? Chacun de nous doit y passer, pour la surveillance, expliqua Terwÿn. Au cas où il y aurait une patrouille milicienne dans le coin. Maintenant que tu es des nôtres, tu devras sans doute t'y coller aussi ! C'est barbant, je te préviens. Il ne se passe jamais rien. Enfin, tant mieux, j'imagine...

Elles coururent ensuite en silence pendant encore une vingtaine de minutes, avant qu'un son de cloche ne retentisse.

— L'échauffement est terminé ! expliqua Terwÿn avec un sourire, un peu essoufflée. Maintenant, on passe aux choses sérieuses...

Tous se regroupèrent au centre du champ, face à Kyros.

— On se calme, tout le monde ! hurla le grand Illyrien. Nous avons, vous l'avez vu, un nouveau membre parmi nous, Elly.

Tous se tournèrent vers elle, murmurant entre eux. La petite eut un mouvement de recul et se cogna contre Terwÿn.

— Pardon ! Désolée, je...

— T'inquiète.

— Bien ! hurla Kyros. Tout le monde par paires, vous connaissez la rengaine. En avant !

Instinctivement, Elly se tourna vers Terwÿn.

— Laisse ! Laisse-la-moi, cria alors une voix.

Et l'homme aux cheveux argentés apparut, bousculant sa camarade, les yeux fixés sur Elly. Une petite grimace sadique tordait son visage. Il était si grand, elle lui arrivait à peine à l'épaule.

— Salut, toi, murmura-t-il en s'approchant d'elle. Alors comme ça, tu es revenue, hein ?

La petite n'osa même pas lui répondre. Une telle haine suintait de ses paroles qu'elle en trembla de tous ses membres. Terwÿn tenta de s'interposer.

— Oeknan, tu…

— Tu veux être des nôtres, hein ? l'ignora l'homme. Tu vas prendre cher, souffla-t-il entre ses dents.

Elly écarquilla les yeux.

— Battez-vous ! cria Kyros, regardant ailleurs.

Et Oeknan lui balança un coup de poing dans la tempe qui lui fit immédiatement perdre connaissance.

CHAPITRE TREIZE
George et Liam – La métropole

« Et c'est une belle journée qui s'annonce ! Le temps est au beau fixe, rangez vos parapluies, sortez vos lunettes de soleil et préparez-vous à vous trémousser en rythme avec ce nouveau single de Lou Rivers, All is Good Mama *! »*

La musique, joyeuse, envahit la cuisine. Tout allait bien. Depuis des mois, tout était calme, dans la zone sécurisée comme dans les Terres d'Horizon. On ne parlait plus d'attaques, de morts, de violence. Du Poley avait réussi à mater la Rébellion, un exploit qu'il revendiquait encore et encore, vantant la remontée du tourisme et de l'économie en général. Le calme était revenu dans la Zone. Oui, la journée serait belle.

Nora était partie travailler tôt, dans le but de terminer un grand projet sur lequel elle bossait comme une folle depuis des mois. « Un truc de fou ! disait-elle. Tu vas voir, quand on le sortira, notre article va faire l'effet d'une bombe ! » Elle avait pris Théo avec elle, comme d'habitude. Elle avait mis sa robe préférée, la bleue avec le col noir, celle qu'elle portait quand ils s'étaient fiancés. Celle qu'elle était si fière de pouvoir encore mettre après sa grossesse, celle dans laquelle elle se sentait encore si belle. Elle l'avait embrassé sur la joue, rapidement, en coup de vent. Elle était pressée. Elle avait attrapé Théo dans ses bras et était montée dans sa voiture. George ne l'avait même pas regardée partir. Il avait terminé son café tranquillement, tandis que son système intégré lui lisait les nouvelles, puis avait lui-même pris sa voiture pour rejoindre l'Alliance.

On aurait pu croire qu'il en serait toujours ainsi : une famille heureuse, qui s'habitue et qui s'adapte, joyeuse et aimante malgré les difficultés. Mais la vie n'est pas juste, la vie n'est pas rose. La vie est une chienne et ce qu'elle donne, elle le reprend. Et par ce jeudi matin ensoleillé, la vie avait basculé.

La route était dégagée, George serait, comme d'habitude, parmi les premiers à son étage. Ce matin-là, comme toujours, il était arrivé dans son bureau et avait commencé à relire ses documents, à taper ses rapports. À neuf heures et demie, il était entré dans la salle de réunion. Comme toujours, le délégué au Travail était arrivé peu après d'un pas pressé, avait ordonné que tous les pucks et systèmes intégrés soient coupés, et la réunion avait commencé.

Et puis, à onze heures, une secrétaire était arrivée en courant. Elle avait ouvert la porte d'un coup si brusque que tout le monde avait levé la tête vers elle. Elle était rouge vif, on aurait dit une petite tomate avec un chignon. Elle tremblait. Elle bégayait.

— La… XGD-News. La tour ! Ils ont… La tour ! En feu !

Et elle s'était effondrée en pleurs, incapable d'en dire plus. Personne n'avait compris, au début. Tout le monde s'était regardé en silence, sourcils froncés. Puis quelqu'un avait sorti son puck et s'était connecté, projetant les nouvelles au milieu de la table de réunion. Il y eut un parfait silence, pendant un instant. Tout le monde fixait l'écran avec effroi. Les visages avaient blêmi. Et puis, le bruit avait repris. Comme si soudain, on avait rallumé le son. Les cris, les larmes. Les gens étaient sortis en courant. En quelques secondes, l'enfer s'était déchaîné.

C'était là le moment, le moment précis où la vie avait basculé. Sous les yeux de George, au milieu de sa salle de réunion, la tour XGD-News brûlait en direct. Un dirigeable de ligne illyrien venait de s'y encastrer au niveau du vingtième étage et des volutes de fumée noire s'échappaient des fenêtres, comme au ralenti.

Il sentit une salive poisseuse lui monter à la bouche alors que son estomac se contractait. Mais avant de laisser la nausée s'installer, il attrapa sa veste et courut jusqu'au parking. Dans la rue, des voitures de police et des camions de pompiers le dépassèrent toutes sirènes hurlantes, volant au-dessus du trafic. Il les suivit en essayant d'ignorer la terreur qui s'infiltrait par tous ses pores.

Nora. Théo.

Le long de la route, tous les panneaux publicitaires étaient passés au rouge et affichaient les nouvelles en direct. George voyait l'horreur de la situation augmenter à chaque seconde… Arrivé devant le bâtiment, il jaillit hors de sa voiture, sans même couper le moteur, les yeux levés vers la tour. Le feu se répandait partout, léchant les murs, dévorant les étages. Des gens se défenestraient depuis les niveaux les plus hauts, espérant être rattrapés par les drones-pompiers. Mais ils étaient si nombreux, leurs corps filaient dans les airs comme des poupées de chiffon. Si certains étaient récupérés au vol, d'autres hélas s'écrasaient au sol. Des hurlements retentissaient de toutes parts alors que les gens regardaient les hommes-oiseaux glisser le long de la façade de verre. Des badauds observaient la scène derrière des barrières de police, effarés. Une femme pointa avec un cri d'épouvante un couple enlacé qui tombait en tourbillonnant. Tous détournèrent le regard quand ils percutèrent le sol. Ignorant le chaos, George traversa la foule et se faufila sous la barrière, hypnotisé par la fumée et l'agitation des androïdes-pompiers en activité.

— Halte ! Ceci est un périmètre de sécurité.

— Ma femme… Ma femme travaille ici.

— Ceci est un périmètre de sécurité, répéta l'androïde. Vous ne pouvez pas re…

Une immense explosion lui coupa la parole, provoquant le déploiement immédiat de son bouclier pare-feu. George s'était recroquevillé, les bras sur la tête.

L'androïde partit en courant, ses longues jambes métalliques grinçant légèrement à chaque enjambée.

— Attendez ! Non ! Ma femme ! Mon fils !

Les bras ballants, effaré, George se retrouva seul au milieu de la frénésie. Partout les pompiers, androïdes ou humains, couraient en criant, des gens déambulaient, hagards, parfois dégoulinants de sang, parfois soutenus par d'autres jusqu'aux ambulances. Personne ne sortait plus de la tour, mais tout en haut, on voyait encore des silhouettes agiter des chemises blanches. En bas, les cous se tendaient et les doigts désignaient avec horreur ces signaux de détresse. Des androïdes volants et des drones tentaient bien de les rejoindre, mais les gravats tombant de la tour ainsi que l'épaisse fumée les empêchaient d'atteindre les étages les plus touchés.

— George ! George !

À l'appel de son nom, George se retourna et sentit son cœur exploser de soulagement. Thomas, en uniforme de policier couvert de cendres, avançait vers lui en tenant Théo dans ses bras. L'enfant hurlait comme un dément en se frappant le visage de ses petits poings, mais il était sain et sauf.

— Les pompiers ont évacué la garderie, tous les enfants vont bien. Quand je t'ai vu, je me suis dit que tu voudrais le récupérer. Il va bien ! Il va bien !

— Oh, merci ! Merci ! s'exclama-t-il en prenant son fils contre lui avec douceur, maîtrisant ses gestes. J'ai eu tellement peur…

Un sourire soulagé aux lèvres, il lança à Thomas un regard chargé de gratitude.

— Où est Nora ?

Le court silence qui suivit sa question lui parut durer une éternité. C'est ainsi que vont les choses quand l'annonce de l'impossible arrive. Le temps ralentit. Chaque seconde semble contenir des heures. Thomas détourna lentement les yeux pour fixer la tour. Très haut. Au-dessus des flammes.

Et puis d'un coup, le temps reprend, cette fois en accéléré. Il file, il défile, plus rien ne l'arrête. Il va trop vite, on ne parvient plus à prendre conscience de ce qu'il se passe.

— Non… Non, non, non, non, non ! NON !

George veut lui rendre Théo et s'élancer vers la tour, mais Thomas l'en empêche. Il y a tellement de bruit. Tellement de bruit. Et puis… Et puis l'abomination. La tour craque, grince affreusement… et soudain s'effondre. C'est la débandade. Les gens hurlent. Tout le monde court à l'aveuglette dans une avalanche de fumée et de débris. George se détourne, essaye de protéger la tête de son enfant alors que tout vole autour de lui. Le bruit est si fort, on dirait que le monde entier est en train d'exploser. Et puis le calme revient. Un silence de mort rompu uniquement par les sirènes des pompiers et les cris des blessés. La tour est à terre.

C'est fini. Ça commence.

— AAAAAAAH !

Il faut un certain temps à George pour se rendre compte que c'est lui qui hurle ainsi. Le monde lui paraît flou, ses yeux sont remplis de larmes. Tout fait mal. La moindre parcelle de son corps souffre de manière inimaginable. Il n'a jamais ressenti ça. Une telle peur, une telle douleur. Ses oreilles tintent. Il ne sent pas le sang couler de sa plaie au bras. Il tend son fils à Thomas et court vers ce qui reste de la tour, un mouchoir sur le visage. Dans la semi-obscurité causée par la cendre et la fumée noire, il trébuche sur les gravats. Des pierres, du béton, des restes de meubles ici et là, et des corps. Des morceaux de corps. Alors qu'il s'approche du site, la police tente à nouveau de l'empêcher de passer, il se démène comme un fou mais on le repousse. Thomas vient le rechercher.

— George… George, viens. Ne reste pas là. Il n'y a rien à faire. Viens.

— Non ! Elle est là. Elle est là ! Nora ! NORA ! NORA !

Il hurle à s'en déchirer les poumons. La fumée le fait tousser, mais il ne s'en rend pas compte. Le désespoir se mêle à ses cris. Les larmes l'étouffent.

— Nora… S'il te plaît… S'il te plaît…

Il tombe à genoux. Il ne parvient plus à respirer. L'attaque de panique est aussi brutale que soudaine. Elle lui serre le ventre, lui contracte la gorge. Il ne peut plus émettre que des borborygmes étranglés. C'est à peine s'il prend conscience que Thomas l'entraîne plus loin. Il ne remarque plus rien. Plus rien n'existe.

∴

Il est assis dans le noir, prostré. Il ne sait plus trop quand ni comment il est arrivé ici. Il ne peut plus bouger un muscle. Dans sa tête, c'est le néant. Il ne ressent rien. Il a éteint ses sentiments. Il sait que s'il leur permet de revenir, ils l'assailliront avec la force d'un tsunami et le noieront en un instant. Alors, il reste assis dans le noir, face à son bureau où repose son puck, petit palet noir et lisse. Une machine. Une chose. Un objet.

Tout ce qu'il lui reste d'elle.

∴

Trois heures du matin. Sa porte s'ouvrit doucement et un rai de lumière envahit son bureau.

— Jim ?

Il ne répondit pas, mais les larmes lui montèrent aux yeux. La porte s'ouvrit plus largement.

— George.

Liam entra dans la pièce, la chemise froissée, les cheveux en bataille, d'immenses poches sous les yeux.

— Théo est chez toi. Il dort. J'ai appelé sa baby-sitter, mais… Oh, Jim, je suis désolé, je…

Il s'interrompit et l'observa un instant sans rien dire.

— George, s'il te plaît. Parle-moi.

— Six fois.

Sa voix craque.

— Elle a essayé de m'appeler six fois.

— Quoi ?

— Elle était toute seule, elle avait peur, elle a essayé de m'appeler et je n'ai pas décroché. J'ai oublié… (Il s'étrangle et se reprend.) J'ai oublié de rallumer mon système… J'ai oublié.

— Oh ! George… Ce n'est… Dans l'agitation, la panique, tu…

George avança soudainement le bras et activa le puck qui se mit à clignoter faiblement. La voix de Nora emplit la pièce.

« *George ? George, s'il te plaît, décroche ! George !* »

Liam resta figé sur le pas de la porte. La panique dans la voix de la jeune femme était évidente. Derrière elle, des cris rendaient ses propos difficiles à comprendre.

« *Il s'est passé quelque chose, je ne sais pas, une explosion je crois. Il y a de la fumée partout, je…* »

Elle s'interrompit sur une crise de toux.

« George, j'ai peur, ça a l'air grave. Je crois… »

Nouvelle quinte de toux.

« Je ne sais pas si je vais pouvoir descendre, les ascenseurs sont HS et quelque chose s'est effondré dans le couloir, on n'arrive pas à atteindre les esca… »

Un énorme bruit d'explosion couvrit la fin du mot.

« Oh, non ! David ? David ! George, je crois que David est mort. Il a du sang partout, je ne sais pas quoi faire, je… Le feu ! Le feu se répand, je… »

Sa toux se faisait de plus en plus grave. Les yeux de George s'emplirent de larmes, mais il les garda fixés sur la photo souriante de Nora que projetait le palet.

« Il fait chaud. Il fait tellement chaud, je… La fumée… Je n'arrive pas à voir, je… Le feu est partout, je suis entourée… »

Il y eut un silence, puis elle reprit, d'une petite voix rendue aiguë par l'émotion et le manque d'oxygène :

« Je vais mourir… Je vais mourir. »

Elle renifla et quand elle reprit la parole, sa voix était différente, plus assurée, plus ferme.

« Il faut… Je veux que tu dises à Théo que sa maman l'aime de tout son cœur, qu'elle l'aimera toujours et que… »

Sa voix se brisa. Elle parlait de plus en plus vite, dans une urgence désespérée, des sanglots plein la voix.

« Et qu'elle sera toujours là pour veiller sur lui, et qu'elle pensera à lui tous les jours et… »

Un grand fracas retentit alors, suivi d'un nouveau hurlement, de douleur cette fois. Dans le combiné, ce n'était plus que hurlements de douleur, cris et borborygmes.

« George ! Je t'ai… »

Nouveau bruit fracassant. Cri. Et le message se coupa.

Dans le bureau toujours plongé dans le noir, Liam dévisagea son ami avec horreur, des larmes coulant sans retenue sur ses joues.

— Oh ! Jim… Combien de fois as-tu écouté ça ?

— Je ne sais pas.

— Il ne faut pas, tu te fais du mal. George… Ce n'était pas ta faute. Allons, donne-le-moi. Il faut que tu rentres, il faut que tu dormes un peu.

— Non.

— George, je sais que…

— Non. Laisse-moi. S'il te plaît.

Il tapota sur son palet et la voix de Nora retentit à nouveau.

« George ? George, s'il te plaît, décroche ! George ! »

CHAPITRE QUATORZE
Thémaire – La prison

— Ça va, Gil ?

L'interpellé ne répondit que par un vague grognement. La neige tombait sans discontinuer depuis des heures, engloutissant le monde sous sa blanche torpeur. Elle tombait si fort qu'on ne savait plus où était le ciel et où était le sol, tant elle dansait dans tous les sens, tourbillonnant et tournoyant tout autour d'eux. Tout était blanc. Le ciel, l'horizon, le paysage… Les cinq fugitifs se trouvaient totalement perdus dans un océan de coton silencieux, à mille kilomètres de la moindre civilisation. D'énormes bourrasques soufflaient parfois, soulevant la neige fraîche comme un rien et créant des tsunamis de poudreuse. Le soleil était probablement levé à présent, mais tellement bas et tellement couvert de nuages que sa lumière perçait à peine. Pendant les deux prochaines semaines, ce serait pareil : le jour ressemblerait à la nuit, sans lumière et sans chaleur. Quinze jours durs, froids, meurtriers…

— Gil ? insista Ulliel. Pourquoi tu râles ?

— Parce que… c'est nul.

— Quoi ? Qu'est-ce qui est nul ?

— Ça, lâcha Gilem d'un ton geignard, confortablement assis sur la banquette arrière chauffante de la voiture. Je pensais que notre évasion aurait quelque chose d'épique, de grandiose ! Je pensais qu'on marcherait pendant des jours dans la neige, qu'on aurait à se battre contre des bêtes sauvages, qu'on...

— Quoi ?!

— En plus, je ne suis même pas assis à côté d'elle, ajouta-t-il plus bas en lançant un regard à la jeune femme qui dormait, la tête appuyée contre la vitre opposée.

Ulliel éclata de rire malgré lui.

— T'es vraiment con, tu sais...

Dans l'excitation de leur périple, les deux garçons semblaient avoir oublié leur différend. Ulliel avait été libéré grâce à 24601, et s'il n'en deviendrait pas pour autant son meilleur ami, il ne lui vouait plus une haine suffisante pour en vouloir à Gilem. Ils étaient libres maintenant, tout avait changé. Suivant le Terrien, ils avaient volé une voiture dans le parking de la prison et en étaient sortis sans encombre, toujours grâce à la fameuse carte magnétique. Une évasion d'une facilité déconcertante, au sujet de laquelle ils n'avaient pu obtenir la moindre information... L'homme conduisait en silence, les yeux fixés sur un écran qui faisait défiler la route, filmée par des caméras spéciales qui perçaient à travers la neige. Il avait désactivé le programme autonome, qui d'ailleurs aurait été bien incapable de prendre en charge cet itinéraire hors routes. Thémaire était assis devant, à côté de lui, silencieux, concentré. Ils avaient installé Ema à l'arrière, enroulée dans une couverture, et elle dormait à poings fermés depuis qu'ils étaient partis.

La voiture filait à un rythme régulier, ses traces immédiatement recouvertes par la neige. Le temps que les gardiens constatent leur absence, ils auraient près de deux semaines d'avance, et auraient totalement disparu dans la nature. Et dans l'improbable cas où leur fuite serait découverte plus tôt, personne ne pourrait les retrouver dans un tel blizzard. Bref, c'était un plan parfait. Simple, mais infaillible.

Oui, si on a une carte qui ouvre toutes les portes, et une voiture inexplicablement déverrouillée dans le parking… Il a dû être aidé, mais par qui ? Quelqu'un de l'intérieur ? Mais comment ?

Thémaire lui jetait de temps à autre un regard en biais. L'homme restait d'une impassibilité à toute épreuve, les yeux fixés sur l'écran. Il se dégageait de lui une aura de détermination presque effrayante.

Après un peu moins de deux heures de route, le Terrien bifurqua vers une forêt et arrêta la voiture dans une vaste grotte, à l'abri du vent et de la neige.

— Sortez, leur enjoignit-il.

Ils obtempérèrent en rechignant, peu enclins à quitter le confort chaud et moelleux du véhicule. Le froid, glacial, les transperça immédiatement jusqu'aux os. Bien qu'à l'abri des bourrasques meurtrières, la petite équipée n'en menait pas large. Ema en revanche dormait toujours, encore à couvert dans la voiture. Le Terrien se dirigea vers le fond de la caverne et bientôt, un ronflement de moteur se fit entendre.

— Une autre voiture ! Il y avait une autre voiture cachée dans la grotte ! chuchota Gilem, tapant Ulliel du coude. Tu imagines ? Il avait tout prévu ! Tout !

Le garçon était rouge d'excitation.

— C'est dingue… Ce type est mon héros.

24601 ouvrit le coffre de la deuxième voiture et en sortit quelques lourdes valises.

— Il y a des vêtements chauds ici, servez-vous. Il y a aussi à manger et à boire, dans la caisse.

Les quatre hommes se changèrent, revêtant avec plaisir des pulls épais et doux à la place de leurs vieilles tenues de prisonniers rêches, sales et infestées de vermine. Tout était trop grand pour Gilem et Thémaire, mais Ulliel sembla trouver son compte dans les affaires du Terrien.

— Et pour Ema ? demanda Gilem.

— Laisse-la dormir. On va la transporter dans la nouvelle voiture avec la couverture et lui mettre des chaussettes, mais pour le reste, on verra bien quand elle se réveillera, répondit le Terrien en refermant le coffre.

Ils avaient repris la route dans le nouveau véhicule tout-terrain, aux énormes roues faites pour les conditions extrêmes. Thémaire était maintenant inquiet… Le Terrien avait visiblement préparé son évasion dans les moindres détails. Mais avait-il prévu de s'encombrer d'autres détenus ? Pourquoi ne les avait-il pas déjà renvoyés ? Avait-il un plan pour eux ? Thémaire avait bien tenté de lui poser ces questions, mais 24601 refusait de répondre. Combien de temps comptait-il rouler ainsi ? Vers où ? Et combien de temps avant qu'il ne les abandonne quelque part ? Thémaire déglutit en baissant les yeux vers son bras droit. Avec son tatouage, il ne pouvait rien faire. Il allait être recherché, traqué… Les autres aussi. Cette évasion, c'était peut-être une mauvaise idée. Ils seraient retrouvés et abattus comme des chiens, c'était certain. D'un autre côté, au moins, il était libre… Il n'avait plus à descendre dans la mine, il avait chaud, il était repu. À la réflexion, le présent lui convenait trop pour s'en faire au sujet de l'avenir.

Peu à peu, Thémaire laissa la douce tiédeur de la voiture l'engourdir. Il se sentait bien. Il ne se souvenait même plus de la dernière fois où il s'était senti aussi bien. Ses yeux se firent lourds, son corps ensommeillé. À l'arrière, les deux garçons s'étaient endormis et le silence, sans leurs éternelles piailleries, s'avérait plus que bienvenu. L'évasion, la découverte macabre de Krovani, la libération de la jeune fille, la voiture, la neige… C'était beaucoup. Ils étaient tous épuisés. Thémaire ferma les yeux un instant, simplement pour les reposer, seulement quelques secondes.

Il se réveilla treize heures plus tard. Seul. La voiture était à l'arrêt, vide.

Thémaire tenta d'ouvrir la portière, sans succès. Elle était verrouillée. Dehors, il faisait nuit noire. Depuis combien de temps était-il seul ? La panique l'envahit d'un seul coup. Impossible de voir quoi que ce soit à travers la fenêtre. Il aperçut une couverture à ses pieds, qu'il avait probablement fait tomber en bougeant. Quelqu'un l'avait sans doute recouvert après qu'il se fut endormi.

Étrange… mais bon signe.

Il essayait encore d'ouvrir la portière quand soudain, un coup puissant retentit sur la carlingue. La lumière s'alluma brutalement à l'intérieur et le visage réjoui de Gilem apparut à la fenêtre.

— Temtem ! T'es enfin réveillé ! Waouh ! T'as dormi si longtemps, j'ai cru que t'étais mort. Ha, ha, ha ! Eh, ça peut arriver à ton âge, hein.

La portière arrière s'ouvrit à son tour et Ema grimpa dans l'habitacle, aidée d'Ulliel. Chaque mouvement lui arrachait des grimaces, mais elle restait très altière. Elle avait revêtu elle aussi des vêtements chauds, qui cachaient ses formes sans rien ôter à sa beauté naturelle. Ulliel monta à son tour et sourit en le voyant.

— Ah, tu es réveillé ! Désolé de t'avoir laissé tout seul, mais on est allés explorer les environs pour se dégourdir les jambes pendant que la voiture chargeait.

— Que… Mais comment ? Où… où sommes-nous ?

— À quelques kilomètres à l'est de Griül-Tôm, répondit le Terrien en s'asseyant au volant.

— On s'est arrêtés dans un tunnel pour ne pas se faire ensevelir sous la neige, ajouta Gilem en déposant une caisse dans le coffre. On a trouvé un poste de secours avec des vivres et tout, alors on a tout pris ! Y a plein de trucs utiles en plus, des batteries de secours pour la voiture, des lampes de poche, des couvertures… Mais waouh ! Il fait tellement froid ! Sérieux, on n'est restés que quelques minutes dehors et je ne sens déjà plus mes doigts.

Le garçon les remua devant ses yeux avec un sourire béat.

— Heureusement qu'on est au milieu d'un tunnel ! Tu savais que les Terriens y ont installé un genre de chauffage au sol, pour éviter que la route ne s'abîme à cause du gel ? Ils sont fous, ces gens…

Coupant court aux bavardages, le Terrien mit le moteur en marche et ils reprirent la route.

— Où on va ? demanda pour la cinquantième fois Gilem.

— Tu verras.

— Tu as un plan, hein ?

— Oui.

— Mais tu ne veux pas nous le dire ?

— Non.

— Pourquoi ?

— Parce que. Tais-toi, maintenant.

Ils roulèrent longtemps. Très longtemps. Parfois toute la journée, ne s'arrêtant que la nuit pour que 24601 dorme un peu à son tour. Gilem avait bien proposé de conduire, plusieurs fois même, mais le Terrien avait toujours refusé. Quant à Ema, depuis qu'elle s'était réveillée, elle était restée murée dans le silence, regardant obstinément par la fenêtre. Les deux garçons avaient tout tenté pour entrer en contact avec elle : questions, blagues, gestes… Sans succès.

Et puis, un jour, la neige cessa de tomber. Le grand-froid touchait à sa fin. Pour la première fois depuis leur départ de la prison, ils purent observer le paysage par la fenêtre de la voiture. Tout était encore fort blanc, mais l'on pouvait enfin discerner le ciel du sol. Ils devaient se trouver assez loin au sud, au vu du paysage. Les jours passant, la neige se mit à fondre. Au loin, de très grands arbres apparurent à l'horizon, de près d'une centaine de mètres en moyenne.

— Nous sommes presque arrivés, annonça alors le Terrien.

Thémaire se redressa aussitôt, dans un mélange d'intérêt et de panique. *Ça y est.*

À mesure qu'ils approchaient de l'immense forêt, le sol se faisait de plus en plus boueux et les arbres de plus en plus proches les uns des autres, jusqu'à ce qu'il ne soit plus possible d'avancer en voiture. Les arbres alentour étaient immenses, sombres et noueux. De-ci de-là, la lumière du soleil parvenait à percer l'épaisse canopée, éclairant les racines qui plongeaient dans une eau trouble et froide.

— Les marécages ? demanda Thémaire d'un air dubitatif.

24601 acquiesça.

— Oui. La présence terrienne la plus proche doit se situer à près d'un millier de kilomètres. C'est très sauvage, par ici… En plus, les marécages offrent une zone relativement peu affectée par le grand-froid, grâce aux gaz échappés des marais et à l'épaisse canopée. Ici, personne ne me retrouvera. Ne *nous* retrouvera, se reprit-il.

— Mmh… marmonna Thémaire en scrutant les environs, frissonnant dans la fraîcheur de l'air.

— Nous sommes en sécurité ici, assura le Terrien. Si vous restez dans le secteur et que vous vous faites discrets, la milice ne vous trouvera pas. Vous êtes donc libres de partir, si c'est ce que vous voulez.

Voilà. Ça y est. Nous y sommes.

Thémaire et les garçons se regardèrent. Ces derniers jours, ils étaient restés avec le Terrien sans trop se poser de questions, confortés dans l'idée de ne pas devoir prendre de décisions, que quelqu'un se chargeait de tout, savait quoi faire et où aller. L'idée de se retrouver livrés à eux-mêmes soudainement leur paraissait étrangement effrayante.

— Mais… Tu disais que t'avais un plan ? demanda Gilem d'une voix penaude.

— Oui, j'ai un plan. Et ça m'arrangerait bien qu'il vous intéresse, je préfère vous avoir sous les yeux que de risquer votre capture et votre inévitable interrogatoire à mon propos. Je ne donne pas cher de ma peau dans ce cas-là.

Interrogatoire terrien, par la milice sans doute. Ce qui équivaut très probablement à une séance de torture gratuite et sordide. Le Terrien n'a pas tort, je ne donne pas cher de notre endurance dans ces conditions…

— Mais… c'est quoi ? C'est quoi ton plan ?

— Eh bien…

24601 les regarda tour à tour, Gilem, Ulliel, Ema et Thémaire. Il sembla hésiter un peu, et se lança :

— Je compte relancer la Rébellion.

Les garçons, Thémaire et Ema le regardèrent d'un air dubitatif.

— J'ai beaucoup réfléchi durant le trajet, à vous en faire part ou non. Mais je pense que c'est une bonne chose. Après tout, vous n'avez rien à perdre. Et vous seriez utiles pour le recrutement.

Un silence accueillit ses propos.

Il a hésité à nous en parler ? Pourtant, il vient de dire qu'il n'aurait pas aimé nous voir partir… Donc… l'alternative…

Thémaire regarda le Terrien avec, pour la première fois, une réelle peur. Cette détermination qui se dégageait de lui, cette rage qui émanait de ses muscles tendus, ce regard dur… Oui, cet homme-là les aurait tous tués pour protéger son plan. Il en était convaincu. Le vieil homme se massa le visage avec nervosité. *Oui, mais relancer la Rébellion ?* Ce type était un dément.

— Ne voulez-vous pas libérer votre peuple du joug des Terriens ? De l'emprise du Premier délégué et de sa clique ? Ne voulez-vous pas retrouver votre fierté, votre liberté, votre autonomie ? Les taxes vous écrasent, les lois vous enferment, vous ne pouvez pas vous laisser faire plus longtemps. Il est temps de vous dresser contre eux. Temps de faire valoir *vos* droits. Qu'en dites-vous ? Voulez-vous rejoindre le mouvement ? Après tout, il s'agit de votre peuple. C'est *votre* problème, tout ça…

— Oh, oui ! Oui, moi, je veux ! Je veux faire partie de la Rébellion !

Le vieil homme leva les yeux au ciel. Gilem, comme on pouvait s'y attendre, était tout excité.

— Tu veux rester ? demanda 24601 d'une voix ferme. Je dois te prévenir, ça ne sera ni facile ni amusant. Tu vas devoir travailler, t'entraîner… Et ce sera sans doute dangereux.

— Je reste ! affirma le garçon avec un sourire, bombant le torse. Toi aussi, hein, Ulliel ?

Le jeune homme regarda le Terrien et son ami tour à tour, puis se massa le poignet, là où se trouvait son code.

— Oui, oui, d'accord. Je reste.

Ils ne se rendent pas compte qu'ils n'ont pas réellement le choix.

Mais les paroles du Terrien résonnaient encore dans sa tête. Thémaire repensa alors à ses années de prison, à combien il avait souffert à cause des Terriens et de leurs lois, à tout ce qui lui avait été arraché, et la flamme de rage qui avait brûlé dans ses tripes toutes ces années devint un véritable brasier.

— Moi aussi, lâcha-t-il avec une assurance qui l'étonna presque. Il n'y a rien d'autre pour nous ailleurs, de toute façon, ajouta-t-il pour faire bonne mesure.

Ils se retournèrent alors vers Ema.

— Et toi ? Tu restes ? Oui, hein, tu restes ? demanda Gilem avec cette même excitation de chiot.

La jeune fille le regarda sans sourire, puis tourna les yeux vers le marécage. Partout autour d'eux, une eau brunâtre clapotait doucement le long de bancs de terre plus ou moins solides. Il faisait froid, sombre et humide, et une odeur de vase envahissait tout. Elle planta ses yeux dans ceux de 24601 et hocha la tête, les sourcils froncés en une mine décidée.

— Très bien. Dans ce cas, suivez-moi.

Et il s'enfonça dans le marais. Ils marchèrent ainsi plusieurs heures dans la boue et le sable, jusqu'à atteindre une rivière plus claire. 24601 désigna alors l'îlot au centre de la rivière :

— C'est là. On nous attend.

Gilem fronça le nez.

— Qui ? Qui nous attend ?

— Tu verras.

CHAPITRE QUINZE
Elly – L'Hôtel

Quand Elly rouvrit les yeux, Terwÿn était penchée sur elle, un sourire goguenard éclairant son visage. De toute évidence, on l'avait transportée un peu à l'écart du terrain d'entraînement, sous un arbre. La jeune adolescente se redressa sur ses coudes.

— Qu'est-ce que…

Terwÿn se mit à rire, malgré l'expression désolée de son visage.

— Eh ben ! Il t'a pas ratée. Allez, relève-toi ! Courage !

Elle lui tendit la main pour l'aider à se remettre debout.

— T'inquiète, c'est pas facile au début. Mais ça va aller…

— Terwÿn !

Kyros marchait vers elles. Il n'avait pas l'air content.

— Elle est consciente ?

— Oui, elle vient de se réveiller, répondit la jeune femme.

La petite se redressa, malgré la douleur lancinante dans sa mâchoire, et chancela.

— Elle est suffisamment en forme pour revenir ?

— Non, j'pense pas. Elle doit être encore un peu sonnée, répondit Terwÿn en soutenant Elly par l'épaule. Mais si tu veux, je peux l'aider un peu, l'exercer ?

Il sembla réfléchir à la proposition.

— Un minimum, juste pour la mettre un peu au niveau, insista-t-elle.

— Bon, maugréa-t-il. Écoute, va l'entraîner au sac, hein ? Une heure, après tu reprends ton propre entraînement. Elle se débrouillera toute seule.

— D'accord.

Il grogna et repartit en direction du groupe.

Terwÿn prit Elly par le bras et la mena un peu plus loin, vers un arbre aux branches duquel pendaient plusieurs sacs de sable épais façonnés en silhouettes humaines. Elle retroussa ses manches, révélant une large cicatrice là où aurait dû se trouver son tatouage d'identification. Elly fronça les sourcils, et osa enfin poser la question qui lui brûlait les lèvres depuis quelque temps :

— Qu'est-ce que…

— Brûlure, répondit Terwÿn sans attendre la fin de la question. Pour détruire le tatouage. On l'a tous fait, ici. C'est une des conditions, au moment où l'on rejoint une hassïerra. Sinon, si l'on est arrêté, la milice pourrait retrouver nos amis, nos familles… C'est trop dangereux, tu comprends ? Avec toutes ces informations, ils seraient en mesure de faire chanter n'importe qui. Mais toi, tu n'en as pas, il paraît ? ajouta-t-elle après une petite pause.

Elly remonta sa propre manche.

— Non, murmura-t-elle. Jamais été tatouée…

La jeune femme émit un sifflement admiratif.

— Tu as de la chance. Ça fait vraiment mal, le coup de la brûlure. Enfin…

Elle se banda rapidement les mains de tissu et fit pareil avec celles d'Elly.

— Bon, regarde-moi bien, et après tu fais la même chose, OK ? dit Terwÿn en levant les poings, le regard vers Elly.

— OK.

Pourquoi elle m'aide ?

— Tu dois viser les zones sensibles. Ça ne sert à rien de donner des coups dans le torse au hasard. Vise la gorge, l'entrejambe, le nez, le plexus solaire, le bas-ventre, les reins, ce genre de choses, OK ?

Et elle se mit à frapper avec force et précision dans le sac.

— Tu vois ?

— Oui.

— Bon, à toi alors. Essaye !

Peu importe pourquoi elle t'aide. Rappelle-toi les mots du professeur : « Accepte la main tendue ! »

Elly se campa face au sac et monta les poings. Terwÿn corrigea un peu sa position, ses mains sur les hanches de la jeune fille. Ce contact fit frissonner Elly. Très concentrée, elle se lança. Le premier coup lui fit atrocement mal. Elle avait frappé de toutes ses forces, sans s'attendre à ce que le sac soit si dur, et la vibration était remontée jusqu'à ses dents. Les larmes lui vinrent aux yeux.

— Passe au-dessus de la douleur, l'encouragea Terwÿn. Continue !

Deuxième coup. Troisième. Et encore... Et encore...

Au bout d'une vingtaine de minutes, ses muscles la faisaient souffrir, ses poings étaient rouges et sanguinolents à travers le tissu, mais ses coups se faisaient déjà plus précis. Terwÿn entreprit alors de faire bouger le sac en se plaçant derrière.

— Ton ennemi ne va pas rester immobile, adapte-toi ! Essaye d'anticiper ses mouvements, bouge tes jambes ! C'est comme une danse, il faut être souple, toujours en mouvement. Comme ça, regarde...

Elle poussa le sac qui se mit à tourbillonner et elle entreprit de danser autour de lui, telle une gymnaste, féline, sensuelle et pourtant redoutablement précise dans ses coups. Le sac se balançait violemment à chaque choc et elle évitait ses retours en ondulant avec grâce. Elly l'observait avec un mélange d'admiration et de dépit. *Elle est incroyable… Je n'y arriverai jamais, moi.* Mais elle reprit l'exercice, encore et encore, des gouttes de sueur coulant le long de son front. Elle était fatiguée, elle avait mal partout, mais elle refusait de laisser tomber.

Si ! Je peux le faire. Je vais leur montrer, à tous !

L'envie de faire ses preuves lui donnait la rage.

J'y arriverai. J'y arriverai !

— Encore ! Plus vite ! Travaille ton jeu de jambes, tourne autour de ton adversaire ! Tu es comme moi, Elly : petite et mince, mais rapide. Utilise ça comme des atouts et non comme des faiblesses !

— J'essaye…

— Continue, OK ? Moi, je dois retourner avec les autres. Mais vas-y ! Donne tout !

Et Elly continua à s'entraîner avec une volonté presque désespérée.

À midi, il y eut une pause. Les hassaïn se dirigèrent en riant vers l'hôtel pour y déjeuner. Elly les suivit à distance, éreintée, rouge, en sueur. Elle était absolument affamée.

Dans la grande salle, tous s'assirent en groupes et Elly se sentit soudain totalement perdue. D'ordinaire, elle mangeait après eux, pas en même temps… Que faire, où s'asseoir ? À l'autre bout de la salle, Terwÿn lui fit signe de la rejoindre.

— Tu veux t'asseoir avec nous ? lui proposa-t-elle.

Le jeune homme à côté d'elle fronça les sourcils, visiblement pas très content, mais ne dit rien. Elly hocha la tête et rejoignit

Terwÿn qui se poussa un peu sur le banc pour que la petite puisse s'asseoir à ses côtés.

— Les gars, je vous présente Elly ! annonça-t-elle en passant son bras sur ses épaules. Elly, je te présente les copains ! Alors, Zvalec, là, c'est mon mec, dit-elle en pointant le jeune homme mécontent.

Il devait avoir une petite trentaine d'années, il était grand, avec un beau visage aux traits carrés, une barbe naissante et de sévères yeux vert pâle. Elly le salua du bout des lèvres, sans oser croiser son regard.

— On s'est rencontrés sur la route vers ici. Et eux, c'est Nikkov et Celethy, ils sont ensemble depuis super longtemps. Ils ont été envoyés ici à deux, ce qui est assez classe.

Plus petit que Zvalec, râblé, avec une masse de cheveux d'un blond éclatant, le garçon lui adressa un bref signe de tête. La jeune femme, plutôt mignonne avec ses yeux immenses et ses oreilles un peu décollées, fit de même. Elly leur adressa un sourire tordu.

— Et le grand, à côté de toi, c'est Tubio. Lui, il était venu à la base pour s'occuper des bêtes, il a un vrai talent pour ça. Mais Kyros a voulu l'entraîner au combat aussi, pour utiliser sa force.

Elly hocha rapidement la tête.

— Bon, les copains, déclara Terwÿn d'une voix forte en posant une main sur l'épaule de la jeune fille (qui sursauta à ce contact), Elly, c'est ma protégée maintenant, ordre de Kyros. Alors, soyez cool avec elle, hein ? Surtout toi ! ajouta-t-elle en donnant une petite tape à l'arrière du crâne de Zvalec, je te connais !

Il y eut un moment de flottement, durant lequel les camarades de Terwÿn l'observèrent, semblant réserver leur jugement. Puis ils se détournèrent et entreprirent de discuter entre eux.

— Merci, marmonna Elly, très rouge. Pour, euh… Pour ton aide, ce matin… Je…

— Tu n'as pas l'habitude, hein ? l'interrompit la jeune femme. Que quelqu'un soit sympa avec toi ?

Elly baissa la tête, comme si elle avait voulu disparaître dans le sol.

— Ce n'est pas grave, tu sais ! Tu as du mal à faire confiance aux autres, mais c'est normal, j'imagine. Alors, raconte un peu, si tu veux bien. D'où viens-tu ? Comment est-ce que tu t'es retrouvée ici ?

La question de Terwÿn attisa la curiosité des autres, et la petite se retrouva bien malgré elle au centre de l'attention.

— Je… Euh… Je suis tombée sur l'hôtel par hasard. Je cherchais un abri pour passer le grand-froid, murmura-t-elle.

— Ah…

Ressentant le malaise général, Celethy rompit le silence :

— Et euh… Ce premier entraînement ? Pas facile, hein ? Ça va, ta mâchoire ?

— Ah, oui, merci. Non, ce n'était pas facile, mais…

— Oeknan n'a vraiment pas été cool avec toi, compatit la jeune femme. Il est un peu…

— Un peu quoi, Cel ? siffla une voix par-dessus son épaule. *Lui !*

Tous se retournèrent vers le nouveau venu. Ses yeux lançaient des éclairs, il était visiblement hors de lui.

— UN PEU QUOI, CEL ? répéta-t-il un ton plus haut.

Nikkov se leva aussitôt.

— Ne lui parle pas sur ce ton.

Les deux hommes se firent face. Nikkov ne lui arrivait qu'aux épaules, mais la férocité de son regard et ses muscles saillants faisaient très certainement de lui un adversaire à sa taille.

— C'est une putain de corniaude de métisse, grogna Oeknan en désignant Elly. On ne peut pas faire confiance à ces choses-là ! Ce sont des traîtres, c'est dans leur nature ! Ces bâtards, ces sang-mêlé…

— Ta gueule, Oek ! l'interrompit Terwÿn. Sérieux, c'est quoi, ton problème ? Tu as peur d'elle ou quoi ?

Terwÿn passa un bras autour des épaules de sa protégée.

— Regarde-la, elle est toute petite, on dirait un muscarillon ! Fous-lui la paix. Tu crois qu'elle a choisi de naître comme ça ? Non. Tout comme t'as pas choisi de naître con et moche comme un cul. On a tous nos problèmes. Ne t'inquiète pas, Elly, ajouta-t-elle à l'oreille de la métisse tandis que Zvalec et Nikkov s'y prenaient à deux pour repousser un Oeknan fou de rage. Je suis là. Je m'occupe de toi. Allez, y a rien à voir ! cria-t-elle à tous ceux qui s'étaient tournés vers eux.

— Qu'est-ce qui se passe ici ? gronda soudain une voix grave.

Les trois hommes se séparèrent aussitôt. Le Chiffre venait vers eux, et il n'avait pas l'air ravi.

— Pas de bagarres dans nos rangs en dehors des entraînements !

Son regard glissa vers Elly et ses mâchoires se serrèrent.

— Séparez-vous, maugréa-t-il encore à destination des garçons avant de se détourner.

Et il se dirigea droit vers la table où étaient installés Fstöl et Kyros.

— Ce type me fout toujours les boules, murmura Nikkov en le regardant s'éloigner.

Les autres acquiescèrent en silence.

— Mais par les Créateurs, je le suivrai jusqu'au bout.

À nouveau, les autres hochèrent la tête avec ferveur. Elly les observait avec curiosité.

— Tu sais Elly, le Chiffre, c'est un type étrange, murmura Terwÿn, les yeux fixés sur lui. Personne ne l'a jamais vu sourire, il est toujours tellement sérieux, et dur. Mais… C'est notre leader. Un putain de leader, j'peux te le dire !

Ses amis approuvèrent avec enthousiasme, et la conversation continua sur d'autres sujets. Trente minutes plus tard, la cloche sonna et tous se levèrent. Par réflexe, Elly se mit à rassembler les assiettes.

— Elly, non, murmura Terwÿn en posant une main sur la sienne. Tu es une hassaï maintenant. Tu dois venir avec nous à l'entraînement de l'après-midi !

Et Elly la suivit, sous le regard courroucé d'Agmée. L'idée de fausser compagnie à la vaisselle lui arracha un petit sourire.

Quand le soir tomba enfin après cette première journée si éprouvante, Elly ne tenait plus qu'à peine sur ses jambes. Tout son corps faisait mal, mais peu lui importait. Elle avait tenu bon. Elle n'avait pas craqué.

Je suis une hassaï, maintenant !

CHAPITRE SEIZE
George et Liam – La métropole

L'enterrement eut lieu trois jours après l'effondrement de la tour. Il n'y avait pas de corps, mais la famille de Nora avait tenu à ce qu'il y ait quand même un cercueil. Ils étaient tous venus sur Illyr, ses parents, sa sœur, son frère avec son épouse, ses cousins et ses amis… Ils avaient rempli le cercueil de toutes sortes de petites choses qu'elle aimait : des fleurs, des photos, des peluches, et aussi des petits mots d'adieu. Entouré de tant de fleurs, il paraissait si petit. Blanc crème, fines poignées dorées, il était partiellement recouvert d'une épaisse couronne encadrant une photo en noir et blanc sur laquelle la jeune femme souriait de toutes ses dents.

Assis au premier rang, George se tenait très droit, les mâchoires crispées, le regard fixe. Dans ses mains, il serrait si fort le livret de chants que ses jointures en devenaient blanches. Les parents de Nora se tenaient la main, anéantis, sans parvenir à détourner le regard de la photo de leur fille. La salle se remplissait peu à peu de gens venus apporter leur soutien et leurs condoléances : amis, collègues, même quelques représentants de la Délégation. Théo, habillé pour l'occasion d'un petit pull noir au-dessus d'un short bleu marine, était resté dehors avec sa nounou, assis par terre, et il se balançait frénétiquement d'avant en arrière en criant. Les derniers jours n'avaient pas été faciles pour lui, l'absence de sa mère et la rupture de sa routine le perturbaient terriblement. George avait les yeux cernés, aussi bien de fatigue que de tristesse. Il était à bout. Son fils le rejetait plus que jamais, hurlait nuit et jour, non-stop, jetait ses jouets à terre, frappait quiconque se trouvait à sa portée. C'était infernal.

Soudain, une note triste s'éleva d'une harpe dans la pièce et Jasmine, la petite sœur de Nora, se leva avec grâce pour s'avancer vers le micro. Ses cheveux d'un roux éclatant tranchaient de façon impressionnante avec le noir de sa tenue. Elle esquissa un petit sourire tordu à destination de l'audience puis, fermant les yeux, commença à chanter. Les murmures cessèrent d'un coup tandis que sa voix emplissait la salle, résonnant avec une étrange beauté. Elle ne chantait pas particulièrement bien, mais le ton était juste, doux et triste, un peu lointain. Quand elle se tut, quelques femmes s'essuyèrent délicatement les yeux et un vieil homme au fond de la salle se moucha bruyamment. Puis Rupert, le père de Nora, se leva à son tour et s'approcha du micro. Sa fille lui passa un bras autour des épaules pour l'encourager.

— Nora, commença-t-il d'une voix brisée, était tout simplement merveilleuse. Une fille ravissante et gentille comme un cœur, une épouse, une mère…

Il renifla bruyamment et face à lui, sa femme sortit un mouchoir pour éponger les larmes qui baignaient ses joues. Elle n'avait pas eu le courage de monter avec son époux sur l'estrade.

— Une mère exemplaire, reprit Rupert. Elle nous a apporté tant de bonheur au fil des années.

Liam n'écoutait plus. À sa droite, sa petite sœur, Elizabeth, venue spécialement pour le soutenir, sanglotait en silence, sa main dans la sienne. À sa gauche, Flavia s'efforçait de regarder devant elle, bras croisés sur sa poitrine, visiblement mécontente. L'Italienne vivait très mal la cohabitation momentanée avec Elizabeth.

Tour à tour, les témoignages se succédèrent, tantôt doux, tantôt déchirants. George, qui avait souhaité passer le dernier pour clôturer la cérémonie, gardait les yeux clos. Quand ce fut son tour, il se leva avec raideur et rejoignit le micro.

— Nora… Tu m'as été arrachée, mon amour, et j'ai l'impression qu'avec toi, c'est mon cœur entier qui m'a été arraché. Je me sens tellement… vide, sans toi. Tellement seul.

Il baissa la tête un instant en silence.

— J'étais perdu, reprit-il d'une voix brisée, et tu m'as trouvé. Tu m'as réveillé. Tu as fait de moi l'homme meilleur en qui tu croyais, à qui je n'osais aspirer. Dans tes yeux, dans tes bras… dans ta confiance, j'ai grandi et j'ai changé. J'ai tant appris déjà de toi, de ta douceur, de ton intelligence, de ton esprit. Tu es la plus belle chose qui me soit arrivée. Tu es l'amour de ma vie. Tu *es* ma vie.

À ces mots, il éclata en sanglots. Dans la foule, l'émotion était palpable. Liam avait la gorge nouée, le cœur au bord des lèvres. C'étaient ses vœux de mariage que son ami répétait… Ahanant, le visage d'une pâleur extrême, la bouche tremblante, George se tourna vers la photo de son épouse.

— Je n'ai pas su te protéger, bredouilla-t-il entre ses larmes. Je n'ai pas su… Je suis désolé… Oh, je suis tellement, tellement désolé…

Liam se précipita vers lui alors qu'il s'effondrait sur le cercueil, et le soutint jusqu'à sa place, lui serrant fermement l'épaule.

À la fin de la cérémonie d'adieu, le cercueil fut sorti en musique. Non pas une musique triste, mais la mélodie sans paroles de la première danse du mariage. George avait insisté. C'était la chanson préférée de Nora. Une chanson si pleine de joie, si pleine de vie. Ils étaient six à porter le cercueil vide : George, bien sûr, le visage fermé, Liam, Rupert, Navid, le frère de Nora, ainsi que deux de ses amis d'enfance. Ils déposèrent le coffre de bois dans le corbillard parqué devant la porte puis attendirent que les gens sortent pour les saluer.

Liam réconfortait Adyn, la mère de Nora, pendant qu'elle serrait les mains de tous ceux venus lui présenter leurs condoléances. La pauvre femme avait la respiration saccadée, mais refusait de se laisser aller à pleurer. Malgré la douleur, elle restait digne, magnifique dans sa tenue noire. Son mari en revanche ne parvenait même pas à regarder les gens dans les yeux. Il avait épuisé ce qu'il lui restait de force dans son discours, et serrait à présent les mains en regardant le sol, détruit, acquiesçant de temps à autre par pure politesse. Jasmine était partie se cacher quelque part, sans doute blottie dans les bras d'une amie. Navid semblait être celui qui tenait le coup avec le plus de fermeté. Une main posée dans le dos de sa femme, il discutait avec les amis de la famille qu'il remerciait tous chaleureusement de leur présence et invitait à poursuivre la journée chez eux, où un petit dîner avait été prévu. Seuls ses yeux rougis trahissaient sa douleur. Thomas, quant à lui, très élégant dans son uniforme de cérémonie, s'était assis sur les marches de l'église, l'air absent. Depuis le jour où la tour XGD-News était tombée, il ne dormait plus. Les cauchemars le hantaient. Il en avait trop vu, trop d'horreurs, trop de cadavres, trop de larmes. Les cris, disait-il, surtout ceux de George, retentissaient toujours dans sa tête. La nuit passée, il avait sangloté comme un enfant dans les bras de Liam. Il avait travaillé comme un forcené avec ses collègues et les pompiers, mais il ne pouvait se pardonner de n'avoir pu sauver Nora. Et pourtant, il savait, il savait très bien que tous ceux qui se trouvaient dans les étages supérieurs n'avaient jamais eu aucune chance. Mais le remords est ainsi fait qu'il ne demande ni logique ni raison. Il est, tout simplement.

Un peu à l'écart de la foule, George semblait plongé en pleine conversation avec ce qui semblait être un haut gradé militaire. Les mains dans le dos, l'homme acquiesçait, sourcils froncés, à tout ce que George disait.

∴

Quelques jours après l'enterrement, la famille de Nora était repartie vers la Terre, emmenant Théo. C'était momentané, seulement pour quelques mois, le temps que George reprenne pied et que tout se calme dans la ville. Personne n'avait émis le moindre jugement. Théo et sa mère avaient entre eux ce lien si particulier que lui n'avait jamais su tisser, jamais su imiter. Depuis la mort de sa femme, le malheureux se sentait terrifié par la responsabilité d'élever un enfant qui ne voulait pas de lui. De toute façon, il serait plus tranquille avec ses grands-parents… Le calme et la sérénité des personnes âgées étaient apaisants, à en croire les médecins. Les enfants autistes sont des éponges à émotions, lui avait-on expliqué, et George en ce moment n'était plus que douleur, angoisse, culpabilité et désespoir. Il valait mieux, pour tout le monde, que Théo parte avec ses grands-parents, même si eux non plus n'étaient pas en grande forme. Seulement pour quelque temps. Afin de retomber sur ses pieds. C'était nécessaire…

Et puis, au vu de l'actualité, c'était plus sûr. Il serait à l'abri, sur Terre, à l'abri des monstres qui venaient de tuer sa maman et qu'on n'avait pas pu arrêter. Depuis l'effondrement de la tour, la question sur toutes les lèvres était la même : la Rébellion était-elle responsable de cette attaque ? N'était-elle donc pas morte, comme l'avait assuré à maintes reprises le Premier délégué ? Et si elle était bel et bien vivante et agressive, que prévoyait-elle encore ? Où frapperait-elle ensuite ? De quoi était-elle capable ?

Tout le monde craignait une nouvelle attaque de grande ampleur. Le calme serein, délusoire, s'était mué un peu partout en peur latente. La plus grande institution de presse, qui avait le monopole de l'audimat sur Illyr, venait littéralement de partir en fumée, et le manque d'information et de compréhension rendait les gens nerveux. La zone « sécurisée » ne l'était plus…

Tous les journalistes qui avaient survécu à ce qu'on n'appelait plus désormais que le « Tower Drop », l'effondrement de la tour, avaient rapidement retrouvé un emploi dans l'une de ces petites chaînes qui se développaient à toute vitesse. Quelques semaines plus tard, Du Poley annonça des arrestations massives en lien avec l'attaque. Si le Premier délégué avait énormément chuté dans les sondages dans les jours suivant l'explosion, le public semblait reprendre confiance en lui. Mais George n'était pas convaincu.

— Ce n'est plus possible, Liam. Je refuse de rester passif plus longtemps. Il est temps de prendre les choses en main.

— À quoi tu penses, exactement ?

George joua un instant avec son verre dans lequel flottaient encore quelques glaçons. Liam et lui étaient installés face à face dans le salon. Quand Liam était arrivé, il avait trouvé son ami dans un fauteuil, la bouteille de whisky posée sur ses dossiers. Il n'avait fait aucun commentaire. La maison était plongée dans le silence, tandis que dehors, la pluie martelait les vitres.

— George ? insista Liam.

— Il savait, lâcha son ami d'une voix tremblante de rage. Du Poley a menti, sur toute la ligne.

— Quoi ? Comment ça ?

— La Rébellion n'a jamais été éradiquée, au contraire ! Du Poley paniquait, alors il a payé XGD-News pour taire le moindre incident reporté dans les Terres d'Horizon. Il a payé pour faire taire les journalistes, tu te rends compte ? Nora se doutait de quelque chose, murmura-t-il. Toi aussi. Toi aussi tu savais ! Durant tes voyages, toi, tu l'avais remarqué, réalisa-t-il soudain.

Leurs conversations à ce sujet lui revenaient en mémoire, de même que celles, feutrées, de Nora au téléphone, ses grimaces quand il parlait de son soulagement que « tout ça » soit fini. Son article bombe, dont elle parlait tant… il l'avait retrouvé dans ses affaires. Un exposé terrifiant sur les mensonges et les dissimulations de la Délégation.

— Il savait tout. Y compris que la tour de XGD-News était visée. La sécurité avait reçu des menaces ! Tu te rends compte ? Ils savaient qu'elle était visée, et ils n'ont rien fait. Rien ! « Improbable, disaient-ils. Trop ambitieux, impensable, cela n'arrivera jamais. » Les imbéciles. Apparemment, cela fait des années que Du Poley cache des choses au public. Nora le savait, elle l'avait compris… Même toi, tu as essayé de le dire à l'époque, mais je… Je n'ai rien vu, je n'ai rien voulu voir.

C'est ma faute. Si je n'avais pas été aussi aveugle, aussi manipulable… un stupide, ignorant, imbécile mouton de Panurge !

Il secoua la tête, grimaçant pour retenir ses larmes.

— La Rébellion a toujours été bien plus active qu'on ne nous l'a laissé croire, même à l'intérieur de la Zone, reprit-il d'une voix dure. Mais ils ont préféré taire tout ça, pour ne pas inquiéter la population, pour ne pas refroidir les investisseurs, pour ne pas décourager le tourisme. Le *tourisme* ! Tu imagines ?

Sans attendre de réponse, George continua à invectiver la Délégation. Il était révolté, et il n'était pas le seul. Il avait parlé un peu, discrètement autour de lui de l'article de Nora. Et soudain, les langues s'étaient déliées, souvent presque avec soulagement. Nombreux étaient ceux dans le département de la Sûreté qui se demandaient si leur absence de communication, et d'action surtout, n'avait pas finalement fait plus de mal que de bien. Si la population avait été au courant, si les services de police avaient été mieux préparés, peut-être aurait-on pu éviter cette catastrophe...

Liam était atterré. Assis dans le canapé, les yeux dans le vide, il tentait d'absorber les révélations de George.

— C'est... c'est dingue, je...

— Je suis sérieux, Liam. Je n'en peux plus. Je suis fatigué. J'ai besoin de quelque chose, j'ai besoin d'un but, tu comprends ? J'ai l'impression que je vais exploser d'un moment à l'autre, je ne sais pas comment te l'expliquer autrement. Je suis en colère, tout le temps !

Sa voix se brisa. Liam voulut répondre, mais George reprit d'une voix passablement tendue :

— Je ne peux plus rester assis à attendre que quelqu'un dans cette foutue métropole prenne une décision intelligente. Ce sont tous des incapables, terrifiés à l'idée de prendre la moindre mesure d'envergure. Tous des menteurs, qui préfèrent protéger leurs investissements plutôt que leurs électeurs ! Avec une Délégation pareille, on va droit vers un nouvel attentat, je te le garantis.

George prit une grande inspiration et vida son verre d'une traite.

— Si on ne fait rien, ce sera seulement l'escalade. Il faut réagir, et maintenant ! Dans quelques mois, après le grand-froid, viendront les élections. Il faut quelqu'un qui n'aura pas peur de prendre des décisions difficiles. Quelqu'un qui ne craindra pas de se mouiller un peu.

— À quoi penses-tu ? demanda Liam, se doutant déjà de la réponse.

— Je pense, répondit lentement l'intéressé, je pense à poser ma candidature aux prochaines élections. Je crois… J'ai besoin de ça. Je vais mettre fin à tout ça, pour de bon, pour de vrai cette fois ! Je vais mater cette Rébellion, peu importe le prix. Ce sera ma rédemption, tu comprends ?

Liam ne savait que répondre. George ne paraissait pas lui-même, avec sa mâchoire tremblante et ses yeux exorbités. Et à la fois, il avait raison.

— Il *faut* que je le fasse, tu comprends ?

— Oui, bien sûr, bien sûr… Très bien. Si tu as besoin de quoi que ce soit, n'hésite pas. Je… je t'aiderai. Je te soutiendrai.

George lui accorda un bref sourire.

— Merci, merci. J'aurai en effet besoin de ton aide, pour la campagne.

Et dans les semaines qui suivirent, George s'enferma dans le travail. Il lui semblait que chaque seconde passée à ne rien faire lui brûlait le cœur au fer rouge. Le souvenir de sa femme flottait partout dans la ville, à chaque coin de rue où ils s'étaient embrassés, aux terrasses de chaque restaurant où ils avaient dîné, dans chaque parc où ils s'étaient promenés. Il regrettait même leurs disputes, les cris, les larmes… qui faisaient aussi partie de leur vie à deux. Mais le pire restait son propre appartement, dans lequel il percevait si fort encore sa présence qu'il lui arrivait de se retourner brusquement au moindre craquement, persuadé qu'elle était là. Et puis, parfois, il sentait son parfum flotter dans l'air et alors, l'espace de quelques minuscules secondes, il oubliait. Il oubliait tout et son cœur se gonflait de l'envie de lui parler, de la prendre dans ses bras, de l'embrasser. Elle semblait si proche… Chaque fois, le retour à la réalité n'en était que plus pénible. Alors George s'était mis à fuir son appartement et ses souvenirs. Il s'était plongé dans des dossiers, travaillait sans répit, vivant plus à l'Alliance que chez lui.

Et alors qu'il préparait sa campagne avec soin, s'entourant d'une équipe avisée et motivée, la vie avait repris son cours dans la métropole. La Délégation, toujours dans le déni, avait, pour rassurer la population inquiète, rapidement levé l'état d'alerte, déclarant que l'attaque de la tour avait été classée comme « acte isolé d'un individu perturbé » et qu'on ne recensait aucun signe qu'un incident d'une telle envergure puisse se reproduire. Il était également assuré que l'effondrement même de la tour n'avait été qu'une conséquence tragique, mais certainement non planifiée, de l'encastrement du dirigeable dans ses étages supérieurs. Les coupables n'avaient jamais imaginé un tel résultat, conséquence terrible et déplorable d'une faute de construction interne à la tour. Quelques mesures de sécurité supplémentaires avaient néanmoins été prises : on pouvait ainsi voir circuler dans la rue plusieurs soldats lourdement armés, en plus des nombreux policiers déployés un peu partout dans la métropole. Sur les lieux mêmes de l'attentat, où les barrières de police ployaient sous les fleurs et les bougies, des camions commençaient déjà à retirer les gravats. La vie retrouvait doucement son rythme. Comme toujours. Peu importe le drame qu'elle vous impose, peu importe à quel point vous vous sentez brisé, la vie continue, vous emportant dans son flot sans vous laisser le choix. On ne peut se soustraire au mouvement de la vie, il n'y a pas de pause dans ce jeu-là. Il faut continuer, toujours.

CHAPITRE DIX-SEPT
Thémaire – Les marécages

Quand ils arrivèrent enfin sur le rivage de l'îlot, trempés et transis de froid après la traversée à la nage, deux hommes attendaient les évadés sur la berge. Deux Terriens, bras croisés sur la poitrine, visage fermé. Ils paraissaient plutôt nerveux. Gilem sursauta en les voyant, mais « leur » Terrien semblait parfaitement calme.

— Attendez ici un instant, ordonna-t-il. Le temps de leur expliquer qui vous êtes.

Et il s'avança vers ses deux compatriotes. Restés tremblants au bord de l'eau, les autres l'observèrent les pointer du doigt et expliquer tout un tas de choses. Finalement, quelques minutes plus tard, il leur fit signe de les rejoindre.

— Bon, voilà. Thémaire, Gilem, Ulliel, Ema… Je vous présente Fenrir et Kurjak.

Les deux hommes hochèrent la tête en guise de salutation.

— Ce sont des noms de code, ajouta leur guide.

— Des noms de code ? Pourquoi ?

— Pour le projet, pour leur sécurité.

Gilem se tourna vers Ulliel avec un regard et un sourire surexcités.

— Des noms de code, répéta-t-il dans un murmure. C'est trop cool !

— Suivez-nous, on va rejoindre le camp, se réchauffer un peu. Et puis, nous avons beaucoup à discuter.

Le camp en question n'était qu'un simple espace dégagé au milieu d'un large bosquet, entourant un feu de fortune et quelques tentes. Pourtant, après le périple qu'ils venaient de faire, tous trouvèrent l'endroit assez accueillant. 24601 et ses deux acolytes s'assirent autour du feu et invitèrent les autres à faire de même. Fenrir était un petit homme sec et fin, au visage allongé et au nez proéminent. Ses yeux allaient et venaient partout et sur tous, comme s'il analysait et photographiait mentalement chaque détail. Kurjak quant à lui était aussi grand que 24601, si ce n'était plus. La mâchoire carrée, les sourcils broussailleux et le crâne rasé, il était un peu effrayant. Gilem veilla à s'asseoir entre lui et Ema, juste pour être sûr. Une tension palpable flottait dans l'air, une expectative un peu angoissée. Dans le silence de la nuit tombante, seul le grésillement du feu se faisait entendre, hormis les bruits de la nature. Quelques cris d'animaux au loin, quelques crissements de feuilles ou craquements de branches… Gilem ne cessait de sursauter, pour le plus grand plaisir de Thémaire qui ne se privait pas de le regarder avec mépris. Quand tous furent un peu réchauffés et requinqués par le poisson et quelques légumes grillés offerts par les deux Terriens qui les avaient accueillis, 24601 prit la parole :

— Bien.

Il prit une grande inspiration et la relâcha dans un profond soupir.

— Il était prévu que je retrouve ici Kurjak et Fenrir pour les dernières mises au point et préparations. Il va sans dire que vous avoir ici, avec nous, n'avait pas été planifié. Venir avec mes compagnons de cellule était une possibilité qu'on avait toujours envisagée, c'est vrai, mais…

Thémaire jeta un regard vers la misérable petite bande qu'ils formaient à eux quatre face aux Terriens : un vieillard, deux gamins maigrichons et une jeune femme réfractaire. Pas exactement le rêve d'un combattant rebelle…

24601 continua :

— Mais peu importe. Puisque vous êtes ici… Je pense qu'il est évident pour tout le monde que le Premier délégué est un homme à abattre. Ses idées sont dangereuses, il est en train de détruire l'équilibre de l'Installation.

Thémaire ne tenta pas de réprimer un petit son de gorge moqueur. *« En train de »* ? *Cela fait bien longtemps que l'équilibre est rompu.*

— Il faut nous unir contre lui, pour le peuple illyrien, continua le Terrien en l'ignorant.

Gilem fronça les sourcils.

— Nous unir… nous sept ? Contre les Terriens ? Contre… vous ?

Thémaire regarda 24601, sourcils haussés. Il s'était fait la même réflexion. Mais ce fut Kurjak qui répondit en roulant des yeux.

— Il faut un début à tout, gamin ! Sois simplement heureux de faire partie des fondateurs du mouvement. Tout ça parce que tu partageais une cellule avec…

24601 l'interrompit d'un geste.

— Ils me connaissent en tant que 24601, alors restons-en là. Ils n'ont pas à connaître mon identité, tout comme ils n'ont pas à connaître la vôtre.

Kurjak hocha la tête en guise d'assentiment.

— Très bien. Alors, oui, Gilem, ceci n'est en effet que le début. Et oui, nous sommes conscients de vouloir nous battre contre notre propre camp, d'une certaine façon. Mais quand on ne reconnaît plus son camp, qu'on n'adhère plus à ses valeurs, à ses idéaux, est-ce toujours vraiment *son* camp ?

Gilem grimaça, perturbé par l'interrogation.

— Disons qu'au travers de certaines expériences personnelles, j'ai remis en question le bien-fondé des intentions de notre Premier. Et la remise en question est devenue un désaccord profond, un total rejet de tout ce qu'il représente. C'est pourquoi je veux relancer la Rébellion… Rallier ses ennemis, créer un adversaire à la mesure de la menace. Mais je ne veux pas d'une Rébellion telle qu'on l'a connue jusqu'à aujourd'hui, disparate, idiote, désorganisée. Non, je parle d'une « néo-Rébellion », dirions-nous, bien plus organisée, bien plus efficace, plus résistante et forte.

Les Illyriens face à lui le regardaient avec incertitude.

Un peu paternaliste, comme approche. Voilà le bon Terrien qui va aider les malheureux Illyriens idiots à se structurer contre le grand méchant Terrien…

Thémaire n'aimait pas trop cela, mais il fallait admettre que 24601 n'avait pas tout à fait tort. À l'époque, lui-même avait refusé de soutenir les actions des rebelles, qu'il jugeait gratuitement violentes et pauvrement ciblées. Elles n'avaient d'ailleurs mené qu'à un durcissement des lois et pour finir, à sa propre arrestation et son emprisonnement.

— Voilà comment nous allons nous y prendre, continua 24601. Tout d'abord, il est indispensable d'obtenir l'appui de la population. Le problème, c'est que la Délégation est derrière la majorité des médias illyriens. Elle les contrôle, elle filtre et choisit l'information qu'elle souhaite transmettre. Cela jouera évidemment à notre désavantage. Nous serons dépeints comme des terroristes, on parlera d'un terrible retour des jours sombres de la première Rébellion.

— Nous devrons donc concevoir une contre-propagande efficace, poursuivit Fenrir. Nous savons déjà que les mesures prises par le Premier délégué sont largement impopulaires au sein de la population illyrienne. Le rehaussement des murs d'enceinte des quarrés, les restrictions d'accès au travail au sein de la Zone, la hausse des taxes... Seulement, tout le monde n'a pas le courage – ou l'envie, le temps, ou tout simplement les capacités – de s'engager dans l'action.

— Exact. Et s'engager, amener à s'engager sera précisément notre rôle, reprit le Terrien. Nous serons la voix, le bras armé de tous ceux qui se sentent floués par le système. Certains joindront nos rangs. D'autres pourront nous aider différemment, avec des vivres ou du matériel, éventuellement un hébergement, un transport, des soins aux blessés. L'important consiste à les mettre de notre côté. Sans cela, notre initiative est vouée à l'échec avant même de commencer.

— Il faut aussi se préparer à rencontrer de la résistance, même parmi les Illyriens, ajouta Kurjak d'une voix grave. Ceux qui auront peur, ceux pour qui le commerce avec les Terriens est vital. Ceux-là risquent, pour se protéger eux-mêmes ou protéger leur famille, de se retourner contre nous. Un fait dont il faudra toujours rester conscients !

Thémaire hocha la tête avec sérieux. *Il n'a pas tort... Certains profitent de la situation actuelle.* Il avait lui-même connu beaucoup de sympathisants à l'époque de sa liberté, adhérant à la culture terrienne, se complaisant dans un nouveau confort offert par une position de pouvoir qui les rendait bourreaux de leurs propres compatriotes. *Ceux-là risquent d'être particulièrement dangereux... Des traîtres. Des yhoutãe.*

— La deuxième phase du projet est évidemment celle de l'action, continua 24601. Nous commencerons par les petites triobes occupées des Terres d'Horizon en visant leurs comptoirs, et nous remonterons peu à peu vers la Zone. Cela constituera notre base arrière, vitale pour notre entreprise. Nous devons assurer une montée en puissance de notre groupement, pour nous constituer en véritables adversaires. Il nous faudra recruter, de plus en plus… Et quand nous aurons acquis une ampleur et une puissance suffisantes, nous marcherons vers la métropole. La troisième phase… C'est là que tout se jouera.

24601 regarda son auditoire. Gilem et Ulliel semblaient terrifiés. Ema, assise un peu à l'écart, respirait à petits coups, les joues très rouges.

— Alors voilà… Maintenant, la question est celle-ci : êtes-vous toujours avec nous ?

Subrepticement, Kurjak posa la main à sa hanche. Thémaire devina qu'il y cachait une arme. *On est avec eux, ou bien morts… Si on refuse, on y passe.*

Les deux garçons se tournèrent vers lui, cherchant visiblement son avis. Eux n'avaient rien remarqué, bien entendu. *Mourir ici en lâche ou tenter de vivre en rebelle, mon choix est fait.*

— Je suis partant, déclara le vieil homme en plongeant son regard dans celui de 24601.

Mais je serais curieux de savoir ce que tu peux bien attendre d'un vieillard comme moi.

— Magnifique.

Fenrir, Kurjak et 24601 se tournèrent ensuite vers les trois jeunes gens. Ulliel hocha la tête, un peu trop sous le choc ou incertain pour prononcer un mot. Gilem déclara qu'il était partant lui aussi, d'une voix quelque peu étranglée. Et Ema, pour sa part, hocha vigoureusement la tête, la mine féroce.

24601 se leva :

— Parfait. Une dernière chose. Maintenant que vous êtes hors la loi, vous devez préserver votre identité.

— On va avoir des noms de code, nous aussi ? demanda aussitôt Gilem avec excitation.

Le Terrien fronça les sourcils.

— Hum… Si tu veux, bien sûr. Mais ce n'est pas ce que je voulais dire.

Il tira du feu une grosse lame rougeoyante.

— Vos tatouages… Si la milice vous arrête, elle saura tout de vous. Famille, amis, ville d'origine. Des informations qu'ils utiliseront contre vous. Il ne faut leur laisser aucune chance, aucune arme. Vous devez devenir des fantômes. Des inconnus. Des pages blanches…

Et pour montrer l'exemple, il apposa sur son bras la lame brûlante, recouvrant ainsi son numéro de prisonnier dans un grésillement de chair brûlée, puis fit de même avec son code-barres tout neuf, qui datait probablement de son entrée à la PDI-4.

Gilem et Ulliel échangèrent un regard horrifié.

— À qui le tour ? demanda le Terrien.

Ulliel, prenant une grande inspiration, tendit son bras en fermant les yeux. Le Terrien brûla son tatouage et son numéro, tandis que le garçon peinait à étouffer des grognements de douleur. Gilem passa ensuite, sans pouvoir réprimer un glapissement aigu. Gêné, il tourna immédiatement la tête vers Ema, mais la jeune femme ne le regardait pas, les yeux fixés sur les flammes dansantes du feu. Thémaire laissa échapper une flopée de jurons quand la lame lui dévora la peau. Quand tous les trois furent retournés s'asseoir, la chair à vif et les larmes aux yeux, le Terrien se tourna vers Ema.

— À toi.

Gilem se releva d'un bond, un bras devant la jeune femme pour la protéger.

— Elle aussi ?

Ema, lèvres pincées, le repoussa et tendit son poignet au Terrien avec morgue. Elle n'émit pas le moindre son quand la lame rougeoyante brûla sa peau. Ses lèvres tremblèrent à peine : même 24601 en fut surpris.

Cette gamine a la rage aux tripes…

Le Terrien leur tendit ensuite une pommade à frotter sur leurs brûlures, pour éviter l'infection.

— Bon, dit-il alors que tous retrouvaient peu à peu leurs moyens. Nous allons devoir rester ici pendant quelques semaines, le temps que les contrôles et les recherches sûrement mis en place après notre évasion se calment. Pendant ce temps, Fenrir, Kurjak et moi allons beaucoup devoir travailler. Mais nous allons en profiter pour vous apprendre tout le nécessaire, et faire de vous de véritables combattants. Et quand ils repartiront, j'aimerais que Gilem et toi, Ulliel, vous alliez avec eux. Ema et Thémaire, vous resterez avec moi.

— Quoi ? Pourquoi on ne peut pas rester ensemble ? s'exclamèrent les deux garçons en même temps.

— Nous ne représentons que les prémices de la renaissance de la Rébellion. À sept, nous n'irons pas très loin. Il nous faudra recruter, et en masse. Alors… divisons-nous pour mieux régner. Je compte sur vous pour apporter votre aide à vos mentors. Après tout, les Illyriens seront certainement plus en confiance avec d'autres Illyriens qu'avec des Terriens. Et Fenrir et Kurjak savent où aller. Nous ne resterons pas ici. Nous ouvrirons chacun un nouveau camp de recrutement et d'entraînement, à différents coins de la carte. De vrais camps, bien plus imposants que celui-ci. C'est là que sera formée la Rébellion. Là que tout débutera…

∴

Sa bibliothèque est vide. Vide. Tous ses précieux ouvrages ont été emportés et son cœur est brisé. Il entend encore les pages se déchirer, le rire des miliciens.

— Maître ?

Thémaire tourne la tête vers la porte. Son élève est sorti de la cave. Il est livide.

— J'ai hésité à remonter, je pensais qu'il valait mieux que… Vos livres !

Le jeune homme entre dans la pièce avec une mine horrifiée.

— Ils ont pris tous vos livres !

Un bruit de verre cassé retentit dans une pièce à côté. Le garçon jette un regard à son vieux maître et se rue dans le couloir.

— Non !

Mais c'est trop tard. L'apprenti fonce sur le milicien moustachu qui porte la caisse et le fait tomber à terre.

— Arrêtez ! Vous n'avez pas le droit !

Il assène un coup de poing en plein dans le ventre du soldat. Jamais auparavant il n'avait frappé quelqu'un, cela se voit sur son visage, il est tout surpris de son geste. Il veut le frapper encore, mais il retient son coup, une seconde d'hésitation, parce qu'il a peur. Le milicien en profite pour reprendre le dessus. En deux temps, trois mouvements, le garçon se retrouve à genoux face au moustachu qui pointe son arme sur sa nuque.

— Tu n'aurais pas dû faire ça, petit. Tu sais ce qu'on réserve aux aliens qui font montre de violence envers les Terriens !

Il grimace sous l'insulte. Il tente de se dégager, mais le milicien lui tient le bras solidement dans le dos.

— *Ttt, ttt, ttt*, n'essaye pas. Allez, dehors.

Il fait avancer le jeune homme vers la porte.

— Non, arrêtez ! crie Thémaire. Laissez-le, il est jeune, il ne sait pas ce qu'il fait !

Le milicien se retourne et le regarde avec un rictus dédaigneux.

— Les ordres sont les ordres, le vieux. La violence a toujours été réprimée. Et aujourd'hui ne sera pas une exception.

Il attrape le jeune Illyrien par le bras et le traîne dehors. Thémaire les suit, suppliant, ses mains toujours menottées devant lui, fermement retenu par le jeune milicien. Son apprenti remue dans tous les sens, tentant vainement de se libérer de l'emprise du soldat. Il panique. Il vient seulement de comprendre.

— Non ! NON ! Pitié ! Je suis désolé ! Ça ne se reproduira plus, je le jure ! JE LE JURE !

Le malheureux pleure à chaudes larmes. Il gémit.

— Non, non… S'il vous plaît…

Le milicien le force à s'agenouiller sur le sol. Une tache sombre s'étend sur le pantalon du garçon, entre ses jambes. Il pleure, la respiration saccadée de terreur. Le milicien sourit sous sa moustache et sort son arme.

— NOOOON !

Thémaire avait hurlé.

— Quoi ? Quoi ? Qu'est-ce qui se passe ? Qui est là ? sursauta Gilem encore à moitié endormi.

Mortifié, Thémaire s'aperçut que tout le camp, réveillé par son cri, l'observait avec curiosité.

— Rien, rien. Retournez donc dormir ! Rien à voir ici, grommela-t-il encore dans sa barbe.

Il se recoucha en maugréant, mais n'osa plus fermer les yeux. En se retournant, il croisa le regard brillant d'Ema, qui l'observait dans la nuit.

CHAPITRE DIX-HUIT
George et Liam – La métropole

— Mesdames et messieurs, bonsoir. Si je me présente aujourd'hui devant vous, c'est parce que je me suis donné une mission. Une mission de vérité, de transparence et de protection.

La foule, rassemblée dans la grande salle de conférences, le regardait avec un intérêt mitigé. Cela faisait dix jours que le grand-froid était passé, les températures remontaient doucement et les camions déblayeurs de neige s'activaient encore un peu partout dans la métropole.

Pendant ces deux longues semaines de pause imposée, George et Liam avaient travaillé d'arrache-pied, non seulement pour la campagne de George, mais aussi sur l'article de Nora. Les révélations qu'il contenait, explosives, scandaleuses, allaient choquer tout un chacun, c'était certain. Leur but était de tout révéler durant le discours, pour ensuite publier l'article et le diffuser à tout-va. Tout le monde en parlerait. La carrière de Du Poley serait finie, et celle de George lancée. Du moins, tel était le plan…

Tous les journalistes étaient présents, ainsi que plusieurs membres de la Délégation, quelques ambassadeurs, notamment celui de l'AMRIS qui s'attirait beaucoup de regards. Quelques haut gradés de l'AIN, l'archevêque de Lloydsville, Mgr Tilot, entouré de quelques autres ecclésiastiques inconnus au bataillon, ainsi qu'une dizaine de grands noms de l'industrie, des affaires et du développement immobilier. Plus surprenant, quelques célébrités du show-business accompagnées de leurs gardes du corps, comme la jeune Lila VonSeiz, propulsée récemment au rang de star intermondiale après le succès retentissant de son film *Tous les dangers*. Jeune, talentueuse, extraordinairement belle, elle aussi attirait beaucoup d'attention, tant des journalistes que des autres spectateurs présents. Toutefois, visiblement briefée sur l'importance du moment, la jeune femme affichait une expression affligée et sérieuse, les mains sagement croisées sur ses genoux, attendant le début du discours.

C'était ce soir que tout se jouait.

George, impeccable dans son costume sur mesure, faisait face à son public, debout sur l'estrade, la mine grave. Chacun de ses mots était retransmis en direct sur tous les sites et toutes les chaînes politiques terriennes d'Illyr. Malgré le stress, le jeune homme parlait d'une voix grave et forte, prenant son temps, pour bien marquer les esprits. C'était Liam qui lui avait conseillé de passer après tous les autres, pour que ses mots soient les derniers à résonner. Mais l'audience était fatiguée, plus prompte à se laisser distraire. George devait donc capter l'attention de son public au plus vite, et la garder. Il prit donc une grande inspiration, et continua avec fermeté :

— Illyr est une planète magnifique. Depuis l'installation, nous y vivons avec plaisir, aisance et volupté. Hélas, depuis quelques années, les choses ont changé. Certains, parmi les Illyriens, ont décidé qu'ils n'étaient plus satisfaits de notre coexistence, de notre cohabitation ici. Et qu'ont-ils fait, au lieu de communiquer leurs doléances ? Ils nous ont lâchement et violemment attaqués.

Un murmure de la salle, attristé mais las, lui répondit. George n'était pas le seul candidat à avoir axé son discours sur l'attaque de XGD-News.

— Vous pensez au Tower Drop, n'est-ce pas ? Notre ville se remet peu à peu de ce drame, mais ses rues sentent encore la suie et le sang. Nous avons subi une perte terrible ! Terrible…

Il se tut un instant, les yeux baissés. Ce geste de profonde affliction, si sincère, émut ses spectateurs. Savaient-ils, pour son épouse ? Rien n'était moins sûr, mais son deuil était partagé quoi qu'il en soit.

— Mais je ne parle pas *seulement* du Tower Drop, reprit George d'une voix forte. Cela fait des années que la rébellion illyrienne tente de déstabiliser l'équilibre établi par des attaques contre nous. Des années que ces attaques vous ont, nous ont tous, été cachées !

Liam observa les réactions ; comme il s'y attendait, les journalistes se redressèrent soudain, tendant leurs micros plus résolument en direction de l'orateur.

Bingo.

— Pourquoi n'en saviez-vous rien ? Parce que la délégation Du Poley a tout fait pour vous faire croire que c'était fini. Et il n'a pas été difficile de les cacher, ces attaques, de les déguiser en accidents, tout simplement parce que tout ça se passait dans les Terres d'Horizon, loin, très loin d'ici. Le désintérêt classique pour ce qui ne nous touche pas directement a servi les intérêts de Du Poley. Mais la population des comptoirs, ces braves hommes et femmes qui vivent et travaillent là-bas, loin, *pour nous*, sont les nôtres ! Nos concitoyens ! Et ils méritent le respect, et la sécurité !

Il marqua son courroux d'un coup de poing sur sa tribune. La foule répondit d'une manière très positive, tous applaudissant avec ferveur, oubliant que George parlait d'eux, qui n'avaient jusqu'alors porté aucun intérêt à ladite population des comptoirs.

— La gravité de la situation a été expressément minimisée, si pas totalement niée par la Délégation. La presse a été muselée de manière scandaleuse. Une pression folle a été exercée sur les commerces et les restaurants, menant à la fermeture de la quasi-totalité des établissements neutres ou de catégorie I. De même, une complexification extrême et intentionnelle des lois sur l'embauche d'Illyriens a poussé la plupart des employeurs à préférer des travailleurs terriens. L'augmentation des taxes a de son côté encouragé un grand nombre d'Illyriens à quitter la Zone. Voilà la politique de Du Poley, mesdames et messieurs, face à la menace rebelle : des demi-mesures pour maintenir les apparences.

Il se tut, prenant l'effet de sa déclaration. Comme Liam et lui l'avaient prévu, les regards levés vers George étaient emplis d'indignation.

— Glisser la poussière sous le tapis, voilà ce qu'il a fait pendant des années en vous vendant le rêve de la sécurité. Vous comprenez, il ne fallait pas effrayer la population « pour rien ». Il ne fallait pas risquer la panique… Ou le retrait des investisseurs !

Un murmure scandalisé répondit à cette accusation à peine déguisée.

— Oui, les investisseurs ! L'économie. *Le tourisme !* Voilà l'autel sur lequel ont été sacrifiés les nôtres.

Les flashs des journalistes crépitèrent. Une excitation palpable se répandait parmi eux, le candidat venait de lancer une bombe.

— Et pourtant… reprit George d'une voix grave. L'explosion au sein de l'académie de police en décembre dernier a fait douze morts. Le terrible incendie de février, qui a ravagé les locaux du comptoir de Sissil-Meun, en a fait plus de trente. Un enfant se trouvait parmi eux. Mars, en Bovête : vingt-huit morts, huit en Besfalie au même moment. Mai, le déraillement de train reliant la côte à la métropole : quatre morts et de très nombreux blessés.

Ce n'était *pas* un accident. Et puis, onze morts de plus dans le comptoir Victor III. Et enfin, ici même. La tour XGD-News. Plus de trois cents morts. En plein cœur de la métropole. Ça y est. C'est chez nous, c'est violent, brutal, meurtrier, suffisamment énorme pour que plus personne ne puisse fermer les yeux. On ne peut plus minimiser, on ne peut plus cacher. Est-ce enfin le moment de réagir ?

George haussa le ton pour couvrir le brouhaha naissant :

— Est-ce enfin le temps de prendre des mesures concrètes contre ces terroristes illyriens ? Car voilà bien ce que sont ces gens : des terroristes. Leurs attaques sont des attaques *terroristes*. Des *attentats*. Osons poser le mot sur la chose, cessons enfin de nier l'évidence par simple peur de ce qu'elle implique. Non, ce ne sont pas des « actes rebelles isolés en province ». Non, ce ne sont pas des « incidents déplorables ». Il s'agit de massacres commis par des extrémistes, des massacres qui ont été planifiés et perpétrés dans le but de blesser, de *tuer* les nôtres !

Son poing s'était à nouveau abattu avec force sur le pupitre. Depuis l'estrade, George observa l'assemblée, les visages levés vers lui. Tout le monde le regardait. Il avait leur totale attention.

— Il est temps de faire face. Il est temps d'agir. Le temps, aujourd'hui, n'est plus au politiquement correct. Ces terroristes illyriens qui font sauter nos ponts, qui minent nos routes, sabotent nos trains, mettent le feu à nos maisons, détournent nos dirigeables et font s'effondrer nos tours… Ces terroristes seront débusqués, arrêtés et jugés ! Et notre combat contre la terreur ne prendra fin que lorsque chaque cellule terroriste aura été démantelée et vaincue. Alors, la paix reviendra. Cela est une promesse !

Et la foule se dressa comme un seul homme pour l'ovationner.

La presse fut dithyrambique. Les journalistes surexcités s'étaient empressés d'effectuer des recherches sur tous les événements mentionnés par George, déterrant les détails les plus sordides de chaque incident. George et Liam firent ensuite paraître l'article de Nora sur toutes les plates-formes possibles. L'inaction de Du Poley face aux actes des rebelles et pire, ses efforts pour en dissimuler l'existence choquèrent au plus haut point, et un procès de grande ampleur médiatique s'annonça… La population d'Illyr, Terriens et Illyriens confondus, ne parlait plus que de George Sanders, le nouvel arrivant dans le jeu politique, le seul qui avait eu le courage et l'audace de dénoncer Du Poley, de placer les vies et la sécurité avant l'économie et le tourisme.

Grand, plutôt bel homme, le visage sérieux et les propos durs mais justes ; il n'en fallait pas plus pour qu'il devienne la coqueluche des médias. Rapidement, son nom fut partout, toujours accompagné d'une photo. La population d'Illyr se prit de passion pour lui, venu de nulle part et prenant le monde politique d'assaut. Son avance dans les sondages croissait de jour en jour. George n'hésitait pas à marteler des vérités que d'autres tentaient de taire, il osait mettre le doigt pile sur le nœud des problèmes, là où ça faisait mal. Liam et lui passaient de plus en plus de temps ensemble à échafauder les plans de ses discours et visites à venir, Liam finançant la majeure partie des événements, malgré les récalcitrances de son ami. Et peu à peu, le jeune veuf parut remonter la pente.

George inspirait la confiance, captivant son auditoire à chaque harangue. Toujours parfaitement au fait de l'actualité, il connaissait chaque chiffre, chaque date, chaque statistique. Et quand quelques semaines avant les élections parut dans la presse un long article détaillant les circonstances de la mort de son épouse, la population, terriblement émue par la tragédie personnelle qui avait touché leur politique préféré, ne l'en aima que davantage. Personne ne savait qui avait laissé fuiter l'information, mais sa popularité grimpa en flèche. George fut élu avec près de soixante-deux pour cent des voix, un véritable raz-de-marée sur le champ politique.

Le soir même, Liam appela sa petite sœur.

— Allô, Zab ?

Un hurlement aigu lui répondit.

— ENFIIIN, tu m'appelles ! Tu m'as trop manqué, quoi ! Tu sais que ça fait presque un mois ? Mets-moi en vidéo, je veux te voir !

Liam enclencha la fonction « Visio » de son SI et le visage réjoui d'Elizabeth apparut, projeté contre le mur. Elle était une jeune femme à présent, aux yeux maquillés et aux mèches colorées de rouge.

— Ah ! Tu as de la barbe, maintenant ? Eek, ça te va pas !

— Et toi alors, c'est quoi, ces cheveux ?

— T'aimes pas ? demanda-t-elle avec une petite moue en attrapant une mèche écarlate.

Il sourit.

— Si, c'est… cool. C'est très cool. Mais dis, je t'appelle pour te mettre au courant avant que ce ne soit partout aux nouvelles : George a gagné ! Ça y est ! Il est officiellement le nouveau Premier délégué d'Illyr.

— Non ? Waouh, c'est trop cool ! Tu le féliciteras de ma part, OK ?

— Bien sûr ! Mais écoute, c'est justement à propos de ça que je t'appelle.

— Ah bon ?

— Oui, alors, euh… voilà. Il m'a proposé un job.

— George ? Un job, à toi ? Mais tu n'as jamais travaillé de ta vie !

— Mais je t'emmerde ! J'ai vachement aidé pour sa campagne, tu sais.

— Ouais, t'as financé, quoi.

— Pas que ! J'ai organisé pas mal de trucs, tu sais, on a passé des heures à travailler ensemble, à retravailler ses discours, à… Enfin, peu importe. Il voudrait que je sois son conseiller, son bras droit.

— Mais c'est génial ! Tu as dit oui ?

— Pas encore.

— Pourquoi ? Tu hésites ?

— Eh bien… Je n'ai pas envie que le nom de la famille soit mêlé à tout ça. La politique, ça reste très délicat. Je ne veux pas risquer d'attirer des problèmes…

— Ouais, j'comprends, l'interrompit-elle d'une voix déçue. Mais tu sais quoi ? Demande juste à être, genre, consultant. Pas officiellement membre de sa délégation, mais travailler dans les coulisses, quoi. Jamais de sorties publiques officielles, jamais mention de ton nom, jamais de photos… Et voilà !

Liam sourit. Pas bête, la filoute.

— Ouais, bonne idée.

— Je sais.

La jeune fille afficha une moue supérieure qui fit éclater de rire son frère.

— Appelle-le et accepte. Et embrasse-le pour moi !

— Oui, oui, d'accord, je… Attends, Flavia m'appelle.

— FLAVIA ?!

Il ferma très vite le son pour couper court à la tornade de jurons qu'allait sans aucun doute lui balancer sa sœur.

— Liam, qu'est-ce qui se passe ? Il est deux heures du matin, viens te coucher, minauda l'Italienne depuis la chambre.

— J'arrive ma puce, je suis au téléphone.

— À cette heure ? Avec qui ?

Elle apparut à la porte et Liam désactiva rapidement la fonction Visio.

— Elizabeth.

Flavia eut une grimace dédaigneuse. L'aversion entre les deux femmes était réciproque.

— Encore ? Dis-lui que tu la rappelleras et viens… J'ai envie de toi.

— J'arrive !

L'Italienne s'en retourna vers la chambre en roulant des hanches, son corps magnifique se découpant sous sa nuisette transparente. Il savait depuis longtemps qu'Elizabeth souhaitait le voir quitter la jeune femme, mais il n'en avait cure : elle était jolie, sexy, une vraie star au pieu… Sentant son appétit se réveiller, Liam ralluma l'image, ôta le silencieux et…

— … emmerdeuse de première classe ! Tu sais que je la déteste et elle me déteste et je ne comprends pas pourquoi tu…

— Zab ?

— Quoi ?

— Je vais devoir te laisser. Merci pour les conseils, je vais les suivre.

— Ah oui ? Tu vas enfin quitter cette fille ? Cool !

— Euh, non… Je voulais dire, par rapport à George.

— Oh… Mmh, c'est bien aussi. Mais quand tu verras combien mon conseil de prendre le job était bon, j'espère que tu suivras celui que je te donne maintenant : quitte cette pute ! Elle n'est pas assez bien pour toi.

— Zab, je te laisse. Je t'embrasse.

— Mouais. Moi aussi.

— Je t'aime sœurette, tu sais.

— Ouais, ouais. Et moi, je te… tolère.

— Ha, ha ! Petite peste, va !

— Bâtard.

Il raccrocha en souriant. Leurs échanges pouvaient paraître violents à ceux qui ne les connaissaient pas, mais il existait entre eux deux un lien d'affection indéfectible. Ils s'adoraient, et leurs petites piques n'étaient que des preuves de leur entente à toute épreuve. Tout en se dirigeant vers la chambre, il envoya un message à George pour accepter le poste de conseiller qu'il lui proposait, mais à ses conditions : que son nom et son image ne soient jamais publiquement utilisés. George consentit aussitôt. Cette nuit-là, Liam fêta la nouvelle avec Flavia dans une débauche de sexe à faire rougir une putain.

Dans les semaines qui suivirent l'élection de George, les choses changèrent beaucoup dans la métropole. Le nouveau Premier délégué reprenait les choses en main avec force. Avec son premier décret, il créa une toute nouvelle force de police et de renseignements : une milice qui n'aurait pour seule fonction que de traquer les rebelles. La menace terroriste planait toujours, même si plus aucune attaque n'avait fait autant de morts depuis le Tower Drop. Des attentats étaient toujours perpétrés un peu partout dans les Terres d'Horizon, timides certes, maladroits pour la plupart, mais meurtriers tout de même. Et comme George le martelait sans cesse dans ses discours, « une vie est une vie ». Pour lui, chaque attentat présentait la gravité du Tower Drop, qu'il fasse cinquante victimes ou une seule.

Cette force d'intervention qu'il mettait sur pied serait au centre de son action de Premier délégué. En quelques mois, le nouveau projet fut opérationnel. La milice, composée de trois départements, fut installée au huitième étage de l'Alliance, relocalisant les Finances un peu plus bas. Le département A était responsable de la surveillance et de la répression. À sa tête, George avait nommé Adrian Ngozi, un Nigérian de l'AIN, l'Armée internationale, amplement décoré pour ses brillants états de services. L'homme à la peau d'ébène et au visage anguleux affichait un sérieux et un professionnalisme que George admirait beaucoup. C'était lui qui avait supervisé sa sécurité durant toute sa campagne, et des liens assez forts s'étaient tissés entre les deux hommes. Sous les ordres directs d'Adrian, ce département avait globalement les mêmes prérogatives qu'une armée nationale. Ses membres, recrutés parmi les meilleurs éléments de la police, de l'AIN et de quelques groupes mercenaires, formaient ensemble une bande redoutablement efficace et organisée.

Le département B, plus discret, était celui des renseignements, géré par Evie Anderson-Ring, une femme d'une quarantaine d'années à la carrure forte et au tempérament d'acier. Née de parents australiens sur Pyrion 8, une des premières Installations, elle avait déjà travaillé plusieurs années au démantèlement des réseaux de corruption là-bas. Avec ses cheveux prématurément blancs toujours impeccablement coiffés en arrière et son sourire de requin derrière un rouge à lèvres sombre, Evie Anderson-Ring affichait en permanence un calme hautain. Liam, sans oser le dire, avait toujours eu un peu peur d'elle… Mais George l'avait rencontrée plusieurs fois lors de conférences et de dîners, bien avant sa campagne, et il ne jurait plus que par elle.

Le troisième département, le département C, s'occupait des relations publiques, de la presse et de l'information. Il s'agissait de garder un œil sur ce qui paraissait dans les médias, aussi bien terriens qu'illyriens. Sa plus grande préoccupation était la propagande rebelle. Il fallait à tout prix limiter les départs de jeunes Illyriens un peu nerveux vers les lieux de supposés groupements terroristes, à la suite des appels des rebelles. C'est une très jolie jeune femme récemment sortie de l'une des plus grandes universités de Russie du Nord que George avait installée à ce poste. Il l'avait débauchée à une très grande compagnie et n'en était pas peu fier. Redoutablement intelligente en plus d'être ravissante, Sylvana Vodiavska avait la capacité de charmer tous ses interlocuteurs.

En outre, George présenta avec succès plusieurs projets de loi régulant les voyages et les achats de certains produits par les Illyriens, ainsi qu'une légère augmentation des taxes en nature sur les biens provenant des Terres d'Horizon. L'élection de George et le procès de Du Poley avaient évidemment provoqué des remous jusqu'à la Terre Mère, et les conséquences n'avaient pas toutes été positives. Certains investisseurs s'étaient effectivement retirés, et le tourisme, par peur du terrorisme, s'était presque instantanément effondré sur Illyr. Mais George était convaincu que ces réactions, légitimes après tout, ne constituaient qu'un mal nécessaire et surtout, temporaire. Une fois que le contrôle aurait été repris, tout reviendrait dans l'ordre, et l'économie s'épanouirait de plus belle ! La priorité, c'était la paix, la vraie, pas un ersatz bidouillé à coups de mensonges et de tromperies.

L'augmentation des taxes sur les Terres d'Horizon était pour l'instant suffisante pour couvrir le budget et après tout, que les Illyriens payent pour ce qu'ils causaient n'était que juste. George espérait d'ailleurs que cette légère « punition » de la population illyrienne réveillerait leurs esprits et pousserait les citoyens honnêtes à se dresser contre les rebelles eux aussi.

Hélas.

Les jours, les semaines, les mois passaient et la Rébellion n'en finissait pas de faire parler d'elle. Les attaques rebelles se multipliaient, encore et encore. Il apparaissait que le manque criant d'organisation au sein de la Rébellion conférait à ses membres un épuisant avantage : personne ne savait rien des autres, personne ne pouvait donc dénoncer ses camarades. En réalité, il semblait n'y avoir aucune réelle organisation, seulement des groupes épars aux mêmes idéologies extrémistes. En revanche, une littérature émergeait, vendue en sous-main, prônant l'insurrection. Ces petits livres et pamphlets se voyaient bien sûr confisqués, mais souvent, le mal était déjà fait. Les esprits les plus faibles se sentaient attirés par ce type de rédaction, grandiose et épique, qui vantait l'action et revendiquait des valeurs ancestrales dont plus personne n'avait de réels souvenirs. Pire, quelques Illyriens basculaient du côté rebelle par simple dépit de ne plus pouvoir profiter de certaines de leurs libertés, ne comprenant pas que ces contraintes ne visaient que leur bien.

Liam savait que chaque nouvelle attaque écrasait les épaules de George, qui se sentait terriblement responsable. Il travaillait de plus en plus, mangeait peu, ne dormait presque plus. Il avait même installé un canapé-lit dans son bureau pour pouvoir faire une petite sieste entre une et trois heures du matin, économisant le temps du trajet jusque chez lui. Il ne parlait même plus de faire revenir Théo… « Pas encore, pas tant que tout cela ne sera pas réglé », disait-il. Son teint pâlissait de jour en jour, et les poches sous ses yeux s'alourdissaient. Étrangement, son visage en prenait plus de caractère, la couleur de ses yeux ressortait et l'ossature de ses pommettes se faisait plus marquée. La presse adorait. Des photos de lui paraissaient à un rythme régulier dans les journaux et sa popularité ne cessait de croître. On l'appelait « l'Homme d'Acier ». On admirait sa poigne, sa ténacité face à l'adversité. Mais quand ils se trouvaient seuls tous les deux, George se révélait tel qu'il était vraiment : un homme seul, triste et fatigué.

— Je ne comprends pas, Liam, lui avoua-t-il un soir, alors qu'ils prenaient un verre dans les bureaux de l'Alliance. Je ne comprends pas ce qui se passe. Je pensais… Mais ils poussent de partout, comme des champignons, je n'arrive pas à endiguer le mouvement. J'ai l'impression de m'échiner à poser des seaux sur le sol d'une maison au plafond percé plutôt que d'en refaire la toiture une bonne fois pour toutes, tu comprends ce que je veux dire ? Je ne sais plus quoi faire. Je ne sais plus… Il faut que je durcisse encore, non ? ajouta-t-il après une longue pause. C'est leur faute, ils ne veulent pas comprendre, ils… Je ne peux pas être aussi faible que Du Poley, il faut que je me montre à la hauteur. Je *dois* mater cette Rébellion, même si…

Il ne continua pas sa pensée. Il s'affaissa seulement dans le fauteuil avec un profond soupir.

— Je ne sais plus où j'en suis. Je ne sais plus *qui* je suis. Elle me manque tellement, Liam. Tous les jours…

CHAPITRE DIX-NEUF
Elly – L'Hôtel

Elle joue avec un petit animal tout doux. Elle le caresse et l'animal émet une sorte de ronronnement. Et puis soudain, sous le tracé de ses doigts, les poils disparaissent, laissant la peau à nu. L'animal se tortille, il souffre, il geint. Elle essaye de l'aider, de le calmer, mais chaque fois qu'elle le touche, ses poils tombent et sa peau se couvre de cloques rouges. Finalement, l'animal se retourne contre elle, tout à coup beaucoup plus grand, ses crocs en avant. Il gronde, de la bave coule de sa gueule, ses yeux auparavant bleus sont maintenant rouge vif.

— Non… Pardon, je ne voulais pas… Je ne savais pas…

Elle regarde ses mains, elle ne comprend pas.

Malheur. Malheur. Malheur.

Une voix résonne, répétant le même mot, encore et encore. Soudain, des Terriens surgissent de partout, arme au poing. Ils la mettent en joue.

— C'est elle ! Tout est de sa faute !

— Non… Je ne voulais pas…

Les hommes se précipitent vers elle. Leurs visages sont déformés, effrayants. La haine se lit dans leurs yeux.

— À mort, la corniaude !

Elly veut courir pour leur échapper, mais ses jambes refusent de bouger. Elle est ancrée au sol. Une voix de femme s'élève de nulle part, douce mais pressante :

— Ne bouge pas, ne fais aucun bruit.

— Mais ils me voient ! crie Elly, terrifiée. Ils sont là ! Ils approchent ! Au secours ! Ama !

— Chuuuut…

— NOOOON !

Et l'homme le plus proche, au visage flou, l'attrape par la gorge. Il serre, de plus en plus fort. Du sang coule sur les murs, sur le sol, partout. Sa robe est tachée de rouge.

D'où vient ce sang ? Ce n'est pas le mien… Ce n'est pas le mien !

Elle regarde de tous côtés, suffoquant, incapable de desserrer la prise de l'homme. Un corps gît en face d'elle. Quelqu'un hurle.

Elly se réveilla en sursaut, le front couvert de sueur. Aujourd'hui était un nouveau jour. Un nouveau jour d'entraînement hassaï, un nouveau jour de socialisation. Elle allait travailler dur. S'améliorer. S'endurcir.

Mais ce matin-là, quand elle descendit dans la grande salle, une ambiance étrange y régnait. Tout le monde discutait à voix basse, l'air inquiet.

— Quand ?

— Ils ont commencé il y a deux jours. Ça va aller très vite…

Qu'est-ce qui se passe ?

C'est alors qu'elle vit Fstöl, assis comme à son habitude à la table du Chiffre. Elle s'approcha discrètement. Le vieil homme avait l'air terrassé.

— Par tous les Créateurs… Quelle tragédie !

Le Chiffre lui-même semblait étrangement défait, lui habituellement si stoïque.

— Peut-être aurais-je dû…

— Non, non, l'interrompit Fstöl d'un ton las. Céder au chantage maintenant n'aurait aidé en rien.

Il voulut ajouter quelque chose, mais finit par simplement pousser un long soupir.

— Mais nous sommes tout près du but, assura le Chiffre. Encore quelques mois et…

— … et on commencera à peine. Seuls les Créateurs savent quand nous pourrons libérer ces malheureux… Ceux qui auront survécu, du moins.

Le Chiffre donna un coup de poing rageur sur la table, faisant trembler la vaisselle. Fstöl se leva.

— Je vais… m'isoler un peu, si tu permets, murmura-t-il d'une voix brisée.

Le Chiffre baissa la tête et Fstöl sortit du réfectoire. Sans réfléchir, Elly se précipita après lui.

— Monsieur ! Professeur Fstöl !

Le vieil homme se retourna brusquement.

— Quoi ?

Il paraissait fâché, mais Elly ne vit que les larmes brillant dans ses yeux.

— Monsieur… est-ce que… Est-ce que ça va ? demanda-t-elle encore.

Le vieil homme la contempla un instant.

— Pas ici. Suis-moi.

Et il la mena jusqu'à son bureau, où il s'affala sur une chaise, une main devant les yeux.

— Oh, Elly… Elly… Quelle triste, triste époque nous vivons.

— Quoi ? Qu'est-ce qui se passe ?

— Les Terriens… Le Premier délégué, dans sa lutte contre quelque forme que ce soit de résistance de la part de notre peuple, a… Il a décidé d'une nouvelle vague d'arrestations de « dissidents ». Un chantage odieux ! La Rébellion doit se livrer, ou ce sont nos poètes, nos peintres, nos sculpteurs, nos chanteurs, nos musiciens, nos comédiens qui seront envoyés en prison.

— Quelle horreur ! Mais pourquoi les artistes ? demanda-t-elle après un petit temps, perplexe.

— Ah, ça… L'art, vois-tu, est la plus pure, la plus noble et la plus libre des formes d'expression. Les artistes, par leur travail, leur œuvre, passent des messages, n'est-ce pas ? Eh bien, il se trouve que nombre d'entre eux se sont joints à nous, à distance peut-être, mais tout de même ralliés à notre dessein. Dans leurs œuvres, ils parlent de liberté, d'indépendance, de solidarité, de combat ! Les Terriens nous avaient déjà pris nos livres. Puis ils ont arrêté nos intellectuels, nos penseurs, nos historiens…

Sa voix trembla.

— Et maintenant ça ! Mais Elly, te rends-tu seulement compte ? Si l'on interdit l'art, c'est la plus profonde de ses libertés que l'on arrache au monde ! C'est comme si l'on voulait transformer les hommes en machines, leur ôter leurs sentiments, leurs passions, leurs rêves ! Perdre ses intellectuels condamne une société à une terrible stagnation, mais perdre ses artistes… implique une chute radicale et non équivoque.

Il secoua la tête, essuyant d'un geste rapide et gêné une larme qui s'était échappée.

— Car sans art, Elly, sans art, une société dépérit et périclite. Ce sont les artistes qui insufflent son âme à une civilisation, pas les intellectuels ! L'artiste, par son travail, *crée* le monde. Un monde auquel on aspire, un monde plus grand, plus beau, plus libre… L'artiste invente, innove, repousse les limites du possible. C'est la motivation à s'améliorer, tu comprends, à avancer, à créer. C'est lui qui inspire, qui tire et qui pousse en avant son

238

peuple. La beauté inspire l'espoir, la force, le courage, la volonté… mais aussi la douceur, le calme, la sérénité, le désir de paix.

Le vieil homme secoua la tête d'un air las.

— Oh, Elly, sans art, nous n'aurons plus aucune culture ! Nous n'avons déjà plus de passé sans notre histoire, maintenant plus aucune identité… Si cela continue, nous n'aurons plus rien à défendre, plus rien pour quoi se battre. Plus de futur…

Sa voix se brisa soudain et il se leva, prenant appui sur la table. Lentement, il s'avança jusqu'à la fenêtre et observa le jardin.

— La beauté ne survivra plus que dans son état naturel. Oh ! c'est déjà ça, bien sûr, mais sans artistes pour montrer la voie… Viens, gamine, viens ici près de moi.

La jeune fille se leva avec empressement et le rejoignit à la fenêtre.

— Que vois-tu ?

Elle sut immédiatement ce qu'il voulait dire.

— Eh bien… L'aube arrive doucement et la lumière devient de plus en plus présente, presque dorée en ce début de jour, qui réveille la nature. Je vois le vent qui fait danser les feuilles des arbres, je vois des fleurs, partout, de toutes les couleurs. Et des bourgeons, tant de bourgeons ! Je vois aussi les montagnes au loin, larges et fortes, dont les sommets éternels scintillent encore de neige…

Son professeur la regarda avec un sourire ému.

— Tu la vois…

— Oui, monsieur, je la vois.

— C'est bien. C'est bien. De nos jours, c'est si rare… La peine, l'angoisse, le stress constant de notre temps nous empêchent de la voir, de nous attarder à chercher la beauté. Or il le faut. Il le faut toujours… Aujourd'hui plus que jamais.

Il se tut, les mains croisées dans son dos, les yeux perdus dans le vide.

— Laisse-moi, s'il te plaît. Je suis fatigué.

— Monsieur ?

— Je suis… fatigué.

— Est-ce que…

— J'ai dit laisse-moi.

— Oui. Pardon.

Le professeur se détourna de la fenêtre et se rassit lentement dans son fauteuil. Elle n'avait encore jamais vu Fstöl aussi morose et abattu. Pour la première fois, elle remarqua combien il était vieux. Au niveau de ses joues et de son cou, sa peau s'affaissait, creusée de rides profondes, son crâne dégarni était couvert de taches de vieillesse, les poches sous ses yeux présentaient une inquiétante couleur sombre. Il se prit la tête dans ses mains décharnées et soupira profondément. Elly referma doucement la porte du bureau, le cœur serré. Puis sa grande tristesse se transforma en colère. Cet homme ne méritait pas de souffrir autant ! De voir son monde disparaître ainsi sous le joug des Terriens…

On se battra ! On se battra, tous, pour la survie de notre culture, de nos artistes, de notre peuple !

Une énergie telle qu'elle n'en avait encore jamais éprouvé lui envahit le corps. *On se battra. Je me battrai !*

Oh, oui, elle se battrait ! De toutes ses forces, de tout son cœur. Il y avait encore de l'espoir. Et tant qu'il y avait de l'espoir, il existait une raison de se battre. Tout pouvait venir à disparaître, si l'espoir survivait, la lutte survivrait. Et elle en ferait partie. Elle en faisait déjà partie…

Cette rage nouvelle qui brûlait en elle la motiva à se dépasser ce jour-là, et tous les jours qui suivirent lors de ses entraînements. Hélas, sans franc succès. Le niveau des autres hassaïn se révélait bien supérieur au sien, sans compter que tous étaient également plus âgés, plus grands, et plus forts qu'elle physiquement. Mais elle ne perdait pas espoir : si le Chiffre l'avait acceptée parmi ses hassaïn, c'est qu'il voyait quelque chose en elle, un potentiel. Du moins s'efforçait-elle d'y croire…

Chaque matin, aux aurores, ils allaient courir. La condition physique était une part importante du métier. Kyros les faisait courir en portant des sacs à dos remplis de pierres, il les faisait ramper dans la boue quand il avait plu durant la nuit, escalader des arbres, traverser la rivière, sauter dans des trous, descendre et remonter les collines… Tout cela était si épuisant, si astreignant pour le corps qu'Elly n'était pas la seule à avoir du mal. Elle finissait ces courses en pleurs, les muscles en feu. Parfois, l'effort à fournir s'avérait si intense qu'elle en vomissait son petit déjeuner. Le calme de ses discussions avec Fstöl lui manquait… mais elle tenait bon. La rage au ventre, elle tenait bon. Pour lui. Pour les artistes. Pour tous ceux qui avaient été arrêtés, pour tous ceux qui vivaient dans la peur.

Heureusement, Terwÿn l'aidait beaucoup. La prenant à l'écart au début de chaque nouvel exercice, elle répétait avec elle les mouvements, lui prodiguait des conseils. Zvalec n'était pas ravi de la situation, et son nouveau partenaire de combat en payait les frais. Quant à Oeknan, Nikkov et Terwÿn veillaient à ce qu'il n'approche pas la jeune fille. L'homme ne se privait pour autant pas de lancer à Elly des regards meurtriers.

C'est son *problème s'il ne peut pas m'accepter ici,* se répétait-elle, reprenant les mots de Terwÿn. *Les autres l'ont bien fait, pourquoi pas lui ?*

En effet, sa situation sociale s'améliorait de jour en jour. À chaque entraînement, elle s'efforçait de parler avec au moins une personne en dehors du petit groupe d'amis de Terwÿn, ne fût-ce que pour quelques minutes. Elle s'était ainsi aperçue très vite que Fstöl avait raison : on craint ce qu'on ne connaît pas. Maintenant qu'Elly s'efforçait de se montrer aux autres hassaïn telle qu'elle était vraiment, timide certes, mais accessible, douce et inoffensive, ils laissaient retomber leur garde. Sans encore être totalement amicaux, ils n'en étaient pas moins devenus cordiaux. Pour elle, c'était déjà une belle victoire.

— Plus fort, Elly ! Crévion ! Bouge, bouge, bouge !

Kyros l'exhortait encore et encore, tous les jours. Malgré sa motivation, elle ne progressait pas aussi vite qu'elle l'avait espéré. Quand elle s'entraînait au combat corps à corps ou aux techniques de désarmement, elle voyait bien Kyros soupirer en secouant la tête, quand il ne lui criait pas dessus.

— Là, maintenant, frappe ! Elly, crévion ! Tu cherches à le mettre à terre ou à lui faire une caresse ? Plus fort ! Encore !

Et Elly essayait, de toutes ses forces. Mais les autres hassaïn restaient plus âgés, plus grands, plus forts, quoi qu'elle fasse. Quand elle frappait, ils ne ressentaient rien. Mais quand eux frappaient, elle ne parvenait qu'une fois de temps en temps à arrêter leurs coups, et encore, avec peine, au plus grand désappointement de Kyros et même, parfois, du Chiffre, qui venait assister aux entraînements. Ces jours-là, elle sentait le regard des deux hommes posés sur elle, elle les voyait discuter entre eux, le maître hassaï s'énervant en la désignant de la main… Mais le Terrien ne réagissait pas. Il se contentait de l'observer, le visage de marbre, les bras croisés sur sa poitrine.

Que pense-t-il ? Est-il déçu ? Attendait-il plus de moi ? Oui, sans doute… Et elle redoublait d'efforts, sans pourtant obtenir de résultats. Oeknan, qui ne semblait pas pouvoir dépasser son animosité, se moquait ouvertement d'elle. « Quand finiras-tu par admettre l'évidence, corniaude ? Tu n'es pas faite pour ça, abandonne ! », ne cessait-il de lui répéter. Avait-il raison ? Malgré son acharnement et tous ses efforts, était-elle simplement trop jeune, trop petite, trop faible ? Pourtant, pour tout ce qui se révélait plus technique que physique, elle ne s'en sortait pas trop mal. Démonter et remonter une arme : facile. Fabriquer une bombe : faisable. Comprendre les cours de stratégie donnés par Fstöl : aucun problème. C'était même la partie qu'elle préférait, parce qu'elle pouvait revoir le vieux professeur. Ils profitaient d'ailleurs habituellement de quelques minutes après les cours pour discuter un peu.

— Alors, ces entraînements, comment ça se passe ? demandait-il toujours.

— Bof, répondait-elle.

— Ça ira de mieux en mieux, assurait-il, et il lui tapotait distraitement la tête.

Ce petit geste d'affection la faisait sourire.

— Et les cauchemars ?

— Ils vont, ils viennent…

— Tu continues à les retranscrire dans un carnet, comme je te l'ai demandé ?

— Oui, oui…

De plus en plus souvent, ils parlaient d'elle, de son passé. La jeune fille, au début très mal à l'aise à l'idée d'aborder ces moments parfois un peu flous de son existence, prenait peu à peu confiance et se rappelait plus de détails. Mais ses souvenirs étaient confus, entremêlés. La ligne du temps de son passé semblait n'avoir aucun sens, les événements s'enchaînant trop vite ou trop lentement.

— Je me souviens d'avoir été trouvée très jeune, lui avait-elle par exemple dit un jour. Je ne devais pas avoir plus de quatre ou cinq ans, mes parents me l'ont souvent répété. Je ne sais pas combien de temps je suis restée avec eux exactement, mais quand… quand je suis partie, je ne devais pas avoir plus de huit ans. Peut-être neuf…

— Mais tu m'as dit n'avoir passé que trois grands-froids seule ? avait-il demandé.

La jeune fille avait froncé les sourcils, fouillant sa mémoire, mais il avait raison : rien ne semblait tenir la route.

— Ce n'est pas grave, petite. Ne t'inquiète pas, lui répétait-il toujours. Tu n'as simplement jamais eu de réels repères, c'est normal que tu sois perturbée par la chronologie des moments.

Et il lui souriait, réconfortant. Mais derrière son sourire, Elly devinait sa curiosité. Parfois, il lui posait de très étranges questions :

— Dirais-tu que tu es plutôt frileuse ? Ou au contraire, pas du tout ? As-tu déjà allumé un feu de camp ? Comment cela s'est-il passé ? De combien de centimètres dirais-tu que tu as grandi depuis que tu es arrivée ici ? As-tu le moindre souvenir de tes parents biologiques ? Dans quelle région exactement dis-tu que tu as grandi avec tes parents adoptifs ? Te rappelles-tu le moindre grand événement astronomique durant ton enfance ?

Elly tâchait toujours de répondre, mais avait parfois du mal. Et surtout, elle ne voyait pas où il voulait en venir avec ses questions obscures. Et lui ne paraissait pas enclin à lui expliquer son raisonnement, bien qu'il fût évident qu'aucune de ces inquisitions n'était fortuite.

Mais que comprend-il que je ne comprends pas ?

CHAPITRE VINGT
Shaï-Hîn – Tarüul-Viën

Une jeune femme blonde se tient blottie dans le fauteuil de son salon. Elle tisse une sorte d'écharpe au moyen d'une longue aiguille de nacre et de deux petits crochets attachés à ses doigts. Soudain, des cris dans la rue attirent son attention. Elle se lève, faisant tomber la couverture de ses genoux.

Que se passe-t-il ?

Elle s'approche de la fenêtre. Le souffle de l'explosion la frappe alors de plein fouet, la projetant violemment contre le mur. Un craquement horrible dans son bras, suivi d'une douleur aiguë, lui fait monter les larmes aux yeux. Partout, des cris retentissent de plus belle.

Elle se précipite dans le hall quand une nouvelle explosion, tout près, fait trembler les murs du bâtiment. Elle glisse et chute dans les escaliers. Des filets de poussière lui tombent dessus. La jeune femme tremble de tout son corps. Les yeux fermés, elle prie pour que ça s'arrête.

Enneki.

La panique soudaine pour son frère l'attrape à la gorge.

Il n'est pas là, il était chez un ami…

Elle doit le rejoindre, être sûre qu'il va bien. La jeune femme geint doucement en serrant son bras contre elle, se redresse lentement, et continue à descendre, se frayant un chemin à travers les débris qui encombrent l'escalier. Le bâtiment grince et gémit, il risque de s'effondrer à tout moment. Tout le monde descend dans la précipitation et l'effroi. Dehors, c'est la panique. Le feu se répand comme une traînée de poudre entre les bâtiments de bois.

Eni…

— Eni ! ENI !

La panique donne à sa voix des accents suraigus. Terrorisée, elle tourne sur elle-même en hurlant. Partout elle ne voit que gravats, flammes et gens paniqués qui courent en tous sens, la bousculant sans remords. Le souffle des explosions a causé beaucoup plus de dégâts qu'elle ne l'a premièrement imaginé. Des bâtiments entiers se sont effondrés, fragilisés sur leurs pilotis. Des cris retentissent de toutes parts. Tout le monde appelle quelqu'un, quelque part.

— ENNEKIIII !

Les larmes lui montent aux yeux. Elle ne parvient pas à comprendre ce qu'il s'est passé. *Qu'est-ce qui a explosé ? Pourquoi ?*

La respiration haletante, elle marche à travers son quarré en flammes qui, il y a quelques minutes à peine, s'assoupissait dans le calme.

— Enneki… murmure-t-elle presque pour elle-même.

Elle sait où est la maison de l'ami de son frère, chez qui il était allé. C'était tout près du mur d'enceinte du quarré, au nord. Mais plus elle s'approche du mur, plus les dégâts sont importants. L'explosion a dû avoir lieu tout près…

Dans sa tête, une petite voix répète : *Il est mort, ton frère est mort.* Partout des corps, face contre terre, reposent dans des positions horriblement anormales.

C'est lui. Ou lui.

Shaï-Hîn s'approche des cadavres, redoutant de reconnaître son frère. Mais ce n'est jamais lui. Une autre petite voix, celle de l'espoir, commence à lui chantonner qu'il est vivant, et qu'il la cherche aussi.

Par tous les Créateurs, faites qu'il soit vivant…

Dans un coin, elle aperçoit une femme qui serre contre elle le corps inanimé de son petit garçon. Elle a le visage levé vers le ciel dans une grimace atroce. Effarée, Shaï détourne la tête. D'ici, elle voit le mur du quarré, ou plutôt ce qu'il en reste. Sur une large portion, il n'y a plus que des gravats. De l'autre côté, du côté terrien, cela semble également être l'affolement ; chez eux aussi le feu se répand, quoique plus lentement. Des alarmes sonnent de tous côtés, et les premières sirènes des camions de pompiers se font entendre au loin.

— ENI ! ENNEKI ! ENIII !

Elle s'époumone, la voix cassée, s'interrompant parfois pour tousser de la cendre.

Tu es toute seule, il est mort.

La jeune Illyrienne secoue la tête pour tenter de chasser cette pensée, de plus en plus présente.

Il doit être quelque part dans la poussière, baignant dans son sang. Mort.

Elle commence à courir. Son cœur bat à toute vitesse, et elle l'entend résonner dans ses tempes. Quand elle ne crie pas le nom de son frère, elle gémit doucement, sans même s'en rendre compte.

C'est impossible qu'il soit mort, c'est impossible. Il est quelque part…

Pour avancer, elle doit enjamber des poutres, des pierres… des cadavres.

Eni aussi est peut-être ainsi enjambé par des personnes qui n'en ont rien à faire de lui…

À plusieurs reprises, elle doit s'arrêter pour vomir, mais chaque fois elle reprend sa route, ses cris, ses recherches.

Il est vivant. Il t'appelle ! Cherche-le, tu le trouveras, c'est certain !

Elle ne sait plus laquelle de ces voix lui fait le plus mal. L'espoir et le désespoir s'entremêlent dans son esprit embrouillé et lui donnent la migraine. Et puis, soudain, la pluie commence à tomber en épaisses gouttes noires mêlées de cendres. Au loin, une cloche se met à carillonner.

Elle sonne le glas pour lui.

Des images se forment dans sa tête, des images du corps d'Enneki disloqué, brûlé, enterré sous les gravats.

Non, arrête ! Il n'est PAS mort !

La gorge nouée, elle se mord les lèvres jusqu'au sang pour s'empêcher de pleurer.

— ENI ! ENI !

Puis, soudain, une ombre se découpe dans la lueur des flammes. Shaï sent son cœur exploser en un million de morceaux et ne peut retenir ses larmes, les laissant bruyamment couler sur ses joues crasseuses.

— Eni…

Elle tombe à genoux devant lui. Sans rien dire, son frère la soulève et la serre dans ses bras.

— Attention, mon bras… fait-elle, dans un sourire tremblotant.

— J'ai eu tellement, tellement peur de t'avoir perdue !

— Je sais, moi aussi. Moi aussi, répète-t-elle d'une voix de petite fille, sa peur immense s'éteignant en une fois dans un soulagement si intense qu'il lui fait presque mal.

CHAPITRE VINGT ET UN
George et Liam – La métropole

Le hurlement strident du puck déchira la nuit. Liam avait éteint son système intégré pour la nuit, mais le petit palet bleu brillant était resté actif, en cas d'urgence. D'une voix rocailleuse et empâtée de sommeil, il activa le décrochage par commande vocale.

— Oui, allô ?

— Je dois te voir immédiatement. On a un problème.

— Qu'est-ce qui se passe ? Qui est-ce ?

Flavia s'était redressée à côté de lui, les yeux bouffis de fatigue. Liam jeta un coup d'œil à son puck sur sa table de nuit. Il était à peine un peu plus d'une heure et demie du matin.

— George ? Qu'est-ce qui se passe ? demanda-t-il à son tour.

— Descends, un chauffeur t'attend, je t'expliquerai tout en route. Rappelle-moi depuis la voiture.

Sa voix tremblait un peu, il avait l'air terriblement nerveux. Inquiet, Liam jeta un coup d'œil par la fenêtre. Une voiture noire était en effet stationnée devant chez lui, moteur tournant.

— Je t'appellerai tout à l'heure, dit-il à Flavia en lui déposant un rapide baiser sur le crâne. Dors. Ce n'est rien de grave…

Mais au fond de lui, il était persuadé du contraire. Il s'habilla en vitesse et descendit les escaliers en courant.

Lorsqu'il grimpa à l'arrière du véhicule que George lui avait envoyé, le chauffeur le salua, releva la vitre de séparation entre eux et partit en trombe. C'était rare, un chauffeur et pas seulement un véhicule autonome. Quelque chose de vraiment grave avait dû se produire. Liam, comme prévu, rappela George immédiatement.

— Bien, tu es en route. Bon, écoute. Il y a eu un attentat, à l'intérieur de la Zone. Grave, très grave…

— Quoi ? Bon Dieu, où ? Quand ?

— Tarüul-Viën.

Une des stations balnéaires les plus populaires de la côte est.

— Combien ? demanda Liam d'une voix blanche. Combien de victimes ?

— Eh bien, on parlerait de plus d'une cinquantaine de morts, on ne sait pas encore pour les blessés… Je serai sur place dans cinq minutes, tu n'es pas très loin derrière moi. Je veux voir les dégâts. Et parler au représentant de la ville, s'il est encore en vie. Des barrières de sécurité ont déjà été placées, les frontières fermées autour de la ville. Personne ne peut entrer ni sortir sans laissez-passer spécial. Ton chauffeur a le tien.

— Bien.

— Ah, je viens d'arriver, je te laisse. À tout de suite !

Et il raccrocha.

En cette heure de la nuit, la route était parfaitement dégagée. Rapidement, la voiture atteignit les trois cents kilomètres heure sur l'autoroute. Par la fenêtre, Liam pouvait déjà voir la mer au loin. Tarüul-Viën était à l'origine une petite ville de troisième cercle de la triobe de Viën, mais elle avait été transformée en ville de vacances pour Terriens il y avait un peu plus de dix ans. La population y était dorénavant essentiellement terrienne, la Délégation avait investi des milliards dans sa construction. Cette attaque était une catastrophe…

La voiture s'approchait de la côte en ralentissant doucement et bientôt, Liam aperçut les lueurs orangées qui brillaient dans la nuit. Des flammes monstrueuses, gigantesques. Quand ils arrivèrent à la frontière de la ville, le chauffeur présenta au garde le laissez-passer dont parlait George. Derrière les barricades, c'était le chaos. Le chauffeur se gara à côté d'une série d'autres véhicules officiels, au centre d'une place relativement dégagée dont la fontaine centrale ne présentait plus aux regards qu'une petite flaque d'eau noirâtre.

— Liam !

Debout un peu plus loin, entouré de plusieurs autres personnes, se trouvait George, un masque couvrant sa bouche et son nez pour ne pas respirer trop de cendres. Liam releva son T-shirt sur son visage et sortit de la voiture pour le rejoindre.

— Alors ?

— Les nouvelles ne sont pas bonnes. Les secours locaux sont totalement dépassés, on a envoyé les nôtres dès qu'on a su, les drones de secours ne devraient pas tarder à arriver.

Il devait crier pour se faire entendre par-dessus le bruit des sirènes, des jets d'eau et des cris. Un jeune pompier accourut, tendant un masque à Liam.

— Mettez ça, monsieur.

Liam obtempéra.

— On essaye d'évacuer les blessés vers les hôpitaux des villes voisines, continua George. Ici, ils sont déjà à pleine capacité. Bon sang, rien n'a été prévu pour ce genre de choses, c'est une ville de villégiature, ici… Quelle catastrophe ! Viens, je te présente : messieurs-dames, Liam Atterwood. Liam, voici le représentant de la ville, M. Khellouf.

— Bonjour, murmura-t-il en lui serrant la main.

— Christina Miller, la responsable des secours.

— Bonjour…

Un peu à l'écart, elle était en ligne sur son SI et le salua d'un signe de tête silencieux.

— Et tu connais déjà Evie Anderson-Ring, du département des Renseignements…

— Bien sûr… Evie.

Comme toujours, il fut surpris par la poigne de l'Australienne.

— Et Mlle Vodiavska est occupée à l'Alliance à la gestion de la crise, ajouta George à voix basse.

Liam acquiesça.

— Bien, Khellouf, Miller, reprit George, un petit topo de la situation ?

— Eh bien… Il y a eu une explosion vers minuit quarante, commença Khellouf. Une explosion gigantesque, la ville a tremblé. Plusieurs bâtiments aux alentours se sont effondrés et le feu s'est répandu à toute vitesse. Malheureusement, comme il était déjà tard, les gens étaient chez eux, endormis pour la plupart, alors…

Le malheureux avait l'air bouleversé.

— Les drones devraient arriver d'ici dix minutes, déclara Christina en raccrochant sur son SI. Nous serons sans doute capables d'évacuer plusieurs dizaines de personnes par ronde, et plusieurs pistes ont déjà été dégagées au sud de la ville pour les atterrissages, des ambulances les attendront. Les blessés les plus graves seront acheminés directement vers les hôpitaux.

— Nous avons reçu de l'aide de plusieurs villes alentour qui nous envoient leurs pompiers et secouristes, mais ils prennent du retard aux frontières à cause de la sécurité, reprit Khellouf.

— Je ne peux pas lever la sécurité aux frontières, pas encore, répondit Evie, ressentant la critique à peine voilée. J'ai des hommes qui quadrillent toute la ville. Selon nos sources, les terroristes seraient encore là. J'ai bien peur que les allées et venues doivent toutes être vérifiées. Mais nous faisons notre possible, je vous assure…

— Bien, interrompit George. Et maintenant ?

Evie se tourna vers le responsable de la ville.

— Monsieur Khellouf, avez-vous déjà parlé à la presse ? Avez-vous fait une déclaration publique ?

— Non, pas encore. Pourquoi ?

— Abstenez-vous pour l'instant. Il ne faut rien dire tant que nous n'aurons pas de bonnes nouvelles à annoncer. Voulez-vous bien proposer à tous les journalistes de la ville de vous rejoindre dans un endroit sûr ? Dites-leur que vous allez faire une déclaration dans… disons, une heure.

— Mais… ?

— Ils seront regroupés à un même endroit, ce sera plus facile pour les superviser. D'ici une heure, on aura sans doute un meilleur aperçu de la situation, et avec un peu de chance, quelques bonnes nouvelles à leur communiquer. En tout cas, il faut l'espérer, ajouta-t-elle à l'intention de Khellouf, un peu perdu.

— Oui, je comprends. Mais euh, et ma déclaration ? Je dis quoi ?

— Attendez que je revienne vers vous là-dessus. Qui sait, nous aurons peut-être même déjà attrapé les terroristes, d'ici là. Le *lockdown* a été quasi immédiat, et les rebelles ne jouent pas avec des retardateurs d'explosion, à ce qu'on sache. Ils sont sûrement encore sur les lieux, s'ils ont survécu à leur propre attaque.

— Parfait. On annoncera le drame tout en révélant qu'on a les coupables en détention. Nous ferons de leur procès un exemple. Le soulagement sera bien plus important que la peur et tout ira bien, ajouta George, qui essayait tant bien que mal de se rassurer lui-même. Tout ira bien…

Malgré son apparent calme, il paniquait. Le feu se répandait à vive allure, il faisait très chaud et la cendre virevoltait partout. L'odeur âcre du bois et de la chair calcinés piquait le nez et les yeux, sa chemise blanche était à présent noire de suie et il sentait sa gorge brûler à chaque mot prononcé.

— Bon. Liam… Je vais rentrer sur la métropole, tenter de limiter les dégâts là-bas, dit George en se dirigeant vers sa voiture. Rendez-vous de crise à l'Alliance à six heures.

— J'y serai, assura Liam en lui emboîtant le pas.

— Non, attends. Je… j'ai besoin de toi ici. Je veux que tu restes. Si on arrête le ou les responsables cette nuit, je veux que tu les interroges toi, ou au moins que tu sois présent lors des interrogatoires préliminaires.

— Quoi ? Mais…

— Je sais que ce n'est pas… standard, mais je te fais confiance. Je… j'ai besoin d'être sûr que tout sera fait dans les règles, tu comprends ?

— Euh, oui, mais…

— Je suis désolé.

Il lui lança un sourire crispé et monta dans sa voiture, le cœur battant la chamade. Il fuyait. Il fuyait comme un lâche. Mais l'agitation, l'odeur, les cris… C'était trop. Trop de souvenirs.

Liam regarda l'automobile s'éloigner parmi les débris tandis que chacun s'en retournait à ses occupations. Laissé seul, son regard se perdit un instant sur la ville. En face, de l'autre côté de la cour, il aperçut la silhouette fine d'une femme qui regardait partir la voiture de George. Une main posée sur la tête pour maintenir en place un foulard gris perle qui cachait ses cheveux et une partie de son visage, elle semblait très calme. Pourtant, tout autour de la place, de grands hôtels particuliers étaient dévorés par les flammes, certains commençaient déjà à gémir, signe qu'ils risquaient de s'effondrer bientôt.

Elle ne se rend pas compte de ce qui se passe…

Quant à lui, devinant qu'il se tenait sur le chemin des pompiers et des secouristes, il s'éloigna de la place, les oreilles bourdonnantes. *Et moi ? Est-ce que je me rends compte de ce qui se passe vraiment ici ?*

Interroger le ou les responsables moi-même ? Pourquoi, George, pourquoi ? En qui n'as-tu pas confiance ?

Rares étaient ceux qui connaissaient Liam au sein de l'Alliance, George ayant parfaitement respecté sa volonté de rester dans l'ombre. L'avait-il dès lors envoyé en espion ici ? Un peu perturbé, il se mit à déambuler dans les rues, rapidement étourdi par l'ampleur des dégâts. Avisant un jeune garçon qui tentait de libérer son chien coincé sous une poutre, il s'empressa de l'aider, puis déchira un pan de sa chemise pour panser la plaie au bras d'une femme, et finit ainsi par déboucher sur le quarré local. Ce qu'il vit l'attrapa aux tripes. Dans le quartier illyrien, la situation se révélait aussi dramatique que dans la ville, mais ici, aucune ambulance, aucun pompier, aucun médecin n'était présent. Le souffle de l'explosion avait dû atteindre le mur, partiellement écroulé, ainsi que les bâtiments autour. Le feu s'était répondu parmi leurs constructions de bois, qui tombaient comme des châteaux de cartes. Les malheureux étaient livrés à eux-mêmes, bataillant contre des flammes de plusieurs mètres de haut avec des petits seaux d'eau, traînant des blessés sur des draps. Nombre d'entre eux étaient grièvement atteints, atrocement brûlés. Liam savait que les Terriens auraient la priorité sur les soins et les évacuations, mais en voyant ces pauvres gens souffrir ainsi, il se sentit presque honteux.

Relevant ses manches, il se précipita dans le quarré. Il ne pouvait pas faire grand-chose dans la ville, mais ici, il pouvait se rendre utile. Pour quelques-uns au moins de ces pauvres gens, il pourrait faire la différence. Il aida à déblayer des débris pour sortir tantôt des cadavres, tantôt des corps tellement mutilés qu'il s'étonnait de les trouver encore en vie. Au détour d'un bâtiment éboulé, il repéra un enfant, seul. Il était debout, couvert de suie et de sang, immobile, les yeux fixes. Totalement catatonique. Dans sa petite main, il tenait encore une peluche à moitié carbonisée. Sans attendre, Liam saisit dans ses bras l'enfant qui n'émit pas le moindre son, et le porta jusqu'à la sortie du quarré où il le confia à une femme illyrienne. Le garçon n'eut aucune réaction. Les poings serrés, les yeux rougis, Liam replongea dans l'enfer du quarré.

C'est là, au détour d'une rue, qu'il la vit. Des traits délicats et terrifiés, de longs cheveux d'un blond presque blanc couverts de suie, des yeux écarquillés d'un mauve éclatant, des pommettes hautes… Leurs regards se croisèrent au moment où une larme coulait sur sa joue salie de cendres. Cette jeune fille, dans sa robe déchirée, tenant serré contre elle un bras inerte, semblait représenter ici, au milieu de l'horreur, la quintessence même de la beauté fragile, telle une fleur sur un champ de bataille.

Une alarme perçante le tira de sa contemplation. C'était son système intégré, la sonnerie d'urgence, la ligne rouge sur laquelle ne pouvaient le contacter qu'une poignée de personnes triées sur le volet. Son regard glissa vers le coin de son œil pour décrocher. Une seconde plus tard, la fille avait disparu.

— Allô ? murmura-t-il en ôtant son masque. Ah, Evie. (…) Oui. (…) Non, déjà ? C'est… (…) Oui. Où ? (…) J'arrive ! George est… ? (…) Ah, oui, oui, il m'en a fait part. Je serai là… (…) Quoi ? Euh… Au sud de la ville, je… (…) Oui. J'arrive !

Il raccrocha et ferma les yeux un instant, la tête en arrière. Un des terroristes avait été arrêté alors qu'il tentait de passer frauduleusement la frontière nord-est. C'était une excellente nouvelle. Une excellente nouvelle. Avec un dernier regard derrière lui, il sortit du quarré.

L'Illyrien était menotté à une chaise en fer, la tête baissée. De l'autre côté de la vitre sans tain, plusieurs miliciens le surveillaient. Il devait avoir la trentaine, pas tellement plus. Des cheveux châtains, une carrure plutôt menue. Il ne semblait vraiment pas effrayant, mais cela ne voulait rien dire.

— Alors ? demanda Liam à Adrian Ngozi, le grand Nigérian responsable du département de la Surveillance et de la Répression, en entrant à son tour dans la petite pièce chaude et moite.

— Il refuse de parler, monsieur, lui répondit Evie.

— Je peux essayer ?

Elle soupira.

— Pourquoi pas…

— Quoi ? s'offusqua Ngozi. Non, non, vous ne…

Liam afficha pour lui son niveau de sécurité 4, un des plus élevés au sein de l'Alliance.

— C'est sur ordre du Premier délégué.

Ngozi, surpris, regarda Evie Anderson-Ring qui acquiesça.

— Bon… Très bien.

Et il lui désigna la porte d'un geste de la main.

— C'est qui, ce type ? l'entendit dire Liam en entrant dans la salle d'interrogatoire.

Sans lui répondre, Evie suivit Liam dans la pièce et resta debout à l'arrière, tandis qu'il s'installait face au terroriste.

— Bonjour.

L'Illyrien ne bougea pas.

— Pourquoi ?

Pas de réaction.

— Pourquoi cette attaque ? Que voulez-vous ? Que revendiquez-vous ?

L'Illyrien redressa enfin la tête. Il regarda Liam droit dans les yeux, puis Evie… mais ne dit rien.

— Plus d'une vingtaine des vôtres sont morts, selon un premier décompte, reprit Liam. Le feu s'est répandu dans le quarré. Y aviez-vous pensé ? Aviez-vous seulement pensé aux conséquences de vos actes ?

L'Illyrien ne répondit pas.

— Pourquoi ? Je vous demande simplement quelles sont vos revendications. Vos raisons.

Silence.

— Bien. Monsieur…

Il regarda le dossier projeté sous ses yeux par un out-puck noir fourni par la milice. Toutes les informations scannées sur le tatouage de l'individu y étaient affichées.

— … Julkis. Trente-deux ans. Pas de famille, pas de casier. Quand avez-vous intégré la Rébellion ? Pourquoi ?

Toujours aucune réaction. Liam poussa un soupir de frustration.

— Bon.

Il téléchargea rapidement quelques extraits de l'enregistrement que son système intégré avait fait de la situation dans le quarré sur l'out-puck et les projeta devant le terroriste.

— Regardez. Cette petite fille au visage entièrement brûlé. Cette maman qui pleure devant le corps de son bébé. Ce petit garçon visiblement traumatisé à vie ! Ces rangées de cadavres ! Tout ça, c'est vous. *Votre* peuple. Je ne vais même pas vous parler de nos morts, ça, je suis certain que vous en serez fier. Mais ceux-ci, ce sont les vôtres. C'est *votre* faute. *Votre* responsabilité. La conséquence de *vos* choix. Pouvez-vous me les expliquer ? Vous défendre ? Vous justifier ?

Julkis lui jeta un regard brûlant de haine, à lui comme à Evie.

— Vous n'êtes que des monstres, cracha-t-il enfin. Tous autant que vous êtes ! Des parasites ! On ne veut pas de vous ici.

— Notre installation est légale et juste. Nous avons eu de nombreuses discussions et concertations avec vos dirigeants à l'époque, tout s'est fait dans les règles. Nos relations sont parfaitement amicales. Alors expliquez-moi, que nous reprochez-vous, exactement ?

— Plus rien n'est comme avant.

— Vous n'avez pas connu l'« avant ». Vous êtes né bien après l'installation.

— Et alors ?

— Et alors, vous regrettez un temps que vous n'avez pas vécu. Qu'espériez-vous atteindre, avec votre attaque aujourd'hui ? Ou avec les autres ? Tous ces attentats meurtriers que vous et vos amis perpétrez au nom de la Rébellion, quel résultat en espérez-vous ?

— On veut que vous repartiez chez vous. Laissez-nous tranquilles.

Liam s'adossa à son siège.

— Vous savez, vous n'êtes pas la seule planète à avoir été visitée. Elles sont très nombreuses, partout dans l'univers. C'est la nouvelle étape de l'évolution, c'est… C'est l'avenir, tout simplement. Se rencontrer, communiquer, échanger… Mais qu'importe, maintenant.

L'Illyrien lui jeta un regard perplexe. Liam prit une grande inspiration, pour tenter de calmer sa colère montante.

— Aujourd'hui, vous avez tué et blessé tellement des vôtres. Des « dégâts collatéraux », peut-être ? Des civils. Des femmes et des enfants… Cela fait des mois que votre Rébellion nous terrorise, nous les Terriens. Mais maintenant, vous avez passé un cap et vous ne pourrez plus faire marche arrière. Maintenant, vous serez qualifiés de terroristes y compris par les vôtres. Maintenant, aujourd'hui, c'est le début de la fin de votre organisation.

Il se leva, toisant l'Illyrien de toute sa hauteur.

— Vous serez traqués. Débusqués, arrêtés et jugés pour vos crimes. Et les vôtres nous aideront, car eux aussi ont à présent connu les retombées de votre violence aveugle.

L'Illyrien serra les mâchoires, le regard toujours fixé dans celui de Liam.

— J'en ai terminé ici, finit par soupirer Liam en faisant signe à ceux qui devaient se tenir derrière la vitre sans tain.

Deux soldats entrèrent aussitôt, suivis de Ngozi.

— Je veux des noms, je veux des lieux, je veux des dates, déclara le Nigérian. Si cet homme sait quelque chose, je veux le savoir aussi. Dieu sait combien de vies nous pourrions sauver avec ces informations.

Les deux soldats acquiescèrent et s'installèrent face au terroriste. Ngozi ressortit de la salle et fit signe à un milicien.

— Vous, s'il vous plaît. Faites appeler M. Khellouf. Il a une déclaration de presse à faire.

Au moment où ces mots passèrent ses lèvres, un étrange sentiment de malaise envahit Liam, sans qu'il sache pourquoi. La porte se referma sur l'Illyrien et Evie s'installa face au miroir sans tain pour écouter. Quand elle passa devant Ngozi, ce dernier la stoppa et se pencha vers elle.

— Sérieusement : qui est ce type ?

Evie haussa les épaules.

— Liam Atterwood. Un consultant privé. Directement aux ordres de Sanders. C'est tout ce que je peux vous dire.

Le Nigérian fronça les sourcils et sortit de la salle, non sans un dernier regard vers Liam, qui fit semblant de ne pas les avoir entendus. Bien sûr, Evie Anderson-Ring, en tant que responsable des Renseignements, savait tout de lui. Mais Sanders l'avait mise au secret, et elle respectait les ordres. Éducation militaire oblige... Liam attendit un instant, adressa un bref signe de tête à Evie et sortit à son tour.

Une fois dehors, les grands yeux vides de l'enfant catatonique et le visage affolé de la jeune femme blonde lui revinrent en mémoire, et il chassa son trouble d'une toux nerveuse.

CHAPITRE VINGT-DEUX

La Rébellion – Les marécages

— Debout là-dedans ! Hop ! On se bouge !

Gilem se réveilla en sursaut.

— Hein ? Quoi ? marmonna-t-il, encore un peu groggy.

Kurjak se tenait devant lui, poings sur les hanches.

— Il est l'heure ! tonna-t-il.

— L'heure ?

Plissant les yeux, le garçon regarda autour de lui.

— Mais il fait encore nuit !

— L'entraînement commence à l'aube. Allez, debout ! Ulliel, Ema ! Pareil !

Hum… ça valait la peine de quitter la prison, pensa le garçon en gémissant ostensiblement.

Quelques minutes plus tard, la petite troupe était levée. Le grand Terrien à la carrure d'ours les fit courir pendant une heure dans les larges bandes de terre sèche des marécages. Sous les arbres centenaires aux feuillages d'un mauve profond, entre les larges troncs d'un blanc sale, le bruit de leurs pas dans le sable mou fit s'envoler quelques oiseaux bigarrés. Soufflant et haletant, les trois jeunes peinaient à suivre le rythme. Leurs longs mois de privation en prison les avaient terriblement affaiblis, mais Kurjak ne cessait de les pousser. Enfin, il les autorisa à s'asseoir. Tous se laissèrent tomber sur le sable, bras en croix, tentant de calmer le battement affolé de leurs cœurs épuisés.

— Waouh… ahana Gilem. Je peux… Je peux plus… Laissez-moi… mourir ici… Aaah…

Ulliel eut un petit rire fatigué et tourna la tête vers son ami.

— Courage !

Mais lui-même n'en pensait pas moins. Après quelques minutes de repos, Kurjak les fit se relever.

— Passons aux exercices physiques, d'accord ?

— Quoi ? glapit Gilem. Et c'est quoi, ce qu'on vient de faire là ?

— Un échauffement, gamin.

Le rouquin poussa un gémissement théâtral et se laissa retomber sur le sable.

— Debout ! hurla aussitôt Kurjak. On n'est pas ici pour rigoler !

Le ton, sans appel, ôta toute envie de rire au garçon qui se releva prestement.

Pendant des heures encore, les malheureux furent poussés dans leurs retranchements, subissant pompes, abdominaux, tractions et autres. « Votre vie ou celle d'un camarade dépendra peut-être un jour de votre forme physique ! », ne cessait de clamer leur entraîneur.

Ouais, ouais, c'est ça, pensait Gilem chaque fois. *Mais là, c'est moi qui vais mourir, si tu continues…*

Pourtant, malgré la douleur persistante dans ses muscles, malgré l'envie d'abandonner, de pleurer même, parfois, Gilem continuait. Après tout, Ema le regardait.

Ema…

La jeune femme était d'une beauté telle que même essoufflée, transpirante, ses cheveux collant à son front, elle irradiait.

Quelle femme…

Elle tenait bon, sourcils froncés, mâchoire serrée dans l'effort, refusant tout traitement de faveur.

— Pause déjeuner ! annonça soudain Kurjak.

— Les Créateurs soient loués ! Mes deux mots préférés ! Manger, enfin !

Et rien n'importa plus pour le garçon que de se précipiter vers le feu de camp et obtenir sa part du repas de midi. Il insista néanmoins pour qu'Ema soit la première servie, ce qui fit apparaître un sourire étonné sur le visage d'Ulliel.

— Waouh, lui murmura-t-il à l'oreille. Je ne t'avais jamais vu céder ta première place à la nourriture.

Et de lui donner un petit coup de coude amical dans les côtes. Gilem rougit aussitôt.

— Ouais ben… C'est de la politesse, monsieur ! Les femmes d'abord, c'est comme ça, le rabroua-t-il doucement en se passionnant soudain pour le bout de ses chaussures.

Après une bonne pause roborative, l'entraînement reprit. Thémaire en profita pour discuter un peu avec Fenrir. Ils parlèrent notamment de l'actualité des dernières années. Le vieil homme était heureux d'en apprendre un peu plus sur les événements que les maigres entrefilets qu'il avait obtenus des nouveaux prisonniers au cours de son emprisonnement. Le Terrien lui semblait plus neutre dans ses opinions, plus rationnel et certainement plus intelligent que la plupart des individus qui avaient eu le malheur d'atterrir à la PDI-4.

— Il y a quelques années, la politique du Premier a subitement été durcie, avec son « mouvement pour la coexistence régulée ». Nous étions alors déjà en pleine guerre – si je puis dire – contre la Rébellion, mais quelque chose a poussé le

Premier à renforcer encore sa position. C'est d'ailleurs à ce moment que j'ai moi-même cessé de le suivre. Toutes ces vagues d'arrestations… On n'en était plus à seulement viser les rebelles, non. Soudain, les intellectuels étaient dans le collimateur, les penseurs, les…

— Les historiens.

Fenrir hocha la tête en silence.

— J'ai été arrêté il y a… cinq ans, murmura Thémaire. Cinq ans déjà… Cinq années dans cette foutue mine, et pourquoi ? Pour avoir étudié et écrit notre histoire !

Les deux hommes soupirèrent en chœur. Fenrir semblait assez embêté.

— Et donc ? l'encouragea à reprendre Thémaire, tout de même intéressé par ce que l'homme avait à dire.

— Et donc, depuis ces nouvelles lois, beaucoup de choses ont changé. Au sein de la Zone, les deux peuples vivent totalement séparés, sans plus aucun contact ou presque. Beaucoup d'Illyriens avaient déjà perdu leur emploi et quitté la Zone à l'époque, mais ceux qui étaient restés se sont retrouvés coincés ; il n'y avait plus rien pour eux en termes d'emploi décent, mais les régulations de leurs déplacements étaient tellement strictes qu'ils ne pouvaient plus non plus quitter leurs quarrés. De nos jours, la plupart des habitants des quarrés sont employés à des postes subalternes très peu payés, et beaucoup ont été déplacés vers l'extérieur de la Zone, pour la construction du mur. Le drame, c'est qu'une fois leur tronçon construit, certains se retrouvent du mauvais côté, sans aucune possibilité de revenir chez eux, à l'intérieur, mais également sans possibilité de quitter les environs. Un tas de bidonvilles se sont donc créés aux abords du mur, pour ces pauvres gens qui n'ont nulle part où aller.

Il soupira.

— Ce mur, c'est un projet de fous, totalement disproportionné !
Un mur autour de la Zone, répéta Fenrir pour lui-même, toujours
incrédule. Des années déjà qu'il est en construction, et ce n'est
pas près d'être fini. Et pourquoi ? La Rébellion est matée, on n'en
parle plus depuis déjà longtemps. Enfin… jusqu'à aujourd'hui.

Thémaire eut un petit rire.

— Et puisque la Rébellion était une question réglée, le Premier
a donné une nouvelle mission à la milice : au-delà du maintien
de la paix, éradiquer les métis.

Thémaire leva les yeux au ciel avec exaspération.

— C'est pas vrai…

— Bah, c'est pas nouveau non plus. Cette chasse aux métis a
débuté dès les premières années de l'installation. Après tout, on
ne peut nier qu'il y a quelque chose de… pas naturel chez eux.

Thémaire fronça les sourcils, et Fenrir tenta de s'expliquer :

— Je veux dire, nos deux peuples peuvent parfaitement
s'entendre, on peut commercer, on peut cohabiter, mais… On
n'est pas… pareils. La preuve, c'est que les métis sont stériles,
comme des mules.

— Des mules ?

— Un animal de chez nous, un croisement entre deux races.
Ce n'est pas naturel, ce croisement est créé par l'homme et par
conséquent, la nature refuse la reproduction de ces… anomalies.
On ne devrait pas se mélanger comme ça. Alors, je ne dis pas
que je suis très à l'aise avec l'idée de… supprimer les métis, mais
tout ça fait partie de la politique de coexistence régulée. On
coexiste, oui, mais on ne se mélange surtout pas… Et puis, cette
mission est également une sorte de politique de séduction à
destination des Illyriens : eux aussi sont ravis de se débarrasser
des métis. Eux non plus ne les aiment pas. La plupart d'entre eux
sont d'ailleurs découverts sur la base de dénonciations illyriennes !
ajouta-t-il.

— Et qu'advient-il de ces métis ? osa demander le vieil homme.

Mais Fenrir n'eut pas l'occasion de répondre. Gilem arrivait vers eux, la langue pendante, et il s'écroula à leurs côtés.

— Waouh, je suis mort. J'en peux plus ! De quoi vous parliez, tous les deux ?

— De rien, répondit Thémaire.

— OK... Y a encore du poisson de ce midi ? J'ai faim, moi !

— Tu as toujours faim, Gilem...

Une fois rassasié, le garçon repartit poursuivre son entraînement. Fenrir et Thémaire reprirent leur conversation, et de fil en aiguille, le Terrien en arriva à parler de l'AMRIS et de la conquête spatiale.

— Tout a réellement commencé après l'Événement, murmura Fenrir dans un souffle.

Le vieil homme se redressa. L'Événement... Les Terriens ne parlaient jamais de cette guerre qui avait apparemment suivi leur rencontre avec une espèce technologiquement plus évoluée. Fenrir allait-il enfin lui expliquer ce qui se cachait derrière cet obscur pan de leur histoire ? Eh bien non. Fidèle à l'étrange omerta sur le sujet, le Terrien passa immédiatement à la suite :

— C'est à ce moment que le Plénat, l'alliance entre tous nos pays, s'est créé. Après la guerre, tout s'est enchaîné très vite. L'AMRIS a été fondée, et notre conquête spatiale a décollé. Les découvertes de nouvelles planètes se sont succédé et...

— Et la nôtre ?

Thémaire n'avait pas pu s'empêcher de l'interrompre.

— Pardon ?

— Notre planète, comment a-t-elle été découverte ? Comment cela s'est-il passé de votre côté ?

Son intérêt était piqué : il s'était soudain rendu compte qu'il n'avait jamais eu le son de cloche terrien sur ce sujet. Il savait tout de leur arrivée sur Illyr, les premiers contacts établis, il avait effectué ses recherches. Mais tout ce qu'il avait trouvé n'avait jamais été restitué que du point de vue illyrien, et non terrien. Particulièrement excité, il se pencha inconsciemment en avant vers Fenrir.

— Eh bien… XGD-241091 a été trouvée de façon classique, par une sonde. Elle a été envoyée à l'époque par sir Alistair Lloyd, un colombier célèbre. On raconte qu'il y a eu quelques problèmes au début, ici, parce que c'était – et c'est toujours, d'ailleurs – la première fois qu'une population extraterrestre « humanoïde » était découverte, mais…

Thémaire fronça les sourcils.

— Humanoïde ?

— Je veux dire, vous et nous… nous sommes presque parfaitement identiques, physiquement, n'est-ce pas ? Mis à part les yeux, évidemment, et quelques petites différences dans les traits et la couleur des cheveux. Mais c'est vraiment étrange, non ? Nos scientifiques bataillent encore pour comprendre comment, pourquoi…

— Mmh.

— D'ailleurs…

Il hésita.

— D'ailleurs ? l'encouragea Thémaire.

— D'ailleurs, c'est en grande partie pour cela qu'on a eu tout un débat autour de votre niveau.

— De notre niveau ?

— Oui, bon, c'est un peu compliqué. En fait, l'AMRIS a créé une base pour déterminer le niveau de civilisation d'une planète : l'échelle d'Olemnski. Elle recense cinq niveaux. Les planètes totalement dépourvues de vie, très communes, exploitées pour leur minerai, leur gaz, leur pétrole et autres sont classées en niveau 1. Le niveau 2 est attribué aux planètes « animales », c'est-à-dire habitées par diverses formes de vie sans espèce perçue comme dominante. Ces planètes sont plus rares, mais très convoitées. En plus de l'exploitation de leurs ressources naturelles, elles offrent la possibilité d'y créer des sites touristiques pour voyageurs interstellaires terriens, un projet souvent très rentable… Le niveau 3 désigne les planètes, euh… de civilisation « inférieure », c'est-à-dire habitées par une forme de vie dominante qui démontre des signes d'intelligence avancée. Un peu plus rares que les planètes de niveau 2, elles sont moins convoitées, parce qu'elles sont un peu considérées comme un couteau à double tranchant : la civilisation autochtone peut s'avérer aussi bien un problème qu'une opportunité.

— Je vois… murmura le vieil homme.

— Le niveau 4, reprit Fenrir en prenant une grande inspiration, s'applique aux planètes de civilisation « égale », c'est-à-dire occupées par une forme de vie dominante démontrant des signes d'intelligence égale à l'homme, et le 5 vaut pour celles qui hébergent une forme de vie dominante dont l'intelligence, la civilisation et la technologie sont estimées comme plus avancées que celles de la Terre.

— OK. Alors, quel niveau nous a été attribué ? demanda Thémaire, sentant déjà que la réponse n'allait pas lui plaire.

Le Terrien soupira.

— C'est là que les choses se compliquent. Tu comprends, après que l'AMRIS a déterminé le niveau d'une planète, la deuxième phase, celle de l'observation intérieure, est enclenchée. On envoie des microrobots à sa surface, et pendant trois mois environ, ceux-ci transmettent des millions de photos et de données, que l'AMRIS étudie pour décider si oui ou non la prise de contact humaine est approuvée. Une planète de niveau 1 a toutes les chances d'être rapidement validée, puisqu'il s'agit alors, normalement, de pure exploitation. Les dossiers des niveaux 2 et 3 en revanche sont souvent plus délicats, parce que si projet touristique il y a, de plus amples précautions doivent être prises pour garantir la sécurité des voyageurs, c'est normal. Mais finalement, les droits sont assez facilement et rapidement accordés, grâce à la vaste littérature des précédents juridiques. Seul le montant des taxes reste alors à négocier, en fonction de la taille et de la richesse des sols de la planète ainsi que de l'ampleur des projets du colombier. Puis, une fois le dossier approuvé par l'AMRIS, l'établissement commence. Les premiers Terriens débarquent sur le nouveau sol. On les appelle les pionniers. Pour les planètes de niveau 1, ça va très vite : on construit la base, parfois sous cloche si l'atmosphère n'est pas respirable, les travailleurs sont amenés, et voilà. Simple, rapide, efficace. En quelques années, la planète est parfaitement opérationnelle et rentable. Pour les planètes de niveaux 2 et 3, c'est un peu plus compliqué, donc un peu plus lent. Les pionniers sont accompagnés de militaires de l'Armée internationale, l'AIN, pour garantir leur sécurité. Sur les planètes de niveau 3, l'AIN est d'autant plus importante que les autochtones peuvent… poser problème.

— D'accord…

— Lorsqu'une zone suffisamment large est sécurisée, les travaux peuvent commencer. Les travailleurs sont amenés par navettes entières et la métropole se construit autour de l'aérodrome. Et une fois que la métropole a pris forme, la planète est prête pour l'installation, c'est-à-dire l'arrivée des premiers touristes et résidents terriens longue durée. La métropole grandit ou non, en fonction de son succès, *idem* pour les villes touristiques qui continuent ou non à pousser un peu partout dans la zone sécurisée. Voilà.

Le Terrien semblait un peu mal à l'aise.

— Alors… c'est comme ça que ça s'est passé, hein ? Pour nous ? Vous êtes arrivés, vous avez évalué notre civilisation et vous vous êtes installés ?

— Euh… oui, grosso modo, c'est ça.

— Mais tu n'as pas répondu à ma question. On était de quel niveau, nous ?

Fenrir soupira.

— Bon. OK… Alors… en fait, au début, apparemment, hum… Certains pensaient que votre planète serait notre premier cas de niveau 4. Et cette perspective a provoqué d'immenses débats. Quelle approche mener ? Les extraterrestres devaient-ils être considérés comme égaux aux Terriens, moralement, juridiquement, politiquement ? Pouvait-on autoriser une installation ? Tout ça, quoi… Après presque deux ans de délibérations, le verdict est tombé : la planète était classifiée de niveau 3 et la prise de contact humain autorisée.

— Niveau 3 ? Inférieurs ? Vous avez pensé que nous vous étions *inférieurs* ?

— Je ne… Il y a beaucoup d'histoires d'argent et de politique là-dedans, tu sais. Lloyd, c'était un gars très riche et très puissant. Un colombier réputé, il n'en était pas à son coup d'essai. Selon certains, il aurait graissé la patte à l'AMRIS pour obtenir son autorisation. Et ils auraient accepté, par facilité, parce qu'un niveau 4 aurait été trop difficile à gérer. Mais je ne sais pas. Rien n'a été prouvé. Encore maintenant, on ne sait pas, les dossiers ne seront déclassifiés que dans une cinquantaine d'années, soixante-dix ans après sa mort exactement. Ce gars-là a vécu vraiment longtemps, grâce au Stabitis.

— Le Stabitis ?

— C'est une sorte de traitement de plus en plus populaire chez nous, qui ralentit de manière assez impressionnante le vieillissement des cellules. Du coup, on ne vieillit plus… Enfin si, mais bien plus lentement. Lloyd a eu accès aux toutes premières versions du Stabitis, et paraît qu'au final, c'est ça qui a causé le cancer qui l'a tué. Comme quoi… Enfin, maintenant, ils disent que le produit est absolument sans danger, mais ça reste relativement hors de prix.

Thémaire et lui se turent, chacun plongé dans ses pensées. Le vieil Illyrien peinait un peu à intégrer toutes ces nouvelles informations.

— Mais, euh… Pour ma part, finit par murmurer Fenrir, je ne crois pas du tout que vous soyez de civilisation inférieure. Je veux dire, même si sur certains plans, notre technologie et nos connaissances sont supérieures, sur d'autres, c'est vous qui avez des leçons à nous donner.

Thémaire se tourna vers lui :

— Merci.

Fenrir hocha la tête sans rien dire.

— Et vous n'avez jamais eu de problèmes avec les autres ?

— Les autres ?

— Les autres habitants des planètes que vous découvriez.

— Non, pas tellement… Comme je te l'ai dit, la vôtre était particulière, mais tu sais, pour la plupart, ça se passe beaucoup plus simplement.

— Mmh… Combien êtes-vous à désapprouver ce qui se passe ici ? À penser comme toi, que nous avons été spoliés de notre catégorie 4 ?

— Eh bien, il y a quelques organisations sur Terre qui se battent pour votre reconnaissance, mais le truc, c'est qu'elles sont limite extrêmes dans l'autre sens. Elles refusent toute installation sur des planètes « vivantes », sous divers prétextes, pas toujours très… comment dire ? Ces groupes sont plus émotionnels que factuels. Ils n'ont pas beaucoup de crédibilité auprès du public. Et c'est dommage, parce qu'ils se tirent une balle dans le pied, pour le coup.

— Ah.

Tous deux soupirèrent.

— C'est compliqué.

— Oui...

— Si cette rébellion se passe bien, si nous reprenons le pouvoir... Nous pourrons peut-être changer les choses !

CHAPITRE VINGT-TROIS
Elly – L'Hôtel

Elle se réveille dans une maison en feu. Auprès d'elle, le cadavre de Terwÿn crépite en se décomposant. Les yeux écarquillés d'horreur, elle réprime un sanglot et se relève à grand-peine.

— C'est ta faute, murmure soudain une voix rauque dans son dos.

Non…

Elle se retourne lentement. La femme aux orbites vides est là, encore, les mains tendues vers elle. Cette fois, elle n'est pas vieille, mais jeune et belle. Ses traits sont flous, et ses longs cheveux flottent dans un vent inexistant.

— C'est ta faute, murmure-t-elle de nouveau. Tu es mauvaise. Tu portes en toi le mal.

Elly gémit.

— Non… Non !

La petite s'enfuit. Elle sort de la maison qui s'effondre en un tas de cendres fumant et court dans le pré avoisinant. Autour d'elle, des oiseaux morts tombent du ciel, la percutant parfois. Elle se couvre la tête de ses mains et continue de courir. Devant elle, une forêt pousse subitement, composée uniquement de grands arbres noirs aux branches desquels tournent lentement sur eux-mêmes des corps pendus, aux traits indistincts. Elly hurle, hurle, à s'en décrocher la mâchoire. Mais les cris qui s'échappent de ses lèvres ressemblent à ceux d'un nourrisson. Une main l'agrippe soudain, la projette contre un arbre. Des branches l'enserrent aussitôt. Une voix murmure à son oreille, alors que les branches s'enroulent autour de sa gorge.

À nouveau, Elly se réveilla en sursaut. Elle se concentra quelques minutes sur sa respiration pour faire revenir à la normale les battements de son cœur, tandis qu'une dernière larme glissait sur sa tempe.

Trop agitée pour se rendormir, elle décida d'aller se balader dans les jardins avant son entraînement. Fstöl lui avait parlé quelques jours plus tôt d'un troupeau de cerfelins qui se trouveraient au fond de la propriété. Ces animaux, connus pour leur souplesse autant que pour leurs immenses bois, étaient apparemment dressés ici pour aider la Rébellion. Leurs pattes aux coussinets doux les rendaient extrêmement silencieux, même lorsqu'ils couraient à pleine vitesse. Et ces superbes créatures, qui mesuraient parfois jusqu'à deux mètres au garrot, pouvaient atteindre les soixante-dix kilomètres heure une fois lancées à pleine vitesse ! Les cerfelins étaient donc idéaux pour délivrer des messages, moins sonores et certainement plus rapides en terrain escarpé que n'importe quelle automobile terrienne. Et en cas d'attaque de miliciens, leurs bois ainsi que leurs crocs acérés pouvaient faire de réels dégâts… Les hassaïn apprenaient donc à les dompter et à les monter, un vrai spectacle, selon Fstöl.

En arrivant près de l'enclos, Elly entendit des cris avant de voir les quadrupèdes. Le soleil se levait à peine, illuminant les alentours d'une magnifique lueur orangée.

— Concentre-toi, Oeknan ! Recommence ! Ne laisse pas la bête prendre le contrôle, montre-lui qui est le maître !

Merde… Oeknan est là… Mieux vaut me faire discrète.

Elle s'approcha à pas feutrés. L'enclos était immense, bien plus grand qu'elle ne l'avait imaginé. Douze cerfelins y étaient attachés derrière une barrière dans le coin opposé, tandis qu'au centre, le jeune homme aux cheveux argentés chevauchait un treizième animal particulièrement réfractaire.

— Je ne sais pas ce qui lui prend tout à coup, hurla-t-il en s'agrippant aux bois. Il était calme et maintenant…

— Reprends le contrôle ! hurla en retour un autre homme, accoudé à la barrière.

Oeknan était rouge et en sueur, front plissé par l'effort. Soudain, le cerfelin se cabra violemment et le jeune homme fut éjecté de son dos. Il atterrit face contre terre dans le sable encore enneigé de l'enclos et roula sur plusieurs mètres avant de s'arrêter et de péniblement se relever. Il se trouvait à présent tout proche d'Elly, dissimulée dans le feuillage des buissons alentour…

— Je comprends pas… Quelle mouche l'a piqué ? marmonnait-il entre ses dents en dépoussiérant sa chemise.

Mais le cerfelin n'avait pas fini de faire des siennes. Raclant le sol de sa patte avant, les naseaux frémissants, il regardait fixement pile à l'endroit où était cachée la jeune fille. Oeknan se tourna lui aussi, cherchant des yeux ce que voyait l'animal.

— Qui est là ? Il y a quelqu'un ?

Elly enfonça sa tête entre ses épaules, une main sur la bouche. Elle ne pouvait détacher son regard de l'immense cerfelin. Tête baissée, bois pointés vers l'avant, il était en position de charge. Et il se lança à plein galop, droit sur elle. La petite tomba au sol en laissant échapper un glapissement de terreur lorsque les bois de l'animal firent trembler celui de la clôture. Trois hommes arrivèrent aussitôt en courant pour tenter de calmer la bête, tandis qu'Oeknan se glissait entre les épais barreaux de la barrière.

— Eh ! Qui est là ? Qui est là !

Elly s'enfuit aussitôt, le cœur battant à tout rompre, l'estomac au bord des lèvres.

En la voyant arriver dans la salle du petit déjeuner, Terwÿn se leva à moitié du banc où elle se tenait.

— Hello ! Ça va ? demanda-t-elle.

— Très bien, et toi ? répondit la gamine en s'asseyant, avec un sourire faussement guilleret.

Elles papotèrent un instant, de tout et de rien, jusqu'à ce que Kyros vienne trouver le petit groupe à sa table.

— Elly ?

— Oui, monsieur ?

— Cette nuit, c'est ton tour de faire le guet.

Aussitôt, son esprit se vida complètement de ses noires pensées. Son cœur se mit à battre très vite.

— Comme ce sera ta première fois, tu ne seras pas seule, ajouta-t-il. Tusaaj va te superviser.

Tusaaj ?

En illyrien, *tusaaj* signifiait « le silencieux ». Terwÿn pouffa de rire, mais elle se calma immédiatement sous le regard noir de Kyros.

— Rejoins la tour de guet nord dès que tu as terminé. Tu seras de garde jusqu'à quatre heures du matin, annonça Kyros. À ce moment, Losten te relayera. Compris ?

— Oui, monsieur.

— Bien.

Et il s'en fut. Elly se tourna aussitôt vers les autres.

— Tusaaj ?

— Oui… C'est comme ça qu'on l'appelle, vu qu'on ne connaît pas son vrai nom, chuchota Celethy. Il ne parle pas… jamais !

— Il est muet, quoi, lâcha Zvalec avec dédain.

— Mais…

— Ce gars, personne ne le connaît, expliqua Terwÿn, alors qu'il est ici depuis le début ! On pense que c'est un protégé du Chiffre, mais on ne sait pas pourquoi. Il est toujours de garde la nuit, c'est pour ça qu'on ne le voit jamais dans la journée, il dort sans doute.

— Ah ! et aussi, personne n'a jamais vu son visage ! Il porte toujours une sorte de turban autour de sa tête, on ne voit de lui que ses yeux, expliqua Nikkov en enlaçant Celethy. On pense qu'il doit cacher quelque chose d'horrible là-dessous. Il doit être difforme, ou quoi. C'est pour ça qu'il lui fait un peu peur, ajouta-t-il en déposant un baiser sur la joue de la jeune femme.

— Enfin, donc… bonne chance, quoi, déclara Terwÿn avant d'exploser de rire à nouveau. Eh ! mais au fait… Peut-être que justement, vous allez super bien vous entendre, vu que toi non plus, tu ne parles pas des masses.

Elle se pencha vers Elly avec un sourire malicieux, plantant son regard dans le sien.

— Qui sait, peut-être que vous êtes faits l'un pour l'autre…

Elly piqua aussitôt un fard.

∴

Après une longue journée d'entraînement et malgré les taquineries de Terwÿn, c'est relativement sereine qu'Elly sortit de l'hôtel ce soir-là pour aller rejoindre la tour de guet. Elle aimait la nuit, elle aimait le silence, et était assez impatiente à l'idée de passer du temps avec le garde silencieux, quoi qu'on dise de lui.

Au moins, je suis sûre qu'il ne m'embêtera pas…

Quand elle entra dans le hall, Kyros l'attendait, son trousseau de clefs à la main.

— Tour nord. Sois de retour ici à quatre heures.

Elle acquiesça et sortit sur la terrasse, savourant de se trouver seule dehors. Derrière elle, elle entendit la clef tourner dans la serrure. Kyros venait de refermer la porte. À cette heure, les jardins foisonnaient de petits bruits, craquements de branches, crissements de feuilles, hululements d'oiseaux nocturnes et fourmillements intempestifs de toutes les petites créatures noctambules qui vaquaient à leurs occupations. Le son si doux de la nature. Il lui avait manqué.

Elle se mit à marcher en direction de la tour de garde nord, profitant de la nuit ainsi que de sa liberté nouvelle. La grande lune était encore là, mais elle n'allait pas tarder à se coucher. Le coucher de lune de minuit constituait un spectacle magnifique, et il y avait si longtemps qu'elle ne l'avait plus vu…

Une fois au pied de la tour, elle posa le pied sur le premier barreau de l'échelle, prit une grande inspiration, et se mit à grimper. En haut se tenait un homme revêtu d'un long manteau, les mains jointes dans le dos, qui observait le paysage.

— Euh… bonsoir ? dit-elle d'une voix mal assurée, depuis le dernier barreau de l'échelle.

L'homme se retourna lentement vers elle. Il était très grand, entièrement vêtu de noir, engoncé dans sa veste, une écharpe enroulée autour du cou et de la tête. Elle ne discernait de lui que ses yeux, et encore, dans la pénombre, on n'en voyait que le reflet brillant.

— Je… Je m'appelle Elly. Pardon de vous déranger, je…

L'homme se détourna sans répondre.

— Je viens pour le guet ? hasarda-t-elle.

Cette fois encore, pas de réponse.

En effet, il est silencieux… Bon…

Elle prit son silence pour une autorisation tacite de le rejoindre et grimpa les derniers échelons. La tour, à son sommet, n'était qu'une simple plate-forme de bois munie de balustrades, mais le paysage qui s'étendait de l'autre côté des murs était d'une beauté époustouflante. La tour se trouvait juste au bord d'une falaise et dans la vallée, un grand fleuve tortueux brillait comme si les lunes elles-mêmes avaient fondu pour se répandre en longues coulées d'argent à travers le panorama. Surplombant la vallée, des montagnes aux sommets déchirés, encore couverts de leur manteau de neige, découpaient la nuit d'une douce lueur bleutée et au loin, très loin, brillaient les lumières d'une ville. Dans le ciel, les étoiles scintillaient avec une force rare. On aurait dit que quelqu'un, là-haut, avait renversé du sucre dans le firmament. On pouvait aussi nettement apercevoir la galaxie Kalsija, qui s'enroulait paresseusement au-dessus des sommets.

— Qu'est-ce que c'est beau… murmura Elly, totalement fascinée.

Encore une fois, l'homme sembla ne pas l'entendre. Il s'était adossé au mur du fond et observait l'horizon en silence, les bras croisés sur sa poitrine. Il y avait en lui quelque chose d'étrange, une sorte de calme serein, une vibration indescriptiblement différente de celle des autres et qui mettait la jeune fille curieusement à l'aise à ses côtés. Elle s'assit auprès de lui. Ils restèrent ainsi, silencieux, pendant de longues minutes. Un *chant* d'aurelias passa au loin, leurs membranes translucides reflétant les rayons des lunes. Elly les regarda passer, les yeux légèrement embués.

— C'est bientôt le coucher de lune, murmura-t-elle soudain, alors que la sphère d'argent descendait vers l'horizon.

Quelques minutes plus tard, le ciel devint violet et d'immenses rubans de lumière orange et dorée apparurent, ondulant dans la nuit comme un nuage de lait dans un café, s'enroulant, se déroulant… C'était comme si le ciel jouait une mélodie lumineuse. La vallée entière s'embrasa. Le fleuve devint une coulée d'or rejointe par une myriade de petits ruisseaux serpentant dans les collines comme autant de colliers perdus dans l'herbe, et au loin, les sommets enneigés des montagnes prirent une teinte orangée. Le ciel dansait… Fascinée par le spectacle qui se jouait sous ses yeux, la jeune fille savourait ce silence si rare, où l'absence de paroles n'équivaut pas à l'absence de communication, mais bien à un échange total et complet entre deux êtres liés par une même contemplation. Tusaaj s'était en effet approché de la balustrade et admirait le ciel avec presque autant de passion qu'Elly. Et puis la grande lune disparut sous la ligne d'horizon, et les voiles de lumière disparurent. Cela n'avait duré que quelques minutes, mais avec une telle beauté qu'Elly en avait les larmes aux yeux. Les trois petites lunes (les Trois Sœurs, comme on les appelait) reprirent le flambeau, inondant à leur tour le ciel d'une vague lueur bleutée. Elly leur sourit, un peu mélancolique.

— J'aime tellement le ciel, murmura-t-elle. J'aime ses humeurs, ses couleurs, ses étoiles… (Elle sourit.) Tu sais, je pense que chaque étoile a un sens profond, une raison d'être, une signification que nous sommes trop petits pour appréhender. Elles sont si loin… Si loin dans le passé. Certaines n'existent peut-être même plus aujourd'hui, mais nous ne le saurons pas avant des années et des années. N'est-ce pas extraordinaire ? Chacune de ces étoiles est un tout petit morceau du passé, visible et pourtant inaccessible. Quelle étrange idée que d'admirer ainsi ces petits éclats d'autrefois, n'est-ce pas ? D'autant qu'on ne sait laquelle est vivante et laquelle est déjà morte. Au fond, c'est cette incertitude qui me ravit le plus. Pour moi, il n'y a pas de différence. Si je la vois, si elle brille pour moi, elle existe. Elle existe encore par-delà sa propre mort, à travers mes yeux, à travers mon émerveillement. Et elle continue à m'éclairer. Et je… Je me dis que c'est pareil pour les gens que l'on perd… Que tant que l'on pense à eux, ils existent. Que personne ne meurt véritablement s'il a été aimé, si quelqu'un le garde en mémoire. Peu importe ce qu'il a vécu, peu importent ses bonheurs, ses drames, ses incertitudes et ses angoisses ; il existera toujours pour quelqu'un, jusqu'à ce que cette personne le rejoigne, survivant elle-même dans les pensées d'une autre. La vie ne serait ainsi en fait qu'une longue rangée de perles de gens qui s'aiment et ne s'oublient pas…

Elle s'interrompit, ramenant ses genoux sous son menton.

— Enfin, je ne sais pas. C'est peut-être stupide. Mais je les regarde souvent quand je me sens seule ou triste. Soit presque tous les jours, en fait. J'ai du mal à trouver ma place ici, tu sais… J'en ai tellement marre d'être métisse, d'être bizarre, d'être différente… Je voudrais tellement être comme les autres, avoir cette chance si simple d'être normale, tu comprends ? D'être juste… normale. D'avoir une vraie famille. Moi, ma vraie mère, elle m'a abandonnée quand j'étais bébé. Même elle ne voulait pas de moi. En même temps, je la comprends.

Très haut dans le ciel, une navette terrienne passa, avec ses lumières clignotantes vertes et rouges. Elly profita de la distraction qu'elle offrait pour essuyer une larme qui s'était échappée et glissait sur sa joue. Elle passa le reste de la nuit en silence, à surveiller les environs. Malgré sa gorge nouée, elle se sentait bien, dans cette tour, dans la nuit, dans la contemplation éperdue de la vallée, dans ce silence.

Et puis soudain…

— Relève ! entendit-elle crier depuis le bas de l'échelle.

S'étirant de tout son long, la jeune fille salua Tusaaj et entreprit de descendre les échelons, contente de pouvoir aller dormir enfin.

Mais avant qu'elle ne touche le sol, une main l'agrippa par le col et la fit tomber. Couchée à terre, un peu sonnée, elle vit apparaître un visage au-dessus d'elle.

— Qu'est-ce que…

Elle n'eut pas le temps de finir sa question. Oeknan lui plaqua une main sur la bouche et l'attira dans les fourrés. Il la plaqua contre un tronc d'arbre, son bras sous sa gorge.

— Tu cries, je te bute, c'est clair ?

Elly hocha la tête, les yeux écarquillés de terreur.

— Qu'est-ce que tu fous ici, hein ? siffla-t-il.

— Quoi ? murmura la jeune fille, totalement déboussolée, tentant péniblement de trouver un appui pour ses pieds. Je… Pour la garde, c'était…

Il appuya plus fort sur sa gorge et la souleva d'encore quelques centimètres le long du tronc. Les pieds de la fillette ne touchaient presque plus terre. Désespérée, elle s'agrippa à son bras pour ne pas s'asphyxier.

— Qu'est-ce que tu fous ici, à l'Hôtel, dans la Rébellion ? Une métisse comme toi, une anomalie, une monstruosité, une vermine, une souillure !

— Mais pourquoi tu me détestes tellement ? Qu'est-ce que je t'ai fait, hein ? s'énerva Elly, les larmes aux yeux. Qu'est-ce que…

— Ta gueule. Qu'est-ce qui nous dit que t'es pas une sale traître de corniaude au service des Terriens, hein ?

— Je…

— Je ne sais pas ce qu'il voit en toi, mais moi, je t'ai à l'œil. Je ne te fais pas confiance. Et maintenant, il te confie des gardes ? Putain de Terrien…

Il parle du Chiffre.

— Lâche-moi ! tenta la jeune fille d'une voix qu'elle voulait impérative, mais qui sonna comme une plainte.

— Non, non, non… Ça fait des jours que je t'observe, tu sais. Toujours entourée, jamais seule… Sauf ce soir. Ce soir, tu es seule. Toute seule…

Il fit courir ses doigts sur les bras fins d'Elly qui s'agrippaient toujours au sien, appuyant sur ses bleus, lui arrachant des grimaces.

— Tu fais la forte, hein ? Tu te prends des coups dans la gueule à longueur de temps, mais tu résistes… T'as peur de rien, c'est ça ? Peur de rien ?

Il planta son regard dans le sien et ses doigts glissèrent vers son ventre. Elly frémit.

— Si frêle, pourtant. Si fragile…

La main du jeune homme passa sous sa chemise, remonta lentement.

— Mais déjà une petite femme, n'est-ce pas ?

Elly sentit son cœur s'emballer. Gigotant dans tous les sens, elle ne pouvait se défaire de l'emprise du jeune homme. Si elle lâchait son bras, elle étoufferait. Elle sentit sa main rugueuse et sèche empoigner sa poitrine naissante et laissa échapper un glapissement de panique.

— Pas encore grand-chose ici, murmura le hassaï dans son oreille. Voyons plus bas…

Il fit descendre sa main jusqu'à son pantalon, lentement, savourant la terreur qu'il insufflait à la jeune fille. D'un geste, il défit la corde qui lui servait de ceinture et plongea ses doigts entre ses cuisses. Un sourire sadique éclaira son visage.

— Alors comme ça, les petites corniaudes sont faites toutes pareilles que les autres…

À présent, Elly sanglotait.

— Tu sais que ça m'excite, les filles qui pleurent ?

Il lui passa une main dans le bas du dos et l'attira contre lui. Révulsée par la bosse dure qu'elle sentit naître contre son bassin, elle détourna la tête, ses pieds peinant toujours à trouver prise sur le sol.

— Imagine un peu tout ce qui pourrait t'arriver, hein ? chuchota-t-il encore en lui glissant la langue dans l'oreille. Tu es faible. Minuscule, insignifiante. Alors si tu fais le moindre pas de travers, je te fais ta fête. Et si tu parles de ce soir à qui que ce soit, pareil. Compris ?

Elle cligna des yeux en signe d'assentiment.

— Parfait. Je te tiens à l'œil. Un pas de travers, corniaude… Un pas !

Et il la lâcha. Le temps qu'Elly retrouve son souffle entre ses quintes de toux, il avait disparu dans la nuit. Le corps encore secoué de sanglots, elle se releva péniblement et courut jusqu'à l'hôtel.

Quand elle arriva enfin dans sa chambre, elle referma immédiatement à clef derrière elle. Puis elle poussa sa chaise et sa table de nuit devant la porte et s'engouffra dans la salle de bains, où elle passa près d'une heure sous la douche à frotter sa peau jusqu'à la laisser rouge et irritée, sans toutefois avoir l'impression de s'être débarrassée du souvenir des doigts d'Oeknan.

Elle ne dormirait pas, cette nuit.

CHAPITRE VINGT-QUATRE
George et Liam – La métropole

Le lendemain de l'attentat de Tarüul-Viën, la métropole était en pleine effervescence. L'incident avait fait près de cinquante-sept morts terriens et pas loin du double chez les Illyriens. La nouvelle était sur toutes les lèvres… George, le visage fermé, se trouvait à bord de sa voiture, en route vers la Grand-Place de Lloydsville pour y faire un court discours. Toutes les décorations prévues pour la Hassa-Simoï imminente avaient été retirées, par respect envers les victimes et leurs proches. Il n'y aurait pas de fête cette année.

Pendant toute la nuit, il avait rencontré les familles des victimes pour leur parler et leur présenter ses condoléances. C'était important. Il savait peut-être mieux que quiconque combien ces personnes avaient besoin d'attention, de réconfort, et surtout d'informations, après ce genre de perte. Les familles étaient regroupées dans une salle privée de l'hôpital, attendant avec angoisse des nouvelles de leurs blessés ou pleurant leurs morts. Quand George était entré, tous les visages s'étaient tournés vers lui. Il avait serré des mains, murmuré sa compassion, écouté les chagrins et les plaintes de chacun. Puis était venu le tour d'une femme d'une soixantaine d'années. Elle s'était avancée doucement vers lui et l'avait pris dans ses bras. George, ne sachant trop que faire, l'avait enlacée à son tour. Quand elle s'était enfin reculée, elle l'avait regardé droit dans les yeux.

— J'ai tout perdu aujourd'hui. Mon mari, mes enfants, ma maison. Je n'ai plus rien ni personne.

— Je suis désolé…

— Je sais que vous l'êtes. Je sais. Je ne vous demande qu'une chose, s'il vous plaît.

— Oui ?

— Mettez un terme à tout ça. Mettez un terme à ces attaques, je vous en supplie…

— J'essaye, madame. Je vous assure que j'essaye.

Quand il était remonté dans sa voiture une demi-heure plus tard, il avait relevé la séparation entre son chauffeur et lui et fondu en larmes. Cela lui arrivait de plus en plus souvent ces derniers temps, ces crises de larmes incontrôlées. Des larmes de honte, de culpabilité, de responsabilité et sans doute aussi un peu de fatigue.

— Nora, murmura-t-il, les yeux fermés, aide-moi, s'il te plaît. Aide-moi. J'ai besoin de toi…

Arrivé devant l'estrade, il prit une grande inspiration, rajusta son col de chemise et monta sur la scène. Devant lui, une immense foule s'était rassemblée pour l'écouter. La Grand-Place était noire de monde. Depuis le côté, Liam l'observait, légèrement en retrait. Il voulait avoir une vue sur la foule, analyser la réaction des gens présents. Non loin de là, Thomas, en uniforme de police, serrait la main de Madison, sa fiancée. Liam lui adressait un petit signe quand soudain, son attention fut détournée vers une femme qui s'installait au deuxième rang. D'une élégance presque royale dans sa tenue blanc et or, ses cheveux blond très clair coiffés en arrière en une coupe asymétrique du dernier chic, elle leva vers George des yeux d'un bleu perçant. Liam n'avait aucune idée de qui elle pouvait bien être et pourtant, elle lui sembla étrangement familière. Mais il n'eut pas le temps de se questionner plus longtemps : George allait enfin prendre la parole.

— Mesdames et messieurs, hier, la ville de Tarüul-Viën a subi une terrible attaque de la Rébellion.

Il marqua une longue pause, observant le parterre. À l'avant, les Terriens, assis sur le millier de bancs qui avaient été disposés pour l'occasion. Partout autour, debout derrière des barrières de police, des Illyriens aux visages défaits, qui s'étaient eux aussi déplacés pour entendre le discours.

— Beaucoup de vies ont été perdues. Les destructions dans la ville comme dans le quarré ont été massives. À l'heure où je vous parle, plusieurs blessés, de nos deux peuples, sont encore dans un état critique. Toutes nos pensées vont vers eux et leurs familles. Je tiens également, en mon nom et en celui de tous mes collègues et concitoyens, à présenter nos sincères condoléances à tous ceux et celles qui ont perdu quelqu'un dans cette tragique attaque, qu'ils soient terriens ou illyriens. Je vous demande, s'il vous plaît, de respecter une minute de silence en leur honneur.

Et il baissa la tête sur ses mains croisées. Le public fit de même.

— En démontrant aujourd'hui à quelles extrémités elle est prête à aller, reprit George après le silence, dans quelle absence de scrupule elle se trouve, y compris envers les siens dont elle prétend pourtant défendre les intérêts, la Rébellion montre enfin son vrai visage. Notre volonté d'en finir avec ces terroristes n'en sera que plus forte. Le moment est venu de nous lever et de nous battre, non plus l'un contre l'autre, mais ensemble, contre cet ennemi commun ! Nous battre non pour la conquête ou pour la vengeance, mais pour la paix. Pour un monde dans lequel nos enfants pourront vivre en sécurité.

À ces mots, la foule applaudit à tout rompre.

— Mes amis, nous nous engageons dans un combat de longue haleine. L'ennemi est fantomatique, pernicieux, il est infiltré partout. Le débusquer sera tâche ardue. Aussi, je vous demande du courage et de la patience. Terriens, compatriotes, je compte sur vous. Mais surtout, c'est sur vous, Illyriens, camarades, que je compte. Pour contrer ces terroristes, des mesures devront être prises, restrictives de votre chère, précieuse liberté. Sachez qu'aucune de ces décisions ne sera prise à la légère, ni de gaieté de cœur. Il ne me plaît pas de mettre tout un peuple dans un même sac, car je ne vous considère certainement pas tous comme des terroristes potentiels. Mais le combat pour la paix requiert des sacrifices… Dans les semaines qui viendront, des lois seront prononcées. Sachez, amis illyriens, que ces mesures seront de courte durée ! Temporaires, mais dépendantes de la disparition totale et entière de cette « rébellion ». Vous avez votre rôle à jouer ! Aidez-nous en dénonçant ceux qui basculent dans la violence, à *votre* détriment ! Oui, nous nous montrerons fermes, mais nous ne serons jamais injustes. Sévères, inflexibles, mais pour le bien de tous. On ne peut céder face à la terreur, pas même un peu. Chaque pas en arrière que nous ferons équivaudra à quatre pas en avant pour les rebelles. Il faut résister. Je ne peux hélas vous promettre une victoire facile et rapide. Mais je vous apporterai la paix, ça, je vous le promets.

Un silence flotta un instant sur la foule, avant d'être rompu par un tonnerre d'applaudissements. Les Illyriens paraissaient intéressés aussi, même si leurs applaudissements se révélèrent moins nourris que ceux des Terriens. Ils mesuraient encore sans doute le pour et le contre, mais George avait raison : les morts de Tarüul-Viën leur pesaient sur le cœur et eux aussi voulaient éviter de nouvelles pertes. Eux aussi en avaient assez de la peur, du racisme montant, des horreurs provoquées par un petit groupe des leurs qu'ils refusaient de cautionner. Oui, il était temps de mettre un terme à tout ça.

∴

Dans les semaines qui suivirent, la milice fut largement déployée dans la Zone et ses territoires limitrophes ainsi que dans les comptoirs de grande taille. Les postes-frontières furent multipliés, les rondes miliciennes renforcées. Aucun transport aérien illyrien ne pouvait plus survoler les villes à prédominance terrienne, et on vérifiait les identités des Illyriens dans chaque gare ou station de transport au sol de taille importante.

Plusieurs perquisitions musclées, menées dans le cadre d'un immense mouvement pour la coexistence régulée, aboutirent à plusieurs centaines d'arrestations à travers le territoire. Malheureusement, malgré tous les efforts de George et de la Délégation, la Rébellion ne cessait de croître. Comme si chaque coup mené contre elle ravivait sa flamme au lieu de la souffler, comme si chaque arrestation d'un rebelle en motivait d'autres à se lever… Tous les départements de la milice tournaient à plein régime et George enchaînait réunion sur réunion. Les rapports des chefs de département s'accumulaient sur son bureau et le stress sur ses épaules. Mais au moins, la population était de son côté. Depuis l'attentat de Tarüul-Viën, la majorité des Illyriens de la Zone faisaient preuve d'une extrême bonne volonté face aux mesures restrictives et les Terriens approuvaient pleinement les agissements de la milice. Tous voulaient en finir au plus vite avec ces terroristes.

Hélas, la vaste majorité des Illyriens vivaient en dehors de la Zone et ne voyaient pas les choses de la même manière. Frustrés par les nouvelles lois qu'ils jugeaient extrêmes, injustes et liberticides, ils basculaient peu à peu sinon dans la Rébellion en tant que telle, du moins dans son état d'esprit. Les jeunes en particulier se montraient de plus en plus réfractaires et s'ils ne commettaient pas d'attentats à proprement parler, il n'était pas rare d'entendre des récits d'agressions envers des civils terriens, ou des miliciens patrouillant sur les Terres d'Horizon.

Ils ne comprennent pas qu'ils provoquent tout ce dont ils se plaignent, les imbéciles. Liam faisait de son mieux pour aider, mais les heures passées à lire et corriger des dossiers, à suivre des conférences, à relire les rapports de la milice finissaient par lui peser. L'aventure lui manquait et comme le lui répétait Elizabeth chaque fois qu'il l'avait au téléphone, il n'était pas fait pour un job de bureau, à rester assis face à l'écran de son puck toute la journée. Il essayait, par amitié, par conviction, par volonté aussi, mais il n'était pas heureux. Il se sentait inutile et vide, au point que sa sœur s'inquiétait pour lui.

Et puis le soir, allongé sur le dos dans le noir, il n'osait plus fermer les yeux. Depuis l'attentat, les cauchemars ne lui laissaient aucun répit. Le sentiment de malaise qu'il avait ressenti ce jour-là ne le quittait plus, de même qu'un atroce sentiment de culpabilité. Il était au chaud chez lui tandis que tous ces gens souffraient dans la misère… Les images de la ville en flammes lui collaient encore à la rétine, les cris résonnaient dans sa tête chaque fois qu'il tentait de dormir. Pour chasser ces images, pour se changer les idées, il réveillait Flavia à ses côtés. Elle était toujours d'accord pour une partie de jambes en l'air en pleine nuit et sa voix endormie, rauque et sensuelle quand elle gémissait de plaisir, parvenait à lui faire oublier quelques instants toutes les horreurs de Tarüul-Viën. Toutes les horreurs… mais pas *elle*. Pas l'Illyrienne aux cheveux si pâles et au regard mouillé de larmes. *Elle* restait avec lui, toujours. Le tourmentait… Le torturait.

Quoi qu'il fasse pour se changer les idées, il ne parvenait pas à se débarrasser du souvenir de ces yeux mauves qui le hantaient depuis près d'une semaine… Dès qu'il baissait les paupières, l'Illyrienne lui apparaissait.

Un beau jour, n'y tenant plus, il prit sa voiture et roula jusqu'à Tarüul-Viën pour la première fois depuis l'attentat. Ce qu'il vit en arrivant lui creusa le ventre de honte. De toute évidence, de grands efforts et de larges moyens avaient été injectés dans la reconstruction de la partie terrienne, mais dans le quarré, c'était toujours la catastrophe. Seules quelques tentes provisoires avaient été dressées par Amnesty Intermondial, sous lesquelles des dizaines de réfugiés semblaient loger. Les malheureux n'avaient pas le temps de s'occuper de leur quartier, ils devaient aller travailler chez les Terriens pour conserver leur emploi, si précaire en ces temps troublés. Tant d'entre eux s'étaient déjà fait renvoyer par leurs employeurs, par crainte qu'ils ne soient affiliés à la Rébellion… Alors, laissé en ruine, le quarré affichait toujours, deux semaines après le drame, un air de lendemain de guerre. Il fallait, avant toute autre chose, parer au plus pressé : nourrir les affamés et soigner les blessés dans le petit hôpital du quarré. La reconstruction devrait se faire en plus de tout cela…

Affligé, Liam se balada un peu dans le camp de réfugiés, évaluant l'ampleur des dégâts. Il croisa tellement de pauvreté et de détresse sur sa route qu'il finit par se porter volontaire aux côtés de quelques autres Terriens et Illyriens pour distribuer les repas du midi, afin de faire au moins quelque chose pour ces malheureux.

Il travaillait depuis près d'une heure quand il la vit. *Elle*. Roulée en boule dans un coin, une épaisse couverture sur les épaules, ses cheveux pâles pendant tristement sur son visage. Ses traits tirés par le manque de sommeil, elle restait pourtant d'une beauté presque douloureuse. Il avança vers elle avec la même lenteur, la même tension que s'il tentait d'approcher une biche sauvage. L'Illyrienne leva la tête vers lui et se raidit en resserrant la couverture autour d'elle. Son bras droit était entouré de bandages noircis de crasse. Il s'agenouilla doucement près d'elle, lui sourit et lui tendit un repas, restant à distance.

— Bonjour. Tu as faim ?

Elle hocha la tête et tendit la main. Il y déposa délicatement la barquette d'aluminium et s'assit en tailleur face à elle.

— Comment t'appelles-tu ?

Elle ne répondit pas, plissant ses ravissants yeux mauves d'un air dubitatif.

Qu'est-ce qu'elle est belle !

Aussitôt, cette pensée le mit mal à l'aise. Un peu gêné, il sourit néanmoins.

— Moi, c'est Liam.

La jeune Illyrienne se mit à manger lentement, sans le quitter des yeux. Son regard semblait le sonder jusqu'aux tréfonds de son âme. Après plusieurs minutes, elle répondit enfin :

— Shaï-Hîn.

C'était un chuchotement plus qu'une voix, mais Liam en frémit.

— Et comment vas-tu, Shayin ?

Elle sourit.

— Shaï-Hîn, le reprit-elle en articulant.

— Ah, pardon. Shaï-Hîn, répéta-t-il. Alors, tu…

— Ça va, murmura-t-elle, et sa bouche se tordit légèrement.

— Tu es sûre ?

Elle baissa les yeux.

— Non…

Il s'approcha encore et s'assit doucement à ses côtés.

— Tout va bien se passer. Dans quelques semaines, au pire quelques mois, tout sera reconstruit. Je sais que tu as sans doute perdu beaucoup, peut-être ta maison, peut-être des amis ou de la famille, et j'en suis désolé. Mais sache que tout est fait pour que…

Elle se tourna vivement vers lui.

— Tu ne sais pas. Tu ne sais rien !

D'un geste fébrile, elle rejeta la couverture et s'enfuit à toutes jambes. Avant qu'il ait pu faire un geste, elle avait disparu.

Quel con ! Mais quel con !

Il rentra à Lloydsville complètement bouleversé. Il était heureux de l'avoir enfin retrouvée, extatique de lui avoir parlé, vexé d'avoir fait un tel faux pas, effrayé à l'idée de ne plus jamais la revoir. Mais aussi et surtout, complètement perturbé par le fait qu'une Illyrienne lui fasse cet effet-là. Comment était-ce possible ? Une Illyrienne, une extraterrestre, une… Non, il était fou. Il ne devait plus la revoir, jamais. C'était dangereux…

Il revint pourtant à Tarüul-Viën à peine trois jours plus tard, taraudé par la curiosité, se maudissant lui-même. Puis il y retourna le week-end d'après. Et chaque fois qu'il le put. Peu à peu, il prit goût à se sentir véritablement utile. Rapidement intégré dans l'équipe de reconstruction, il travaillait dur, ses manches de chemise retroussées, la sueur coulant le long de son dos. Plus il passait de temps à travailler, mieux il se sentait. Il n'avait jusqu'alors jamais réellement pris conscience d'à quel point il était miné par le stress constant de la métropole, par la responsabilité qu'il ressentait à chaque nouvelle attaque qu'ils n'avaient pas pu empêcher, par la frustration qui grandissait de ne pas parvenir à enrayer la Rébellion, par ce sentiment d'inutilité en tant que conseiller de George, simple rouage dans une machine qui pourrait sans difficulté se passer de lui. Il en avait marre de ce boulot, marre de ces politiciens, marre de ces réunions dans les beaux grands bureaux de l'Alliance, à savourer des viennoiseries et des fruits frais alors que non loin de là, des Illyriens mouraient de faim dans la rue. Il n'en pouvait plus de se sentir comme ça, aussi vain, aussi impuissant. Et il n'avait personne à qui parler... George était bien trop occupé avec ses propres soucis, Elizabeth était partie en voyage avec des amis de sa fac sur la nouvelle planète à faible gravité à laquelle Illyr n'avait pas encore été connectée par satellite – impossible donc de l'appeler. Quant à Flavia... Elle ne comprendrait pas, elle qui ne faisait que se plaindre de ses absences répétées, cantonnée dans leur luxueux appartement à commander vêtements et chaussures par Internet – et sur sa carte de paiement.

Et pourtant, il avait besoin d'aider ces gens... ces Illyriens. Besoin de faire quelque chose dont il pourrait voir les résultats et se sentir fier, pour une fois. C'était peut-être égoïste, peut-être une sorte de chemin de croix, mais au moins, il le faisait et son aide était toujours appréciée.

Et puis, bien sûr, il y avait Shaï-Hîn. Chaque fois qu'il venait à Tarüul-Viën, il la cherchait du regard. Au début, quand il la voyait, il lui faisait des petits signes de la main, puis peu à peu, il osa lui adresser à nouveau la parole, pour de petites choses, rien de trop sérieux de peur de dire à nouveau un mot déplacé. La jeune femme, dont le bras avait guéri, travaillait désormais également à aider les siens, et ils se retrouvaient à midi pour distribuer des barquettes-repas. Quand ils prenaient à leur tour leur pause déjeuner, ils s'asseyaient à l'écart et discutaient. Shaï-Hîn parlait surtout de son frère, la seule famille qui lui restait. Orphelins depuis déjà quelques années, ils n'avaient plus que l'un et l'autre. Ils semblaient très proches, une relation sans doute similaire à la sienne avec Elizabeth. Parfois, Liam regrettait de ne pas pouvoir lui présenter Zab, il était sûr qu'elles se seraient entendues comme des sœurs, toutes les deux.

Il avait en revanche un peu plus de réserves au sujet d'Enneki. Le garçon, de cinq ans l'aîné de Shaï-Hîn, semblait une vraie tête brûlée. Mais elle le vénérait. Quand elle parlait de lui, ses yeux se remplissaient d'un voile d'inquiétude. Il lui manquait et elle s'en faisait pour lui, même s'il lui écrivait presque toutes les semaines. Il était apparemment parti peu après l'attaque… Liam voyait bien que ce départ l'affectait, et qu'elle attendait avec impatience de ses nouvelles. Alors, pour la distraire, il lui parlait de sa vie sur Terre, des autres planètes découvertes au fil des siècles, de sa sœur aussi, parfois. Shaï l'écoutait toujours avec la même attention. Tout l'intéressait. Tout l'amusait. Et il adorait l'entendre rire…

Malheureusement, il ne pouvait ignorer la réalité pour toujours. Le soir, en rentrant à Lloydsville, cette réalité lui paraissait plus noire, plus triste. Le combat de George contre la Rébellion se faisait de plus en plus dur et la tension entre les deux peuples semblait en être à son point culminant. Parfois, Liam peinait à reconnaître son ami sous les traits émaciés du Premier délégué dans les articles de presse vantant ses actions « de poigne ». Il voyait bien, en parlant avec les Illyriens du quarré de Tarüul-Viën, que la situation était bien plus complexe qu'on pouvait le croire. Mais comment en parler à George ? Comment aborder ce délicat sujet quand il voyait bien que son ami était constamment au bord du gouffre ?

Liam se décida tout de même à lui proposer un verre, un soir. Après plusieurs annulations de dernière minute, George et lui se retrouvèrent enfin. Il était presque minuit, et Liam avait retrouvé son ami dans son bureau, à l'Alliance. Il venait à peine de sortir de réunion de crise…

— Ah, la journée est enfin finie !

Il sourit, serra avec enthousiasme la main de Liam et s'assit face à lui dans son fauteuil.

— Je te sers un verre ? proposa-t-il en tirant une bouteille de scotch d'un tiroir.

— Avec plaisir, merci.

Liam était surpris, George paraissait… en forme. Son air tourmenté des derniers mois s'était envolé, remplacé par un sourire assuré.

— On vient d'avoir une très bonne réunion. Les choses avancent, ça bouge ! On a de plus en plus d'appuis illyriens, ils en ont marre de cette Rébellion autant que nous, semble-t-il !

Ah bon ?

— Nous recevons pas mal de dénonciations, nous avons ainsi pu déjouer pas mal d'attaques. Les nouvelles lois payent, tu sais. C'est pas facile, mais si on tient bon… Tout ça sera bientôt fini.

Il eut un sourire.

— On y croit ! Mais bon… Sinon, à part ça… Tout va bien pour toi ? J'ai l'impression que ça fait des mois qu'on n'a plus vraiment parlé, à part de politique. Raconte-moi. Comment va ta demoiselle ?

— Quoi ? Oh, Flavia ? Ça va, ça va.

Liam sentit son cœur s'agiter dans sa poitrine. Quand George avait prononcé le mot « demoiselle », ce n'est pas le visage de Flavia qui s'était imposé à lui, mais celui de Shaï-Hîn.

Merde.

— Oui, oui, Flavia va bien, répéta-t-il distraitement en faisant danser les glaçons dans son verre.

C'est moi qui ne vais pas bien. Pas bien du tout…

Depuis qu'il avait rencontré Shaï, rien n'était plus comme avant. Flavia lui apparaissait terriblement superficielle, gamine, futile. Insipide. Tout ce qu'Elizabeth n'avait cessé de répéter à son sujet et que jusqu'ici, il n'avait jamais remarqué. Mais bien sûr, ce n'était pas Flavia qui avait changé, Liam en était douloureusement conscient. Tout ce en quoi il croyait semblait se fissurer à chaque discussion avec la belle Illyrienne. Elle lui ouvrait les yeux et ce qu'il découvrait le terrifiait et le fascinait tout à la fois. Il avait toujours été attiré par ce peuple, ses mœurs, son histoire, sa culture… Mais avec elle, il en apprenait tellement plus que durant ses nombreux voyages. Il admirait énormément la jeune Illyrienne, sa force, sa vision des choses. Était-ce pour cela qu'il ressentait un tel malaise face aux propos de George ?

La conversation passa ensuite sur des sujets plus légers, comme le mariage de Thomas qui s'annonçait prochainement. Et Liam en oublia totalement la raison pour laquelle il avait souhaité voir George.

CHAPITRE VINGT-CINQ
Thémaire – Les marécages

— On pique et on repart ! hurla Kurjak. On harcèle, on épuise, et on se replie !

Gilem, Ulliel et Ema couraient, arme au poing, entre les grands arbres des marécages.

— Plus vite ! Plus vite ! les haranguait leur instructeur. Et surtout, on ne perd aucun des nôtres ! Si cela devait arriver, on récupère ses armes et ses munitions ! Si quelqu'un est blessé, on l'évacue immédiatement. Gilem ! Prends Ulliel sur tes épaules !

— Quoi ? s'écria l'intéressé, déjà luisant de sueur. Mais il est beaucoup trop lourd, je n'y arriverai jamais !

— Personne ne doit être laissé vivant entre les mains des Terriens, il pourrait parler. Si vous n'avez pas le temps ou la force de l'évacuer… alors il faudra l'achever.

Gilem et Ulliel le dévisagèrent avec horreur.

— Mais…

— Perdre un homme est toujours mieux que d'en perdre quinze, n'est-ce pas ? Et laisser un homme vivant entre les mains de la milice, c'est risquer la vie de votre groupe entier. De plus, sachez que les miliciens n'hésiteront pas une seconde à lui mettre une balle dans la tête dès qu'il aura parlé. Et tant qu'il ne parlera pas, il sera torturé. Croyez-moi, mieux vaut une mort rapide et digne plutôt que ça… Alors, en avant ! Sur tes épaules !

Et Gilem obtempéra, hissant son ami sur son dos en gémissant sous l'effort.

∴

— Quinze personnes, c'est le nombre de guerriers idéal pour un groupe ! cria Fenrir en les regardant s'exercer au tir sur des cibles disposées par ses soins à quelques dizaines de mètres de distance. Dix à quinze personnes peuvent rapidement s'enfuir, s'éparpiller et se cacher. Elles peuvent se défendre les unes les autres, s'aider et se surveiller. Plus ou moins que cela, cela devient dangereux.

∴

— Vous avez un avantage certain sur nous Terriens, déclara 24601 en observant la petite troupe épuisée qu'il venait de réveiller en pleine nuit. Vous voyez mieux dans le noir ! Voyagez de nuit, attaquez de nuit. Mettez toutes les chances de votre côté !

Et il les envoya sur un parcours préparé à travers les arbres, chronométrant leur performance.

— Plus vite ! Plus silencieux ! Encore !

— Plus vite, plus vite… Je voudrais bien t'y voir, moi ! maugréa Gilem sous cape, essuyant la boue de ses bras.

— Quoi ?

— Rien, rien…

∴

— Chaque attaque doit donc être rapide, parfaitement orchestrée. *In and out*, pas d'hésitation. Et avec le moins de victimes possible ! On effraie, on repousse, on force à fuir. Pour les miliciens, pas de quartier ! Pour les civils, on blesse les plus réfractaires s'il le faut, mais on ne tue qu'en dernier ressort ! Viser les genoux. Douloureux, et surtout, immobilisant. Et n'oubliez pas : l'effet de surprise est crucial, mais se garantir le support de la population au moment de l'attaque l'est aussi. Envoyez des émissaires, discrètement, quelques jours avant. Préparez le terrain. Plus longtemps vous restez engagés, plus vous risquez l'arrivée des renforts terriens. Rapidité, efficacité, organisation. Voilà les maîtres mots !

∴

— C'est ce qu'on appelle du sabotage technique : ponts, rails, routes, antennes… Le minuteur sur ce type de bombes est extrêmement précis, mais une fois engagé, il est particulièrement complexe à arrêter. Soyez sûrs de vous avant de le lancer ! Vous pourriez ne pas avoir le temps de changer d'avis… Et encore une fois, le but n'est pas de tuer, le but est de détruire les voies de transport, de ralentir les avancées miliciennes, de voler le nécessaire pour la Rébellion. C'est clair ?

— Clair ! hurlèrent en chœur les deux jeunes garçons, manipulant leur prototype de bombe avec angoisse.

Ema quant à elle hocha simplement la tête.

— Le but est de reconquérir le territoire, pas de massacrer des civils. Nous devons être méthodiques, efficaces, et sobres, pour remonter vers la Zone en nous assurant une base arrière libérée et sécurisée.

∴

Ainsi s'étaient écoulées plusieurs semaines, les jeunes enchaînant exercices physiques et cours magistraux avec leurs instructeurs. Chaque soir, ils se retrouvaient tous au coin du feu pour manger et discuter. Au fil des jours, le plan prenait forme dans l'esprit des garçons. Ils semblaient gagner en assurance dans les divers exercices, et un respect mutuel se créait entre eux et leurs mentors terriens. Ulliel avait pris de la carrure et du muscle, ainsi qu'une visible assurance. Il n'était plus le garçon de ferme pataud que Thémaire dénigrait à la prison, cela était certain… Il conversait dorénavant fréquemment avec ses mentors, se permettant des suggestions étrangement avisées.

Comme quoi… Il n'était pas si bête que ça, au fond.

Gilem en revanche semblait toujours aussi maigrelet. Lorsqu'il se tenait torse nu à côté d'Ulliel, on voyait une allumette à côté d'une bûche. L'intensité des exercices n'avait en rien émoussé son humour et malgré les discussions sur la guerre, leur mort éventuelle, le danger, il paraissait encore tout prendre à la légère.

C'est à s'en demander s'il comprend seulement ce qui se passe… Le gamin a probablement les capacités intellectuelles d'une motte de terre.

Le petit rouquin ne cessait d'essayer d'impressionner Ema, qui n'en avait absolument rien à faire. C'était à peine si elle le regardait. Mais lui roulait ses minuscules muscles, se montrait galant, cherchait à l'impliquer dans les conversations, ce qui se révélait toujours aussi inutile et frustrant.

Ah ! Ema… Qui es-tu ?

La jeune femme restait aussi muette, quoique vaguement moins hostile, qu'auparavant. Elle ne se laissait toujours pas toucher, sauf durant les combats rapprochés, et sursautait encore lorsqu'on l'approchait par surprise. Ses gros hématomes sur les bras et les épaules commençaient peu à peu à disparaître, remplacés toutefois par quelques nouveaux bleus dus aux entraînements.

Et chaque jour, elle disparaissait pendant quelques heures, sans que personne sache où. Les Terriens s'étaient inquiétés.

— Où crois-tu qu'elle parte comme ça, toute seule pendant si longtemps ?

— Est-ce qu'elle passerait des informations ? Sur nous ?

— À qui ? Il n'y a personne aux alentours, ni Terriens ni Illyriens…

— Elle envoie peut-être des messages ? Je n'aime pas ça.

— Elle a peut-être juste besoin d'un peu d'air ! s'interposa Gilem avec férocité. D'un peu d'intimité féminine !

Tous éclatèrent de rire.

— « D'intimité féminine » ?

— Regardez-vous, bande de machos. C'est une femme, elle a des… des besoins de femme, voilà. C'est tout !

— Et que sais-tu des « besoins de femme », exactement ? renifla Thémaire avec un sourire moqueur.

— Je… Pas beaucoup, c'est vrai… Mais je la respecte, moi, au moins !

— Bon, bon ! s'interposa 24601, les mains levées. Je lui parlerai. Mais je doute fort qu'elle soit une espionne à la solde des Terriens, vu ce que ces monstres lui ont fait subir à la PDI-4.

Gilem leva le menton en signe de victoire, et se détourna des autres.

Cette nuit-là, la petite bande était comme d'habitude installée autour du feu, sur lequel grésillaient quelques poissons et des légumes.

— Faudra penser à revoir un peu ces derniers exercices, Ulliel. Tu as un peu de mal avec les mises en situation, expliquait Fenrir au grand blond, tandis qu'en face d'eux, 24601 et Kurjak suivaient une carte du doigt d'un air soucieux.

— Et moi ? demanda Gilem avec excitation.

— Toi, ça va, gamin, répondit le Terrien avec un soupir, toi, ça va…

— Hé, hé ! rit le garçon à la dérobée, pas peu fier de lui, jetant discrètement un œil à Ema pour s'assurer qu'elle avait bien entendu le compliment à son égard.

La conversation tourna ensuite sur le programme du jour et celui du lendemain, avant de se détendre. Thémaire entreprit alors de discuter politique avec les trois Terriens, tandis que Gilem et Ulliel papotaient de choses et d'autres. Ema, silencieuse comme toujours, mangeait sans lever la tête.

— Fenrir prendra le premier quart ce soir, relevé à deux heures par Ulliel. Ensuite, ce sera mon tour, et Gilem, dernier quart.

— Oh ! grogna le garçon, soudain douché dans son enthousiasme.

Il détestait le dernier quart, car il n'aurait plus droit au repos avant le début de sa séance d'entraînement quotidienne. Mais retrouvant le sourire, il se tourna vers la jeune femme, une assiette de baies sauvages à la main.

— Ema ? Ema !

Elle leva la tête.

— Tu veux un peu de fruits ?

— Non.

Gilem se figea, l'assiette toujours tendue, les yeux écarquillés. Les autres avaient dressé l'oreille, interrompant leur discussion. C'était soudain comme si tous avaient à leur tour perdu la parole. Personne ne savait plus que faire. Venait-elle vraiment de parler ? Gilem la dévisageait avec des yeux ronds, bouche bée.

— Non… Non… Non… commença-t-elle à répéter, lèvres tremblantes.

Sa respiration s'accéléra tandis que des larmes lui montaient aux yeux.

— OK, OK, pas de fruits, murmura Gilem, un peu perdu. Qu'est-ce qui se passe ? articula-t-il silencieusement à l'intention des autres, faisant les gros yeux.

Tous haussèrent les épaules.

— Euh… Ema ? Est-ce que ça v…

— NON ! hurla-t-elle encore, se levant d'un bond. Non ! Je ne m'appelle pas Ema !

Sa voix était rauque mais extrêmement légère à la fois, teintée d'un accent assez particulier qui accentuait la première voyelle de chaque mot.

— Mais… murmura le rouquin, décontenancé.

24601 parut soudain comprendre.

— Oh, merde ! Sur sa fiche… Pas Ema, EMA ! Pour Expérimentation médicalement assistée. Ce n'est pas son nom…

— Bon Dieu ! souffla Kurjak.

— Je peux plus… Je… Je ne m'appelle pas Ema, répéta la jeune femme avec une fureur contenue.

Sa voix se brisa sur un sanglot rageur.

— Je suis désolé, je… On ne savait pas, bredouilla Gilem en se levant à son tour, son visage reflétant la plus pure consternation.

Le pauvre garçon semblait absolument horrifié par son erreur.

— C'était écrit en grand, tout au-dessus, on était pressés, j'ai cru… J'ai cru… Pardon ! Pardon !

— Comment… Comment t'appelles-tu alors ? demanda 24601 d'une voix douce.

— Amarance, souffla la jeune femme. Je m'appelle Amarance.

∴

Dans les jours qui suivirent cette révélation subite, la jeune Illyrienne s'exprima de plus en plus, pour le plus grand plaisir de Gilem. Ce ne fut au début que quelques mots murmurés, des bonjours et des mercis la plupart du temps. Et puis, elle se hasarda à poser quelques questions et rit, un beau jour, à une blague du jeune rouquin.

La jeune femme guérissait. Peu à peu, elle s'ouvrait à eux, jusqu'à ce qu'un soir, elle trouve enfin la force de leur raconter son histoire.

— Je viens des Éphémères, commença-t-elle tout bas.

Thémaire ne put s'empêcher de pousser une exclamation.

Évidemment ! Mais évidemment !

Le peuple éphéméride était encore fort méconnu, isolé sur son ensemble d'îles à plusieurs centaines de kilomètres du continent. Les Éphémères tenaient leur nom des marées puissantes qui les entouraient. Les récits de voyages qu'il avait lus sur ces îles presque mythiques indiquaient qu'aucune ne restait émergée plus d'une douzaine d'heures d'affilée. Leurs habitants s'étaient adaptés, mettant en place une agriculture sous-marine absolument fascinante, des plantations d'algues et des élevages de poissons et autres animaux marins, ainsi que des constructions faites de matériaux résistant à l'eau. Mais dans une culture où tout se révélait temporaire, rien n'était considéré comme « propriété » de l'un ou de l'autre. Ce que les Éphémérides possédaient, ils le partageaient entre eux. D'après les légendes, et c'était sans doute là le plus intéressant, les Éphémérides s'étaient aussi adaptés physiquement à leur mode de vie, développant des poumons bien plus puissants et une peau réactive à l'eau… Certains livres parlaient même de palmes entre les doigts des mains et des pieds, de doubles paupières, de ralentissement du cœur, d'un sang à la consistance particulière…

Ses veines… Ses veines noires… Et on l'a trouvée dans l'eau ! Les Terriens savaient qui elle était, ils conduisaient des tests sur ses capacités d'adaptation. Et je n'ai rien vu, rien compris… Quel imbécile, c'était tellement évident !

Thémaire rêvait d'en savoir plus, mais il s'abstint de toute question. La jeune femme, visiblement encore mal à l'aise avec la parole, ne devait pas être interrompue.

— Nous vivions encore fort isolés, reprit Amarance. La présence terrienne nous avait peu affectés. Tout ce qu'on voyait d'eux était leurs immenses paquebots qui passaient au loin. Mais un jour, des hommes sont arrivés et ils… ils ont emmené un grand nombre d'entre nous. Personne n'a compris ce qui se passait… c'était la panique totale. Le voyage en bateau a été rude, et long. Et puis, sur le continent, ils nous ont séparés en trois groupes : hommes, femmes et enfants. Je ne sais pas ce qu'il est advenu des petits ni des hommes… Mais de mon côté, nous avons été emmenées dans un grand hangar. Une Terrienne nous a fait déshabiller et nous a observées de très près, une à une. Elle… elle nous a palpées, comme des animaux.

Les hommes autour d'elle baissèrent la tête, gênés.

— Douze d'entre nous ont été mises de côté. Des jeunes, jolies filles. J'en étais… On nous a fait monter dans un camion et on nous a amenées dans un nouvel endroit. Là, on nous a habillées, maquillées, coiffées, apprêtées. De nouveau, nous n'avions aucune idée de ce qui se passait, de ce qui nous attendait…

Les Terriens se regardèrent entre eux. Eux savaient. Ou du moins, se doutaient. La voix lourde, la jeune femme reprit, se battant visiblement contre les larmes :

— Tour à tour, nous avons dû marcher sur une plate-forme. Les lumières étaient si fortes que nos robes en devenaient transparentes. Il y avait beaucoup de monde autour de nous, des Terriens. Ils levaient des panneaux, chacun à leur tour, je n'ai compris que plus tard que c'était une vente.

Elle se mordit les lèvres, hochant la tête par petites saccades. Nerveusement, elle se gratta les poignets. Et pourtant, elle continua son récit, comme si des valves avaient été ouvertes : tout sortait enfin.

— J'ai été… achetée… par une femme. Elle était… très belle, mais froide comme la glace. Elle m'a dit que j'avais de la chance d'avoir été achetée. Que les autres…

Elle avait visiblement beaucoup de mal à relater les faits. Les hommes lui laissèrent autant de temps qu'il lui fallut pour continuer :

— Que les autres femmes seraient vendues à un établissement privé, où des hommes viendraient leur « rendre visite ». Parfois plus de trente visites par jour, elle a dit. Mais que moi, j'avais de la chance, je n'appartiendrais plus qu'à un seul homme. Elle m'a déposée chez lui. C'était la nuit, il faisait très froid. La femme m'a conduite jusqu'à une chambre à coucher, puis a refermé la porte à clef en partant. Je suis restée seule pendant quelques heures avant que… Avant qu'il n'arrive.

Les larmes coulèrent abondamment sur son beau visage. Elle n'eut pas à leur raconter ce qui s'était passé cette nuit-là. Ni les nuits suivantes. Gilem avança la main vers elle, mais Amarance esquiva le geste sans même s'en rendre compte. Le garçon reposa sa main entre ses genoux et baissa la tête.

— Le troisième jour, il m'a descendue dans sa cave. C'est là qu'il m'a fait ça, murmura-t-elle en révélant son épaule et le chiffre « 7 » orné de fleurs. J'étais sa septième… Mais je n'ai jamais vu d'autres femmes dans la maison. Au début, il était gentil, malgré tout. Enfin… il n'arrêtait pas de me parler, de me poser des questions, sur moi, sur mon peuple. Tous les jours, tout le temps. Mais je refusais de répondre. Alors il a cessé d'être gentil. Il m'a frappée, affamée, torturée, encore et encore. Mais je ne lui ai jamais rien dit. Jamais. Pas un mot. Ça ne l'a pas empêché de revenir me voir, chaque nuit. Il s'est écoulé trois mois avant que je ne tombe enceinte.

À ces mots, 24601 releva brusquement la tête.

— Par tous les Créateurs ! murmura Thémaire.

— L'enfant est venu au monde. Un garçon. Il l'appelait Max, mais pour moi, c'était Caascan. Un nom fort pour mon peuple, celui du retrait de la marée. Synonyme d'espoir… Quand je l'ai vu pour la première fois, j'ai su que je devais faire quelque chose. Je ne pouvais pas le laisser dans les griffes de ce monstre ! Alors… Alors j'ai échafaudé un plan, et je me suis enfuie avec lui. Mais je ne suis pas allée bien loin, la milice m'a rattrapée le lendemain. Je me suis battue, oh ! je me suis tellement battue… Mais ils me l'ont pris.

Elle s'effondra, visage dans les mains.

— Ils m'ont pris Caascan, ils m'ont pris mon bébé.

Gilem, tout rouge, s'efforçait de ne pas pleurer. Ulliel de son côté semblait totalement dévasté. Personne ne savait que dire. Tous étaient horrifiés.

— Et quand la milice m'a emmenée à la prison, j'ai tout de suite été prise dans la tour pour leurs expérimentations médicales. Je suis sûre que c'est *lui* qui leur a dit de faire ça. Pendant des semaines, ils m'ont piquée, testée… Ils parlaient de moi comme de la « sirène ». Les médecins voulaient répliquer le fonctionnement de mes cellules. Eux aussi m'ont posé des questions, tout le temps. À eux non plus, je n'ai rien dit.

Elle baissa les yeux.

— Je suis restée si longtemps muette… C'était… C'était tout ce que j'avais. Ma seule force, ma seule victoire. On ne pouvait me forcer à parler. Alors, quand vous m'avez… Quand vous m'avez sauvée, je n'ai pas tout de suite eu confiance et puis… Et puis je n'ai pas *su* parler. Ça ne venait plus, je n'y arrivais plus. Et puis… Et puis, je…

— Bien sûr, murmura 24601. Nous comprenons.

Les autres hochèrent la tête, compatissants. Gilem ouvrit plusieurs fois la bouche, mais aucun mot ne sortit. Cette fois, Thémaire ne se moqua pas.

Quand ils se couchèrent ce soir-là, le sommeil peina à les trouver.

CHAPITRE VINGT-SIX
Elly – L'Hôtel

— Plus fort, Elly ! Allez !

En sueur, la jeune fille, un foulard autour du cou pour cacher les séquelles de sa rencontre de la veille avec Oeknan, tirait sur une corde épaisse au bout de laquelle était attaché un sac à dos rempli de pierres. Kyros l'avait jeté au fond d'un puits, et elle devait le remonter.

— Allez ! Imagine que c'est un de tes camarades que tu dois remonter ! Tire ! Sauve-lui la vie ! En avant !

Arc-boutée contre le tronc autour duquel elle avait fait passer la corde, Elly tirait de toutes ses forces, mais la corde, rêche et lourde, lui taillait les mains sans pour autant sembler bouger d'un centimètre. Elle sentait le regard d'Oeknan posé sur sa nuque et en perdait toute son énergie.

Faible.

Un frisson de dégoût la parcourut alors que le souvenir de la veille lui faisait monter la nausée. La corde lui glissa entre les mains, brûlant ses paumes.

— Allez, Elly ! Encore un effort, hurla le maître hassaï.

Petite.

Elle tremblait, se battant contre l'envie de vomir autant que pour remonter le sac.

— Vas-y, tu peux le faire ! l'encouragea Terwÿn d'une voix tout de même peu assurée.

Insignifiante.

Elly batailla encore presque une minute avant que le maître hassaï ne jette l'éponge.

— Nom d'un targouin, Elly !

Il soupira, secouant la tête en claquant la langue.

— Cinquante pompes pour avoir raté l'exercice ! Nikkov, à ton tour. Remonte le sac !

Avec une grimace désolée, Nikkov vint prendre la corde des mains d'Elly.

— Courage, ne te laisse pas abattre ! murmura-t-il.

Frustrée et les mains en sang, Elly alla se placer sur le bord du terrain pour y faire les pompes imposées.

— T'inquiète pas. Nous, on a dû passer des tests, tu sais, avant d'arriver ici, lui murmura Celethy. Les recruteurs se sont montrés très clairs sur l'aspect physique de cet engagement. On savait à quoi s'attendre avant même d'arriver !

— Et puis, quand toi tu as commencé, nous avions déjà presque un mois d'avance sur toi, renchérit Terwÿn. Tu n'as rien à te reprocher. Tu fais de ton mieux !

De son mieux, oui… Mais ce n'était pas assez. Hier, elle n'avait même pas pu se défendre contre un seul homme, et même pas armé.

Mon « mieux » est juste pathétique. Je suis pathétique.

∴

Ce soir-là, particulièrement épuisée après la rude journée qu'elle venait de passer, elle s'arrêta devant un grand miroir qui ornait l'un des murs du couloir qui menait au salon et observa son reflet. Cheveux en bataille, œil au beurre noir, lèvre fendue, poings rougeâtres, bras griffés et couverts de bleus… Elle donnait l'impression qu'elle venait de se faire passer dessus par un troupeau d'animaux sauvages. Les marques laissées par Oeknan sur son cou se fondaient presque dans le décor. Pourtant, elle rajusta son foulard pour les couvrir. Elle avait horreur de porter quoi que ce soit à son cou, mais ces bleus-là, personne n'avait à les voir. Avec un profond soupir, elle tenta de se recoiffer, puis laissa retomber ses bras. *À quoi bon…*

D'un pas traînant, elle rejoignit le salon. Plusieurs groupes y étaient installés, discutant entre eux en attendant l'heure du repas. À peine entrée, elle voulut ressortir. Dans le coin droit de la pièce, debout et parlant avec emphase, se tenait Oeknan. Rien qu'à sa vue, son ventre se noua de terreur et de dégoût, son poil se hérissa, son cœur s'affola, sa gorge se serra. Mais heureusement, il semblait tellement pris par ce qu'il disait qu'il ne la vit même pas entrer. Terwÿn en revanche lui adressa un signe de la main pour l'inviter à la rejoindre. Ne voulant provoquer aucune question, elle alla s'asseoir auprès d'elle, la tête un peu rentrée dans les épaules. Zvalec n'était pas là, sans doute était-il de garde. Quant à Tubio, il se trouvait vraisemblablement encore aux enclos, à s'occuper des cerfelins.

— Salut, murmura-t-elle à Terwÿn en s'asseyant entre elle et Celethy.

— Salut !

— Qu'est-ce qui se passe ? demanda-t-elle en désignant Oeknan d'un mouvement de la tête.

L'homme semblait survolté.

— Tu n'as pas entendu ? Un des gardes a repéré un camion de la milice à quelques kilomètres au sud. Oeknan veut aller les trouver.

— Quoi ?

Elly tourna la tête vers Oeknan.

— Ouais… Il est super tendu.

— … tout près ! clamait-il. On pourrait former un petit groupe, y aller sous le couvert de la nuit et leur trancher la gorge ! Ce serait un bon exercice, non ? Après tout, c'est pour ça qu'on s'entraîne !

— Oui, mais on risquerait d'attirer l'attention sur l'Hôtel, argumenta une femme aux cheveux nacrés.

Oeknan poussa un cri de rage.

— Tu as peur !

— Non, je…

— Alors quoi ? Qu'est-ce qui te prend, qu'est-ce qui vous prend, à tous ?

Il tourna sur lui-même, criant assez fort pour prendre toute la salle à partie. Nikkov se redressa.

— Enfin, réfléchis, Oek ! Si des miliciens disparaissent comme ça au milieu de nulle part, il va y avoir une enquête, d'autres miliciens vont venir, ce n'est juste pas… Il faut respecter l'ordre des choses, le Chiffre a tout prévu, on ne peut…

— Le Chiffre, le Chiffre ! On s'en fout du Chiffre ! C'est un Terrien, c'est un des leurs !

— Oeknan !

Teol, le vieux de l'enclos aux cerfelins, s'était levé à son tour.

— C'est lui qui a lancé la Néo-Rébellion, si on est là, c'est grâce à lui… Tu ne peux pas sincèrement croire qu'il…

— Qu'il quoi ? Qu'il quoi, Teol ?

Il se tourna vers le reste de la salle.

— Enfin, est-ce que vous avez un peu réfléchi ? Pourquoi il nous aide, hein ? Pourquoi il a créé cette rébellion contre les siens ?

Personne ne répondit.

— C'est un yhoutã, cracha-t-il avec dédain.

Le mot « yhoutã » avait eu son petit effet. Personne, jusqu'ici, n'avait pensé que le terme de traître au peuple pouvait être appliqué à un Terrien...

— Pourquoi a-t-il besoin de nous, hein ? continua Oeknan. Pourquoi ne pas se dresser contre les siens avec d'autres Terriens ? Pourquoi nous ? Pourquoi un loup s'amuserait-il à former une armée de brebis ?

— Parce qu'il sait que c'est *notre* combat ! s'emporta Nikkov. Pourquoi veux-tu tellement voir le mal partout ? Et si tu méprises tant le Chiffre, si tu crois si peu en cette rébellion, que fais-tu là ?

Oeknan se leva et toisa son ami de toute sa hauteur.

— Eh bien parfois, je me le demande, figure-toi.

Les deux hommes se regardèrent dans les yeux, poings serrés, mâchoires crispées.

— Dans ce cas, personne ne te retient... Pars, Oeknan. Pars mener ta guerre tout seul !

— Tu n'es qu'un pleutre. Tu n'as pas le courage de tes convictions !

— Ah oui ?

— Oui.

Les deux hommes s'étaient rapprochés, et se faisaient à présent face, les yeux dans les yeux.

— Tu crois que tu me fais peur ? Tu crois que...

— On se calme ! cria Terwÿn en bondissant sur ses pieds. On se calme. Personne ici n'est un pleutre. Nous sommes tous dans le même combat.

Elle posa une main sur l'épaule d'Oeknan.

— Tous du même côté...

Le jeune homme se retourna brusquement vers elle.

— Après tout ce qu'ils nous ont fait, après tout ce qu'ils nous ont pris !

— Je sais…

— On devrait se venger, on devrait…

— Et c'est ce qu'on va faire ! Tous ensemble, en temps voulu. C'est pour ça qu'on se prépare !

— Mais pourquoi attendre ? Ces Terriens ne vont pas savoir ce qui leur arrive ! On va les massacrer, tous, jusqu'au dernier !

— Calme-toi, Oeknan ! gronda Teol en s'approchant. Ça suffit ! De toute façon, tu sais bien que jamais le Chiffre n'approuverait ce genre d'initiative.

— Oui, ben, justement, il n'est pas là, le Chiffre ! Alors…

— Le Chiffre n'est pas là ? murmura Elly à l'oreille de Celethy.

— Non, lui répondit la jeune femme sur le même ton, il est parti visiter un des autres camps. Il paraît qu'il ne sera de retour que dans deux semaines.

— … dès ce soir ! Qui est avec moi ?

Oeknan regarda les rebelles tour à tour, mais personne ne leva la main. En grimaçant, ils détournaient le regard avec gêne.

— Désolée, Oek, mais… on a des ordres. Même quand le Chiffre est absent. On ne peut pas faire ça, ce serait mettre en péril toute la Rébellion, déclara Terwÿn d'une voix qu'elle voulait apaisante.

Elle lui tapota le torse de la main.

— Chaque chose en son temps. Le combat commencera bien assez tôt.

Mais Oeknan la repoussa d'un geste rageur. Son regard croisa celui d'Elly et ses mâchoires se crispèrent un peu plus. Il sortit de la pièce en grognant, et Teol s'empressa de le suivre.

Dans le salon, les discussions reprenaient petit à petit, et certains se levaient déjà pour aller dîner. Celethy et Nikkov se faisaient un petit aparté, discutant de la confrontation.

— On irait manger ? suggéra Terwÿn. Zval va se demander où on est tous, je lui ai dit de nous retrouver à la grande salle après son tour de garde. Il devrait avoir fini maintenant, alors…

— OK. Allons-y, soupira Nikkov en attrapant la main de Celethy dans la sienne.

— Elly ? Tu ne viens pas ? l'attendit Terwÿn près de la porte.

La petite était restée assise, ses bras entourant ses genoux.

— Euh… non. Pas très faim, ce soir…

Terwÿn fronça les sourcils.

— T'es sûre ? T'es déjà pas venue manger ce midi…

Elly se releva lentement.

— Oui… Je vais aller prendre une douche, et dormir tôt. Rattraper un peu de sommeil.

Et elle lui adressa un petit sourire forcé pour la rassurer. Terwÿn garda l'air soucieux, mais hocha la tête.

— Comme tu veux…

Le sourire d'Elly retomba aussitôt que son amie se fut détournée. *Manger*. Rien que l'idée lui donnait la nausée. Le dégoût de son agression ne l'avait pas quittée et elle se sentait plus faible que jamais. Pourtant, elle voulait être forte. Plus forte que sa peur. Elle avait souvent été menacée, agressée même. Les gens sont méchants, elle le savait. Ce n'était qu'une fois de plus. Rien qu'une fois de plus. Une larme lui échappa au coin de l'œil. Mais cette fois, c'était différent. Elle n'avait pas eu mal, elle avait eu peur. Une peur telle qu'elle n'en avait encore jamais connu, une peur profonde, intime… Une peur de femme.

La gorge nouée sous son foulard, la petite remonta vers sa chambre.

∴

— Elly ?

La voix inquiète de Terwÿn l'appelait derrière la porte alors que la poignée remuait.

— Elly, tu es là ?

La jeune fille se leva pour lui ouvrir, sans répondre.

— Ben t'avais fermé à clef ? Pourquoi ?

— Je ne sais pas…

— Bon, la crise est passée ! Apparemment, les miliciens ont levé le camp et sont repartis en sens opposé. Oeknan s'est décidé à ne pas les pourchasser tout seul, du coup, on est bons !

Elle rit, mais Elly frissonna à la simple évocation du nom du jeune homme.

— Tu nous as manqué, ce soir, tu sais, ajouta la jeune femme en se couchant sur le lit. Et comme t'étais pas là à midi non plus, je m'inquiète. Faut que tu manges, hein. Je t'ai apporté quelque chose.

La gorge nouée, Elly observa les petites brioches rondes qu'elle lui présentait.

— Faut prendre soin de toi, mon petit muscarillon ! T'es déjà si maigre ! Si petite…

À ces mots, les lèvres d'Elly se mirent à trembler et les larmes lui montèrent aux yeux.

— Eh ! Pardon, je ne voulais pas… Elly, pourquoi tu pleures ?

Plus Terwÿn se montrait douce et préoccupée, plus Elly avait envie de s'effondrer dans ses bras et de tout lui raconter. Mais pouvait-elle lui faire confiance ?

— C'est par rapport à tout à l'heure ? insista la jeune femme, cherchant à comprendre l'émoi subit de la fillette. Ou à l'entraînement ce matin ? C'est pas grave, tu sais, c'est juste…

Elly secoua la tête en signe de dénégation.

— Alors quoi ?

Terwÿn s'assit à côté d'elle sur le lit et voulut poser sa main sur son bras. Elly eut un sursaut et retira son bras comme si la main l'avait brûlée. Aussitôt, le sourire prévenant s'effaça du visage de son amie. À présent, elle était très sérieuse.

— Elly, qu'est-ce qu'il y a ? Qu'est-ce qui s'est passé ?

— Rien…

— Si, il y a quelque chose. T'es pas normale depuis ce matin, je le sens bien. Qu'est-ce qui s'est passé ? répéta-t-elle.

— Rien.

— Menteuse. Je vois bien qu'il y a quelque chose !

Elly secoua encore la tête, avec moins de conviction cette fois.

— Parle-moi, insista encore Terwÿn.

Les yeux de la petite se remplirent de larmes, mais aucun son ne sortit de sa gorge.

— Oh ! Elly…

Elle tendit les bras pour la serrer contre elle, mais Elly eut à nouveau un mouvement de recul et son foulard se dénoua, révélant les marques mauves et noires sur sa peau. Terwÿn s'immobilisa.

— Merde… Qui t'a fait ça ? Elly, qui t'a fait ça ?

Elle s'était levée, rouge de colère.

— C'est pas des marques de combat, ça. Quelqu'un t'a agressée ! Pas vrai ? Qui ? Dis-le-moi que je…

La fillette baissa les yeux, le dos rond.

— Oeknan ? C'est Oeknan, pas vrai ?

Elly se mordit les lèvres, détournant le regard.

— C'est lui, hein ? Il t'a dit que si tu le dénonçais, il ferait quelque chose, c'est ça ? Je les connais, ces types, tu sais, je...

Elle s'interrompit, soudain blême.

— Elly. Qu'est-ce qu'il t'a fait ?

Elle s'agenouilla face à la fillette toujours prostrée sur le bord du lit, et posa ses mains sur ses genoux.

— Elly. Tu dois me dire. Tu dois me raconter. S'il t'a... S'il t'a fait du mal, il faut m'en parler, il faut en parler au Chiffre, ou à Kyros, mais on ne peut pas laisser faire ça, tu comprends ? Si tu n'oses pas en parler toi-même, je le ferai pour toi, mais tu dois tout me dire. Tu dois me raconter... S'il te plaît.

Et Elly, honteuse, vaincue, les joues baignées de larmes, lui raconta.

— Je vais lui péter sa gueule.

C'est ce que Terwÿn avait dit à la fin du récit avant de se redresser, verte de rage.

— Je vais lui péter sa putain de gueule.

CHAPITRE VINGT-SEPT
George et Liam – La métropole

George scrutait la ville depuis les fenêtres de son bureau de Premier délégué, les mains croisées dans le dos. La pluie martelait les vitres, aggravant d'autant plus un mal de tête qui le tenaillait depuis quelques heures. Liam n'était pas venu à la réunion de ce matin, et George était inquiet. Cela faisait déjà un bout de temps que son ami semblait un peu bizarre… Et pourtant, ce n'était vraiment pas le moment de perdre pied, pas avec le travail qu'ils avaient. Il devait se ressaisir, et vite ! Il avait besoin de lui, sans quoi, il ne tiendrait pas. Pas dans ces conditions, pas comme ça…

Alors que la réunion s'achevait et que tout le monde sortait de son bureau en bavardant, il appuya d'un geste nerveux sur le parlophone pour contacter sa secrétaire.

— Myrtille ! appela-t-il, levant les yeux au ciel comme chaque fois qu'il se trouvait obligé de prononcer ce prénom qu'il jugeait si ridicule. Faites monter les rapports des départements de la milice. J'aimerais les étudier.

— Très bien, je vous les apporte tout de suite.

— Et ceux du bureau d'analyses !

— Oui, monsieur.

Dans son bureau, les derniers membres de la Délégation traînaient à bavarder, se congratulant mutuellement sans aucune raison. George se massa l'arête du nez, sentant monter en lui une vague de colère. Il ne pouvait plus supporter ces petits politiciens sans idées ni envergure. Tous des faibles, des peureux, incapables de prendre la moindre décision un tant soit peu difficile, plus concernés par leur potentielle réélection que par les besoins de la population.

— Vous n'auriez pas du travail, par hasard, messieurs-dames ? hurla-t-il finalement soudain à leur adresse, sa main droite tremblant légèrement. Et bordel, est-ce que quelqu'un pourrait me trouver Liam ?

Son poing s'abattit sur la table et la porte du bureau claqua derrière le dernier sorti. Il se rassit dans son fauteuil, la tête entre les mains.

— Monsieur ?

La voix fluette de Myrtille crépita à travers le parlophone.

— Votre rendez-vous de seize heures est arrivé.

Aussitôt, George se sentit apaisé.

Enfin.

— Faites-la entrer.

À plusieurs kilomètres de là, Liam, en T-shirt malgré la pluie, travaillait à remonter un mur dans le quarré de Tarüul-Viën. S'il appréciait toujours autant ce travail manuel, il avait remarqué combien l'accueil qu'il recevait de la part des Illyriens avait changé depuis quelques jours. À force de subir les nouvelles lois restrictives mises en place par George et son équipe, leur situation, au lieu de s'améliorer, ne faisait qu'empirer. Les temps étaient durs pour les Illyriens. Ils subissaient de plus en plus de brimades de leurs employeurs, de baisses de salaire… Et de nombreux, très nombreux licenciements. En tant que Terrien, Liam se situait dans le mauvais camp aux yeux des réfugiés et son aide autrefois chaleureusement appréciée passait maintenant pour de la charité mal placée, voire de la pitié paternaliste. Heureusement, Shaï, elle, n'avait pas changé. Pour le protéger du jugement des autres, elle l'entraînait de plus en plus souvent à l'écart, dans le petit bois jouxtant la ville. Elle se plaisait à lui parler de ses souvenirs d'enfance en ces lieux.

— Là-bas, indiquait-elle en tendant le bras vers une grande zone de construction en contrebas, il y avait une grande forêt. Quand j'étais petite, on allait s'y balader avec Enneki, pour cueillir des fleurs, des plantes médicinales, parfois récolter quelques fruits. Maintenant, ils ont rasé tous les arbres, fait fuir tous les animaux… pour construire un zoo, soupira-t-elle en secouant la tête. Et là, avant, il y avait une rivière. Mais elle est asséchée maintenant. Vos villes croissent si vite… Je ne reconnais presque plus les paysages de mon enfance.

Elle baissa le bras, observant les environs avec nostalgie, puis se tourna vers lui.

— Les tiens sont étranges, tu sais, Liam.

Il adorait quand elle disait son nom, avec son adorable accent qui le lui faisait prononcer « Lii-âme ». Quand il était avec elle, il se sentait un autre homme, plus calme, plus serein. Il pouvait se surprendre à l'observer pendant des heures, perdu dans la contemplation des petites fossettes qui se créaient sur ses joues quand elle souriait, de ses grands yeux mauves, de l'ondulation souple de sa chevelure, de sa démarche gracieuse, de la finesse de ses chevilles, de ses poignets, de son cou… Il avait envie de la toucher, de toucher ses cheveux, sa peau, ses lèvres… Il ne pensait plus qu'à ça.

Au fil des jours, très lentement, ils s'étaient rapprochés. Leurs discussions se faisaient moins légères, plus intimes. Ils parlaient de leurs rêves, de leurs envies, de leur avenir... Quand, pour la première fois, elle lui parla du jour de l'attentat, de la peur qu'elle avait ressentie à ce moment, une larme lui avait échappé et il l'avait serrée dans ses bras, bataillant pour contrôler les battements de son cœur et l'afflux de sang dans ses veines. Elle lui avait parlé de l'inquiétude, des restrictions, du mal-être de son peuple en ces temps troublés. Et il avait compris. Pour la première fois, il avait véritablement compris le point de vue des Illyriens. Et il s'était senti coupable. Après tout, il ne lui avait jamais parlé de qui il était vraiment, de son rôle dans la Délégation, de la raison pour laquelle il était là lui aussi, ce fameux jour. Elle le prenait pour l'instant pour un simple volontaire. C'était mieux comme ça, certes, mais il ne pouvait s'empêcher de craindre le jour où elle découvrirait tout. Ne valait-il pas mieux le lui dire ? Tout lui avouer ? Oui. Un jour, un jour, il lui dirait tout. Mais pas maintenant. Pas encore...

Les semaines passant, il profitait de leur rapprochement également physique : parfois, il lui tenait la main pour l'aider à franchir un obstacle ou à s'asseoir, parfois, elle posait sa main sur son bras quand elle lui parlait. Chaque fois, il frissonnait. À ses côtés, il ne se reconnaissait plus. Le don Juan disparaissait totalement, ne laissant à sa place qu'un enfant maladroit et balbutiant. Chaque jour auprès de Shaï se révélait à la fois un bonheur et une torture. Il ne se passait rien entre eux, mais — c'était évident de part et d'autre — une sorte de tension se créait. Une envie, une curiosité, presque un besoin de se toucher, de se tenter mutuellement... Quand il glissait sa main dans le bas de son dos pour la faire passer devant lui et qu'il sentait sa cambrure délicate à travers le tissu de sa robe, quand il prenait sa main pour l'aider à gravir une marche haute, son corps entier était parcouru de frissons. Et puis un jour, lors d'une de leurs balades hebdomadaires dans la forêt, elle avait trébuché et s'était coupée à la cuisse sur une branche cassée. Il l'avait alors fait asseoir et avait remonté un peu sa robe pour observer la plaie. Le contact de ses mains sur la peau blanche de sa cuisse lui avait donné des sueurs froides... Jamais de sa vie, il n'avait été aussi excité – il lui avait fallu aller jusqu'à se mordre la langue jusqu'au sang pour récupérer ses moyens. Il avait nettoyé et pansé sa blessure le plus lentement possible, pour profiter au maximum de cette proximité qui l'enivrait, se retenant pour ne pas laisser ses mains se promener trop loin. Leurs regards s'étaient croisés quand il l'avait aidée à se relever et pendant une fraction de seconde, il avait hésité à l'embrasser. Mais l'infime mouvement qu'il avait eu vers elle avait suffi à l'effrayer, et elle avait dégagé sa main de la sienne avec un sourire gêné.

Quand il rentrait à la métropole le soir, encore enivré du parfum fleuri de Shaï, il retrouvait avec dépit son appartement moderne et froid et la voix haut perchée de Flavia. Il l'écoutait raconter les derniers potins sans intérêt, l'esprit ailleurs. Lui qui l'avait autrefois trouvée si belle ne voyait plus aujourd'hui qu'un corps sans âme, sans finesse et sans charme. Flavia lui paraissait soudain fade, pataude, et même carrément laide.

Il serait temps de prendre une décision, pensait-il chaque fois. Cependant, il ne se résolvait pas à la prendre, cette décision pourtant si évidente. Certes, il n'aimait plus Flavia – s'il l'avait un jour vraiment aimée. Mais quelque chose était-il seulement possible avec Shaï-Hîn ? Cette idée lui paraissait folle, absurde même. Bien sûr, il savait que c'était *possible*, mais... Était-il prêt à se l'avouer ? Et pourtant, le soir, quand les yeux bruns de Flavia se posaient sur lui, il les voyait mauves. Quand sa bouche pulpeuse s'aventurait sur son corps, il imaginait celle, douce et fine, de l'Illyrienne. Quand il fermait les yeux en se laissant caresser, c'est à Shaï qu'il pensait.

Ce ne fut d'ailleurs pas si long avant que Flavia ne sente qu'il se passait quelque chose. Lassée de ses absences, elle l'accusa d'avoir pris une maîtresse, ce qu'il nia avec un tel manque de conviction qu'elle entra dans une rage folle. La première assiette qui vola à sa figure, il l'esquiva de justesse. La deuxième le heurta à l'épaule. Elle menaça de partir ; il ne fit rien pour l'en empêcher, au contraire… Optant pour la voie de la facilité, il la laissait prendre la décision qu'il n'avait osé prendre lui-même. Elle hurla, pleura, deux autres assiettes volèrent en éclats contre le mur derrière lui et il l'empêcha de justesse de fracasser au sol un vase du XXᵉ siècle qu'il avait apporté de la Terre. Finalement, quand elle se rendit compte que tout était réellement fini, quoi qu'elle dise ou fasse, elle fit sa valise et sortit en claquant violemment la porte derrière elle.

Ce soir-là, seul dans son salon, Liam se mit soudain à rire. Un rire franc, soulagé. Puis ce rire se mua en rire nerveux, et il se leva pour prendre une bière dans son réfrigérateur, le cœur battant, prenant peu à peu conscience de ce qui venait de se passer et de tout ce que cela impliquait.

∴

Dans les semaines qui suivirent, Liam espaça ses visites au quarré de Tarüul-Viën. *J'y vais trop souvent ces derniers temps, je ne suis pas aussi utile là-bas que je le crois. Et puis, il ne faudrait pas trop mettre la puce à l'oreille de George.* Ce dernier ne devait pas savoir ce qui se passait, il ne comprendrait pas… Mieux valait qu'il ignore tout.

En fait, ça fait longtemps que je ne l'ai plus vu. Il se rendait en effet de moins en moins à l'Alliance. Le fait est qu'il peinait à reconnaître son ami, parfois. Et puis, il n'aimait pas trop son nouveau cercle, les gens qui gravitaient autour de lui ces derniers temps lui semblaient de mauvais augure. Il lui parlait beaucoup d'une certaine Ana, brillante selon lui, avec qui il avait de longues discussions. Il assurait qu'elle avait des idées très intéressantes, mais quand il les évoquait, Liam se trouvait parfois choqué par ses propos. De plus en plus mal à l'aise dans cet environnement, surtout depuis qu'il fréquentait Shaï, le jeune homme n'agissait plus comme conseiller pour son ami qu'à de rares occasions.

De toute façon, il ne m'écoute plus. Ça ne sert à rien… Quoi que je dise.

— T'es con, tu sais.

La voix d'Elizabeth, douce malgré ses propos, le fit sourire. Il était affalé dans son canapé, l'écran de son puck affichant le visage de sa petite sœur face à lui. Elle avait un piercing de plus dans le haut de l'oreille droite et sa peau bronzée témoignait de ses dernières vacances passées au soleil. Ils s'appelaient souvent ces derniers temps, et ce soir-là, il lui avait enfin parlé de ses problèmes avec George.

— Comment ça ? Je te dis, il est… Il est braqué. Quand je…

— Mais est-ce que tu essayes vraiment, Li ?

— Oui ! Bien sûr, je…

La jeune femme soupira et il s'interrompit. Il ne pouvait pas lui mentir, pas à sa sœur. Elle le connaissait trop bien.

— Je crois que tu as juste peur, tu sais, murmura-t-elle. Peur de le blesser en allant à l'encontre de ses opinions. Peur de regarder en face ce qu'il devient.

— Ce qu'il devient ?

— Allons, Liam. Tu dois le voir, comme moi… Il abuse. C'est trop, il devient… extrême, aussi extrême que ceux qu'il prétend pourchasser. Les nouvelles attaques, ce n'est plus en dépit de lui, c'est *à cause de lui*, c'est en réaction à ce qu'il provoque.

Liam baissa la tête, silencieux. C'était également ce qu'il pensait. Elizabeth soupira encore :

— Il perd pied… Il est malheureux, inquiet, et par conséquent fragile. Il croit qu'il venge Nora, mais…

Elle se tut. Il n'y avait rien d'autre à dire. Frère et sœur restèrent ainsi en silence un instant, connectés en pensée et en image.

— Tu me manques, Zab, murmura enfin son frère. J'aimerais tellement que tu sois là.

La jeune fille fronça les sourcils, visiblement attristée par cet aveu de faiblesse.

— Liam… est-ce que tout va bien ?

— Ben…

Il haussa les épaules, dans un geste d'impuissance.

— Non, je veux dire, autre chose que George. Tu n'as pas l'air bien. Tu as l'air… malheureux.

Liam inspira profondément. Cela faisait maintenant une semaine et trois jours qu'il n'était plus retourné voir Shaï-Hîn.

— Li ? insista sa sœur, s'approchant de sa caméra.

Et soudain, le déclic.

J'ai peur…

Cette réalité le frappa soudainement et violemment. Mais la honte de cette prise de conscience lui fit aussi du bien.

— Tu as raison, déclara-t-il soudain en se redressant. Tu as raison sur toute la ligne, Zab !

Et, fort d'une nouvelle énergie, il la remercia encore et encore, et raccrocha avec le sourire. Sa sœur était un génie.

∴

Les frontières de la ville de Tarüul-Viën apparaissant derrière les collines lui arrachèrent un sourire. *Enfin.* Ses pas le menèrent automatiquement vers le quarré, où il fut accueilli par les volontaires. Les travaux avançaient, le quarré reprenait peu à peu de l'allure. Avec un bonheur non dissimulé, Liam retroussa ses manches et se mit à l'œuvre à l'érection des murs d'une nouvelle échoppe.

Savourant l'effort physique, il ne pouvait s'empêcher de regarder autour de lui toutes les dix minutes. Shaï n'était toujours pas venue le saluer. Il s'inquiétait. D'ordinaire, la jeune femme se pressait à sa rencontre… Mais cela faisait longtemps qu'il n'était pas venu, trop longtemps, peut-être ?

M'aurait-elle déjà oublié ? Ai-je tout foutu en l'air en agissant comme un gamin ?

À l'heure de la pause déjeuner, elle n'était toujours pas venue.

Elle m'en veut… Peut-être qu'elle pense que c'est moi qui l'ai abandonnée. Quel con je suis…

Dépité, il s'assit seul, à l'écart, et entama son sandwich. Mais rapidement, son regard fut attiré par un certain nombre de travailleurs quittant le quarré en discutant avec fougue. Intrigué par ce mouvement inhabituel, Liam les suivit un peu à distance, jusque dans le bois avoisinant. Là, dans une petite clairière, perché sur une petite caisse de bois pour être en hauteur, un Illyrien à la forte carrure et aux cheveux blanc-doré parlait d'une voix forte. Il ne devait pas avoir plus de vingt-cinq ans, mais s'exprimait pourtant avec une réelle conviction, dans une LGU à peine teintée d'accent.

— Le partage ! L'entraide ! Voilà ce qui fait l'âme de notre peuple ! Et puis les Terriens sont arrivés, et avec eux l'égoïsme et la peur. Nous aurions pu vivre en parfaite harmonie, mais de toute évidence, avec eux, ce n'est pas possible. Ils veulent trop, ils prennent trop, sans réfléchir et sans compter. Et nous, nous

nous laissons faire ! Notre abondance, notre richesse nous a rendus faibles, vous en rendez-vous compte ?

La foule rassemblée autour de lui murmura son approbation. Liam, resté en retrait, fronça les sourcils.

— Nous sommes mous, nous pensons trop et nous n'agissons pas assez. Notre peuple est apathique, nous manquons de volonté, de passion ! Nous manquons de combativité ! Non pas dans le sens guerrier du terme, mais dans le sens que nous ne nous battons pas pour défendre nos valeurs et notre peuple. Nous nous laissons faire… Nous acceptons leur présence, leurs constructions, leur influence sur notre culture, nos mœurs, notre mode de vie ! Peu à peu, nous avons mis nos vies entre leurs mains, acceptant qu'ils bafouent nos droits sous prétexte de nous protéger. C'est assez ! Assez !

À nouveau, la foule manifesta son accord, cette fois un peu plus fort. C'est alors seulement que Liam aperçut Shaï-Hîn. Elle se tenait juste derrière le jeune Illyrien qu'elle ne quittait pas des yeux. Un petit sourire fasciné éclairait son visage. Ses cheveux étaient tressés dans tous les sens, en une coiffure illyrienne traditionnelle pourtant depuis longtemps abandonnée des jeunes générations.

— Mes amis, je vous en conjure, ne croyez plus ces Terriens, cette minorité qui vous méprise, et qui fait de vous sa main-d'œuvre et rien de plus, continua l'orateur. Ces Terriens qui aujourd'hui régissent votre vie, qui vous manipulent, vous infantilisent et vous mentent ! Ne donnez pas votre confiance à ces gens sans âme, sans remords et sans regret ! Ces êtres froids et durs qui détruisent notre nature, la recouvrent de grisaille et de bitume. Non ! Non, c'est assez, assez !

À ces mots, la foule réagit avec emphase. « Assez ! Assez ! », répétèrent-ils en chœur. Shaï aussi répétait ces mots, dévorant l'orateur des yeux. Liam, terrassé, ne regardait plus qu'elle.

— Ces Terriens vous mentent ! Aucune de toutes leurs mesures ne sera éphémère, rien de tout cela ne sera seulement temporaire. Peu à peu, ils nous briment et nous, nous les laissons faire. C'est assez ! Il est temps de reprendre le contrôle ! Le pouvoir, le vrai, il est à nous, pas à eux ! À nous le peuple, à nous les Illyriens, à nous qui sommes nés sur cette planète que nous appelons maison !

« À nous le pouvoir ! À nous le pouvoir ! », scanda le parterre survolté.

— Il est plus que temps d'agir contre ce pouvoir qui nous écrase, de nous dresser face à l'oppression ! Le mal, le vrai mal, n'est pas de se battre, mais de se laisser terrasser sans résister, de se laisser dépouiller de tout ce qui fait de nous ce que nous sommes sans réagir. Notre héritage ne peut pas disparaître à cause de notre faiblesse ! Nous n'apprenons même plus la langue de notre peuple, nous parlons *la leur* ! ajouta-t-il avec un mouvement de la main en direction de la métropole. Les enfants aujourd'hui ne comprennent parfois même plus l'illyrien du tout ! Mes amis, nous devons tous nous unir, nous devons nous battre pour récupérer notre vie, notre fierté, notre parole. Si nous voulons la paix, nous devons la créer nous-mêmes ! Alors, mes amis, ne vous laissez plus faire. Entrez dans la Rébellion ! Agissez ! Vive Illyr libre !

Et il leva son poing au-dessus de sa tête. Shaï n'hésita pas une seconde à l'imiter, le visage sévère et passionné. Et telle une vague, tous les poings se levèrent autour de lui.

« Vive Illyr libre ! Vive la Rébellion ! Vive Illyr libre ! Vive la Rébellion ! »

La foule scandait ces mots avec ferveur. Debout tout à l'arrière, Liam ne put détacher ses yeux de Shaï glissant sa main dans celle du prêcheur. Main dans la main, les poings levés de chaque côté, ils formaient l'image même du couple rebelle. Liam resta figé, incapable de détourner le regard. Il lui semblait que le monde venait de s'arrêter de tourner.

Lentement, la foule se dispersa, retournant vers la ville en petits groupes, des feuillets à la main. Liam était resté à l'orée de la forêt, dissimulé derrière les larges troncs. Il ne savait que faire, tellement bouleversé que les pensées qui se bousculaient dans sa tête n'avaient plus aucun sens. Les yeux toujours fixés sur Shaï-Hîn et le prêcheur blond, bras ballants, il avait l'impression d'avoir été tout simplement assommé. Il lui fallut plusieurs longues minutes avant de reprendre contenance. La plupart des Illyriens étaient repartis vers la ville quand il osa enfin s'avancer. Shaï discutait avec un petit groupe, mais quand elle l'aperçut, elle sourit et lui adressa un signe de la main. Puis son visage changea. Elle jeta un regard en arrière vers le rebelle. Le jeune Illyrien était en pleine conversation avec deux hommes. Profitant de sa distraction momentanée, elle fonça sur Liam, le saisit par la main et l'entraîna derrière la lisière, sous l'ombre des arbres.

— Qu'est-ce que… Est-ce que tu…

Elle ne semblait pas savoir par où commencer. Ses yeux inquiets le dévisageaient.

— J'ai tout entendu.

Shaï porta une main à sa bouche avec une expression horrifiée.

— Oh…

— Alors, tu fais partie des leurs ?

— Je…

— La Rébellion, vraiment ? Tu en fais partie, c'est ça ? Tu es avec lui, avec ce type ?

— Je…

— Comment peux-tu ? l'interrompit-il. Ce sont des criminels ! Des terroristes ! Et lui… Ce prêcheur ridicule, là…

Elle est une terroriste et toi tu es jaloux. Quel con… Mais quel con !

Il savait combien tout cela était absurde, mais la rage l'aveuglait.

— Il est tellement… extrême qu'il en devient une caricature. Totalement…

— Liam !

Elle le regardait d'un air choqué.

— Tous ces attentats, tous ces morts, continua-t-il en secouant la tête. J'ai perdu des amis, tu sais, des gens bien…

— Je suis désolée.

— Pourquoi ? Pourquoi…

Il ne parvenait pas à sortir tous les mots de sa question, mais elle comprit.

— Liam, je… Je sais que les méthodes ne sont pas idéales. Mais essaye de comprendre ! La Rébellion se bat pour nous, pour notre peuple, notre terre, notre vie. Nous…

— Non. Non, je suis désolé mais je ne comprends pas. Non.

Il la regarda gravement.

— Je pensais que tu étais différente. Je pensais…

Il ne finit pas sa phrase. En réalité, tout prenait sens. Tout ce qu'elle disait sur son peuple, sur ses regrets, ses peurs… Bien sûr qu'elle était rebelle. Il n'avait seulement jamais voulu le voir, jamais voulu le comprendre. Mais tout était là. Profondément perturbé, il se détourna simplement et s'enfonça dans la forêt. Dans sa tête, les pensées s'entrechoquaient dans tous les sens. Elle n'était pas responsable du Tower Drop, bien sûr, mais… Mais elle était dans le camp de ceux qui avaient fait ça. Elle les défendait. Et ce type, ce crétin de prêcheur à qui elle tenait la main, qu'elle regardait avec une telle ferveur… Il le haïssait plus que tout, ce bellâtre blond, ce rebelle à la langue trop bien pendue. Il les revoyait, main dans la main, souriant à la foule. Ses mâchoires vibrant de rage, il asséna un coup de poing au tronc d'un arbre, s'écorchant la peau. La douleur lui fit du bien.

Shaï, pourquoi ? Pourquoi me fais-tu ça ?

Il tremblait, bouleversé, en colère. Sa poitrine se déchirait. Complètement perdu, il se laissa glisser le long d'un tronc, la tête entre les mains. Il ne vit pas la jeune femme le rejoindre, mais sentit soudain sa main sur son bras. Elle caressa ses cheveux avec tendresse et murmura :

— Liam… Je sais que c'est difficile pour toi. Je sais que tu ne comprends pas. Mais ceux qui se rebellent aujourd'hui sont ceux qui ont compris qu'il nous faudra nous battre pour libérer notre monde de l'emprise terrienne, qu'il faudra…

— Non… Non !

— Je sais que la violence n'est jamais une solution, mais dans notre désespoir de nous faire entendre et respecter, nous avons simplement décidé de copier vos manières. Tu le sais, les Terriens ont commencé à prendre les rebelles au sérieux seulement quand il y a eu des morts…

Liam détourna la tête, le cœur au bord des lèvres.

— Ce que je veux dire, c'est que je suis désolée que tu aies perdu des amis, vraiment, mais je ne suis pas désolée que les miens se battent pour récupérer ce qui leur appartient et que les tiens leur ont pris. Je ne m'excuserai pas d'être une rebelle, mais je m'excuserai de nos méthodes. Je ne m'excuserai pas de mes convictions, mais bien du fait qu'elles te heurtent. Tu comprends ?

Il leva les yeux vers elle, confus et profondément triste. Il attrapa sa main et la serra dans la sienne.

— Pourquoi toi… Pourquoi toi ?

Elle lui adressa un demi-sourire triste, sans répondre.

— Shaï, les rebelles sont des terroristes ! Enfin, ils ont détruit ta propre ville ! Ton quartier, ta maison, ton…

— Tu n'as pas entendu le début, n'est-ce pas ? l'interrompit-elle en secouant la tête.

— Quoi ?

— Il a tout expliqué, tout ! Cet attentat qui a détruit notre quarré, ce n'était pas le fait de rebelles.

— Comment ça ?

— Cette explosion, reprit-elle d'une voix désolée, c'était… C'étaient des Terriens. Ce sont eux qui ont posé les bombes.

— Quoi ? Mais qu'est-ce que tu racontes, c'est n'importe…

— Je t'assure ! Eni connaît le prétendu « terroriste » qu'ils ont arrêté, Julkis, c'est un ami à lui ! Et ils l'avaient déjà arrêté *avant* les explosions ! La veille, ils sont venus le chercher chez lui et l'ont emmené. On n'a appris que bien plus tard qu'il avait été condamné pour cette attaque. Mais ça ne pouvait pas être lui ! C'est impossible…

— Mais… Que… Quoi ?

— Il était un rebelle, oui, ça, c'est vrai. Mais il n'a pas posé ces bombes. Je ne sais pas ce qu'ils lui ont dit ou fait ou promis pour qu'il prenne le blâme comme ça, mais…

— Non ! Tu mens ! Ce n'est pas possible, non, c'est… Non.

Liam était si bouleversé qu'il en était malade. Le jour du drame lui revint en mémoire : la rapidité de l'arrestation, la façon dont le terroriste n'avait jamais vraiment avoué, les étranges rapports des pompiers mentionnant différents départs de feu, dont certains au niveau du quarré. Il avait cru à une erreur, à une… Non. Non, ce n'était pas possible. Pas possible…

— Mais Liam, sache que quand Enneki parle ainsi des Terriens, je ne pense pas à toi !

— Enneki ?

Cette fois, ça percutait. *Eni. Enneki. Son frère ! Le prêcheur, son frère.* Un rire mêlé de sanglots lui vint sans qu'il puisse l'empêcher. *Elle est en train de détruire toutes tes vérités, toutes tes convictions et toi, tu es soulagé que ce type soit simplement son frère.*

— Tu sais, ajouta-t-elle avec un sourire doux, moi, je ne te considère pas comme un des leurs…

Shaï se tenait si près de lui qu'il sentait son parfum, fleuri et sucré.

— Toi, tu es différent. Tu n'as rien à voir avec ceux qui prennent toutes ces décisions qui nous heurtent. Toi, tu nous aides ! Tu es de notre côté.

— Non… ne dis pas ça…

Elle posa délicatement sa main sur sa joue et planta ses ravissants yeux mauves dans les siens.

— Toi, tu es des nôtres.

Et tout doucement, elle déposa un baiser sur ses lèvres.

CHAPITRE VINGT-HUIT
Elly – L'Hôtel

Celethy était restée dormir avec Elly, cette nuit-là. La jeune femme, envoyée par Terwÿn juste après leur discussion, était immédiatement montée voir la petite dans sa chambre. Elle n'avait demandé aucune explication, rien. Elle avait simplement ouvert les bras et accueilli contre son sein une fillette bouleversée au visage trempé de larmes. Cette nuit-là, malgré la présence rassurante de Celethy à ses côtés, Elly avait souffert à nouveau de ses cauchemars. La femme aux orbites vides se trouvait à présent parfois être elle-même, fait dont elle ne prenait conscience qu'au travers des mille éclats d'un miroir brisé. Elle touchait alors son visage, ses joues couvertes de larmes de sang, ses orbites vides et moites. Elle n'avait plus d'yeux et pourtant, elle voyait toujours… La voix désincarnée qui lui murmurait ses fautes était désormais la sienne, et les cris qu'elle entendait, égarés dans les méandres d'un labyrinthe noir, ceux d'enfants perdus. Des mains l'agrippaient, sortant des murs, et l'étranglaient avec force, la voix lui murmurait à l'oreille qu'elle n'était qu'une souillure, une abomination, le mal incarné. Elle se réveillait en hurlant, épuisée, haletante, trempée de larmes et de sueur. Celethy la berçait alors contre elle, chantonnant à voix basse des comptines pour enfant. Cela dura toute la nuit…

Au petit matin, les jeunes filles descendirent ensemble vers la salle à manger, de lourds cernes sous les yeux. Elly avait mal à la tête d'avoir trop pleuré. En arrivant dans la grande salle, elles remarquèrent immédiatement la tension régnante. Tous discutaient à voix basse, en petits groupes épars. Et quand Elly passa la porte, tous les regards se tournèrent vers elle. Elle ferma les yeux. *Oh, non ! ils savent. Terwÿn leur a tout raconté.*

La honte lui fit monter le rouge aux joues. Tête basse, elle fonça vers une table vide dans un coin et s'assit sans relever les yeux. Celethy la rejoignit quelques minutes plus tard seulement.

— Tu as vu ? demanda-t-elle dans un souffle en s'asseyant à ses côtés.

— Quoi ? grogna Elly, un peu mécontente.

— Oeknan.

Un frisson parcourut la jeune fille et elle releva enfin la tête.

— Quoi ? répéta-t-elle.

Celethy lui désigna un coin de la salle d'un mouvement de menton. Oeknan y était installé, face à Kyros. Il semblait être en train de se prendre un sacré savon. Ce n'est toutefois pas ça qui frappa Elly, mais plutôt l'énorme œil au beurre noir qu'il affichait, de même qu'une arcade sourcilière fendue et une lèvre enflée. Il avait bien piètre mine… Elle ne put s'empêcher de sourire.

— Qu'est-ce qui…

Terwÿn apparut soudainement dans son champ de vision, s'attablant face à elle.

— T'as vu sa gueule ? Hein ? T'as vu sa gueule ?

Elle avait l'air ravie.

— Oui, je… Tu… ?

— Oh, c'était pas moi. En sortant de ta chambre, j'étais furieuse, j'ai croisé Zval et je lui ai tout raconté, j'étais prête à lui arracher les yeux, à ce connard ! Mais il m'a devancée. C'est lui qui lui a fait ça.

Elle se retourna pour contempler l'œuvre de son copain, sourire satisfait aux lèvres.

— Je ne l'avais jamais vu si en colère. Il lui a littéralement sauté dessus, j'ai même dû le retenir, sinon je pense bien qu'il l'aurait tué.

Les épaules d'Elly s'étaient affaissées de stupéfaction.

— Zvalec ? Mais…

Terwÿn se rassit face à elle.

— Ouais… Ce genre d'agression, ça le rend fou. Sa…

Elle s'interrompit brusquement.

— Enfin bref, tout le monde en parle, ce matin. Personne ne sait ce qui s'est passé exactement, mais tout le monde en parle ! Zvalec *versus* Oeknan, le combat de la saison ! Je sais pas si t'as vu, mais tout le monde l'a dévisagé quand il est entré ce matin, juste derrière toi.

Oh…

— Lui aussi est assez amoché, mais je trouve que ça le rend sexy, ajouta-t-elle avec un petit sourire lubrique. Oh, et rassure-toi, personne ne sait pourquoi il a fait ça, enfin, sauf Kyros. J'ai dû tout lui expliquer. Il va sans doute te demander de témoigner aussi sur ton agression, j'espère que ça ira ?

Elly hocha la tête.

— Merci. Le Chiffre n'approuve pas les violences internes, t'imagines bien, alors là… Enfin… Je ne sais pas trop ce que Kyros va décider.

— Il vient de les rejoindre, murmura Celethy.

Et en effet, Zvalec se trouvait à présent assis à côté d'Oeknan, le visage fermé. Le jeune homme avait la mâchoire rouge et mauve et la manche de sa chemise était déchirée, révélant, tatouée sur le haut de son épaule, une figure qu'Elly n'avait encore jamais vue : un cercle surmonté, un peu sur la droite, d'un point. Un dessin qui lui donna toutefois une vague impression de déjà-vu, mais à ce moment, peu importait.

C'était lui.

Ils ne s'étaient peut-être jamais vraiment bien entendus, mais elle savait combien il comptait pour Terwÿn, et elle lui était aujourd'hui redevable. Elle ne comprenait pas bien ce qui l'avait poussé à faire ça, mais elle ne voulait pas qu'il ait des problèmes à cause d'elle…

La décision de Kyros, en l'absence du Chiffre, fut implacable envers Oeknan. Remettre les pieds sur le territoire de l'Hôtel lui était à présent proscrit, de même que dans tout autre centre rebelle. Son parcours de hassaï venait de prendre fin. Quant à Zvalec, il s'en tirait avec un simple avertissement. Vu les circonstances, Kyros avait considéré l'attaque comme justifiée, ce qui expliquait la légèreté de sa sanction. Terwÿn était aux anges, profondément soulagée par la nouvelle. Elly aussi. Raconter son agression à Kyros avait été pénible, mais elle y était parvenue, et elle en était fière. Le maître hassaï était resté de marbre face à elle, mais sans doute ses explications avaient-elles pesé dans la balance. C'était fini. Son agresseur avait été renvoyé. Et Zvalec restait.

∴

Pendant les jours qui suivirent l'expulsion d'Oeknan, l'ambiance à l'Hôtel devint frénétique, excitée. Les hassaïn savaient qu'ils n'en avaient plus que pour deux semaines avant d'avoir achevé leur entraînement, et ils commençaient à piaffer d'impatience. Ils se montraient de plus en plus tendus, nerveux. Plus que deux semaines avant d'être relâchés dans la nature, avec pour tâche de recruter et former à leur tour leur hassïerra, leur troupe. Deux hassaïn par hassïerra, pour former treize volontaires. Treize, ni plus ni moins, c'était la règle.

Le Chiffre était revenu à l'Hôtel. Avec Kyros, le maître hassaï, ils poussaient leurs recrues dans leurs derniers retranchements lors des entraînements. Le soir, malgré l'épuisement, tous parlaient encore et encore de leurs projets, se trouvaient un partenaire, planifiaient leur route... Tous, sauf Elly. Elle savait bien qu'elle n'était pas prête. Qu'adviendrait-il d'elle alors, dans deux semaines ? Chaque jour qui passait lui serrait un peu plus le cœur, sans qu'elle ose en parler à personne.

Un soir, alors qu'elle marchait seule dans les couloirs en direction du salon où s'étaient retrouvés les autres, Elly ralentit, certaine d'avoir entendu son nom prononcé dans le bureau du Chiffre devant lequel elle venait de passer. Curieuse, elle s'approcha et se colla contre le mur pour écouter.

— ... n'a pas atteint le niveau qu'on espérait, entendit-elle alors.

C'était la voix du Chiffre. Elle s'arrêta net, et se plaqua contre le mur.

— Mais enfin, elle n'a que quoi, quatorze ans ? On ne peut faire de miracles ! ajouta le Terrien d'un ton blasé.

Elly grimaça. Elle n'était plus aussi faible que lors de son arrivée à l'Hôtel, elle avait fait des progrès depuis, des efforts ! Le Chiffre ne le voyait-il pas ?

— Fstöl, grogna le Chiffre.

— Oui ?

Son professeur était avec lui. Il allait sûrement prendre sa défense !

— Qu'en penses-tu ?

Le professeur ne répondit pas tout de suite.

— Peu importent ses capacités au combat, lâcha-t-il enfin. Si elle en a besoin un jour, ce sera trop tard.

Comment ça, trop tard ?

— Mmh… Pas faux. Je vais aller voir la Plume. Il faudrait discuter de ce qu'on peut faire un peu plus sérieusement, maintenant que ça se concrétise de son côté.

— Tu veux vraiment le faire ?

— Au plus vite, oui.

— Est-il vraiment temps ? Ou bien la renvoies-tu si vite pour une autre raison ?

Le Chiffre soupira profondément.

— C'est vrai. Je ne peux pas… je ne peux pas la voir.

— Je sais.

— Ses yeux. C'est ses foutus yeux… Ils me rendent… malade.

— Je comprends. C'est normal… C'est tout à fait normal.

Si le dégoût du Chiffre lui fit de la peine, l'approbation de Fstöl lui fut comme un coup de poignard dans le cœur. Ses lèvres se mirent à trembler.

Normal ? C'est normal *d'être malade à ma simple vue ?*

— Bien. Elly sera envoyée au gouffre, c'est décidé.

À ces mots, la jeune fille eut un sursaut d'effroi, et le plancher craqua lourdement sous ses pieds.

— Il y a quelqu'un ?

Le Chiffre s'était levé et se dirigeait vers la porte. La petite s'enfuit à toutes jambes.

Dans sa poitrine, son cœur faisait des bonds insensés. Elle paniquait. *Le gouffre ?*

Affolée, elle débaula dans le salon les larmes aux yeux. Nikkov était couché sur un canapé, Celethy endormie dans ses bras.

Assis à côté d'eux, Tubio discutait avec Terwÿn, assise sur les genoux de Zvalec. La tête en arrière, les yeux fermés, ce dernier semblait dormir lui aussi, ses mains enserrant la taille de la jeune fille.

— Eh, Elly ! Qu'est-ce qu'il y a ? demanda Terwÿn en la voyant entrer dans le salon. T'as l'air bizarre.

Zvalec poussa un grognement frustré, sans ouvrir les yeux.

— Laisse-la, elle va encore faire sa victime…

Elly soupira intérieurement. Elle avait cru pendant un instant qu'après ce qui s'était passé avec Oeknan, Zvalec serait un peu plus sympathique avec elle. Elle avait eu tort. Le jeune homme était bien décidé à lui montrer que rien n'avait changé entre eux : il ne l'aimait toujours pas et ne l'aimerait sans doute jamais. S'il avait cassé la gueule à Oeknan ce jour-là, ce n'était pas pour elle.

Terwÿn lui donna une petite tape sur la joue.

— Attention, toi ! Sois pas méchant ! Sinon, tu risques de t'ennuyer un peu cette nuit…

Le garçon remonta lentement ses mains depuis le ventre de la jeune femme jusqu'à ses seins tout en lui embrassant la nuque.

— Vraiment ?

— Vraiment ! assura-t-elle en riant. Allez, lâche-moi.

Avec un soupir exagéré, le garçon la lâcha et Terwÿn s'avança vers Elly.

— Ben alors ? Qu'est-ce qui t'arrive ? demanda-t-elle en s'asseyant à côté de la petite.

— Tu ne te sens pas bien ? Tu es malade ? demanda Tubio, visiblement inquiet.

— Non, je…

Elle releva la tête.

— C'est juste que… il faut que je parte d'ici. Cette nuit.

— Quoi ? Comment ça ?

La même réaction de surprise avait émané de tous. Celethy ouvrit les yeux, réveillée par l'agitation soudaine.

— Mais enfin, pourquoi ? demanda Nikkov en se redressant.

— Oui, pourquoi ? répéta Tubio.

— Je… Il…

Elle ne parvenait pas à mettre ses idées en ordre. Par quoi commencer ? Elle se sentait minable. Effrayée, trahie, peinée, furieuse tout à la fois.

— Je ne suis pas faite pour être une hassaï, finit-elle par murmurer. Je suis un caillou dans le parfait engrenage du Chiffre, une tache sur son plan. Je suis faible. Minuscule. Et il le sait.

— Elly, qu'est-ce que tu racontes ? marmonna Celethy en se frottant les yeux.

— J'ai entendu le Chiffre parler dans son bureau, avec Fstöl. Ils parlaient de moi. Ils ont dit que je n'avais pas le niveau, que… que je serai envoyée au gouffre, murmura-t-elle d'une voix lourde.

Face à elle, tous changèrent de couleur.

— Quoi ? lâcha Zvalec en se redressant. Qu'est-ce que tu as dit ?

— Que je serai bientôt envoyée au gouffre, répéta la petite en baissant la tête, écrasée par le poids de cette sentence qu'elle ne comprenait pas réellement.

Mais le mot était suffisamment terrifiant en lui-même. *Le gouffre*. Là où étaient jetés les déchets, les cadavres, les monstres de foire comme elle.

— Elly, ce n'est pas ce que tu crois… murmura Terwÿn, le visage blême.

— Si, j'ai tout entendu. Ils ont… Ils sont dégoûtés par moi, ils ne…

— Non, tu ne comprends pas. Le gouffre, ce n'est pas… Ce n'est pas ce que tu crois.

Elly fronça les sourcils et releva la tête vers son amie.

— Comment ça ?

— Il existe différents types de centres de formation hassaï. Ici, nous sommes dans un centre de type « bêta », pour un entraînement basique.

Basique ?

— Il y a aussi les centres « alpha », pour les *tzerefh*, les soldats d'élite. Ils sont souvent choisis parmi les meilleurs élèves des centres bêta. Qui sait, quelques-uns d'entre nous peut-être.

À ces mots, ils regardèrent tous Nikkov, qui se rengorgea. Le jeune homme était en effet l'un des meilleurs de leur promotion.

— Et puis, il y a les centres « gamma », pour la formation des *kumedzae.*

— Les espions de la Rébellion, murmura Zvalec dans un souffle, ses yeux étrangement fixes.

Terwÿn hocha de la tête :

— Le Gouffre, c'est un centre gamma.

— Quoi ?

Un peu effarée, Elly remarquait enfin l'étrange regard que lui portaient ses camarades.

— Waouh, murmura Celethy. C'est hyper rare d'être sélectionné pour un gamma !

— Tu penses que c'est parce que tu n'es pas tatouée ? Facilement infiltrable dans les villes terriennes, donc ? demanda Nikkov, sincèrement intéressé.

Elly sentit les battements de son cœur s'accélérer.

Que… quoi ?

— C'est pour ça, murmura encore Zvalec. C'est pour ça que le Chiffre tenait tant à t'avoir dans ses rangs. Tu es non tatouée… Tes traits… Tu pourrais passer pour une Terrienne, tu pourrais… Par tous les Créateurs ! C'est… c'est génial !

Il se leva brusquement, souriant à Elly pour la première fois.

— Tu vas infiltrer les Terriens ! C'était ça, le plan ! Depuis le début !

Il semblait si enthousiaste qu'Elly se mit à sourire elle aussi.

— Tu crois ? Tu crois que c'est… génial ? demanda-t-elle timidement.

— Évidemment ! Terry, tu ne trouves pas ?

— Euh, si… répondit sa copine d'un air incertain. Mais…

— Je… Je dois parler à Fstöl, l'interrompit Elly sans s'en rendre compte.

— Non, attends ! Elly, il faut que…

Mais elle l'ignora. Comme portée par un sentiment étrange, à mi-chemin entre la terreur et l'excitation, la jeune fille se pressa dans les couloirs vers le bureau de Fstöl. Sous sa porte, un rai de lumière. Il était là. Elle frappa.

— Quoi ? Il est tard ! cria la voix bougonne qu'elle connaissait si bien.

Elly ouvrit la porte.

— Professeur…

Fstöl était occupé à ranger des documents, penché sur les tiroirs de son bureau. Il releva les yeux vers elle.

— Qu'est-ce que tu fais ici ? À cette heure ? Je suis…

— Je dois vous parler…

Le vieil homme se redressa.

— De quoi ?

— Je vous ai entendu parler avec le Chiffre, tout à l'heure.

— Ah.

Ils se regardèrent un instant en silence, elle affichant un air bravache, lui fatigué et inquiet.

— Qu'as-tu entendu ? demanda-t-il d'une voix lasse.

— Suffisamment.

— J'imagine que tu as des questions…

Un regain de fureur lui donna le courage de répondre :

— Oh, oui !

— Soit. Assieds-toi, finit-il par dire.

La petite obtempéra, retrouvant sa place d'étudiante sur le canapé du vieux maître.

— Bon… Tu sais, quand tu es arrivée ici, on ne savait pas trop quoi faire de toi. Une petite gamine, métisse qui plus est, dans un centre de formation de guerriers rebelles ? C'était improbable. Le Chiffre n'était pas très enclin à te garder, mais avec le grand-froid imminent, on n'a pas vraiment eu le choix. Alors, on a d'abord pensé te garder pour les petites corvées de tous les jours, quitte à ce que tu sois quand même ici. Agmée s'est occupée de ça. Mais le Chiffre n'arrêtait pas de parler de toi.

Ah bon ?

— Il était extrêmement perturbé par ton métissage. Il…

Elly eut une grimace dédaigneuse. Elle allait le confronter au fait que lui aussi avait avoué être dégoûté par ses yeux, mais il reprit :

— Enfin, peu importe. Tu es arrivée un jour dans ma bibliothèque et c'est là que nous nous sommes rendu compte que tu n'étais pas la petite sauvageonne illettrée que nous pensions. Tu avais le potentiel d'être bien plus qu'une petite main ici. Alors, je t'ai fait lire des livres d'aventures, de guerre, d'action, pour voir si cela réveillait quelque chose en toi. Je t'ai expliqué la situation sociopolitique actuelle, je t'ai expliqué qui nous étions et ce que nous faisions… Et tu as, comme je l'imaginais, voulu nous rejoindre. Tu as commencé les entraînements, tout ne s'est pas exactement bien passé au début, mais avec quelques coups de pouce, tu y es arrivée. Tu as trouvé ta place. Mais le rôle de hassaï n'a jamais été celui que nous voulions pour toi. Tu n'es pas une guerrière, Elly. Tu as en toi la violence terrienne, certes, mais tu es aussi très intelligente, très fine et perspicace, surtout quand tu réussis à dépasser ta timidité. Mais surtout, Elly, surtout, tu as ceci ! s'exclama-t-il en lui attrapant son poignet blanc. Tu n'es pas tatouée ! Tu n'as pas dû, comme tous les autres ici, brûler ton identité. Tu as le corps, l'apparence d'une Terrienne, à peu de chose près. Et ça, Elly... C'est un atout d'une valeur inestimable.

La petite ne savait trop que penser. Elle baissa les yeux vers ses poignets, puis les remonta vers Fstöl.

— Moi ? Moi je pourrais être une... une kumedza ?

— Oh ! oui, Elly. Oui. Et tu sais quoi ? ajouta-t-il plus bas, avec un petit sourire en coin. Je crois que tu serais excellente.

Elly rougit alors qu'à son tour, un léger sourire se dessinait sur ses lèvres. Pour la première fois depuis longtemps, l'avenir se teintait d'une petite touche d'espoir.

CHAPITRE VINGT-NEUF
Liam – La métropole

Couché sur le dos dans son lit, Liam était en nage. D'un geste brusque, il écarta sa couverture et se redressa sur son lit. Il était près de deux heures du matin et il se tournait et se retournait sans trouver le sommeil depuis un moment. Il était à bout de nerfs. Depuis la veille, les mots de Shaï résonnaient dans sa tête comme autant de coups de marteau sur un gong. Il ne savait plus quoi penser. Chaque fois qu'il fermait les yeux, il retrouvait le sourire de la jeune femme, ses grands yeux, la douceur de sa main sur sa joue, ses lèvres sur les siennes... Mais il ne pouvait savourer le souvenir sans que son corps entier devienne soudain brûlant de honte. Il avait embrassé une Illyrienne ! Une rebelle, qui plus est... Elle, Shaï, une rebelle. Il l'avait embrassée, *elle*... Vague de plaisir. Il ne pouvait y croire. Cette petite créature blonde, si douce et si frêle, une rebelle. Ou, selon certains, une terroriste. Et la honte revenait. Et lui, le conseiller du Premier délégué, son ennemi, donc... Et elle n'en savait rien. Nouvelle vague de honte. Ce baiser qu'ils avaient échangé faisait-il de lui un traître ? Oui, certainement. Il avait trahi la confiance de Shaï et celle de George en même temps. Elle et lui, de part et d'autre d'une guerre qui ne faisait que commencer. Comment cela avait-il pu se produire, comment pouvait-il se retrouver dans une situation pareille ? Qui avait raison ? Qui avait tort ? Qui était du bon côté, et quel côté était le bon ?

Ce que Shaï lui avait dit à propos de l'attentat était ce qui le perturbait le plus. Pour la première fois, des détails auxquels il n'avait jamais beaucoup prêté attention prenaient sens. Et pourtant, il connaissait l'histoire par cœur. Il entendait encore la voix de Shaï raconter ce qu'elle avait vécu le jour de l'attaque. Elle l'avait raconté avec tant de détails que s'il fermait les yeux, il pouvait voir la scène… Son écharpe qui tombe au sol, sa chute dans les escaliers, son bras cassé. Sa recherche effrénée de son frère dans les rues. Jusqu'ici, il n'avait retenu de cette histoire que sa peur, son désarroi, et puis son soulagement, enfin. Chaque fois qu'il l'imaginait hurler le nom de son frère, les joues baignées de larmes, il ne pouvait s'empêcher de penser à George hurlant celui de Nora. Mais maintenant, il se rappelait aussi qu'elle avait parlé non pas d'une seule, mais de plusieurs explosions. Des explosions si proches du quarré que son immeuble en avait tremblé. Et pourtant, s'il en croyait les rapports officiels, cela était impossible.

N'y tenant plus, il s'habilla en vitesse et descendit dans la rue déserte. Il avait besoin de s'aérer, de respirer. De réfléchir. Ce qu'elle avait dit sur l'attentat n'était pas vrai. Ne *pouvait pas* être vrai. Et pourtant, au fond de lui, il commençait à douter.

Dans les rues désertes de la métropole endormie, on n'entendait pas un bruit. Il se retrouvait avec ses pensées, ses doutes et les trois lunes pour seule compagnie.

Sans qu'il y pense vraiment, ses pas le menèrent jusqu'à l'Alliance, probablement par habitude. Dans l'imposant bâtiment, seuls quelques bureaux étaient encore éclairés à cette heure tardive.

Son cœur se mit à battre à toute vitesse, il le sentit pulser dans ses tempes et soudain, il se plia en deux et vomit sur le bord du trottoir. Quand il se redressa, essuyant sa bouche du revers de sa manche, il savait ce qu'il avait à faire.

Le silence à l'intérieur de l'Alliance était assommant. La multitude d'écrans affichant en journée les nouvelles en boucle étaient tous éteints, et chacun de ses pas sur le sol turquoise du hall d'entrée résonnait comme dans une cathédrale vide, se répercutant sur les murs, clamant sa culpabilité. Il appela l'ascenseur et passa son doigt sur le scanner d'empreintes. Il faisait partie des rares privilégiés à disposer d'un accès direct à l'étage du bureau de George. Les portes se refermèrent dans un vacarme assourdissant. Il ferma les yeux un instant, tentant vainement d'apaiser les battements de son cœur.

Mais qu'est-ce que je suis en train de faire ?

DING ! Il sursauta. Les portes s'ouvrirent sur le sixième étage et il s'avança dans le couloir au rythme des lumières qui s'allumaient sur son passage. Il arriva devant le bureau de la secrétaire et en alluma le puck. En quelques manipulations, il avait désactivé les caméras de surveillance, grâce à un programme spécifique utilisé pour les rendez-vous importants et délicats dont George voulait préserver la confidentialité. Il effaça rapidement les deux minutes où il apparaissait sur la bande, ainsi que l'enregistrement de son empreinte digitale.

Voilà. Invisible.

Il se redressa et alla taper un code sur le petit boîtier au mur. La porte du bureau de George s'ouvrit en coulissant, révélant la pièce plongée dans l'ombre. Il resta immobile un instant, n'osant entrer. Il se passa une main sur le visage, essuya la sueur de son front, massa ses joues mal rasées. Mais il fallait qu'il sache. Le doute est la pire chose qui puisse exister, il empoisonne tout. Tant qu'il ne saurait pas avec certitude, il ne pourrait regarder ni Shaï ni George en face.

Alors il se lança. Les capteurs de mouvement repérèrent sa présence et la pièce s'illumina d'un coup. Liam referma doucement la porte derrière lui et se dirigea vers le puck central qui trônait sur le bureau. Il entra le mot de passe – *George, tu me fais tellement confiance, je suis désolé…* – et commença à fouiller. Des milliers de documents apparaissaient sur le disque dur, des centaines de dossiers. Un rapide coup d'œil à sa montre : trois heures trente. Il sortit son propre puck et le connecta à celui de George. Quelques mots de passe supplémentaires à taper, et en quelques minutes, tout était téléchargé. Il rempocha son puck, éteignit l'ordinateur et sortit de la pièce, son cœur se déchaînant dans sa poitrine. Il réactiva les caméras, sachant que la période effacée serait suffisante pour le laisser sortir sans qu'il apparaisse sur la bande. Personne ne saurait jamais qu'il était venu, si personne cherchait jamais vraiment.

Il arriva chez lui en sueur, comme un automate, la bouche remplie d'une salive lourde. Il devait se concentrer pour ne pas vomir, tant il se sentait dégoûté de lui-même. Il ne savait même plus quoi espérer. Il était aussi terrifié à l'idée de découvrir quelque chose qu'à l'idée de ne rien découvrir du tout. Un cauchemar.

Il monta vers son bureau et observa pendant quelques secondes son reflet dans la fenêtre sombre. *Clic.* Petit vrombissement, et le puck activa son écran, illuminant la pièce de sa lumière froide. *Au travail.*

Six heures du matin. Ses yeux rougis de fatigue, la lumière de l'écran lui brûle les rétines. Une larme coule sur sa joue. Devant lui, les mots dansent, lus et relus tant de fois qu'ils commencent à perdre leur sens. Le document est long. Tout est là, tout est expliqué, raisonné, justifié. Tout était vrai. Rien n'était vrai.

∴

— Tout va bien ?

Shaï le regardait avec de grands yeux inquiets.

— Tu es bizarre depuis tout à l'heure. J'ai fait quelque chose ?

Il secoua la tête et lui sourit.

— Non, non. Bien sûr que non. J'ai juste quelques soucis au boulot. Rien de grave.

— Tu veux en parler ? Tu ne me parles jamais de ton travail…

— Non, ce n'est rien, ce n'est pas intéressant, vraiment.

— Oh… OK.

Le silence retomba. Ils s'étaient retrouvés ce matin-là, s'étaient salués un peu gauchement et étaient allés s'asseoir au bord d'une fontaine pour tromper la chaleur de ce beau jour d'été. La gêne était palpable, et la petite conversation qu'ils s'efforçaient de mener tout simplement pénible. Deux épées de Damoclès pendaient au-dessus d'eux, deux sujets de conversation qu'ils devaient aborder et autour desquels ils ne cessaient de tourner. Premièrement, l'implication de Shaï dans la Rébellion. Il voulait en savoir plus, comprendre son point de vue, parler avec elle de ses idées. Et puis, bien sûr, le baiser qu'ils avaient échangé la veille.

Liam observa la jeune Illyrienne à la dérobée pendant qu'elle tressait ses longs cheveux pâles en gestes lents et précis. Un parfum sucré se dégageait d'elle à chaque mouvement. Et soudain, il oublia tout, la Rébellion, les documents de George, la peur, les doutes. Tout. Il avait seulement envie de la toucher, de caresser sa peau du bout de ses lèvres, de goûter son odeur, de la prendre, de…

Elle leva la tête vers lui.

— Quoi ? demanda-t-elle avec un petit rire.

N'y tenant plus, il se pencha vers elle, passa une main dans sa nuque et l'embrassa. À sa plus grande joie, elle lui rendit son baiser. Il sentait sa peau contre la sienne, ses seins durcis d'envie contre son torse et dans sa tête comme dans tout son corps, des feux d'artifice se mirent à pétarader dans tous les sens. Tout au fond de lui, une petite voix lui disait qu'il commettait la plus grosse erreur de sa vie, mais elle était couverte par une autre voix, bien plus forte, qui rugissait un chant de victoire.

Sa vie allait changer. Il le savait. Sur le chemin du retour vers la métropole, Liam se repassait en boucle l'évolution de son histoire avec Shaï. Le temps qu'il avait passé jusqu'ici avec la jeune Illyrienne, c'était du temps volé. Tous ces jours où il s'était baladé avec elle au lieu de travailler, tout ce temps où il s'était forcé à oublier ce qui se tramait à l'Alliance, toutes ces inquiétudes et ces doutes qu'il avait réprimés lui revenaient maintenant en pleine figure. Il voulait se convaincre que leur relation était vouée à l'échec : après tout, ils étaient bien trop différents, l'Histoire n'était pas encore prête pour eux. Mais malgré les promesses d'adversité, quelque chose en lui grondait d'envie de se battre. De tenter le diable. Ils n'étaient pas les premiers à tomber amoureux d'un être de l'autre race, ils ne seraient pas les premiers à être jugés par les leurs, pas les premiers à être répudiés et écartés. Mais George serait-il à même de comprendre ? D'accepter ? Liam en doutait fortement.

Il savait que son ami se trouvait sur une pente glissante. Pour reprendre en main la situation, George prenait des décisions de plus en plus extrêmes. Les arrestations s'étaient multipliées, et les descentes de milice avaient des accents de rafle. Les quarrés se vidaient, les prisons se remplissaient. Le bras de fer était engagé. Mais Liam avait toujours eu foi en lui.

Pourtant, aujourd'hui, il ne parvenait plus à voir son ami de la même façon. Ce qu'il avait lu durant la nuit… C'était pire que tout. George se trouvait bel et bien derrière l'attaque de Tarüul-Viën. Tout avait été prémédité, dans le but de se permettre cette politique si dure, dans l'espoir d'obtenir le soutien de la population autochtone. C'était… c'était à vomir. Il était devenu tout ce qu'il détestait, pire encore que Du Poley… Liam était partagé entre tant d'émotions contraires : la peur, la colère, la pitié, l'amitié. Il avait envie de le frapper, de hurler après lui, mais aussi de le serrer dans ses bras et de lui dire qu'il comprenait… Il voulait lui avouer qu'il savait, pour l'attentat. Que les informations avaient fuité. Il voulait le confronter à ce qu'il avait découvert, mais il redoutait ses réponses. Et plus que tout encore, il craignait sa réaction s'il venait à apprendre son idylle avec une Illyrienne. Pour George, il s'agirait d'une trahison. D'une gifle en plein visage. Et pourtant, il restait son meilleur ami… Ils se connaissaient depuis si longtemps, avaient vécu tant de choses. Il avait suivi chaque étape de son histoire avec Nora, il l'avait conseillé, écouté, encouragé. Et aujourd'hui, il avait simplement envie que George lui rende la pareille. Il avait envie de retrouver avec lui leur amitié d'avant. Avant tout ça…

Enfin arrivé chez lui, Liam s'effondra sur son canapé dans un profond soupir. Il ne savait plus quoi penser. Devait-il parler à George ? Cela mettrait-il Shaï en danger ? Devait-il privilégier une Illyrienne pro-terrorisme ou son meilleur ami, qui depuis quelque temps se laissait aspirer dans une spirale de plus en plus sombre ? Finalement, en désespoir de cause, il finit par décrocher son téléphone.

— Vieux crapaud ! Ça fait deux semaines que tu ne m'as plus appelée, DEUX SEMAINES ! Je te déteste !

La voix riante d'Elizabeth emplit la pièce et Liam ne put s'empêcher de sourire, soudain soulagé. Quelle que soit la situation, sa petite sœur le faisait toujours sourire.

— Salut, crevette. Qu'est-ce que tu deviens ?

— Ben, rien de neuf. Les cours, la routine, tu sais…

— Et ça va ?

— Ouais, ouais.

— Les parents ?

— Euh, Louis est quelque part en Europe du Nord depuis quelques semaines, je ne sais pas trop où, et Sandrine, aucune idée.

Cela pouvait paraître étrange, mais ils appelaient leurs parents par leurs prénoms depuis leur enfance. Ils n'avaient jamais réussi, ni l'un ni l'autre, à ressentir une proximité suffisante avec eux pour les appeler « papa » et « maman ».

— Et toi, quoi d'neuf, frangin ?

— Oh, beaucoup de choses… Beaucoup de choses.

Un écran s'alluma sur son mur et le visage inquiet de sa sœur apparut.

— Ça va ? Ta voix est bizarre. Allume. Je veux voir ta tête. T'es chez toi ?

Il activa la vidéo :

— Oui.

— Ouah, tu n'as pas l'air bien. Qu'est-ce qui se passe ?

— J'ai fait une connerie, Zab…

— Oh… Grave ?

— Oui…

— Merde.

— Ouais, merde.

— Raconte.

— Je crois que… Je crois que je suis amoureux.

Elizabeth afficha une moue désappointée.

— De Flavia ? Mais…

— Non, on a cassé, avec Flavia. Non, d'une autre…

— Ah oui ? (Elle se redressa.) Et pourquoi tu…

— Une Illyrienne.

Sa sœur resta interdite pendant quelques secondes.

— Ah. Mais… euh…

— Elle est… Oh, elle est incroyable. Elle est intelligente, sensible… et drôle ! Elle a cette manière de voir les choses, tu sais, qui me fascine, et un goût de la vie qui… Quoi ?

Sa sœur l'observait avec un curieux sourire.

— J'y crois pas… Mince, t'es vraiment… mordu, quoi. Je t'avais jamais entendu parler d'une fille comme ça.

— Ah non ?

— Oh, non ! Clairement pas. Alors… Alors tu penses que… que c'est *elle* ?

— Zab, ça fait des années que je me dis que je ne trouverai jamais quelqu'un qui soit… Quelqu'un qui me fasse cet effet. Je suis complètement fou d'elle. Complètement.

— OK, waouh ! Donc, c'est du lourd, quoi. C'est du vrai !

— Oui.

— Bon. Et euh… Tu en as parlé à George ?

— Non ! Ne lui dis rien, surtout !

— Oh ! tu sais, lui et moi, on ne se parle plus depuis déjà quelque temps… J'ai vu son fils récemment, par contre.

— Théo ? Comment il va ?

— Bien ! Vachement bien même, on a discuté et tout. Mais ce n'est pas le sujet, là, on parle de toi. Dis-moi alors, pourquoi tu ne lui en as pas parlé ?

— Il ne comprendrait pas. Ces derniers temps, il devient…
Je ne sais pas… Je crois qu'il craque.

— Mmh… Tu sais, je pense que tu fais bien de le lui cacher.

— Ah bon ?

— Ouais. Je suis d'accord, il craque. Il va trop loin, il se perd,
là… Je crois que… Non, mais parle-moi plutôt encore de la fille.
Comment elle s'appelle ?

— Tu n'es pas choquée ?

— De quoi ?

— Du fait qu'elle soit… tu sais.

— Illyrienne ? Bah non ! Je ne sais pas si t'es au courant, mais
ici je fais partie d'un groupe qui milite pour que les Illyriens
soient réexaminés et qu'ils accèdent enfin à la catégorie 4, qui
leur revient de droit, d'ailleurs.

Liam se redressa, sourcils froncés.

— C'est vrai ? Tu fais partie de ce groupe, toi ? Depuis quand ?
C'est pas dangereux ?

— Mais non ! J'en fais partie depuis presque un an, là, depuis
que… Enfin, peu importe. Les temps changent, Liam. Les choses
évoluent. Ne sois donc pas effrayé par quelque chose qui sera
parfaitement légal et commun dans quelques années. OK ?

— C'est ce qu'ils disent, dans ton groupe ?

— Ha, ha ! En gros, oui. En revanche…

— Quoi ?

— Tu es conscient que tu vas devoir faire un choix ?

— Oui, bien sûr… Elle ou George, mon meilleur ami ou…

— Non, je ne veux pas dire entre elle et lui, ça, je sais que tu
as déjà fait ton choix – même si tu ne t'en rends pas encore
compte –, non, tu vas devoir décider si tu veux en parler à
George ou pas. Si tu veux prendre le risque de croire en votre
amitié ou non.

— Toi, qu'est-ce que tu penses que je devrais faire ?

— Liam, là, pour le coup, c'est vraiment important que ce soit *ta* décision. Si ça peut te rassurer, sache que quoi que tu décides, je serai avec toi. Alors, demande-toi juste quelle direction tu veux donner à ta vie dès à présent.

— OK, tu deviens flippante, là. Depuis quand t'es intelligente ?

— Ha, ha ! Je t'emmerde ! Non, mais sérieusement, Li... Ce n'est pas un choix facile. Les gens vont parler, tu vas perdre des amis. Pire, tu risques l'expulsion, voire la prison. Alors... fais attention à toi. T'as pas choisi le meilleur moment pour tomber amoureux d'une Illyrienne.

— Je sais. En plus...

— Quoi ?

Liam prit une grande inspiration et la relâcha d'une traite.

— Elle, euh, elle fait partie des rebelles. Je ne l'ai appris que récemment, c'est...

Elizabeth ferma les yeux en soupirant bruyamment.

— OK, chaud.

— Ouaip.

Il y eut un court silence.

— Mais, euh, rebelle-rebelle ou... ? Je veux dire, elle a déjà fait des trucs, ou c'est plus, genre, un soutien moral ?

— Plus un soutien moral, je pense. Je ne pense pas qu'elle ait participé à des actions. Mais son frère, lui... Je suis sûr que lui est un activiste.

— OK. Merde... Je ne sais pas, Li, là, ça devient un peu... C'est dangereux. Si George l'apprenait... Si qui que ce soit l'apprenait...

— Ça n'arrivera pas.

La jeune fille soupira, plantant une nouvelle fois ses yeux inquiets dans ceux de son frère.

— Alors tu as décidé... Tu seras prudent, hein ? Liam ?

— Mais oui !

— Non, je suis sérieuse. Fais gaffe à toi. S'il te plaît.

Il sourit.

— Toujours. Je te reparle bientôt, OK ? *Bye*, sœurette ! Et toi aussi, sois prudente avec ton groupe militant, hein ?

— Oui, oui. À bientôt ! Bonne chance. Oh ! Liam ?

— Oui ?

— Dis à ton pote que son fils attend toujours qu'il revienne le chercher.

Liam soupira.

— J'essayerai.

Et ils raccrochèrent.

CHAPITRE TRENTE
Thémaire – La route

Dans les marécages, la réalité de la résurrection de la Rébellion se rapprochait. Les jeunes Illyriens se montraient de plus en plus compétents, pour le plus grand plaisir des Terriens. Ulliel avait encore pris en masse musculaire, ses traits s'étaient durcis et avec ses cheveux à présent tressés et non plus tombant devant ses yeux, il avait l'air bien plus adulte, et féroce. Gilem aussi commençait à changer. Depuis la sortie de prison, il avait pris quinze bons centimètres et il commençait enfin à abandonner son physique maigrelet pour un corps plus viril, plus adulte. Le garçon, pas peu fier de lui, ne perdait pas la moindre occasion de se mettre torse nu devant Amarance, roulant de ses nouveaux muscles. Cela n'avait pas changé, il restait un adolescent dissipé et joyeux.

Il ne se rend pas compte de ce qui se passe… Il est encore trop jeune.

Thémaire le regardait raconter quelque chose à Amarance avec moult gestes et emphase, la faisant rire. C'était bon de la voir rire. À cette pensée, Thémaire ressentit un creux à l'estomac. Il savait que bientôt, leurs chemins à tous se sépareraient. Amarance avait été claire avec eux : lorsque le moment serait venu de quitter les marécages, elle partirait de son côté.

Les hommes avaient bien compris qu'elle n'éprouvait aucun intérêt pour la Rébellion. Si elle s'entraînait avec eux, si elle apprenait à se battre avec autant de rage, c'était pour son fils. Gilem et Ulliel s'étaient tous deux proposés pour l'accompagner et l'aider à retrouver l'enfant, mais le Terrien s'était montré catégorique : chacun sa mission, chacun ses priorités. Et Amarance l'avait bien compris. Elle était prête à se battre seule, elle en avait la force. 24601 lui avait néanmoins promis toute l'aide dont elle aurait besoin et lui avait fourni toutes les informations utiles pour le retrouver et contacter la Rébellion, au cas où.

Enfin, le jour fatidique était arrivé. Au matin, après le petit déjeuner, le Terrien s'était levé en se raclant la gorge :

— Bien. Je pense qu'il est temps. Vous êtes prêts, ou du moins aussi prêts que nécessaire. Demain, nous passerons à la prochaine étape. Il est temps de nous séparer, pour créer chacun son propre groupe.

Un silence angoissé lui avait répondu. Les garçons savaient, bien sûr, que ce moment finirait par arriver, mais l'annonce leur fit tout de même un choc.

— Kurjak, tu partiras avec Gilem, vous irez vers l'ouest. Et toi, Fenrir, avec Ulliel, vers l'est. Thémaire et moi partirons vers le sud. Amarance, quant à elle, nous suivra quelque temps avant de continuer de son côté.

La jeune femme approuva de la tête.

— Amarance, si jamais tu as besoin d'aide, tu pourras toujours compter sur les rebelles. J'aurais voulu faire plus pour toi, mais…

— Je sais, murmura-t-elle avec un sourire. Chacun son combat.

— Sache que tu es la personne la plus forte que je connaisse. Tu es une battante, une survivante. Tu peux être fière de toi. Ton fils peut être fier de toi. Et tu le retrouveras, tu sais. J'en suis persuadé. J'ai déjà hâte de le rencontrer.

Émue, la jeune femme se jeta dans ses bras.

— Ulliel, reprit 24601, je suis… incommensurablement fier de tes progrès. J'admire ton côté posé, tu es réfléchi, sensé, et courageux. Ce sont d'excellentes qualités, qui feront de toi, un jour, un chef remarquable. Tu as un immense potentiel. Je suis fier d'être ton ami.

Fenrir et Kurjak approuvèrent bruyamment. Le garçon, traits tendus, se leva. Il tendit la main au Terrien :

— Je n'ai pas toujours été très… enfin. Maintenant, je sais que tous les Terriens ne sont pas mauvais.

24601 lui attrapa la main et l'attira brusquement contre lui pour une accolade ferme mais chaleureuse.

— Merci, reprit Ulliel après s'être dégagé. Merci pour cette opportunité de reprendre ma vie, mon avenir en main. Merci à tous, ajouta-t-il en se tournant vers ses deux autres mentors.

— Thémaire, mon vieil ami, continua le Terrien. Nous restons ensemble pour le reste de notre route. J'en suis ravi.

— Mouais, maugréa le vieux avec un sourire, faisant rire tout le monde.

— Et Gilem, annonça alors 24601 dans un soupir en souriant. Ah, Gilem ! Tu es encore si jeune et pourtant, il y a longtemps que tu n'es plus un enfant, n'est-ce pas ? Ce sont les circonstances qui font un homme, et toi, tu as déjà connu plus de souffrances qu'aucun enfant, qu'aucun adulte même ne devrait connaître en une vie entière. Je t'ai vu souffrir de la faim, du froid, de l'épuisement. Je t'ai vu perdre l'envie de vivre et la retrouver. Tu es beaucoup plus fort que je ne l'ai cru de prime abord. Et j'admire plus que tout ta bonne humeur et la joie que tu as su préserver. C'est un honneur de te connaître, ajouta-t-il en lui tendant la main.

Comme pour Ulliel, ce geste formel se transforma en accolade.

— Mes amis… Que l'avenir vous soit clément !

Alors que tous commençaient à préparer leurs affaires, Gilem s'avança vers Amarance, un peu mal à l'aise.

— Amarance, je…

Il jeta un regard nerveux aux autres.

— Je peux te parler ?

La jeune femme eut un éclair d'inquiétude dans le regard, mais elle hocha la tête en souriant, et le suivit un peu à l'écart du groupe.

— Voilà, je… Je voulais te dire… Tu es la fille la plus… la plus belle, la plus forte, la plus incroyable que j'ai jamais… Et je… Tu…

Il bredouillait, les joues rouges, les yeux brillants. Elle eut pitié de lui.

— Gilem, murmura-t-elle tendrement. Merci. Merci de t'être battu pour moi là-bas. Merci de m'avoir sauvée.

Et délicatement, elle lui déposa un baiser sur les lèvres.

— Nos chemins un jour se recroiseront, souffla-t-elle encore au garçon rouge pivoine avant de le serrer dans ses bras. Sois courageux, sois brave, mais ne le sois pas stupidement.

Gilem eut un petit rire nerveux, touchant ses lèvres du bout des doigts.

— Bien sûr. Bien sûr…

Elle lui pressa encore la main, et se détourna. Le garçon n'en revenait toujours pas, jamais son cœur n'avait battu aussi vite, ni aussi fort. Tentant de récupérer ses moyens, il tira sur sa chemise, bomba le torse, toussota, et s'en retourna à ses affaires.

Enfin, il fut temps de prendre la route. Ulliel serra Amarance dans ses bras, puis se tourna vers Thémaire. Le vieil homme était étrangement pâle.

— Bon… Oui… Très bien. Bonne route, bonne continuation, marmonna-t-il dans sa barbe en lui serrant la main.

Gilem ouvrit la bouche pour dire quelque chose, mais se ravisa et se jeta dans ses bras. Un peu surpris, Thémaire lui rendit néanmoins son étreinte, le tapotant maladroitement dans le dos. Il serra ensuite la main des deux Terriens.

— Au revoir. Bonne chance.

Fenrir lui prit la main dans les siennes.

— À vous aussi. Bonne chance et bonne route. Soyez prudents.

Thémaire hocha la tête.

— Veillez sur eux, marmonna-t-il tout bas, d'un ton qu'il voulait détaché.

Ces petits imbéciles… Ils sont encore si jeunes.

— Nous les garderons à l'œil, promit Fenrir.

— Si vous êtes prêts, il est temps, annonça 24601.

À son tour, il serra la main à ses deux confrères.

— Kurjak, Fenrir.

Puis, se tournant vers les deux garçons :

— Ulliel, Gilem. Vous avez toute ma confiance.

Les deux jeunes se regardèrent avec une fierté mêlée d'appréhension.

— Soyez prudents.

Il serra la main d'Ulliel et donna une tape dans l'épaule de Gilem.

— Je compte sur vous !

Le moment tant redouté de se dire au revoir était arrivé pour les deux amis.

— À bientôt ? demanda Gilem avec un sourire un peu incertain en tendant la main à Ulliel.

— À bientôt.

Et ils se serrèrent dans les bras avec ferveur, comme deux frères se disant adieu pour toujours.

∴

À mesure que 24601, Thémaire et Amarance avançaient vers le sud, le paysage devenait de plus en plus accidenté. Le massif de Berün était impressionnant. Incroyablement escarpées, fouettées par les vents et creusées de canyons, ses montagnes n'apparaissaient guère hospitalières. Ici, la présence terrienne ne se faisait presque pas ressentir, hormis pour les quelques rares routes qui traversaient le paysage au loin, et les navettes et avions qui les survolaient de temps à autre. L'air était piquant en cette fin d'hiver, avec ses bourrasques glacées et ses pluies diluviennes. Plusieurs fois, le trio avait dû interrompre sa marche pour s'abriter, le temps d'un orage particulièrement violent.

Cette nuit-là, ils s'étaient réfugiés dans une grotte humide et sombre. Thémaire, épuisé, s'était immédiatement endormi.

— Non, non… s'il vous plaît !

Le soldat le force à s'agenouiller sur le sol. Une tache sombre s'étend sur le pantalon du garçon, entre ses jambes. Le moustachu rit.

— Vas-y, petit. À toi l'honneur, crie-t-il à son collègue, s'écartant un peu de l'apprenti à genoux.

Le jeune milicien obtempère, sort son arme, et la pointe sur le petit Illyrien.

— Nooon !

Le hurlement de Thémaire est couvert par le coup de feu.

Un grognement aspiré, rauque.

Thémaire regarde ses mains qui enserrent celles du jeune milicien. Ses yeux s'écarquillent d'horreur. Face à eux, à côté de son apprenti tremblant de tous ses membres, une flaque rouge s'étend sur le torse de son bourreau. Son collègue le fixe, bouche bée.

— Miguel…

Le moustachu le regarde, les yeux arrondis de surprise, puis tombe à genoux et s'effondre face contre terre. Le jeune milicien se tourne vers Thémaire avec une rage tremblante.

— Qu'est-ce que tu as fait ? Qu'est-ce que tu as fait ?

Il souffle comme un animal en colère.

— Tu vas payer, vieil homme. Tu vas payer !

— Non… pardon… C'était un accident, je ne voulais pas, je ne l'ai pas fait exprès… Je voulais juste dévier le… Je ne…

Il parle en illyrien et ne s'en rend pas compte. Le jeune apprenti, blanc comme un linge, relève la tête vers Thémaire.

— Maître…

— Vos gueules, tous les deux ! hurle le milicien.

Il semble ne plus savoir que faire. Il panique. Il pointe son arme sur Thémaire et son apprenti, tour à tour. Le jeune élève commet alors l'erreur de bouger, et le milicien tire.

— Fstöl ! Nooon !

Thémaire se réveilla en sursaut, le front en sueur, le nom de son apprenti résonnant encore dans sa tête. Dans la grotte, le Chiffre le regardait avec inquiétude. Amarance et toutes ses affaires avaient disparu.

CHAPITRE TRENTE ET UN
George – La métropole

Dans son bureau à l'Alliance, George bouillonnait de rage. Une colère qui lui faisait trembler la mâchoire et serrer les poings. Une colère monstrueuse et désespérée qui lui donnait envie de hurler et de pleurer tout à la fois. Il saisit un des lourds livres de droit extraterrestre reliés de cuir qu'il avait reçus au moment de sa nomination et le balança à travers la pièce. Puis il en prit un deuxième, puis un troisième, et quand enfin sa bibliothèque se trouva vide, un grand calme l'envahit. Sa rage brûlante s'était brutalement muée en colère froide. Son regard se durcit, il serra les dents et sa respiration reprit un rythme normal. Alors, lentement et calmement, il appuya sur le bouton de l'interphone de son bureau. L'appareil émit un grésillement et s'éteignit.

— MYRTILLE ! hurla-t-il alors, la voix vibrante de rage.

Quelques secondes plus tard, une écœurante odeur de lilas et de vanille envahit son bureau alors que déboulait devant lui une petite femme toute ronde aux grands yeux de hibou trop maquillés, ses petites mains potelées serrées en poings à hauteur de son cou et les joues un peu rouges. Elle portait de grosses boucles d'oreilles vert fluo et un large collier de perles mauves sur un chemisier orange à jabot. Ensemble qui fit se raidir George plus encore.

— Oui, monsieur ?

— Faites chercher Powels.

— Monsieur, je ne pense pas qu'il soit ici, il…

— JE M'EN FOUS ! Débrouillez-vous !

— Très bien. Oui, monsieur.

— Et faites-moi réparer ce PUTAIN D'INTERPHONE, ajouta-t-il en abattant violemment son poing sur le bureau.

— Oui, monsieur. Le réparateur a promis de passer cet après-midi, monsieur, répondit la secrétaire en se penchant pour ramasser les livres au sol.

— Laissez, Myr… Laissez.

La petite femme le regarda de ses grands yeux.

— Est-ce que… Est-ce que vous allez bien, monsieur ?

— Oui, ça va, merci. Désolé de m'être emporté, ce n'était pas contre vous. Je suis…

Il prit une grande inspiration et la relâcha dans un profond soupir.

— Je suis fatigué.

— Je comprends, monsieur.

Elle déposa les livres sur une commode et lui adressa un petit sourire affligé.

— Je suis… Je suis vraiment désolée, monsieur. Pour…

— Merci. Allez me chercher Powels, s'il vous plaît.

— Très bien. J'y vais.

Avec un dernier regard en arrière vers son patron, la petite secrétaire s'en fut.

George se tassa dans son fauteuil, exaspéré. Il lui semblait que tout partait en vrille, que tout lui échappait. Et pourtant, elle avait promis que tout s'arrangerait. Elle l'avait convaincu. Et il devait continuer à y croire. *C'est juste que… Il y a tellement d'imprévus, tellement de déceptions.*

Heureusement, il y avait Powels. Bart Powels, un jeune homme déterminé et entreprenant, qui se portait volontaire pour toutes les arrestations musclées. Il lui arrivait souvent d'être un peu trop… agressif, et plusieurs plaintes avaient déjà été déposées contre lui, mais George le trouvait intelligent et efficace, et il était persuadé que sa prétendue violence n'était due qu'à un trop-plein de zèle et de jeunesse, et que cela lui passerait. Elle aussi. De toute façon, ils étaient d'accord : Bart était un élément sûr, un homme qui savait où placer sa loyauté. Ses parents étaient originaires des Pays-Unis d'Europe du Nord, mais lui était né sur Illyr. Un stellé, orphelin depuis que son père et sa mère étaient morts tous les deux dans le Tower Drop. George ne pouvait s'empêcher de le considérer presque comme un fils. Lui au moins serait un véritable allié, une personne de confiance…

Toc, toc, toc !

— Oui ?

Myrtille entrouvrit timidement la porte.

— M. Powels arrive, monsieur. Il est dans l'ascenseur.

— Très bien, excellent. Merci.

— Je vous en prie, monsieur.

Elle referma doucement la porte derrière elle. George se leva, se secoua un peu les épaules et attendit. Deux coups secs retentirent bientôt.

— Oui, entrez !

Powels ouvrit la porte d'un geste ample.

— Ah ! Bart. Enfin !

Il n'avait qu'une vingtaine d'années mais en paraissait près de trente. Visage fin, nez droit, cheveux blonds, il arborait des cils très clairs, presque blancs, et une large tache de naissance rouge qui englobait la partie supérieure de son nez ainsi que la moitié de son œil droit, jusqu'à mi-joue. Un visage atypique, curieusement fascinant. Ses yeux se posèrent sur George, puis sur ses livres empilés sur la commode et non dans l'armoire.

— Monsieur, salua-t-il sans sourire.

— Asseyez-vous, je vous en prie.

Le jeune homme obéit.

— Bart, nous venons de passer le point de non-retour.

— Comment ça ? demanda le garçon, sourcils froncés.

— Les terroristes viennent de mener une nouvelle attaque. En plein cœur de notre Délégation, cette fois…

Il s'interrompit.

— Mon consultant et… (il buta sur le mot) ami, Liam Atterwood… est mort.

Powels fronça les sourcils.

— Comment ?

— Une explosion, répondit George, la mâchoire tremblante. Sa voiture a sauté sur une mine à quelques kilomètres de Tarüul-Viën. Une attaque de la Rébellion.

— Toutes mes condoléances, je…

George le fit taire d'un geste fatigué et se leva.

— Merci. Mais parler ne sert à rien, il faut agir. Nous avons tenté la diplomatie, la dissuasion, le contrôle *soft*. Cela a fonctionné pendant un temps mais hélas, les idées colportées par ces terroristes sont restées. Il n'y a donc plus qu'une solution aujourd'hui pour protéger notre Installation, nos habitants et les leurs. Nous devons agir à la source du problème.

— C'est-à-dire ?

— C'est simple, déclara-t-il d'une voix ferme. Nous allons appliquer le protocole 42.

Quand Bart sortit enfin de son bureau, George se massa l'arête du nez. Son tic nerveux le reprit, faisant cligner spasmodiquement son œil droit. Il desserra son col de chemise et ouvrit la fenêtre. Ses décisions allaient changer bien des choses, et elles ne plairaient pas à tout le monde. Mais parfois, pour le bien de tous, il faut prendre des mesures extrêmes. Sévères. Inflexibles. Ce ne serait après tout qu'un mal pour un bien, une vision à long terme. Les gens avaient du mal à le comprendre, ils ne voyaient que le bout de leur nez. Mais penser pour eux, veiller sur eux, c'était sa responsabilité. Sa dure responsabilité d'élu. Il se montrerait stoïque, et il ferait ce qu'il y avait à faire.

Il serait fort.

Pour elle. Pour eux.

Pour tous.

ÉPILOGUE
Liam – Mozê

Bien loin de la métropole, dans une petite maison perdue au milieu des bois, Liam observait Shaï qui dormait paisiblement à ses côtés. Sa confrontation avec George à propos de l'attentat de Tarüul-Viën s'était terriblement mal passée. Il ne lui avait rien dit pour Shaï, mais il avait compris que jamais il ne pourrait lui en faire part. Que jamais son ami ne comprendrait. Alors le soir même, il était passé la chercher et ils avaient pris la fuite ensemble vers le nord, laissant tout derrière eux. Il avait à peine eu le temps d'envoyer un message à Elizabeth pour la prévenir de sa fuite, et pour lui annoncer, à grand regret, qu'il ne pourrait pas la recontacter tant que George serait au pouvoir. Il avait retiré son système intégré (il lui en restait une large cicatrice derrière l'oreille) et détruit son puck. Sans cette technologie avec laquelle il avait toujours vécu, il se sentait un peu nu, mais c'était le prix de sa liberté et de sa sécurité, et de celles de Shaï.

Ils étaient allés se réfugier chez un certain Muriz, un bon ami de Liam depuis qu'ils s'étaient rencontrés durant l'un de ses voyages. Il leur avait donné les clefs de sa petite maison de pêche, un peu en dehors de son village, et leur avait promis silence et protection. C'était donc là que le couple vivait depuis quelques mois.

La maison qu'il leur avait prêtée était charmante, avec deux petites chambres, une salle d'eau, une petite cuisine et un salon très lumineux. Ils s'y étaient immédiatement sentis chez eux. Les premiers jours, ils avaient fait chambre à part, un peu gênés. Et puis une nuit, Shaï était venue le rejoindre dans son lit et sans rien dire, s'était blottie contre lui. Depuis, la seconde chambre était restée vide. Bien sûr, Liam avait dû finir par lui révéler qui il était vraiment. Cela n'avait pas été facile… Quand il lui avait avoué son rôle à la Délégation, sa relation avec George, elle s'était instinctivement reculée. D'à peine quelques centimètres, presque rien, mais ce mouvement lui avait brisé le cœur. À cet instant, il avait été terrifié qu'elle parte, qu'elle l'abandonne. Mais c'était sous-estimer la jeune femme. Elle l'avait observé longuement sans rien dire, et puis elle lui avait posé une main sur la joue.

— Chacun de nous a un passé, avait-elle alors dit tout bas. Et je ne peux pas te juger aujourd'hui pour ce que tu as cru et fait hier. Tu es un homme bien, tu ne savais pas que tu faisais fausse route. Tu as changé. Tu n'es plus le même.

Elle lui avait pardonné. C'était tout ce qui comptait.

∴

Les jours, les semaines, les mois passèrent. Muriz avait engagé Shaï comme aide à l'épicerie qu'il tenait, mais Liam devait rester caché. Être terrien dans ce type de village restait peu commode en ces temps troublés… Les nouvelles du monde extérieur se faisaient de plus en plus sombres. Thobias, le fils de Muriz, était livreur de courrier et il faisait parfois un détour pour apporter les nouvelles à la cabane. Depuis la fuite de Liam, les choses avaient empiré entre Terriens et Illyriens. Il avait d'abord découvert avec horreur l'annonce de sa propre mort, puis les accusations contre la Rébellion qui aurait revendiqué l'assassinat. Terrassé à l'idée de ne pouvoir rassurer sa famille sans compromettre Shaï, il n'avait pu que lire les terribles retombées de son choix dans la presse. La milice était devenue omniprésente sur le territoire. La Rébellion résistait, mais la répression se révélait sans aucune commune mesure.

En quelques mois, la milice avait procédé à plusieurs milliers d'arrestations. La Rébellion s'était vue démantelée et la population illyrienne brimée, matée, domptée. Shaï se sentait terriblement inquiète pour son frère, dont elle n'obtenait des nouvelles que de manière très sporadique. Ils avaient pris l'habitude de communiquer en code à travers les petites annonces du journal clandestin, le *Libre Illyr*, qui fournissait bravement des informations non censurées, rendait hommage aux victimes, listait les noms des gens arrêtés et indiquait les prisons vers lesquelles ils avaient probablement été dirigés. Malheureusement, lui aussi souffrait de la répression et avait dû rapidement réduire sa parution à un feuillet par mois. Les petites annonces par lesquelles les rebelles communiquaient avec leur famille n'occupaient plus maintenant qu'une petite demi-page. Enneki ne faisait plus rien passer. Chaque mois, elle se saisissait avec avidité du *Libre Illyr* et y cherchait avec angoisse le nom de son frère, mais celui-ci n'était encore apparu ni dans la liste des victimes ni dans celle des arrestations. Alors, Shaï gardait espoir.

Liam récupérait toujours le journal après elle, et le parcourait avec un empressement presque masochiste. Sans vouloir en parler à la jeune femme, il se sentait coupable de cette situation dans laquelle ils se trouvaient tous. Il savait que George allait mal, qu'il était en pleine spirale noire, et lui n'avait rien fait pour l'aider. Pire : il l'avait poussé plus encore dans ses retranchements. Si son ami avait perdu pied, c'était sa faute. Il avait choisi Shaï plutôt que lui, Shaï plutôt que tous les autres, la fuite plutôt que la bataille. Il avait été lâche… Terriblement lâche. Une fois de plus, une fois de trop. La frénésie meurtrière de George pesait sur ses épaules. Au début, il avait gardé chaque coupure de journal qui faisait mention du Premier délégué, espérant, guettant le moindre signe de changement de sa part. Hélas… Son nouveau projet, démesuré, était de construire un mur d'enceinte autour de la zone de sécurité. Un mur immense, découpant le paysage. Les travaux avaient commencé quelques mois plus tôt et avaient apparemment déjà coûté la vie à une dizaine de travailleurs illyriens. Sur les photos de lui qui paraissaient, George semblait toujours plus fatigué, tendu. Et souvent entouré des deux mêmes personnes : Powels, un jeune homme au visage très pâle avec une tache de naissance particulière, que Liam avait déjà croisé quelques fois à l'Alliance, et une certaine Ana Larsson, une blonde à la beauté froide et impassible.

Et puis, peu à peu, les nouvelles ne mentionnèrent plus la Rébellion. Le *Libre Illyr* disparut. Autour de la Zone, le mur se construisait, et partout la vie reprenait son cours. Liam cessa de se torturer au sujet de son ancien ami. Il voulait se consacrer pleinement à sa nouvelle vie, laisser les soucis et les angoisses derrière lui.

∴

Un matin, quand il se réveilla, il trouva Shaï assise en tailleur, seins nus, qui l'observait en souriant. Le soleil tombait sur elle et l'enveloppait d'un halo de lumière dorée, ce qui faisait ressortir la pâleur de sa peau, la blondeur de ses cheveux, l'éclat violet de ses yeux. Il sentit son cœur se gonfler de joie.

Qu'est-ce qu'elle est belle…

Presque un an s'était écoulé depuis leur fuite et il ne l'avait jamais trouvée plus radieuse que ces derniers jours. Son ventre arrondi, sa démarche un peu pataude, ses petites grimaces quand le bébé donnait des coups de pied… Il adorait poser ses mains sur son ventre et le sentir bouger. Il adorait ses nouvelles lubies, ses envies bizarres, ses petites crises de larmes aux motifs aussi étranges que dérisoires. Ils allaient être parents, et ils étaient heureux.

Mais inquiets aussi, autant l'un que l'autre. Un enfant métis, c'était… difficile. Bien sûr, Shaï et Liam savaient qu'il faudrait garder secrète l'existence de l'enfant. Depuis que son ventre était devenu trop gros pour être camouflé, Shaï avait cessé de travailler, prétextant une maladie. Elle restait à la maison à se ronger les sangs. Cacher le petit ne serait pas trop compliqué tant qu'il serait jeune, mais en grandissant ? Peut-on vraiment garder un jeune de dix, quinze, vingt ans, caché ? Parfois le soir, lorsqu'ils se tenaient l'un contre l'autre dans leur lit, Shaï laissait libre cours à son inquiétude. Elle s'en voulait d'amener un enfant dans un monde aussi cruel, elle était terrifiée à l'idée qu'il puisse y être malheureux. Liam parvenait toujours à la rassurer, mais lui-même restait ensuite éveillé des heures après qu'elle s'était endormie, à fixer le plafond, craignant l'avenir. Cet enfant naîtrait-il normal ? Il avait entendu tant de rumeurs sur les métis, des êtres étranges, porteurs de maladies, violents… Mais non, non, le leur ne serait pas comme ça. De toute façon, quoi qu'il arrive, il faudrait le protéger. Dissimuler son existence. La milice ne devait pas savoir, sinon… Chaque fois qu'il y pensait, des sueurs froides l'envahissaient et la nausée lui montait à la gorge. Alors, il fermait les yeux et tentait de se convaincre qu'ici, ils se situaient suffisamment à l'écart. Que rien de mal n'arriverait, pas ici, pas à eux. Sa seule mission dorénavant consistait à protéger Shaï et leur enfant. Tout irait bien…

Et puis, ce matin-là, interrompant ses pensées, quelqu'un avait frappé à la porte.

— Ce doit être Thobias. J'y vais ! lança Shaï en revêtant un peignoir avant de descendre les escaliers de son pas que Liam qualifiait de « démarche de pingouin obèse ». Il finissait de s'habiller quand il reconnut la voix du jeune facteur. Quelques secondes plus tard, Shaï poussa un cri si déchirant qu'il descendit en trombe, boutonnant sa chemise de travers.

— Qu'est-ce qui se passe ?

Shaï était au milieu du salon, les yeux fixés sur Thobias.

— Non ! Non, ce n'est pas possible ! Ce n'est pas possible ! Oh !

Elle tremblait violemment, une main couvrant sa bouche, les yeux remplis de larmes. Face à elle, le pauvre garçon semblait totalement désemparé. Il tortillait son bonnet dans tous les sens, ne sachant plus où se mettre.

— Je suis désolé…

— Ce n'est pas vrai. Ce n'est pas vrai !

— Qu'est-ce qui se passe ? répéta Liam, un peu plus fort.

— Je suis désolé, répéta le gamin.

— Non. Non !

Shaï renifla bruyamment, ravalant ses larmes, les mains sur la tête.

— Quoi ? Qu'est-ce qu'il y a ? Shaï ? Thobias ? Quoi ?

— C'est son frère, monsieur, répondit-il d'une voix hésitante en montrant une affichette qu'elle tenait à la main. Des mauvaises nouvelles. Il…

— Non ! Non.

La voix de Shaï exprimait une assurance étrange, comme si la jeune femme tentait de refréner sa peur. Elle avait laissé retomber ses bras et fixait Thobias d'un air froid.

— Il a dû y avoir une erreur. Ce n'est pas possible. Ce ne peut pas être vrai. Ce n'était pas lui…

Le garçon baissa la tête et la secoua avec tristesse.

— Je suis vraiment désolé. Les annonces sont partout en ville. Les… (Il regarda Liam d'un air inquiet.) Les Terriens ont l'air très contents. C'est qu'ils le cherchaient depuis longtemps, alors…

La jeune femme poussa alors un long gémissement de désespoir et s'effondra dans les bras de Liam.

— Oh, Shaï… Ma chérie, mon amour. Calme-toi, assieds-toi, s'il te plaît. Le bébé…

— C'est de ma faute. C'est de ma faute !

— Non ! Mais non, voyons, Shaï…

— Il est mort. Il est mort, mon frère… Mon frère est mort. Oh non, non !

Elle réprima soudain un grognement de douleur et posa une main sur son ventre.

— Je n'aurais jamais dû lui dire pour le bébé, il n'aurait pas voulu venir, il serait resté caché…

Une nouvelle plainte lui échappa et elle se plia en avant, les mains sur les cuisses, cherchant sa respiration.

— Respire, chérie, respire. Calme-toi, s'il te plaît.

Nouveau gémissement. Elle se laissa tomber à quatre pattes sur le sol.

— Aaah…

Elle sanglotait.

— Ça fait tellement mal… Tellement mal.

Soudain, elle ouvrit la bouche comme pour crier, mais aucun son n'en sortit. Son visage défiguré par la douleur était baigné de larmes. Elle leva les yeux vers Liam, ses traits affichant une terreur qu'il ne lui avait encore jamais vue. Thobias, tétanisé, se tenait toujours sur le pas de la porte.

— Qu'est-ce qui se passe ?

— Je ne sais pas… Je ne sais pas !

— Est-ce que…

— Va chercher un médecin, vite ! Cours ! Dépêche-toi !

Le garçon prit ses jambes à son cou. Le visage ruisselant de sueur et de larmes, Shaï poussa un hurlement de douleur et agrippa la main de Liam.

— Eni… Oh non, Eni… Non ! Non…

— Shaï, calme-toi, je t'en supplie… Shaï, pense au bébé !

Liam cherchait à l'apaiser comme il pouvait, mais rien n'y faisait.

— Il est mort… Il est mort… Oooh…

Une nouvelle contraction lui déchira les côtes, lui arrachant un nouveau cri. Quelque chose n'allait pas, ce n'était pas normal, c'était trop tôt, elle ne devrait pas ressentir de contractions, pas maintenant, pas déjà… Il la prit dans ses bras et alla l'allonger sur le divan du salon.

Bon sang, faites que le médecin arrive vite !

Pendant ce qui lui parut une éternité, il tenta de calmer Shaï. Et puis enfin, Thobias revint. Liam fronça les sourcils. L'homme qui l'accompagnait n'était pas le médecin, mais le vieux chaman du village. Un très vieil homme, très maigre et dont les yeux jaune vif lui donnaient un air légèrement reptilien.

— Thobias ! Je…

Mais avant qu'il ait pu dire quoi que ce soit, le vieil homme avait pris la main de Shaï. Il se mit à lui parler en illyrien et Liam la vit se calmer très rapidement, hochant la tête entre quelques derniers hoquets. Shaï lui avait appris les bases de la langue commune, mais il avait encore du mal à comprendre ce que le vieil homme disait. Doucement, le chaman posa ses mains sur le ventre de la jeune maman et se mit à le masser en chantonnant.

Shaï était de plus en plus tranquille, et elle finit même par fermer les yeux. Alors, le vieux sorcier se tourna vers Liam avec un air grave et l'entraîna un peu à l'écart :

— Je désolé.

Son accent était très fort, presque difficile à comprendre.

— Quoi ? Quoi ?

— Bébé perdu…

— Quoi ?

Il sembla à Liam que tout l'air de ses poumons venait de se volatiliser.

— Il est… mort ? Mais…

— Mmh, non, pas mort. Presque.

— Mais faites quelque chose ! Bon sang, faites quelque chose, n'importe quoi !

Le vieil homme secoua la tête d'un air triste.

— Rien à faire. C'être fini… Parfois quand grande émotion, trop pour bébé. Je désolé.

— Non. S'il vous plaît, s'il vous plaît ! Non, non, ce n'est pas possible. Mon enfant n'est pas encore mort, vous allez trouver une solution pour le garder en vie ! N'importe quoi ! Faites ce qu'il y a à faire, je payerai n'importe quoi, je ferai tout, s'il vous plaît… S'il vous plaît, sauvez mon bébé !

Le chaman sembla réfléchir un instant, puis se dirigea vers sa besace. Il en retira une fiole noire qu'il montra à Liam.

— Ça peut sauver bébé. Mais peut aussi tuer mère. C'être très fort. Pas vraiment sûr effets…

— Donnez-le-moi.

Les deux hommes se retournèrent. Shaï les regardait d'un air féroce.

— Donnez-le-moi, répéta-t-elle.

Sa voix était faible, mais très ferme.

— Si ce produit peut sauver mon bébé, donnez-le-moi.

— Mais...

— Je sais. J'ai entendu. Je m'en fous, des risques. Donnez-le-moi ! Je ne serai pas responsable d'une autre mort aujourd'hui.

Le chaman regarda Liam, attendant son approbation.

— Pas beaucoup temps...

Liam se sentait perdu.

— Je... Shaï... Je...

— Liam.

Elle lui tendit la main, qu'il saisit dans les siennes.

— Je t'aime, je t'aime de tout mon cœur. Et je sais que tu m'aimes aussi. Mais la seule vie qui compte aujourd'hui, c'est la sienne, dit-elle en posant une main sur son ventre. S'il te plaît... Je ne peux pas perdre encore...

Elle s'interrompit, retenant un sanglot. Mais elle le regardait avec une telle conviction, une telle fièvre qu'il comprit alors que rien de ce qu'il pourrait dire ou faire ne lui ferait changer d'avis. Alors, sans rien ajouter, il contourna le divan et s'assit juste derrière elle, l'installant entre ses jambes. Elle posa sa tête sur son torse et il lui prit les mains.

— D'accord.

Il regarda le chaman.

— D'accord. Faites-le.

Le vieil homme acquiesça, sortit une longue aiguille de sa besace et la remplit de l'étrange liquide grisâtre de la fiole noire. Puis il désinfecta une petite zone sur le ventre de Shaï, lui dit quelque chose en illyrien qui lui fit fermer les yeux et serrer les mains de Liam très fort, et planta l'aiguille. Shaï poussa un gémissement de douleur mais ne bougea pas d'un centimètre. Le chaman ressortit l'aiguille et entreprit de ranger ses affaires. Il regarda les jeunes parents d'un air désolé et s'adressa à Liam :

— Prochains jours être difficiles. Je désolé. Peut-être…
préparer ?

Il posa une main sur son épaule, baissa la tête et s'en fut
comme il était venu, laissant Liam les bras ballants. Tout s'était
passé si vite. Un instant tout allait bien, la minute d'après, sa
femme et son bébé se trouvaient en danger de mort.

Les jours suivants représentèrent une véritable épreuve. Shaï
était terriblement pâle, sans cesse brûlante de fièvre, geignant de
douleur dans un état presque comateux. Liam en devenait fou.
Il ne pouvait rien faire pour elle, sinon lui humidifier le front à
l'eau fraîche ou lui masser le dos. Parfois au milieu de la nuit,
elle hurlait qu'elle était en feu, se tordait de douleur dans les
draps mouillés de sueur. Alors Liam la portait jusqu'à la baignoire
et la plongeait dans l'eau, caressait ses cheveux, murmurait des
paroles réconfortantes. Plusieurs fois, elle perdit connaissance
dans ses bras, et durant ces minutes interminables où sa respiration
devenait si faible que Shaï paraissait déjà partie, Liam lui-même
ne vivait plus.

Et puis un jour, la température retomba. Quelques heures
plus tard, Shaï reprit connaissance et, pour la première fois
depuis des jours, lui adressa un faible sourire. Et comme ça, tout
simplement, le cauchemar était fini.

Un mois plus tard, Shaï accouchait d'une petite fille en parfaite
santé. Ils décidèrent de l'appeler Sekaï-Loé, « lueur d'espoir » en
illyrien.

∴

Deux années s'écoulèrent comme un rien. La petite famille
s'était élargie, faisant de Sekaï-Loé la grande sœur d'un petit

Ithor. À deux ans, Sekaï-Loé en paraissait quatre, tant elle avait grandi, aussi bien physiquement que mentalement. Liam se demandait si cette croissance rapide était due à son métissage ou à l'étrange produit que le chaman avait injecté dans le ventre de Shaï… Mais peu lui importait vraiment. La petite était aussi blonde que sa mère, avec, comme tous les métis, les yeux vairons : un œil de chat mauve comme maman et un œil terrien bleu comme papa. Elle était ravissante, en pleine forme, et elle le rendait, les rendait, terriblement heureux. C'était une petite aventurière, curieuse et attentive, qui adorait jouer à cache-cache, gambader dans la forêt sur ses petites jambes potelées et nager dans le lac. Elle provoquait de nombreuses frayeurs chez ses pauvres parents, comme le jour où elle chuta d'un tronc d'arbre sur lequel elle s'était hissée, déchirant son front dans un flot de sang. Malgré tous les bons soins de sa mère, elle en gardait une petite cicatrice blanche, juste au-dessus de l'œil droit. Ithor quant à lui se révélait un petit garçon calme et contemplatif. Avec ses cheveux brun clair et son visage rond, il était le portrait craché de son père à son âge. Seuls ses yeux trahissaient sa différence : l'un gris clair, l'autre bleu.

Et puis un matin, alors que la petite famille se trouvait au salon, des bruits de moteur se firent entendre à l'extérieur. Liam se redressa, tendu. Shaï leva vers lui des yeux inquiets. Depuis qu'ils étaient installés ici, jamais ils n'avaient entendu de moteur, et pour cause : les Illyriens n'utilisaient pas de voitures. Liam se risqua à jeter un coup d'œil par la fenêtre. Trois camions militaires étaient en approche, marqués d'un grand M rouge sur le flanc. Il se retourna vers Shaï, livide.

— La milice…

Shaï laissa tomber la cuillère qu'elle tenait à la main. Liam referma brusquement le rideau et observa le salon, paniqué.

— L'armoire. Sous l'escalier. Vite !

Shaï se leva en trébuchant sur sa robe, prit Ithor dans ses bras et Sekaï-Loé par la main et courut vers l'armoire.

— On va jouer à un jeu les enfants, d'accord ? parvint-elle à dire d'un ton faussement enjoué. On va se cacher et essayer de ne faire aucun bruit, OK ?

Elle se terra au fond de l'armoire et regarda Liam avec angoisse.

— Tout ira bien, dit-il en déglutissant péniblement. Je t'aime. Restez bien cachés, d'accord ? ajouta-t-il en regardant ses enfants.

Shaï-Hîn pressa Ithor contre elle.

— C'est un jeu, papa ? demanda la petite Sekaï-Loé.

— Oui, oui, ma Loé, c'est un jeu.

Il déposa un baiser sur sa petite cicatrice blanche.

— Si tu es parfaitement silencieuse, tu auras gagné !

Il embrassa rapidement Shaï et referma le battant sur eux. Il eut à peine le temps de se retourner que quelqu'un frappait à la porte. Rapidement, il ouvrit un tiroir avec la petite clef qu'il gardait toujours sur lui et en tira une arme de poing qu'il glissa dans son dos. Les coups redoublèrent de violence. Il prit une grande inspiration :

— J'arrive, j'arrive ! Deux minutes ! cria-t-il d'un ton qu'il espérait dégagé.

Et il ouvrit la porte.

Quatre miliciens entrèrent immédiatement, le bousculant au passage, et se déployèrent dans chaque pièce de la maison. Derrière eux, un homme était resté immobile. Grand. Mince. Des yeux froids et un sourire satisfait, des cils blonds, presque blancs, et une tache rougeâtre sur le haut du nez. Liam le reconnut immédiatement, et un frisson le parcourut.

— Monsieur Liam Atterwood, murmura Powels en détachant bien les mots. Ça faisait longtemps.

Et il entra dans la pièce lentement, comme en territoire conquis, observant attentivement l'espace.

— C'est coquet, chez vous. Un peu rustique, mais enfin…

— Qu'est-ce que vous voulez ?

— Discuter, c'est tout. Fouillez-le, ajouta-t-il en direction d'un milicien qui s'empressa d'obéir.

— Une arme, monsieur ! annonça le milicien en retirant le pistolet de sa ceinture.

— *Ttt, ttt, ttt.* Voyons… Porter une arme chez soi, c'est très vulgaire.

À ce moment, deux miliciens descendirent les escaliers en trombe.

— Vous avez trouvé quelque chose ?

L'un d'eux montra une peluche qu'il tenait à la main.

— Il y a un berceau en haut et un lit d'enfant. Et des habits de femme.

— Oh ! Félicitations, mon vieux, susurra Powels en se retournant vers son interlocuteur qui avait pâli à la vue du jouet de sa fille.

— Ce n'est pas ce que vous croyez, commença Liam avant de se raviser, se sachant perdu. Bart, s'il vous plaît…

Sa voix se brisa sur ces derniers mots.

— Sortez. Sortez ! Tous ! hurla soudain le bras droit du Premier délégué.

Les miliciens s'empressèrent de saluer leur supérieur et sortirent de la maison, refermant la porte derrière eux.

Bart s'installa confortablement dans un fauteuil sans quitter Liam des yeux. Il fit mine de chasser une poussière de sa veste, révélant ostensiblement l'arme à sa hanche. Il croisa les jambes et poussa un soupir de satisfaction en claquant des mains.

— Vous n'imaginez pas ma joie quand j'ai enfin retrouvé votre piste. Quatre ans, monsieur Atterwood, bravo. J'ai cru ne

jamais y arriver… Comme quoi, il ne faut jamais perdre espoir !
J'ai ici (il tira de sa poche une feuille de papier rouge) le témoignage
d'un certain Muriz, vous le connaissez ?

Liam serra les dents. Les feuillets rouges provenaient des
comptes rendus de dénonciations à la milice.

— C'est grâce à lui que nous vous avons retrouvé, reprit Bart.
Je sais tout… C'est un homme assez bavard, au fond. Je trouve
étrange que vous ayez pu lui faire confiance, d'ailleurs. Grossière
erreur, Atterwood, grossière erreur.

Il agitait le papier, comme un instituteur agiterait le doigt devant
un élève indiscipliné, le coude toujours posé sur l'accoudoir du
fauteuil. Il fit claquer sa langue sur son palais avec un regard amusé.
Mais Liam ne laissait transparaître absolument aucune émotion.

— Bien. Fini de jouer. Où sont-ils ?

Son sourire faux était retombé et son ton n'était plus du tout
le même. De toute évidence, Bart Powels en avait assez de ce petit
jeu qu'il avait lui-même commencé. Liam le toisa sans répondre.

— Voyons, ne faites pas l'imbécile, Atterwood. Donnez-les-
moi. Peu importe, enfin, ce n'est pas comme si c'étaient des êtres
humains.

Liam réagit au quart de tour et se jeta sur lui.

Dans leur cachette, tous sursautèrent en entendant un grand
bruit faire trembler l'armoire dans laquelle ils étaient cachés. Shaï
tenta fébrilement de rassurer ses enfants pour qu'ils ne fassent
aucun bruit, mais elle-même était terrifiée.

— Ce n'est rien, les enfants, ça fait partie du jeu, chuchota-
t-elle en souriant. Il faut continuer à être le plus silencieux possible
pour gagner !

Mais dans sa tête, ses pensées se bousculaient à toute vitesse.
Que s'était-il passé ? Ithor geignait doucement, serré contre elle,
tandis que Sekaï-Loé, les sourcils froncés, semblait intensément

concentrée. Dans le salon, Bart se massait la mâchoire en grimaçant. Sur le flanc de Liam, une auréole rouge sombre s'étendait lentement.

— Belle droite, très… efficace. Désolé pour ça, par contre. Vous ne m'avez pas laissé le choix, murmura Powels, poignard ensanglanté à la main. Vous m'avez attaqué, je me suis défendu.

Liam se releva difficilement, s'éloignant de l'armoire derrière laquelle, il s'en doutait, sa famille avait dû entendre qu'il s'était à moitié effondré contre elle quelques secondes plus tôt. Sur son flanc, là où le couteau l'avait tailladé, le sang coulait à flots. Il appuya d'une main sur la plaie pour tenter d'arrêter l'hémorragie, sans grand succès.

Imbécile. Tu as réagi à sa provocation exactement comme il le voulait…

Calmement, Powels s'avança vers lui, jusqu'à se trouver suffisamment près pour sentir sa sueur et l'odeur métallique de son sang.

— Vous étiez son meilleur ami. Son bras droit.

Il enfonça violemment deux doigts dans la plaie et Liam ne put étouffer un grognement de douleur. Powels passa son bras autour de ses épaules pour le soutenir. De loin, on aurait presque pu croire à une accolade amicale.

— Vous l'avez trahi, murmura-t-il dans son oreille. Vous nous avez tous trahis. Vous êtes passé à l'ennemi. Être en couple avec une…

Il grimaça et repoussa Liam qui tomba au sol, à quelques pas de l'armoire.

— Ah, ça me dégoûte. En la choisissant, vous avez craché sur la tombe de tous ceux qui sont morts sous leurs attaques. Vous en êtes conscient, n'est-ce pas ?

Liam cilla sous l'insulte mais ne réagit pas. Cette fois, il serait plus fort. Il ne céderait pas à la provocation.

L'armoire.

C'est tout ce à quoi il pouvait penser.

Ne pas attirer l'attention sur l'armoire.

Il devait faire tous les efforts du monde pour ne pas la regarder. Sa blessure le faisait souffrir et il ahanait, le visage crispé et couvert de sueur, mais il ne craquerait pas si facilement. Bart le regardait à présent avec une incrédulité déçue.

— Je ne vous comprends pas. Mais il est encore temps de changer, de vous rattraper. Donnez-les-moi, c'est tout ce que je vous demande.

— Non. Si vous voulez ma famille, il faudra me passer sur le corps.

— Votre famille… répéta Powels tout bas, une grimace de dégoût aux lèvres.

Puis il secoua la tête et son sourire faux réapparut sur son visage.

— Très bien ! Puisque vous le prenez comme ça… Chère madame, où êtes-vous ? appela-t-il sur le ton de l'invité modèle qui propose son aide en cuisine.

Il se tourna vers Liam :

— Et votre charmante fille ? Quel âge a-t-elle, maintenant ? Deux ans ?

Le sang de Liam se glaça.

— Sekaï-Loé, n'est-ce pas ? Je prononce correctement ? C'est un peu bizarre comme nom, mais soit. Sekaï-Loé ! Où es-tu, ma chérie ?

Il se leva et, comme un parent jouant à cache-cache, demanda tout haut :

— Je me demande bien où elle peut se cacher…

Dans l'armoire, Shaï-Hîn sursauta en entendant l'homme appeler sa fille par son prénom. La petite, en revanche, semblait tout excitée.

— On joue, Ama ? murmura-t-elle, levant ses grands yeux vers sa mère.

— Oui, ma chérie, on joue. Chut ! Reste cachée !

— Allons, sors de ta cachette, ma puce. Tu es très bien cachée, jamais je ne te trouverai... Alors, tu peux sortir, maintenant !

Non, je vous en prie.

Shaï-Hîn serrait la main de sa fille de toutes ses forces, les larmes aux yeux. La peur lui tordait le ventre. Au fond d'elle, elle sentait arriver le drame. Elle mit doucement une main sur la bouche de Sekaï-Loé, redoutant ce qui allait arriver.

— Tais-toi ma chérie, ne fais aucun bruit. Pas encore !

— Je n'arrive pas à te trouver, tu as gagné ! dit la voix dehors.

Shaï ferma les yeux. Il avait prononcé le mot qu'elle redoutait, celui que sa fille attendait. Sekaï-Loé poussa une exclamation de joie étouffée par les mains de sa mère.

— Ah ? fit Bart, soulevant un sourcil. Sekaï-Loé ? C'est toi que j'entends, ma chérie ? Tu es cachée sous l'escalier ? C'était super bien trouvé ! Jamais je n'aurais pensé à regarder là ! Tu es trop forte.

Un petit rire perça à travers la cloison. Liam sentit son cœur se serrer comme si une main venait de l'agripper et s'acharnait à en extraire tout le sang. Shaï tentait désespérément de retenir l'enfant qui se tortillait pour lui échapper. L'affolement de sa mère lui paraissait si incongru qu'elle le trouvait drôle, persuadée qu'elle jouait un rôle pour le jeu. Et soudain, elle lui échappa.

— Bouh ! cria la fillette en surgissant de l'armoire avec un grand sourire.

— Oh, la voilà, la coquine ! susurra Powels en battant des mains. Mais qu'elle est grande !

L'enfant trépignait, les joues roses d'excitation.

— J'ai gagné !

Liam tenta de se redresser.

— Powels. S'il vous plaît…

Mais Bart ne l'écoutait pas. Il souleva la petite dans ses bras et la fit tournoyer autour de lui avant de se retourner brusquement vers Liam, Sekaï-Loé serrée dos contre son torse.

— Elle est ravissante, félicitations.

Ses bras enserraient la petite taille de l'enfant, chiffonnant sa robe. D'une main, il caressa ses boucles blondes. Le sourire de la fillette s'était effacé en voyant le visage terrifié de son père, à moitié affalé sur le plancher. Mais c'est surtout le sang sur sa chemise qui fit trembloter sa petite bouche.

— Apa ?

Bart passa son bras autour du cou de la fillette. Sekaï-Loé eut un petit pleur, un seul, un unique petit gémissement. Puis Powels contracta brusquement ses muscles, faisant craquer la nuque de la petite. Il sourit à Liam et la lâcha. Comme au ralenti, Liam vit sa fille tomber sur le sol tel un pantin désarticulé. Un cri de bête lui échappa tandis qu'il se précipitait en rampant vers elle. Le visage déformé par la rage et la douleur, il se tourna vers Powels :

— Pourquoi ? parvint-il à peine à articuler. Pourquoi ?

Bart eut un étrange éclat dans les yeux, pendant une fraction de seconde. Puis l'éclat disparut et il se détourna, niant la question.

— Madame, veuillez à présent sortir de votre cachette, je vous prie, ordonna-t-il fermement, toute fausse politesse effacée de sa voix. Avec l'enfant qui vous reste…

Dans l'armoire, Shaï-Hîn sentait son cœur battre à vouloir s'échapper de sa poitrine. Elle avait entendu le cri de Liam et la panique lui coupait le souffle.

L'enfant qui vous reste ? Est-ce qu'il… Non, non, non…

Les larmes lui montèrent aux yeux mais refusèrent de couler. Il fallait qu'elle sache. Lentement, elle sortit de l'armoire, Ithor pressé contre son sein. À la vue de son mari baignant dans son sang et tenant le corps inerte de leur fille contre son cœur, la tête penchée dans un angle improbable, Shaï-Hîn eut un sanglot horrifié.

— Ah, vous voilà, murmura Bart.

La jeune femme croisa son regard, un regard froid et dur, et elle comprit ce qui l'attendait. Elle n'eut même pas le temps d'ouvrir la bouche. Une première balle vint se loger entre ses deux yeux et une seconde dans sa poitrine, contre laquelle elle tenait Ithor. Elle s'effondra en silence contre le mur, les lèvres entrouvertes, ses bras encore serrés autour de son fils. La plainte qui s'échappa alors des lèvres de Liam n'avait plus rien d'humain.

— NOOON ! Non, non, non…

La main tendue vers le corps de sa femme tandis qu'il serrait contre lui celui de sa fille, il sentait à peine les larmes brûlantes lui couler sur le visage.

C'est un cauchemar, ce ne peut pas être vrai, non… Non…

Il étouffait, incapable de trouver sa respiration sous le coup du choc et de la douleur. Jamais il n'aurait cru pouvoir ressentir autant de souffrance, son corps entier lui faisait mal. Totalement anéanti, il se mit à hurler et à pleurer tout à la fois. Bart Powels eut un dernier regard pour lui, méprisant, puis sortit de la maison. Des miliciens entrèrent quelques secondes plus tard. S'ils eurent toutes les peines du monde à lui faire lâcher le cadavre de la fillette, une fois menotté, Liam n'opposa plus aucune résistance. C'était un homme brisé. Ils le firent sortir de la maison, aspergèrent les corps, les murs et le sol d'un liquide inflammable et y mirent le feu.

Dans le jardin, à genoux, les mains dans le dos, Liam ne pouvait qu'observer la scène. Quand il sentit le canon d'une arme se poser sur sa nuque, il ferma les yeux, soulagé. Bart posa son doigt sur la gâchette.

— Après tout, Atterwood, vous êtes déjà mort.

REMERCIEMENTS

Je tiens à remercier du fond du cœur toutes celles et tous ceux qui ont été présents à mes côtés durant la longue aventure qu'ont représenté l'écriture et la publication de ce roman. D'abord, merci à mes proches, à ma famille et à mes amis, de m'avoir supportée à travers les hauts comme pendant les bas.

Merci en particulier à mes parents, qui m'ont encouragée dans cette voie dès le début, et à mon époux, qui m'a aidée à passer le pas de l'autoédition.

Merci également à tous ceux et toutes celles qui ont participé à améliorer cette histoire ; à mes lecteurs tout d'abord, en particulier mes tout premiers sur Wattpad, pour leurs avis, remarques et questions. Leur enthousiasme et surtout leurs folles théories ont maintenu mon moral au beau fixe, même au cours des périodes de doute.

Ensuite, merci à Lobko pour sa relecture avisée et sans pincettes de mon manuscrit,

Merci à Virginie, Paul et Serge pour leur témoignage,

Merci à ma correctrice, Louise Weber, pour ses observations et questions si pertinentes,

Merci à Julia Robert des Éditions Sarbacane pour ses mots stimulants qui m'ont donné le courage et la confiance de me lancer dans l'autoédition,

Merci à Jupiter Phaeton et Emmanuelle Soulard pour leur Salon des auteurs indépendants, et qui m'ont donné tant de clefs pour comprendre l'autoédition,

Merci à Alfie Obare (Behance) pour la magnifique couverture qu'il a créée,

Merci aux formidables membres du personnel du Scott's Bar pour leur amitié, leur patience et leurs cappuccinos, qui ont rendu mes longues séances d'écriture chez eux si agréables,

Merci à Bénédicte et à M. Gavillan pour leur relecture et leurs conseils,

Ainsi qu'à la communauté 9GAG et Instagram pour leur humour et leurs encouragements.

Et enfin, merci à Eustache, pour m'avoir si longtemps prêté son nom.

Table des matières

Printed in France by Amazon
Brétigny-sur-Orge, FR

13016782R00233